Marsali Taylor

EINE HANDVOLL ASCHE

atb aufbau taschenbuch

MARSALI TAYLOR wurde in der Nähe von Edinburgh geboren. Sie lebt mit ihrem Mann, ihren Katzen und zwei Shetlandponys an der Westküste der Shetland-Inseln. Sie war Sprach- und Theaterlehrerin und Touristenführerin, spielt Theater, schreibt für die Zeitschrift *Shetland Life*, gibt Segelkurse oder ist mit ihrem Segelboot unterwegs.

Im Aufbau Taschenbuch erschienen bisher »Mörderische Brandung« (2016) und »Mörderische Insel« (2017).

Mehr Informationen zur Autorin: www.marsalitaylor.co.uk

Cass Lynch, leidenschaftliche Seglerin, hat beschlossen, auf dem Marine College in Scalloway das Offizierspatent zu erwerben. Es ist kurz vor Halloween, und die Teenager im Ort scheinen den Hexenkult etwas zu ernst zu nehmen. Es gibt einen Hexenzirkel, geführt vom Teufel persönlich. Cass hält das alles für nichts weiter als Aberglauben, bis sie die Tochter von Bekannten tot auffindet. War es Mord? An den Händen der Toten ist Torfasche, die man früher auch zu Hexenritualen benutzte. Da geschieht ein zweiter Mord.

Es wird ziemlich hart für Cass, sich des Hexenwahns zu erwehren und die realen Hintergründe der Geschichte aufzudecken. Zum Glück ist Gavin, der Detective Inspector mit dem Kilt und den freundlichen meergrauen Augen, immer zur Stelle, wenn es gefährlich wird.

Marsali Taylor

EINE HANDVOLL ASCHE

EIN SHETLAND-KRIMI

Aus dem Englischen
von Ulrike Seeberger

aufbau taschenbuch

Die Originalausgabe unter dem Titel
A Handful of Ash
erschien 2014 bei Accent Press, Bedlinog.

MIX
Papier aus verantwortungsvollen Quellen
FSC® C083411
FSC
www.fsc.org

ISBN 978-3-7466-3334-3

Aufbau Taschenbuch ist eine Marke der Aufbau Verlag GmbH & Co. KG

1. Auflage 2018

Umschlaggestaltung www.buerosued.de, München
unter Verwendung eines Motivs von
© mauritius images / CuboImages / Martin Zwick
Gesetzt in der Adobe Garamond Pro durch Greiner & Reichel, Köln
Druck und Binden CPI books GmbH, Leck, Germany
Printed in Germany

www.aufbau-verlag.de

Gewidmet meiner Tochter Marnie

SHETLAND
UNST
Herra
FETLAR
YELL
Sullom Voe
Brae
PAPA
STOUR
MUCKLE
ROE
WHALSAY
MAINLAND
BRESSAY
Lerwick
Scalloway
5 miles
-1°45′
-1°30′
-1°15′
-1°0′
0°45′
60°45′
60°30′
60°15′
60°0′

wrestin treed (n): ein Stück Schnur mit Knoten, das Hexen bei ihren Zaubersprüchen benutzen

Mittwoch, 19. Oktober

Niedrigwasser Scalloway	*03:34 BST*	*0,5 m*
Hochwasser	*09:53*	*2,2 m*
Niedrigwasser	*15:48*	*0,5 m*
Hochwasser	*22:08*	*2,3 m*

Neumond, 0.3 %

Sonnenaufgang	*07:51*	
Mondaufgang	*08:00*	*122 Grad*
Sonnenuntergang	*17:43*	
Monduntergang	*18:09*	*233 Grad*

Die verknotete Schnur fiel unter meinem Kissen hervor. Ich bemerkte sie erst gar nicht. Ich war müde, nachdem ich den ganzen Morgen lang Gestrüpp ausgerissen und weggeschafft und mir am Nachmittag im College Vorlesungen über die Verfahrensregeln zum Ablassen gefährlicher Güter auf See angehört hatte. Ich hatte mir auf meinem kleinen Herd mein Abendessen gekocht, Kater eine Schnur vor der Nase baumeln lassen und in einem Buch gelesen, während die Herbstsonne hinter dem Berg versank. Dann war ich eine Runde in raschem Tempo spazieren gegangen, um mich vor dem Zubettgehen noch einmal aufzuwärmen. Ich hatte den Wasserkessel aufgesetzt, ihn beim ersten Piepen der Pfeife vom Gas genommen, die Wärmflasche gefüllt und sie unter meinen Schlafanzug geschoben. Ich hatte die verschossenen marineblauen Vorhänge an den langen Fenstern der *Chalida* zugezogen, war noch einmal im Bootsklub auf die Toilette gegangen und hatte mir dann an Deck die Zähne geputzt. Meinen dunklen Zopf hatte ich aufgelöst, so dass mir das Haar in Locken auf die Schultern fiel.

Meine Koje war die traditionelle Hundekoje des Kapitäns an der Steuerbordseite, ein langes Rechteck, das bis unter das Cockpit reichte. Das Kopfkissen war am offenen Ende unter das Federbett gestopft. Ich zog es heraus, und da kam die Schnur zum Vorschein, bewegte sich wie eine Schlange darunter hervor.

Lange stand ich wie angewurzelt und mit pochendem Herzen da, während Kater sich gleich auf die Schnur stürzte, mit ihr auf dem Boden herumrollte, sich auf den Rücken warf und die Schnur mit den Hinterbeinen trat. Es war kein Bindfaden, den ich an Bord gehabt hatte, sondern eine feine graue mehrfach zusammengedrehte Schnur, in die über die Länge verteilt fünf Knoten geknüpft waren. Ich streckte die Hand aus und nahm Kater das Ding vorsichtig aus den Krallen.

Die Schnur war etwa sechzig Zentimeter lang, und die Knoten waren einfache halbe Kreuzknoten – oder, verbesserte ich mich, nachdem ich näher hingeschaut hatte, drei waren korrekte Rechts-über-links-Knoten und zwei halbe Altweiberknoten. Ich wusste, was das war: die Alten hätten es ein *wrestin treed* genannt, ein Hexenzeichen, das von fünf Leuten geknüpft wurde. Jeder machte einen Knoten und murmelte dabei einen bösen Zauberspruch. Ich merkte, dass ich auf die zugezogenen Vorhänge der *Chalida* starrte, als wären da draußen Augen, die beobachteten, wie ich auf eine solche Boshaftigkeit reagieren würde. Einer von diesen Leuten war in mein Zuhause eingedrungen und hatte dieses Stück Gemeinheit dahin geschoben, wo es sein Gift in meinem Kopf verbreiten würde.

Aber nur falls ich an derlei Dinge glaubte, sagte ich mir. Vor sieben Jahren war ich zusammen mit einem Venezolaner auf einem Segelschiff, der auf diese Dinge schwor. Er hatte einmal beinahe einen Herzinfarkt erlitten, als ihm jemand von der

Schiffsmannschaft eine solche geknotete Schnur unters Kopfkissen geschoben hatte. Ich jedoch glaubte nicht, dass Dämonen mir allein durch ein geknotetes Stück Schnur Schaden zufügen konnten. Menschliche Boshaftigkeit, das war etwas anderes. Ich rutschte in die Vorpiek und drehte den Schließhaken an der Luke fest zu, kam dann nach achtern zurück und schob die Riegel vor, die selbst im wildesten Sturm auf See das Setzbord dicht halten würden. Niemand würde in dieser Nacht ungebeten an Bord meines Schiffes kommen.

Ich nahm die Schnur erneut zur Hand. Ich war mir nicht sicher, was ich mit dem Ding machen sollte. Schließlich sprach ich ein »Vaterunser«, ehe ich jeden Knoten einzeln aufknüpfte, und ein »Gegrüßet seist du, Maria«, während meine Finger an den einzelnen Knoten arbeiteten, dann schließlich ein »Ehre sei dem Vater«. Nun lag die Schnur locker in meiner Hand. Ich verschwendete niemals Schnur – an Bord eines Schiffes werden Leinen nur im äußersten Notfall durchschnitten –, aber mit dieser Schnur würde ich kein loses Schäkel festbinden und kein Tauende versäubern. Ich zündete sie im Spülbecken an, spülte die Asche fort und ging zu Bett.

Da lag ich in meiner schmalen Koje und dachte nach, das Kinn auf die Arme gestützt, während neben mir die Kerze golden flackerte und Kater in meiner Armbeuge schnurrte. Ich war erst anderthalb Monate in Scalloway. Ich kannte natürlich meine Klassenkameraden im College und unsere Dozenten und Kate und Peter, denen ich half, ihren Garten aufzuräumen. Ich hatte mit den Frauen geplaudert, die den Laden im Ort führten. Ich war noch bei keiner Tanzveranstaltung und bei keinem Konzert gewesen und hatte auch mit niemandem eine Auseinandersetzung gehabt. Wer mochte mich so wenig, dass er mir dieses unangenehme Geschenk hinterließ? Ich konnte mir keine einzige Person vorstellen, fünf schon gar nicht.

Außerdem hatten die es gewagt, in meinen persönlichen Raum einzudringen, auf meine *Chalida*, in mein Zuhause, meine Zufluchtsstätte. Die *Chalida* war mir Gesellschaft in den lauen Nächten, in denen die Sterne über uns hingen, meine Mitreisende, wenn der Wind auffrischte und sie sich neigte, bis die Wellen ihre Leefenster umspülten. Sie war mein Abenteuer und meine Sicherheit. Sie war mein Ich, besonders jetzt, da ich gestrandet war, als Studentin in der Klasse des turbulenten North Atlantic Fisheries College. Sie erinnerte mich daran, wer ich wirklich war: Cass, die auf Masten kletterte, die im schwarzen Wasser tropischer Nächte am Ruder stand. Cass, die Planerin und die Entscheiderin.

Cass Lynch, Kapitänin ihres eigenen Schiffs.

ill (n): moralische Boshaftigkeit; Böses
to do ill (vi): Böses tun
ill-viket (adj): bösartig

KAPITEL 1

Mittwoch, 26. Oktober

Hochwasser Scalloway	*05:49 BST*	*1,4 m*
Niedrigwasser	*11:53*	*0,7 m*
Hochwasser	*17:57*	*1,5 m*

Mond zunehmend, letztes Viertel, 73 % Vollmond

Monduntergang	*01:31*	*253 Grad*
Sonnenaufgang	*08:09*	
Mondaufgang	*15:43*	*102 Grad*
Sonnenuntergang	*17:28*	

Man hätte das Türenknallen über die See hinweg bis zu den Färöern hören können. Kater erstarrte neben meinen Füßen. Ich stand auf der anderen Seite der Gartenmauer und verharrte mit der Hand am altmodischen Türknauf der Gartenpforte. Wenn drinnen im Haus einer dieser Tochter-Eltern-Kämpfe tobte, wollte ich als Gärtnerin da nicht hineinrasseln. Schritte kamen über den Steinplattenweg gestampft. Kater sprang elegant in den Graben und lauerte im langen, welken Gras. Ich trat einen Schritt zurück, als die Pforte aufgerissen wurde und Annette herausgestapft kam.

Ja, es hatte Streit gegeben. Ihre Wangen waren feuerrot, ihre Augen blitzten. Der Wind ergriff ihren Schal, als sie aus dem ummauerten Garten in die Seeluft trat, und wehte eines der Enden nach oben. Sie packte es, fluchte und bemerkte dann, dass ich dort stand. Sie biss sich auf die Unterlippe, nahm ihren Schal mit äußerster Sorgfalt doppelt, fädelte die Enden durch und zog ihn sich um den Hals fest. Sie schnitt eine Grimasse, als wäre er nun zu eng, richtete sich dann endlich auf, um mich anzuschauen. Zuerst wanderten ihre Augen zu der langen Narbe, die quer über meine Wange verlief, schraken ein wenig davor zurück und huschten schließlich zu meinen Augen. »Hi, Cass.«

»*Noo den*«, antwortete ich im traditionellen Shetlandstil. *Noo den, lass, foo's du?* Na denn, Mädchen, wie geht's dir? Was ist los? So würde man normalerweise hier weiter fragen. Aber so vertraut waren wir nicht miteinander, und ich wollte nicht neugierig sein.

Sie trat von einem Bein aufs andere, als wäre sie sich nicht sicher, was sie sagen sollte. Sie war eines dieser Mädchen, die wie Porzellanpuppen aussehen: makelloser Teint, gezupfte Augenbrauen und perfekte Wimpern über samtbraunen Augen. Ihr Lippenstift schimmerte in einem dunklen Pflaumenblau. Sie hatte ihre übliche violette Jacke an, dazu eine schwarze Baskenmütze, die sie sich schief auf ihr blondes Haar gesetzt hatte. Von ihrem schwarzen Rock hingen Spitzenstreifen wie die langen Tentakel einer Qualle. Es war alles viel zu künstlich für einen windigen Morgen in Scalloway.

Sie schaute zu Kater hinunter, der aus dem hohen Gras geschlichen kam und mit seinem fedrigen Schwanz schlug. Ihre Miene erhellte sich. »Das ist aber eine hübsche Katze.« Sie beugte sich zu ihm hinunter und streckte ihm die Hand hin. »Komm her, miez, miez.« Kater schaute sie mit seinen gelben Augen verächtlich an. Er hatte nichts für beiläufige Liebkosungen übrig. Sie sagte beinahe zu sich selbst, als wäre ihr gerade ein Gedanke gekommen: »Sie ist eine schöne, gesunde kleine Katze …« Sie ging in die Hocke, streckte auch noch die andere Hand nach ihm aus, als wolle sie ihn packen. Kater fauchte und trat den Rückzug an.

»Er mag es nicht, wenn man ihn hochnimmt«, erklärte ich.

Sie wandte mir den Kopf mit einem Blick zu, den ich nicht

zu deuten vermochte. Es lag eine Mischung aus Trotz und Entschuldigung darin. Dann stand sie auf, und die mürrische Miene kehrte zurück. »Du bist doch zu Hause weggelaufen, nicht? Als du viel jünger warst als ich?«

»Mit sechzehn«, stimmte ich ihr zu. Ich wollte auf keinen Fall irgendwelche schrägen Ideen unterstützen, die ihr vielleicht durch den Kopf spukten. »Es war allerdings keine sonderlich gute Idee. Es geht ziemlich hart zu da draußen in der weiten Welt.«

»Aber du hast es geschafft.«

»Ich habe an Bord von Windjammern gelebt, und da hat immer jemand anders gekocht, und ich hatte keine Geldsorgen. Freie Kost und Logis, wenn man täglich ein, zwei Mal einen Mast hochkletterte.« Was immer sie sonst auch machte, ich würde meinen letzten Schäkel verwetten, dass Annette nicht zur See weglaufen würde. Zum einen stellte niemand vernünftige Kleidung für das Leben draußen auf See in ihrer Lieblingsfarbe her: Goth-Schwarz mit Spitzenrüschen. Zum anderen würde ihr elegant gekämmtes, glattes Haar im Wind auch keine fünf Minuten so bleiben.

Wieder nestelte sie an ihrem Schal herum. Als er verrutschte, sah ich, dass sie am Hals einen tiefen und mehrere kleinere Kratzer hatte, als hätte sie jemandes Katze hochgehoben und die hätte sich gewehrt, um von ihr fortzukommen. Nein, diese Male waren dafür zu groß und zu tief, und alle hatten sie ringsum den bläulichen Schatten eines Blutergusses – stammten sie von den Krallen eines Hundes? Die Familie hatte zwei Pointer, Dan und Candy, zwei liebenswürdige Herzchen. Ich konnte mir nicht vorstellen, dass die einem Menschen an die Kehle gingen. Annette bemerkte, dass ich auf die wunde Stelle schaute, und zog rasch den Schal wieder darüber, um die Male zu verdecken. Ihre Wangen röteten sich. Sie wandte den Blick ab, fasste in die Tasche, holte ihre Handschuhe heraus, streifte sie sorgfältig Finger für Finger über und seufzte. »Die verstehen es einfach nicht!« Es kam wie ein unterdrücktes Jaulen heraus. Sie atmete stoßweise ein und fuhr dann fort: »Die ersticken mich. Warum sollte ich nicht ausgehen und Leute kennenlernen, wenn ich das möchte? Wenn ich glaube, dass die mir helfen könnten?«

»Dafür gibt es keinen Grund«, stimmte ich ihr zu. Es ging mich nichts an. Zwar klang das, was ich von ihrem Streit mit den Eltern mitbekommen hatte, nach der üblichen Teenager-Angst, aber Annette war achtzehn, hatte das dramatischste Stadium schon hinter sich und war wirklich alt genug, um aus dem Elternhaus auszuziehen. »Warum suchst du dir nicht für das Jahr zwischen Schule und Uni eine Wohnung und machst dann, was du willst?«

»Da müsste ich erst mal einen Job finden«, antwortete sie.

Ihrer Miene nach zu urteilen, würde sie sich darum nicht sonderlich bemühen, jedenfalls nicht, solange Daddy bereit war, sie zu finanzieren. Sie musste mir diesen Gedanken vom Gesicht abgelesen haben, denn sie verteidigte sich: »So leicht ist das nicht. Ich will was studieren, wo der Schwerpunkt auf Forschung liegt, also warte ich, bis ich was auf meinem Gebiet finde, als nützliche Erfahrung vor dem Studium.«

In ihrem Alter hatte ich Tische abgeräumt und Geschirr gespült, während ich auf das nächste Segelschiff wartete. Sie holte wütend Luft. »Jedenfalls finde ich, dass ich alt genug bin, um zu entscheiden, wo ich hingehe und mit wem ich mich treffe.«

Und du weißt nur zu gut, dachte ich still für mich, dass das jemand ist, den du besser nicht treffen solltest … Sie wirkte angespannt, als wäre sie wild entschlossen, eine Entscheidung zu fällen, von der sie mit Sicherheit wusste, dass sie falsch war. Ihre Augen funkelten, als der dunkelgraue BMW ihres Vaters langsam aus dem Ladysmith Drive gerollt kam und in Richtung Lerwick abbog. Dann entspannte sich ihr Gesicht, und sie sah nur noch unsicher und jung aus. Sie wandte den Blick zum Meer, biss sich auf die Unterlippe und schaute wieder zu mir. Ihre Hände nestelten erneut an ihrem Schal. »Cass, hast du je das Gefühl, du hättest schon mal gelebt? Du weißt schon, in einem früheren Leben?«

»Reinkarnation?« Ich schüttelte den Kopf. »Und du?«

»Manchmal.« Sie zog wieder an dem Schal. »Das hier – das erstickt mich.«

Ich war noch keine dreißig, aber neben ihr fühlte ich mich wie meine eigene Großmutter. »Es taugt nichts, von einem Ort wegzulaufen«, sagte ich. »Ich bin nirgendwo weggelaufen. Ich bin wo hingelaufen. Ich brauchte das Meer. Hör mal, wenn du kommen und reden möchtest, du weißt doch, wo ich wohne?« Ich drehte mich um und deutete am Strand entlang zum Yachthafen, der vor der Glas- und Kachelfassade des Fisheries College ins Meer hinausragte. »Das ist mein Boot, die *Chalida,* das kleine weiße Boot, auf dem noch die Segel sind. Ruf einfach vom Tor des Yachthafens rüber, dann komm ich und sperr dir auf.«

Sie schien erleichtert zu sein, als dächte sie, dass ich all ihre Probleme lösen könnte. »Das mach ich vielleicht.«

»Jederzeit«, sagte ich. »Ich bin die meisten Abende zu Hause.«

Ihre Augen wanderten von meinem Gesicht über meine Schulter hinweg und weiteten sich vor Schreck. Ich wandte den Kopf. Drei Mädchen etwa in Annettes Alter kamen auf der Strandstraße auf uns zu. Sie waren in diesem Steampunk-Stil gekleidet, einer Mischung aus Leder und Rüschen in Grau und Schwarz, ein bisschen wie auf einem Foto aus Viktorianischen Zeiten. Zu diesem Stil gehörte auch das Make-up mit borstigen Wimpern und schwarzem Lippenstift. Ich hatte die drei neben dem Laden an einer Ecke herumlungern sehen, beinahe ganz von einer Wolke aus Tabakrauch verhüllte Opfer der Rezession. In Shetland gab es früher einen Job für jeden, der arbeiten wollte, aber jetzt strich die Kommunalverwaltung die Truppen an der vordersten Front zusammen, und wer einmal eine Arbeit als Haushaltshilfe, in einer Sozialeinrichtung oder als Büroangestellter hatte, hielt verzweifelt daran fest. Das erste Opfer der Maßnahmen des Schulreferats, das fünf Millionen Pfund einsparen wollte, war die Sekundarstufe der Junior High School von Scalloway gewesen. Jetzt wurden alle Teenager mit dem Bus von hier in die große Schule in Lerwick gekarrt, und das kleine Heer von Putzfrauen, das früher den Schülern entgegenging, wenn sie aus der Schule strömten, war nun arbeitslos geworden.

Diese Mädchen kannten Annette. Die Größte unter ihnen schaute sie unter ihrem pechschwarzen Pony hervor böse an. Annette blickte zurück, zunächst flehentlich, dann verhärteten sich ihre Augen, und ihre Lippen verzogen sich zu einem Strich. Das größte Mädchen hob eine Hand und rieb den Daumen und die ersten beiden Finger aneinander, die weltweite »Geld her«-Geste. Die beiden anderen grinsten höhnisch.

Annette reckte das Kinn vor. Ohne sich zu verabschieden, machte sie auf dem Absatz kehrt, drängte sich zwischen den dreien hindurch und ging an der Strandpromenade entlang in Richtung Laden. Ihre Absätze klapperten auf dem Gehsteig. Ich schaute ihr einen Augenblick hinterher, blickte dann zu den anderen Mädchen zurück. Die Hand der Größten senkte sich langsam. Ihr Blick hätte eine Möwe mitten im Flug gestoppt. Das schwarze, glänzende Leder, die grauen Rüschen des Rocks, die angespannte Aufmerksamkeit auf den mir zugewandten Gesichtern, all das ließ die drei wie ein Trio von Nebelkrähen aussehen, die ein sterbendes Schaf beäugen. Es war ein übles Trio. Wenn ich Annette wäre, ich würde mich gewaltig vorsehen.

Aber ich hatte noch einen Garten sauber zu räumen. Ich wandte mich vom Meer ab und drückte die schwere Gartenpforte auf. Kater kam aus dem Graben geglitten und sprang vor mir hinein, den fedrigen Schwanz hoch erhoben, so dass man das hellere Grau darunter sehen konnte. Aus dem halb verhungerten Kätzchen, das ich vor drei Monaten am Berghang gefunden hatte, war ein junger Kater geworden, ein munteres Kerlchen mit glänzendem Fell, schiefergrau am Rücken, mit dunklerem Deckhaar und hellen Streifen, die zu einem rosa-grauen Bauch und adretten weißen Pfoten hin ausliefen. In Brae hatte er fröhlich an Bord geschlafen, während ich fort war, denn er hatte dort Anders' zahme Ratte zur Gesellschaft gehabt. Ich hatte auch versucht, ihn allein an Bord zu lassen, nachdem ich in Scalloway angekommen war, aber da hatte er bei seinen Ausbruchsversuchen tiefe Schrammen in das Holz meines Bootes gekratzt. Als ich die Luke für ihn offen gelassen hatte, war er über das Dock gejagt, hatte sich unter dem Zaun durchgequetscht und war mir gefolgt. Jetzt fetzte er zusammen mit Dan und Candy in Kates Garten herum, während Kate und ich dort arbeiteten; sonst kam er mit ins College. Im Klassenzimmer rollte er sich auf meinem Schoß zusammen. Wenn wir mit der Klasse auf See waren, ließ ich ihn bei Nate, der im College-Café arbeitete. In dem Schrank bei der Küche war es gemütlich und warm, ganz zu schweigen von dem Stückchen Fisch, das gelegentlich für ihn abfiel. Ich hoffte inständig, dass er immer noch mit mir auf das ungeheizte Boot zurückkommen wollte, wenn es draußen kälter wurde.

Hinter der Gartenpforte führte ein Steinplattenweg zwischen Ahornbäumen zu dem alten Haus hinauf, das aus grauem Stein und in dem quadratischen Stil der Häuser aus dem frühen achtzehnten Jahrhundert gebaut war. Es sah aus wie ein Haus auf einer Kinderzeichnung: Stufen zu einem überdachten Eingang in der Mitte, zwei Fenster auf jeder Seite der Tür, drei im nächsten Stockwerk, das Rechteck eines Ziegeldachs, auf jeder Seite ein Schornstein mit einem Faden Rauch. Zumindest hatte ich als Kind Häuser so gezeichnet. Ich fragte mich, ob Peerie Charlie*, der kleine Junge meiner Freundin Inga, Häuser auch so malte oder ob auf seinen Zeichnungen die moder-

* (Shetland-Dialekt) Der kleine Charlie.

nen Shetland-Häuser auftauchten, Häuser aus farbigem Holz mit dreifach isolierten Panoramafenstern, einer kleinen Turbine neben dem Haus und Solarmodulen auf dem Dach.

Dieses Haus hier hatte dem letzten Laird gehört, einem aus der Familie der Scotts, die fünf Jahrhunderte lang das Leben in Scalloway dominiert hatte. Nach seinem Tod war es an ein Ehepaar aus England verkauft worden, und ich hatte im Laden die Kleinanzeige gesehen: »Gesucht: aktive Mithilfe im Garten, den ganzen Oktober lang, Zeiten nach Absprache«.

Natürlich hatte ich meinen Kumpel Magnie nach den beiden gefragt. Der hatte einen alten Walfangkameraden in Scalloway angerufen und von dem alle bekannten Informationen bekommen: »Der Mann heißt Peter Otway, und sie sind schon zehn Jahre oder so hier. Er ist Mitte vierzig, Zweigstellenleiter der RBS* in Lerwick. Sie hatten da was gemietet, aber als dieses große Haus auf den Markt kam, haben sie es gekauft und sind nach Scalloway gezogen. Die Frau heißt Kate. Er muss etwa fünfzehn Jahre jünger sein als sie. Sie haben nur das eine Mädel. Sind hergezogen, als sie grade aus der Grundschule raus war. Er ist einer von denen, die überall dabei sind. Du weißt schon. Er ist bei den Rotariern, bestimmt auch bei den Freimaurern, möchte ich wetten, obwohl ich es nicht genau weiß, und er ist garantiert beim Up Helly Aa** mit einer Truppe unterwegs.«

Beim Up Helly Aa von Lerwick, dem größten der Feuerfestivals in Shetland, zogen Tausende von verkleideten Leuten mit flammenden Fackeln zusammen durch die Stadt. Es waren nur Männer, und man musste mindestens fünf Jahre in Lerwick gelebt haben und konnte nur auf Empfehlung in eine der Truppen aufgenommen werden.

* Royal Bank of Scotland, schottische Bank.

** Feuerfestival auf Shetland im Januar, bei dem die Nachbildung eines Wikingerschiffs verbrannt wird.

»Der Zweigstellenleiter der Bank, das gilt in Lerook schon als Adel.« Darin, wie Magnie den Namen der Stadt aussprach, lag die ganze Verachtung des Landmanns für die Städter. »Der hing auch mittendrin in der Organisation für das neue Museum und so.« Das schien akzeptabler zu sein, da es was mit Seefahrt zu tun hatte.

»Dem Shetland-Bus*-Museum?« Ich hatte es von der Straße aus gesehen, ein großes Gebäude aus Holz und Glas, aber ich war noch nicht drin gewesen.

»Nö, dem Scalloway Museum«, betonte Magnie. »Da geht's um die ganze Ortsgeschichte. Da gibt's einen prähistorischen Pflug und einen Wikingerarmreifen – na ja, eine Kopie, das Edinburgher Museum hat das Original mitgenommen – und Zeug über Hexen und über die Heringsfischerei, nicht nur die Geschichte über die Norweger.«

Ich hätte mich dran erinnern sollen, dass das, was ein Shetlander nicht über seine eigene Geschichte weiß, kaum wissenswert ist. »Ich muss da mal hingehen und mich umschauen«, sagte ich. Meine Helden blieben trotzdem die Männer vom Shetland Bus, junge Norweger in Fischerbooten, die Waffen und Teile von Funkgeräten ins von den Deutschen besetzte Norwegen schmuggelten und Flüchtlinge aus dem Land schafften.

»Das solltest du tun, Mädel. Die haben das wirklich wunderbar hingekriegt. Damit hat er also auch zu tun gehabt. Die Frau arbeitet nicht, die malt, hübsche kleine Bilder von Blumen, mit diesen strahlenden modernen Farben.« Magnie selbst hatte eine Schwäche für die Bilder, die seine Mutter mochte: viktorianische Drucke von lockigen Kleinkindern, die Kätzchen auf dem Arm halten. »Sie hat wohl beschlossen, den Garten in Ordnung zu bringen, ehe der Winter kommt? Das ist ein riesiges Areal voller Bäume und Brombeerhecken.«

* Shetland Bus nannte man die Verbindungsroute zwischen den Shetland-Inseln und dem im Zweiten. Weltkrieg von Deutschland besetzten Norwegen.

»Aktive Mithilfe im Garten, genau gegenüber vom Liegeplatz der *Chalida* und zu Zeiten, die ich um das College rum organisieren kann«, sagte ich und wählte die angegebene Nummer.

»Was für Erfahrung mit Gartenarbeit haben Sie?«, war Kates erste Frage, sobald ich mich vorgestellt hatte.

Ich hatte mir meine Antwort schon ausgedacht. »Keine«, sagte ich rasch, »aber ich habe mein Leben bisher auf See verbracht, und das bedeutet, dass ich schnell lernen und Anweisungen befolgen kann. Ich werde wesentlich weniger Schaden anrichten als jemand, der meint, alles über Gärten zu wissen.«

Darüber musste sie lachen, und wir einigten uns darauf, dass ich vor der Bonfire Night*, dem ersten Samstag im November, so viel von der schweren Aufräumarbeit machen sollte, wie ich konnte.

Inga hatte das sehr komisch gefunden. »Wenn man bedenkt, dass du dein Möglichstes getan hast, um vom Land wegzubleiben, seit du dein erstes Boot gekriegt hast.« Trotzdem genoss ich die Arbeit. Ich war frische Luft gewohnt, und die gelegentlichen Regenschauer machten mir nichts aus. Die Arbeit für Kate gab mir Gelegenheit, draußen zu sein, weg von den Neonlichtern und der klimatisierten Luft im College, weg von den dort allgegenwärtigen Schildern mit Ermahnungen für Zweijährige: *Hast du dir die Hände gewaschen? Nicht zwei Papierhandtücher nehmen, wenn eines reichen würde!* Auf den Hinweisschildern an Bord eines Schiffes ging es um ernste Dinge, also fiel mir das ständige visuelle Gequatsche gewaltig auf die Nerven.

Kate stand in der Tür, flankiert von ihren beiden Hunden. Alles an ihr sprach von der »Lady auf dem Land« – die dun-

* Feier des missglückten Attentats auf das britische Parlament (1605) durch Guy Fawkes, wird am 5. November mit Freudenfeuern, Fackelzügen und Feuerwerk begangen.

kelbraune Cordhose, die grüne Weste über einem Pullover und einem Polohemd, das Tuch um den Hals, das mit einer Gemme zusammengefasst war, die grünen Gummistiefel. Sie hatten hier keine Pferde, aber garantiert war sie mit welchen aufgewachsen und konnte einen Pferdeanhänger in eine enge Parklücke so mühelos rückwärts einparken wie ich einen Anhänger mit einem Dingi. Ihr schulterlanges Haar schimmerte wie eine frisch vom Baum gefallene Kastanie und wurde im besten Stil der sechziger Jahre von einem Stirnband zurückgehalten. Ihr Teint hatte feine rote Äderchen unter der Haut und verriet, dass sie sich viel im Freien aufhielt. Ihre Augen waren haselnussbraun. Ein Blick, und man wusste, dass alles, was sie organisierte, wie am Schnürchen klappen würde.

Ihre Augen waren auf die Gartenpforte gerichtet, schauten aber weit darüber hinaus an die Stelle, wo Annette verschwunden war. Die Hunde bemerkten uns zuerst; Candy, die schwarz-weiße Hündin, raste los, sprang über Kater hinweg, drehte einen Kreis und beschnüffelte ihn von hinten. Der Rüde Dan erhob sich langsamer und kam gemächlich heranspaziert, um uns zu begrüßen. Dann drehte sich Kate um und konzentrierte sich auf uns.

»Dem geht's noch immer nicht wieder so richtig gut«, sagte sie und schaute auf Dan. »Wir glauben, dass er irgendwas Schlechtes gefressen hat. Vielleicht finden wir da im Gestrüpp gleich ein halb aufgefressenes totes Schaf. Er hat sich gestern Abend sogar geweigert, mit Gassi zu gehen. Peter wollte schon beim Tierarzt anrufen, aber wir haben beschlossen, erst einmal abzuwarten, wie er sich heute Morgen fühlt.« Sie straffte die Schultern und kam die Stufen hinunter. »Bereit für weitere Rodungsarbeiten im Unterholz?«

»Absolut«, sagte ich.

Wir räumten gerade eine Ecke auf, in der Rispenrosen, zäh wie Möwen und stachelbewehrt wie Seeigel, ihre Triebe im Umkreis von zwei Metern um die Mutterpflanze herum ins

Gras ausgestreckt hatten. Ich hatte Gefallen an diesen Landfarben gefunden: an den Primelblättern, an ihren regenschwarzen Stängeln, an den glänzenden dunkelroten Hagebutten, die wie Mini-Granatäpfel aussahen. Hier und da hatte ein Vogel eine aufgepickt, und das gelbe Fruchtfleisch mit den Samen darin war sichtbar. Zwischen den Ästen in der Mitte der Büsche wuchsen ein paar Herbstzeitlose, zart geäderte violette Kelche auf durchsichtigen Stängeln, die Blütenblätter gegen die Kälte geschlossen.

Es war eine befriedigende Arbeit: das Gefühl, wenn eine Wurzel nachgibt, die Geschwindigkeit, mit der man einen ganzen Klumpen von Wurzelschösslingen ausreißen konnte, wenn einer nach dem anderen aus dem Boden kam und man schließlich einen ganzen Ballen in der behandschuhten Hand hielt. Kater tollte mit Candy herum, sprang über sie hinweg, stürzte sich auf Blätter, jagte Grasbüschel, die mit den Wurzeln hochgerissen wurden, und holte immer wieder den bimmelnden Ball, den Kate ihm gekauft hatte. Der war mit Glitzer bedeckt und so klein, dass Kater ihn im Maul herumtragen konnte; wenn man ihn warf, tollte er erst an der Stelle, wo er gelandet war, ein bisschen damit herum und brachte ihn dann wie ein Hund zurück, damit man ihn erneut warf. Candy beteiligte sich an dem Spiel. Wenn man den Ball ordentlich weit warf, erreichte sie ihn gewöhnlich zuerst, doch wenn der Ball nur etwa zehn Meter flog, erwischte Kater ihn vor der Hündin und brachte ihn zurück, während sie um ihn herumrannte. Ein einziges Mal hatte sie versucht, ihn wie einen Welpen aufzuheben, aber das ließ er sich nicht gefallen.

Als wir uns bis zu dem Busch in der Mitte des Gartens durchgearbeitet hatten, machte sich Kate mit einer Schubkarre voller Gartenabfälle auf den Weg, während ich mit der Harke zwischen den zerbrechlichen Stängeln der Hasenglöckchen den Boden lockerte und noch ein letztes Mal den Rasen festtrat. Das große Freudenfeuer für den Guy Fawkes Day würde in East Voe stattfinden, auf der anderen Seite des Hafens. Kate musste also die Gartenabfälle in einen Sack packen und in ihrem Kombi dorthin fahren. An dem Platz, wo das Feuer sein sollte, hatte man bereits alte Stühle und Europaletten und etwas, das wie das Dach eines Schuppens aussah, zu einem hohen Haufen aufgetürmt. Es würde ein gewaltiges Feuer geben, am Samstag in einer Woche.

»Kaffee und Leckerli«, sagte Kate schließlich, als sie die leere Schubkarre wieder an die Wand lehnte. Es war Teil unserer täglichen Routine, diese zehnminütige Kaffeepause mit einem Keks, die uns Energie für die nächste Attacke auf den Garten gab. Kater, Candy und ich folgten Kate in die Küche, wo der mit Öl betriebene Rayburn-Ofen vor sich hin glühte und das Wasser im Kessel auf der hinteren Ofenplatte leise siedete. Dan lag braun und weiß der Länge nach vor dem Ofen ausgestreckt. Die Küche roch nach Wärme, Kaffee und Hund. Kate schob den Wasserkessel auf die heiße Platte und ging die Kekse holen, während ich die Henkelbecher auf den Tisch stellte und Kaffeepulver hineinlöffelte und Kater sich in einer Schachtel mit Noppenfolie neben dem Rayburn-Ofen zusammenrollte. Dann setzten wir uns gegenüber an den Küchentisch und entspannten uns.

Ich war mit Kate sofort gut klargekommen. Wir waren während unserer Kaffeepausen keine Freundinnen geworden, dazu war unser Altersunterschied zu groß, aber ich hatte sehr viel über sie herausgefunden. Sie war in den Cotswolds aufgewachsen, und ihre Mutter war sehr stolz auf ihren Garten gewesen: »Sie hatte wirklich einen grünen Daumen, man musste ihr nur eine Wurzel geben, und sie brachte sie zum Wachsen.« Peter hatte sie bei einer Veranstaltung in dem Kinderheim kennengelernt, wo sie ehrenamtlich arbeitete; er war einer der Vorstände gewesen. Als ein anderer Vorstand eine besonders schwülstige Rede hielt, hatten sich ihre Blicke getroffen, und irgendwie war der Funke übergesprungen – »obwohl er beinahe ein Jahr brauchte, um drüber wegzukommen, dass ich fast zweimal so alt war wie er – er war gerade mal dreiundzwanzig, und ich war Ende dreißig.« Sie hatte gelernt, anstatt der Jagdgesellschaften nun Geschäftsleute zu bewirten – »die sich wesentlich weniger für die Qualität des Weines interessierten und für die eine ansprechende Präsentation wichtiger war als jede Menge gutes, sättigendes, wärmendes Essen.« Ihr Gesicht war ganz sanft geworden. »Und dann kam Annette. Sie war ein wunderschönes Baby, hatte einen Kopf voller goldener Locken …« Nichts war ihnen für ihr Kind zu gut gewesen: ein schwarzes Shetlandpony namens Ricky, Ballettunterricht, Privatunterricht in den Fächern, die ihr in der Schule schwerfielen. Annette hatte einen relativ anständigen Oberschulabschluss geschafft und wartete nun auf einen Studienplatz an einer Universität. »Also können wir wieder wie in unseren Junggesellenzeiten leben!« Die beiden schienen immer noch eine recht stabile Beziehung zueinander zu haben (soweit man das heutzutage von irgendeinem Paar überhaupt sagen kann), trotz ihres Altersunterschieds. Er war natürlich den ganzen Tag lang nicht zu Hause, fuhr aber täglich die sechs Meilen von Lerwick zum Mittagessen heim und blieb kaum mal länger im Büro. Seine Abende waren dem Museum oder dem gesellschaftlichen Leben bei den Rotariern und der Royal British Legion* gewidmet, während sie in ihrem Atelier in einer Holzhütte beim Haus malte. Sie zeigte regelmäßig ihre Bilder in der Bonhoga-Galerie in Weisdale. Einmal war ich per Anhalter dorthin gefahren, um mir ihre neueste Ausstellung anzusehen. Es waren Blumenbilder gewesen, wie Magnie gesagt hatte, und bei den meisten hatte ein roter Punkt auf den Schildchen geklebt.

Sie hatte auch einiges über mich erfahren: aufgewachsen

* Wohltätigkeitsorganisation im Vereinigten Königreich, die lebenslange Unterstützung für Reservisten, Veteranen und Familien der Royal Navy, British Army und Royal Air Force leistet.

in Shetland, einzige Tochter eines irischen Ölmanagers und einer französischen Opernsängerin. Als ich Teenager war, wurde Dad gebeten, die Bauaufsicht bei einem Projekt am Persischen Golf zu übernehmen, und man hatte mich in Mamans elegante Stadtwohnung in Poitiers verfrachtet. Dort hatte es mir überhaupt nicht gefallen; ich hatte Heimweh nach dem Meer und nach meinen Segelfreunden. Dann hatte ich mein Bankkonto geplündert und war abgehauen, zurück nach Schottland, an Bord eines russischen Schiffs, der *Mir*, in der Cutty-Sark-Windjammer-Regatta. Anschließend war ich auf Windjammern über die Ozeane der Welt geschippert und hatte in Ferienorten am Mittelmeer Unterricht im Dingi-Segeln gegeben. Ich hatte mit meinem Liebsten Alain den Atlantik überquert – aber darüber sprach ich nicht, auch nicht über seinen Tod auf der Rückreise. Langsam wurde die Bürde meiner Schuldgefühle etwas leichter, aber losgeworden war ich sie noch nicht. Dann hatte ich meine *Chalida* gefunden, die völlig vernachlässigt in einem griechischen Yachthafen vor Anker lag. Ich war mit ihr nach Norwegen gesegelt und schließlich nach Shetland und zu einer Versöhnung mit Dad und Maman zurückgekehrt. Die beiden begannen nun selbst nach sechzehnjähriger Trennung ihre Beziehung zu kitten, während ich die Abschlüsse machte, die ich als Teenager verpasst hatte. Denn ich wollte mit einem Patent als Offizier auf einem Windjammer anheuern können.

Kate rührte in ihrem Kaffee und nahm sich ein zweites Kit-Kat. »Hast du vorhin Annette noch getroffen?«

Ich nickte.

Kate seufzte. »Ich versteh es einfach nicht. Wir sind immer so gut miteinander ausgekommen – sie war ein süßes kleines Mädchen, und wir haben ihr natürlich jede Menge Aufmerksamkeit gewidmet, weil sie die Einzige war. Ich dachte, sie würde immer auf mich hören, zumindest …« Sie stand auf und ging zum Spülstein, hatte das Gesicht von mir weggewandt.

»Ich glaube, sie hat einen Freund, und zwar einen, mit dem wir nicht einverstanden wären. Was mir wirklich Sorgen macht, Cass, das ist diese Achterbahn der Stimmungen. Sie braust beim geringsten Anlass auf. Ich habe Angst, dass sie vielleicht Drogen nimmt. Man sieht, dass sie nicht glücklich ist, irgendwie scheint sie ein schlechtes Gewissen zu haben … Meinst du, es könnte so was sein?«

»Ich weiß nicht viel über die Drogenszene«, sagte ich. »Das gibt's in der Segelwelt kaum. Na ja, erstens mal kann man sich das Zeug gar nicht leisten, weil man alles Geld, das man übrig hat, gleich wieder ins Boot steckt.« Für einen Filmjob als Skipper auf einem nachgebauten Wikingerschiff hatte ich 4000 Pfund bekommen. Wenn ich es schaffte, das College-Jahr lang von 3000 Pfund zu leben, würde ich den Rest in einen neuen Satz Segel für die *Chalida* investieren. »Und dann muss man auf See immer hellwach sein, man braucht alle Sinne, die man hat, und auf keinen Fall Drogen, die einen Sachen sehen lassen, die nicht da sind.« In einer Mondnacht, allein an Deck, wenn die See wie eine riesige große Untertasse vor einem liegt, da kann man leicht seltsame Dinge sehen. Einmal hätte ich schwören können, ich hätte das Gespenst eines längst verschwundenen Rahseglers erspäht, mit zerfetzten Segeln und Toten, die an den Leinen zerrten. Dann verzog sich der Mond hinter eine Wolke, und ich war allein auf dem Meer, das wie Kohle glänzte, und fragte mich, was wohl alles da draußen war, bis der Mond wieder erschien und nur leere Weite enthüllte.

»In Shetland gibt es bei den jungen Leuten anscheinend eine große Drogenszene«, sagte Kate. Sie nestelte an dem Stanniolpapier ihres KitKat herum, drehte einen silbernen Becher daraus. »Ich hatte gehofft, Annette wäre zu alt und zu vernünftig, um da hineingezogen zu werden, aber man weiß ja nie. Das sagen Eltern doch immer: ›Wir haben gedacht, unser Kind wäre zu vernünftig dazu.‹ Man muss ja nur in schlechte Gesellschaft geraten.«

»Hast du denn eine Ahnung«, fragte ich zaghaft, weil es mich eigentlich nichts anging, »wer bei ihr diese schlechte Gesellschaft sein könnte?«

Sie schüttelte den Kopf. »Ein Junge vom College scheint sie recht gern zu mögen, er ist blond, hat ziemliche Glupschaugen, ist eher ruhig. James irgendwas. Er hat ein paarmal angerufen.«

»James Leask«, sagte ich. Daher wusste Annette also, dass ich von zu Hause weggelaufen und zur See gegangen war. James hatte den Ingenieur-Zweig des ziemlich gemischten Kurses belegt, an dem ich teilnahm. »Der würde niemanden auf Abwege führen und sich selbst auch nicht auf welche führen lassen. Er ist einer von den Stillen, Sturen.«

Sie nickte. »Den Eindruck hatte ich auch. Annette hat sich diese Woche ein paarmal mit ihm getroffen – warte mal, am Samstag –, und dann sind sie am Montag ins Scalloway Hotel essen gegangen. Also, hoffte ich …«

Ich dachte für mich, dass Annette sich in diesem Zuhause vielleicht zu Recht eingeengt fühlte, wenn sie so genau beobachtet wurde. Als ich so alt war wie sie, hatte Dad viel zu viel mit seinem neuen Ölterminal zu tun und Maman war in Poitiers. Ich war den ganzen Sommer an Bord der *Sørlandet* gesegelt, hatte dann den Winter an einem Strand in der Karibik verbracht und Dingi-Segeln unterrichtet, und keiner meiner Eltern wusste, mit wem ich mich wie oft und wo traf. Das wussten sie auch jetzt noch nicht, aber zumindest wurden mittlerweile Brücken zwischen uns gebaut. »James würde keine Drogen nehmen. Da bin ich mir sicher.«

»Jedenfalls«, sagte Kate, »will sie an Halloween zu irgend so einer Party; darum ging es bei unserem letzten Streit.« Sie warf mir einen Blick von der Seite zu, als versuchte sie abzuschätzen, ob ich eine wilde Anti-Halloween-Fundamentalistin war. »Peter findet, dass das alles zu weit geht, wenn sich die Leute als Teufel und Hexen verkleiden und überall Totenschädel sind und so. Er fand dieses alberne Halloween-Theaterstück ganz schrecklich – hast du es gesehen?«

Ich schüttelte den Kopf.

»Es war nur ein Spaß«, meinte Kate. »Es ging um ein Dorf, in dem jedes Jahr am 31. Oktober die Toten wieder lebendig werden. Nate, der Sohn des Pfarrers, hat es letzten März für das Drama Festival inszeniert. Er hat auch einen der auferweckten Toten, einen Zombie, gespielt, und Annette hat eine Hälfte eines Pärchens auf Hochzeitsreise gespielt und wurde von dem Zombie entführt. Es war alles sehr albern, und sie haben es auf Lacher angelegt und tatsächlich einen Preis für das ›unterhaltsamste Stück‹ eingeheimst. Ich fand es ziemlich harmlos, aber Peter war ungeheuer aufgebracht und meinte, sie hätte uns das Stück vorher zeigen müssen.«

»Ich kenne Nate«, sagte ich. »Er arbeitet in dem Café im College und kümmert sich um Kater, wenn ich mit meinem Kurs auf See bin.«

»Peter kann ihn nicht ausstehen«, sagte Kate mit einem Seufzer. »Der entwickelt sich allmählich zu einem engstirnigen *Daily-Mail*-Leser. Er meint, der Junge hat Grips, den er verschwendet, und es sei noch nie was Gutes dabei rausgekommen, wenn jemand einen Job annimmt, der seine Intelligenz unterfordert. Dann hat er angefangen, von Branwell Brontë zu faseln. Dabei hätte ich geschworen, dass er nicht einmal wusste, wer Charlotte Brontë war.«

»Was hat denn Branwell damit zu tun?«, fragte ich belustigt.

»Keine Ahnung. Hat man von dem nicht geglaubt, er wäre superintelligent und ihm würde eines Tages die Welt zu Füßen liegen, und er ist dann als Trunkenbold gestorben, und die viel unwichtigeren Schwestern sind berühmt geworden?«

»Ich schau mir Nate heute Nachmittag mal genau an«, versprach ich, »und sage dir dann, ob er möglicherweise ein verkanntes Genie ist.«

»Ja, mach das.« Sie sah auf ihre Armbanduhr. »Auf in die

Wildnis! Ich finde diesen Garten allmählich richtig spannend, Cass. Weißt du, dass wir hier mal Terrassen hatten? Gestern Abend stand ich an der Tür und habe nur so vor mich hin geguckt, da ist die Sonne auf etwas Rotes mitten unter den Rosen gefallen – ein verwelktes Pfingstrosenblatt. Es ist, als buddelten wir hier auf einer Schatzinsel.«

Ganz so weit wäre ich nicht gegangen, aber ich überlegte auch, was aus den Blumenzwiebeln, die wir mit all dem Wurzelzeug ans Licht befördert hatten, wohl im Frühling werden würde: eine Fläche mit Schneeglöckchen unter den Rosen, ein gelbes Band aus Osterglocken zu beiden Seiten des Steinplattenwegs und Hasenglöckchen, die unter den Ahornbäumen einen himmelblauen Teppich ausbreiten würden.

Wir arbeiteten weiter, bis das Knarren der Gartenpforte uns daran erinnerte, dass die Mittagszeit gekommen war. Die Hunde rannten bellend zur Begrüßung hin. Peter kam mit großen Schritten über den Pfad auf uns zu, eine schwarze Mülltüte in jeder Hand. »Hallo, Mädels«, rief er uns zu. »Ihr kommt ja gut voran.«

Das sagte er jeden Tag.

Peter sah nicht aus wie ein Banker, was im augenblicklichen Finanzklima wohl ein Segen war, dachte ich mir, in dem »Banker« ein Synonym für »Abschaum« war. Selbst mit dem dunkelgrauen Anzug und der Krawatte seiner Eliteschule hätte man ihn eher für einen Mann von der Marine, einen Forschungsreisenden oder einen Unternehmer gehalten. Er war gerade mal Anfang vierzig. Das dichte helle Haar war von seiner breiten Stirn nach hinten gekämmt. Peter hatte gerade sandfarbene Brauen, blaue Augen, eine Hakennase und ein resolutes Kinn. Genau wie Kate hatte er den rosigen Teint eines Menschen, der sich viel im Freien aufhält. Er hätte wahrscheinlich einen guten Marineoffizier abgegeben: effizient, entscheidungsfreudig, in Notfällen schnell zum Handeln bereit. Ich hätte ihn ohne Zögern als Wachführer eingeteilt.

Kate rappelte sich unter einer mit Flechten bewachsenen Falschen Johannisbeere hoch, ging zu ihm hinüber und küsste ihn auf die Wange. Er wedelte die schwarzen Mülltüten vor ihr hin und her. »Ein Geschenk von einem Verehrer.«

»Von mir oder von dir?« Kate knotete eine der Tüten auf. »Oh, das Lamm! Fantastisch! Ich verstau es gleich in der Gefriertruhe. Wie ist's mit dir, Cass, könntest du ein bisschen Lammfleisch gebrauchen?«

Ich hätte sehr gern welches gehabt. »Ich habe auf der *Chalida* keinen Backofen.«

»Du hast aber doch einen Grill. Komm mit in die Küche, und ich such dir ein paar Koteletts heraus, während du dir die Hände wäschst.«

Bis ich die Schubkarre verstaut, die Gartengeräte sauber gemacht und die letzte Erde unter meinen Fingernägeln entfernt hatte, hatte Kate das Fleisch auf dem Küchentisch verteilt. Der zarte Duft erfüllte die ganze Küche. Kater reckte sich mit vorwärtsgesträubtem Schnurrhaar und zuckendem grauem Näschen an einem Tischbein in die Höhe.

»Magst du Nierchen?«, fragte Kate. Sie säuberte sie bereits, schälte das cremig weiße Fett ab, um das dunkelrote Oval darunter freizulegen. »Peter und ich mögen sie nicht.«

»Gebratene Nieren, das wäre ein Leckerbissen«, sagte ich. »Danke.«

»Da hast du sie.« Sie steckte sie in einen Gefrierbeutel, dann in eine Coop-Tragetasche. »Und noch ein paar Stücke für eine Suppe …« Sie fügte ein Halsstück und ein paar Keulen hinzu. »Und ein paar Koteletts. Und dein Geld.« Sie hielt mir einen Umschlag hin.

»Danke«, sagte ich. »Davon werden wir eine Woche lang richtig gut essen.«

Auf dem Weg nach draußen schlängelte ich mich an Peter vorbei. Er hatte die Stirn gerunzelt, und seine Mundwinkel hingen nach unten, doch als er mich wahrnahm, verzog er das

Gesicht zu seinem üblichen fröhlichen Grinsen. »Danke für all die Arbeit, Cass. Bis zum nächsten Mal.«

Beim Verlassen des Hauses hörte ich noch seine Stimme aus dem Esszimmer erschallen: »Kate, ich habe rausgefunden, mit wem sich Annette da eingelassen hat …«

Es ging mich nichts an. Ich schloss die Tür und bekam den Namen nicht mehr mit.

KAPITEL 2

Kater und ich machten uns zum Mittagessen auf den Weg nach Hause. Die *Chalida* lag im westlichen Yachthafen vor Anker, gleich neben dem College. Je fünfzehn Liegeplätze waren zu beiden Seiten eines langen Pontons angeordnet, durch eine massive Mole vor den rollenden Wellen des Atlantiks geschützt, die direkt nach Scalloway hereinliefen. Ich hatte Glück gehabt und einen Platz auf der Innenseite bekommen, gleich neben einer Colin-Archer-Ozean-Yacht mit Holzmast, die den schlimmsten Wind von mir abhielt.

Die Lage war gut. Mein Heck war dreißig Meter von dem Strand der geschwungenen Meeresbucht von Scalloway entfernt. Wenn ich aus dem Cockpit schaute, sah ich eine vertikale Böschung mit struppigem Gras, links schokoladenbraunes Heidekraut und rechts ein Gestrüpp aus Rosenbüschen und gelbblättrigen Montbretien. Oberhalb der Böschung standen drei, vier Häuser, dahinter dunkelgrüne Kiefern, dann kam der Berg, ebenfalls schokoladenbraun vom Heidekraut, gekrönt von einem Funkmast. Der Strand verlief an einem Durcheinander von Schuppen und Slipways entlang, die damals die Männer vom Shetland Bus benutzt hatten, am Jugendzentrum und dem Laden vorbei. In diesen Gebäuden hatte man früher Heringe eingelegt und geräuchert. Der Strand endete am Burn Beach, über dem die eckige Fassade des rosa Herrenhauses Old Haa aus dem achtzehnten Jahrhundert aufragte.

Eine Reihe bunter Häuser führte zur Burg: ein cremeweißes Gasthaus, in dem einmal Sir Walter Scott abgestiegen war, dann ein graues Steinhaus, ein puderblaues, ein minoisch rotes, ein sahnig gelbes, ein blassgrünes.

Vor der bunten Straße standen noch drei Steinhäuser, die jeweils oberhalb einer Stützmauer gebaut waren, die ins Wasser hinausragte; eine davon war rechtwinklig, die anderen beiden geschwungen.

Das letzte dieser Häuser war einmal eine Schmiede gewesen, und man erzählte sich, dass es dort spukte. Im Wasser gleich unterhalb hatte man in den alten Zeiten die Hexenprobe gemacht: Man band dir die Arme zusammen und warf dich ins Wasser. Wenn du versankst, warst du unschuldig, wenn auch leider tot; wenn du oben schwammst, hielt dich der Teufel über Wasser und man brachte dich den Gallow Hill* hinauf, den ich vom Cockpit der *Chalida* aus sehen konnte, erdrosselte dich mit dem Würgeisen und verbrannte deine Leiche. Scalloway war der letzte Ort in Schottland, wo noch Hexen auf dem Scheiterhaufen gelandet waren.

Hinter der Schmiede lag die Blacksness-Pier, eine große, mit Autoreifen abgesicherte Fläche, und über der Pier ragte vor dem grünen Hang von East Voe die Ruine von Earl Patricks Burg auf. Sie war sandbraun, hatte vier Fensterreihen und einen großen Schornstein darüber. Sie war einst ein Renaissance-Château gewesen, genau wie die Schlösser entlang der Loire, wo meine Mutter in Opern von Rameau oder Lully auftrat, den Komponisten am Hof des Sonnenkönigs. Es gab drinnen Bilder, die zeigten, wie es hier einmal ausgesehen hatte: Gobelins an den Wänden und ein hell loderndes großes Feuer im Kamin. Jetzt war die Burg kahl und nackt, beherrschte das Stadtbild und erinnerte daran, was die Macht der Lairds für die gewöhnlichen Shetlander bedeutet hatte: am Strand angeschwemmtes Treibholz musste für die Bauten des Lairds abgeführt werden, man musste zusätzliche Arbeit leisten, weil für die Feuer des Lairds mehr Torfsoden zu stechen und zu trocknen waren, und man musste Steuern, Steuern, Steuern zahlen, die in Form von Fisch und Wolle und Butter eingezogen

* (engl.) Galgenhügel.

wurden. Diese Steuern sollten schließlich den Untergang von Earl Patrick besiegeln: Seinem Vetter Jakob, dem Sohn Maria Stuarts, war es gleichgültig gewesen, ob Patrick seine Pächter misshandelte, aber er hatte etwas dagegen gehabt, dass er die Steuern, die er im Namen des Königs eingetrieben hatte, in die eigene Tasche steckte. 1615 wurde Earl Patrick in Edinburgh hingerichtet.

Unterhalb der Burg schlug nun das moderne Shetland zurück. Die Nachfahren der Männer, die für die Lairds gefischt hatten, besaßen jetzt eigene Boote, die längs der Pier lagen, von wo man den Fang direkt in die grünen Schuppen des Auktionsraums ausladen konnte, der elektronisch mit dem großen Fischmarkt in Lerwick und mit Käufern überall auf der Welt verbunden war. Es gab hier auch eine Fabrik, in der Lachs verarbeitet wurde, und den quadratischen braunen Turm der Eisfabrik, von der die Laderäume der Fangschiffe mit Eis gefüllt wurden, ehe sie in See stachen. Die Boote hier fingen zumeist Weißfisch, Kabeljau, Schellfisch und Wittling; die großen, ozeangängigen Trawler, die bis nach Irland hinunter, nach Island hinauf- und nach Norwegen hinüberfuhren, lagen in Lerwick und Whalsay vor Anker.

Hinter der Burg verlief ein langer, dünner Meeresarm. Ich konnte ihn von hier nicht sehen, aber auch dort war das moderne Scalloway, noch ein Yachthafen voller kleiner Motorboote und großer Yachten. Ein Schwarm von Holzhäusern, marineblau, rot und dunkelbraun, beherbergte die Menschen aus Scalloway, die in der Altstadt mit ihren schottisch aussehenden Häusern inmitten von Ahornbäumen keinen Platz mehr gefunden hatten.

Ich machte die Schotten auf und ging nach unten. Nachdem ich das Fleisch in Zeitungen eingepackt und unterhalb der Wasserlinie verstaut hatte, um es kühl zu halten, wärmte ich den letzten Rest meines Topfes mit Tütensuppe auf. Morgen würde es echte Lammsuppe geben! Kater vertilgte einen Teil seines Fischs und putzte sich die Schnurrhaare. Dann machten wir uns auf den Weg, gingen die zwanzig Meter bis zum College.

Wir landeten mitten im Tumult: Antoine, der College-Koch, war auf dem Kriegspfad. Er kam in Kochschürze und mit weißer Kochmütze auf dem Kopf aus dem Café gestürzt und schwenkte das Nudelholz, als wolle er es mir über den Schädel ziehen. »Cass Lynch, komm auf der Stelle hierher.« Er hielt mitten im Satz inne, um mich auf französische Art auf beide Wangen zu küssen. »Komm und sieh dir an, was dein Katzenvieh jetzt wieder angestellt hat.«

Ich seufzte und folgte ihm, hoffte, dass der jüngste Skandal sich zu einem Zeitpunkt ereignet hatte, für den ich Kater ein Alibi geben konnte. Ich fand, dass die meisten Diebstähle, die Antoine Kater zur Last legte, ohnehin nicht seine Untaten waren, aber da Katzen nun einmal Katzen sind, konnte ich natürlich nicht schwören, dass Kater völlig unschuldig war. Ich vermutete, dass Antoine Kater eigentlich auch nicht wirklich für den Übeltäter hielt. Er kostete einfach die Gelegenheit aus, eine wunderbare Szene auf Französisch hinzulegen.

Die Mitarbeiter waren gerade damit beschäftigt, die Überreste des heutigen Mittagessens zu beseitigen und die Vorbereitungen für morgen zu treffen. Eine junge Frau stellte mit hochrotem Kopf Teller in die Spülmaschine. Nate war über einen Eimer mit Fisch gebeugt; auf einer Seite des Ablaufbretts aus Edelstahl lag ein kleiner Stapel Fischfilets, auf der anderen ein Haufen Fischköpfe und Gräten. Nate hatte sein langes dunkles Haar unter eine Kappe gesteckt. Er schaute hoch, als ich hereinkam, und zog eine mitleidige Grimasse, fuhr sich dann mit dem Finger über die Kehle.

»Da!«, sagte Antoine mit dramatischer Geste. Der Schaden war leicht zu sehen. Geschickte Krallen hatten das Pergamentpapier, mit dem ein Tablett voller Schollenfilets abgedeckt war, fortgezogen, jemand hatte mit der Nase in den Filets gewühlt und ein, zwei vom Tablett heruntergezogen. Es bestand der begründete Verdacht, dass zumindest eines fehlte.

»Wann ist das passiert?«, fragte ich.

»Keine halbe Stunde her.« Antoine wedelte mit dem Nudelholz. »Ich habe die Schollen zur Seite gestellt, damit wir die Tische abräumen und dann eine Tasse Tee trinken konnten, sobald alle Studenten gegangen waren. Einen anständigen Kräutertee, nicht euren schrecklichen starken englischen Tee, und mit einem Löffel Honig drin, echtem französischen Honig, den ich von zu Hause mitgebracht habe, trotz der Wahnsinnskontrollen an den Flughäfen. Ich schinde meine Leute nicht.« Eine ausladende Handbewegung ließ alle in der Küche wissen, dass er über sie redete. Dann wiederholte er auf Englisch: »Ich schinde euch nicht.« Als er sich erneut mir zuwandte, verdrehte Nate die Augen zur Decke. Die junge Frau zog ein Gesicht, das deutlich »Ach ja?« sagte. »Wir hören nichts, nichts, und dann ist da plötzlich ein Klappern.« Sein Nudelholz deutete auf eine Gabel, die am Boden lag. »Ich habe gebrüllt, weil ich mich daran erinnert habe, dass deine Katze schon mal was geklaut hat, hab hingeschaut, und es war nichts zu sehen, nur die Tür stand ein wenig auf, und nun das hier! Jetzt müssen wir sie alle wegwerfen, all diese schönen Schollen.«

»Das scheint mir aber eine schreckliche Verschwendung zu sein«, sagte ich. »Kann man die nicht einfach waschen? Wenn man sie brät, werden ohnehin alle Keime abgetötet.«

Antoine schniefte. »Und schau dir diese Pfotenabdrücke an. Eindeutig von einer Katze. Und welche Katze treibt sich immer im College rum?«

»Mehrere«, unterbrach ich ihn. »Zunächst mal der riesige schwarz-weiße Monsterkater von der anderen Straßenseite, den habe ich oft am Slipway rumlungern sehen. Und der Rote aus dem Ladysmith Drive. Der kommt jeden Morgen etwa um neun den Berg runter.« Ich spielte Antoines Drama mit, deutete mit weit ausladender Armbewegung zum Yachthafen. »Vor einer halben Stunde lag Kater zusammengerollt auf einer Bank an Bord der *Chalida* und hat sich die Schnurrhaare geputzt, nachdem er sich eine gute Mahlzeit aus kleinen Fischen genehmigt hatte, die ich für ihn fange.«

»Du fängst für ihn Fische?« Antoines Stimme drückte abgrundtiefe Skepsis aus, obwohl er mich mehr als einmal dabei beobachtet hatte, wenn er aus der Hintertür trat, um ein Geschirrtuch auszuschütteln.

»Am Ende der Pier«, versicherte ich ihm. »Diese kleinen, die da rumschwimmen. Kater mag sie sehr gern.« Wenn ich sie kochte, roch die *Chalida* den ganzen restlichen Tag nach Fisch, aber Kater mochte sie viel lieber als das Katzenfutter aus der Dose, so dass es sich trotzdem lohnte. »Und dann schau dir mal die Größe dieser Pfoten an. Du weißt doch, dass Kater noch ein Baby ist. Diese Spuren hat ein Katzenvieh gemacht, das mindestens so lang ist.« Ich kam jetzt erst richtig in Schwung und deutete mit den Händen eine Größe an, die eher einem jungen Puma entsprach. Nate verkniff sich ein Grinsen. »Und wie soll er denn hier reingekommen sein? Durch das offene Fenster da?« Ich deutete auf das schmale Oberlicht, das mit einer Metallstange nach draußen hochgestellt war. »Er ist ein sehr kleiner Kater, weißt du.« Meine Hände markierten die Größe eines mittleren Hamsters. »Er könnte da nicht hochspringen.«

Antoine schnaubte. Wenn man bedachte, dass Antoine schon gesehen hatte, wie Kater mir aus dem Stand auf die Schulter sprang, hatte ich vielleicht ein wenig zu offensichtlich übertrieben. »Außerdem«, beendete ich meine Rede mit größter Entschlossenheit, »ist er ein freundlicher kleiner Kater. Wenn er es gewesen wäre, wäre er noch da und würde mit dir reden wollen.«

Antoine schnaubte noch einmal, schien aber Katers Alibi anzuerkennen. »Na ja, wenn er wirklich in der letzten halben Stunde mit dir auf dem Boot war … aber wenn ich ihn noch einmal hier erwische …«

»Du hast ihn noch nie hier erwischt«, erwiderte ich.

»Na ja, dann sorg dafür, dass es so bleibt. Wir hatten kürzlich Besuch von diesen Gesundheits- und Hygieneleuten, und die würden es gar nicht gut finden, wenn eine Katze sich hier häuslich einrichtet. Nate musste sich damals Kater in die Hosentasche stecken, und zwar pronto, und ihn dann durch die Hintertür zum Hausmeister rausschmuggeln, während Sarah« – er deutete auf die junge Frau – »sein Schüsselchen in den Spülstein stellte und seine Katzenkiste versteckte.« Ich grinste. Antoine begriff, dass er sich verraten hatte, und scheuchte mich aus der Küche. »Raus mit dir. Wir haben zu tun, und du hast Unterricht, bist jetzt schon spät dran.«

Ich ließ mich fortscheuchen. Ich hatte gerade das Café erreicht, als eine der Biologiedozentinnen hereinkam, eine große Frau mit dunklem Haar, das so hochgesteckt war, dass man ihre Perlenohrringe sah. Sie trug ein Businesskostüm, grau mit einem schmalen hellgrauen Streifen, die gleichen Farben wie Katers Fell, und dazu glänzende, schmale Stiefel. Sie nickte mir zu und ging zum Bedientresen.

Nate kam aus der Küche; sein professionelles Lächeln verging ihm rasch. Er blickte säuerlich drein. »Wie geht's, Rachel?«

Wenn man die beiden zusammen sah, war offensichtlich, dass sie Bruder und Schwester waren. Sie hatten das gleiche dunkle, wellige Haar, die gleiche lange, schmale Nase und hohe Wangenknochen. Das war eine seltsame Situation, die Schwester oben bei den Dozenten und der Bruder spülte das Geschirr. Ich fragte mich, ob sie ihm diesen Job besorgt hatte. Wenn ja, dann verriet sein Tonfall, dass er ihr das übel nahm.

Ihr Ton war genauso brüsk. »Ist Antoine da?« Sie warf mir einen kurzen Blick zu, als wolle sie Nate daran erinnern, dass Studenten anwesend waren.

Nate deutete mit dem Kopf in Richtung Küche, aber sie machte keinerlei Anstalten, durch die Tür zu gehen. »Geh und hol ihn bitte, ja?«

Nate warf ihr einen Mörderblick zu. Ich stand jetzt an der Tür zum Foyer und wollte gerade rausgehen, als ich Glas splittern hörte. Ich fuhr herum. Nate beugte sich zu Boden und hob den Stiel und den zerschellten Kelch eines Weinglases auf. Er drehte die Scherben im Licht und lächelte schief, dann legte er sie auf den Tresen. Seine dunklen Augen trafen ihre. »Zerbrichst immer noch Sachen, was?«

»Du weißt ganz genau«, erwiderte sie, »dass ich nicht mal in die Nähe des Glases gekommen bin.«

»O ja«, stimmte er ihr aalglatt zu. »*Berührt* hast du es ganz bestimmt nicht.« Er hob die Glasscherben wieder auf. »Aber kaputt ist es trotzdem.«

»Das hat nichts mit mir zu tun.« Ihre Stimme klang abgehackt, weil sie schwer atmete. Sie machte einen Schritt zurück vom Tresen, wirbelte herum und eilte davon. Sie drängte sich so nah an mir vorbei, als hätte sie mich gar nicht gesehen. Vom Tresen aus schaute Nate ihr hinterher, lächelte und drehte die Überreste des Glases in der Hand, so dass die schartigen Kanten im Licht glitzerten.

Als ich zwei Stunden später wieder herauskam, wartete Nate auf mich. Er hielt eine Plastiktüte in der Hand. »Ein Geschenk von Antoine«, sagte er und ging neben mir her. »Die Filets, von denen er meinte, man hätte sie sonst wegwerfen müssen.«

»Sehr schön, danke«, antwortete ich. Ich hatte, wie Antoine nur zu gut wusste, die Absicht, den größten Teil davon selbst zu essen und nur die Stücke mit den deutlichen Bissspuren an Kater zu verfüttern, der mitten in der Unterrichtsstunde verschwunden war, in der wir lernten, wie man mit einem Luftsack in der Rohrleitung umgeht. Als Kater zurückkam, hatte er den Rest der Unterrichtsstunde damit verbracht, sich den Schnurrbart zu putzen. »Und danke, dass du auf ihn aufgepasst hast.«

»Null Problemo.« Nate drehte den Kopf und schaute mich an. Wenn er die Kappe nicht trug, fiel sein Haar ihm in Wellen auf die Schultern. Kurz geschnitten wäre es eine einzige Masse von Locken gewesen. Er hatte ein schmales, bewegliches Gesicht, das von seinen Augen beherrscht wurde. Sie waren dunkel und starrten mich in einer Art und Weise an, die ich sehr unangenehm fand. Ich reckte das Kinn vor, und der Augenblick zog sich hin, wuchs sich zu einem Duell aus. Ich würde nicht als Erste fortschauen, aber ich merkte, dass er die Herausforderung angenommen hatte und sich nicht besiegen lassen wollte. Ich wandte die Augen nicht ab, zog leicht die Brauen in die Höhe, als sei ich belustigt. Schließlich blinzelte er zuerst und wandte den Kopf ab.

Ich lächelte und schaute wieder auf die Tüte in meiner Hand. »Heute Abend werden wir gut essen. Danke.«

»Er ist ein schlauer kleiner Kater.« Nate warf mir einen weiteren finsteren Glitzerblick zu, nickte dann in Richtung des Gartens der Otways. »Siehst du Annette oft?«

Branwell Brontë, so hatte Peter ihn genannt, den talentierten Burschen, von dem alle Großes erwarteten; und nun spülte er hier mit gut zwanzig in einem lächerlichen Café für College-Studenten Geschirr. Was machte er bloß mit all seinem Talent? Erreichte er bei Fantasy-Computerspielen die höchsten Levels? Zeichnete er komplizierte Bilder von Motorrädern? Rauchte er Dope und machte sich so tiefe Gedanken über Gott und die Welt, dass wir anderen sie unmöglich verstehen konnten? Er hatte das überlegene Gehabe, das ich schon öfter bei Leuten bemerkt hatte, die Drogen nehmen. Ich mochte ihn, aber ich wollte nicht mit ihm über Annette sprechen. »Ich bin die bezahlte Hilfskraft im Garten«, sagte ich. »Ich habe nicht viel mit der Familie zu tun.«

»Ich mach mir nur Sorgen um sie.« Er verzog das Gesicht. »Wir sind nicht besonders gut befreundet, aber wir haben uns bei dem Theaterstück, das wir aufgeführt haben, wirklich prima verstanden – hast du das gesehen? Ein Halloween-Stück, über Zombies. Ich musste sie entführen.«

»Nein«, antwortete ich. »Ich habe es nicht gesehen, aber erst kürzlich hat mir jemand erzählt, wie gut es war.« Vielleicht investierte er seine Energie da, führte Regie und trat in Stücken auf. »Wieso machst du dir wegen ihr Sorgen?«

»Na ja, es ist nur …« Er legte eine Künstlerpause ein, nagte betont an der Unterlippe. »Weißt du, ich war spazieren, das mache ich oft, spätnachts, wenn ich nicht schlafen kann. Ich geh einfach raus, um die Burg rum und dann runter zur Blackness Pier und zurück die New Street entlang. Also vor drei, vier Tagen war ich draußen unterwegs und war gerade bei der alten Schmiede angekommen, da habe ich ein Mädchen auf der Pier gesehen. Es war nur eine Mondsichel am Himmel, aber es gab keine Wolken, also war es taghell, und das Licht war ganz silbrig, und ich konnte sie so deutlich wie nur was sehen, wie sie da auf die Kräuselwellen im Wasser runterschaute. Ich wollte sie rufen, weißt du, ich dachte, sie wollte reinspringen, aber dann habe ich mich nicht getraut: Ich hätte sie ja erschrecken und alles noch schlimmer machen können. Als ich mir gerade dachte, dass ich echt was machen müsste, da ist sie vom Wasser weggegangen und schnell den Pfad entlang auf mich zugekommen. Ich hatte gerade noch Zeit, mich in die kleine Gasse bei der antideutschen Inschrift zu ducken, gegenüber vom Tor zur Schmiede.« Er legte eine dringend nötige Verschnaufpause ein. »Als sie an mir vorbeikam, sah ich, dass es Annette war. Ihr Haar war ganz wirr, und sie sah aus, als hätte sie geweint.«

Wieder hielt er inne, aber ich sagte nichts.

»Und dann habe ich begriffen, dass sie den Tauchstein für die Hexen angeschaut hatte, du weißt schon, von wo aus sie die Hexenprobe gemacht haben.« Seine dunklen Augen glitzerten mich an. »Davon weißt du doch?«

»Ja«, erwiderte ich.

Er ruckte mit dem Kopf zurück, als hätte er keine so brüske Antwort erwartet, als hätte er mir die Geschichte erzählen und meine Reaktion beobachten wollen.

»Vielleicht«, schlug ich vor, »hat sie darüber nachgedacht, wie furchtbar das für diese armen Frauen gewesen sein muss.«

»Aber die waren doch Hexen. Die haben alle möglichen Sachen gestanden – Treffen mit dem Teufel, Zaubersprüche, Tiere als Vertraute.« Er schaute den Ponton entlang auf Kater, der nicht mehr länger warten wollte und allein zum Boot trottete. »Du wärst bestimmt verdächtigt worden, wenn du damals gelebt hättest, du und dein frecher Kater.«

»Das waren damals zufällig auch Frauen, die die bestehende männliche Hierarchie infrage stellten, weil sie ganz gut auch ohne einen Mann zurechtkamen.«

Sein Lächeln war unerwartet charmant. »Wie du.«

»Also«, sagte ich und würgte das im Keim ab, »du glaubst, dass Annette ein wenig deprimiert ist?«

Er schüttelte den Kopf. »Ich glaube nicht, dass es so einfach ist. Sie kam ins Licht, als sie an mir vorbeiging, unter der Straßenlaterne, die hat ihr ins Gesicht, auf den Kopf geleuchtet, und da habe ich bemerkt …« Er ließ das Schweigen wirken, schaute erst aufs Meer, wandte dann den Blick zu mir, als wolle er einschätzen, wie viel ich ihm davon abnehmen würde. Schließlich rückte er mit der Sprache heraus: »Ich habe an ihrem Hals was bemerkt, das wie Spuren von Krallen aussah.«

Krallen … »Vielleicht hat sie mit den Hunden gespielt, und es ist ein bisschen wilder zugegangen.«

»Vielleicht. Aber …« Er schaute über die Schulter, und dann senkte er die Stimme zu einem schlauen Flüstern. »Was wäre, wenn der Teufel in Shetland ungehindert herumläuft?«

Sein Tonfall jagte mir Schauder über den Rücken, aber von Nate würde ich mir bestimmt keine Angst machen lassen. »Blödsinn.«

Sein Blick wanderte wieder aufs Meer. Seine Stimme wurde hart und giftig. »Du hast doch gesehen, wie das Glas zersplittert ist. Heute in der Kantine. Rachel war nicht einmal in der Nähe des Tresens.«

»Um es zu berühren, stand sie zu weit weg. Aber warum gibst du ihr die Schuld daran? Manchmal fallen Sachen einfach runter.«

»Sie ›fallen einfach‹ sehr viel öfter ›runter‹, wenn Rachel in der Nähe ist. Das geht bei ihr schon immer so. Glühbirnen machen peng, Fernsehgeräte flackern, Gläser zersplittern.« Er deutete mit dem Kinn hinüber zur Schmiede. »Sie wäre bestimmt auf diesem Tauchstein gelandet.«

»Gott sei Dank leben wir heute in aufgeklärteren Zeiten.«

»Manchmal.« Er beugte sich näher zu mir. Ich spürte seinen Atem warm auf meiner Wange. »Was machst du an Halloween?«

Was immer es war, es würde rein gar nichts mit Hexen zu tun haben. »Ich gehe in die Vorabendmesse für Allerheiligen«, antwortete ich scharf. »Danke für den Fisch, Nate.« Ich schloss das Tor zum Yachthafen auf, und wie immer quietschte es, als ich es aufdrückte. Ich schob es zwischen Nate und mir fest zu. »Bis morgen.«

Ich war mir bewusst, dass seine Augen auf mir ruhten, während ich über den Ponton schritt. Ich schwang mich an Bord, hob eine Hand, wartete ab, bis er sich am Strand in Bewegung gesetzt hatte, ehe ich die Schotten herausnahm und nach unten ging. Ich hatte seine flüsternde Stimme noch im Ohr: *Du hast doch gesehen, wie das Glas zersplittert ist …* Rachel war ganz gewiss zu weit weg gewesen, um es zu berühren. Ich hatte allerdings Nates Hände nicht beobachtet. Er hätte es vom Tresen heruntergestoßen haben können – aber warum sollte er so etwas tun?

Was wäre, wenn der Teufel in Shetland ungehindert herumläuft? »Blödsinn«, sagte ich zu Kater und setzte den Wasserkessel auf.

KAPITEL 3

Als die Dämmerung hereinzog, regnete es immer wieder einmal, doch als es Schlafenszeit war, klarte der Himmel auf, und der Mond schien wie eine Laterne mit Milchglasscheiben hinter den Wolken. Von Nordwesten kam Wind auf. Kleine Wellen klatschten gegen das Heck der *Chalida*, und der Wind zerrte Haarsträhnen aus meinem Zopf, als ich mich zu meinem Abendspaziergang aufmachte. Ich war mehr Bewegung gewohnt, als mir diese Routine mit Gartenarbeit und College verschaffte, und nach einem Abend an Bord, den ich im bernsteinfarbenen Kerzenlicht der Laterne mit meinen Notizen vom College und den Büchern verbracht hatte, freute ich mich auf ein bisschen frische Luft, die mir helfen würde, besser zu schlafen.

Kater hob seine graue Nase, als ich aufstand, blieb aber liegen. Darüber war ich froh, denn mir stand der Sinn nach einem guten langen Spaziergang, ohne dass ich mir Sorgen um meinen kleinen Schatten machen musste. Nates Geschichten hatten mich beunruhigt. Ich merkte, dass ich auf das dunkle Wasser jenseits meiner länglichen Fenster starrte, bis ich mich selbst schalt und die Vorhänge zuzog. Ich schlüpfte in meine Segeljacke und Handschuhe, setzte mir die Mütze auf und machte mich auf den Weg in die Nacht hinaus.

Die Luft roch nach Seetang, nach nassen Blättern und Gras. Ich ging mit großen Schritten auf der Straße am Westufer entlang, am Norway House vorbei, der dunkelroten Hütte, wo die Männer des Shetland Bus während des Krieges gewohnt hatten, an dem verrostenden Slipway vorüber, wo sie ihre Boote zu Wasser gelassen hatten. Ich blieb stehen und verneigte mich vor ihrem Gedenkstein, wunderte mich wieder einmal darüber, wie jung sie gewesen waren. Ihr Hauptquartier mit seiner geschnitzten Holztür lag fünfzig Meter entfernt. Dann spazierte ich zwischen den Läden auf der Hauptstraße, ehemaligen Heringsschuppen auf der Seeseite und ihnen gegenüber Häusern mit altmodischen Fenstern zum Bürgersteig. Gleich dahinter stand auf dem Parkplatz oberhalb des Burn Beach ein Müllcontainer, der immer einen kurzen Blick lohnte. Ich hatte im Laden eine Notiz gelesen, dass dies wegen der Sparmaßnahmen des Shetland Council der letzte Container sein würde, also füllte er sich ziemlich rasch. Jemand hatte ein ganzes Schlangenknäuel blaue Nylonschnur hineingeworfen, gute dreißig Meter, aber die sah so verschlissen aus, dass sich das Entwirren nicht lohnen würde. Ich ging an Mary Ruislips Garten vorbei, der nun unter einem Schleier von verwelkten Montbretienblättern lag, vorüber an dem schmiedeeisernen Tor mit der sich windenden Scholle mit den Glupschaugen, am lavendelblauen Holz von Seaholme vorbei zum ersten bunten Haus in der New Street. Vor jedem Haus warfen die Straßenlaternen einen orangegelben Lichtkreis. Zu meiner Rechten unterhalb der Schmiede stieg und fiel das kohlschwarze Wasser, als atmete die See.

Normalerweise bog ich hier ab, die Smiddy Closs hinauf. Heute war ich mir aber nicht sicher, ob ich an dem Hexengarten hinter dem ersten Haus vorbeigehen wollte. Er erstreckte sich bis ganz hinauf zu dem großen weißen Haus oben am Berg, an zwei Seiten säumten niedrige Ahornbäume das buschige Gras, das von den alten Treppenstufen und einem Steingarten herunterwuchs. Am unteren Ende stand eine mächtige Mauer, alles, was von dem Haus übrig war. Man konnte noch die zerbrochenen Pfähle eines Maschendrahtzauns sehen, aber der war nun fort, und die einzige Barriere war jetzt das eiserne Geländer, das älteren Leuten beim Begehen des steilen Hangs helfen sollte.

Magnie hatte mir von dem Garten erzählt. »Das war, ehe ich

zur See gefahren bin«, hatte er gesagt, »da habe ich für die Stadt gearbeitet und Rohre verlegt. Wir mussten in diesem Garten graben. Und, na ja, da ist dieses Mütterchen aufgetaucht, während wir gebuddelt haben, und hat gesagt: ›Jungs, da grabt ihr besser nicht allzu tief, denn das Haus hat mal 'ner Hexe gehört, und die Leute haben mir immer gesagt, dass da zwei Babys beerdigt sind.‹«

Ich schaute in die Dunkelheit hinauf und schauderte, ging dann geradeaus weiter, an den bunten Häusern vorüber. Meine Schritte hallten auf den Steinplatten. Ich war gerade bei dem grünen Haus angekommen, als ich einen Schrei in der nächtlichen Stille hörte, den der Wind herüberwehte, gleich darauf eine wütende Stimme. Ich blieb einen Augenblick stehen, weil ich nicht in einen Streit zwischen Betrunkenen hineingeraten wollte, aber das Geräusch wiederholte sich nicht. Wahrscheinlich junge Männer voller Übermut. Trotzdem schlich ich mich zu der schmalen Treppe, die zum Wasser hinunterführte, bewunderte dort eine Weile den eleganten Bau eines Langkielers, den jemand an der anderen Seite der Pier restaurierte: eine wunderschöne geschwungene Linie über die ganze Länge. Diese Yacht würde in Seegang, dessen Wellen ihr den halben Mast hinaufschwappten, noch ihren Kurs halten. Als ich sicher war, dass alles wieder ruhig war, trat ich ins Laternenlicht zurück und spazierte weiter.

Das chinesische Restaurant um die Ecke war geöffnet, und verlockende Düfte wehten in die Nacht hinaus, aber wir hatten uns den Bauch mit frischer Scholle vollgeschlagen, Kater und ich, und es fiel mir nicht schwer, hier vorbeizugehen. Die gezackten Giebel der Burg waren in orangefarbenes Flutlicht getaucht, so dass sich die Schatten scharf und finster vom Stein abhoben. Gleich daneben war die holzverkleidete Seite des Scalloway Museum zu sehen, mit dem Glasvorbau und dem doppelten Logo an der Ecke, die stilisierte Burg auf ihrer Landzunge als Widerhall der echten Burg gleich nebenan.

Über die New Smiddy Closs gegenüber würde ich wieder zum Wasser zurückkommen. Ich ging unterhalb der Büsche, die man neben dem Steinplattenweg zwischen den Kies gepflanzt hatte. Die strukturierten Betonplatten waren glitschig vor Algen, aber ich vertraute den Profilsohlen meiner Stiefel. Der grüne Maschendrahtzaun zu meiner Linken mündete in eine weiß getünchten Mauer, die zu einem massiv gebauten alten Haus gehörte, dessen Fenster mit den kleinen Scheiben tief in meterdicken Nischen saßen. Es war das erste in einer Reihe von Häusern, die um einen unregelmäßig geformten Innenhof lagen, der im Dorf wegen seiner Ziegeldächer und der schrägen Türen als »Spanish Closs« bekannt war. Man gelangte durch eine niedrige Pforte in einem breiten Torbogen in diesen Innenhof. Von einer Laterne mit ovalen Glasscheiben, die mit rostigen Stäben eingefasst waren, fiel weißes Licht in den Innenhof. Ich hörte das Klicken einer Tür, die geschlossen wurde, als wäre jemand kurz vor mir dort hinuntergegangen, obwohl ich niemanden gesehen hatte.

Ich hatte bereits die Hälfte der Treppe oberhalb des Torbogens hinter mir, als ich den Körper im Eingang liegen sah.

Es war eine junge Frau, deren blondes Haar unter der Kapuze eines Sweatshirts hervorwallte. Sie schien vornüber zusammengesackt zu sein, als wäre sie aus dem Stand in sich zusammengefallen, die modischen Stiefel waren unter den gerüschten Rock gezogen. Die Hand am ausgestreckten rechten Arm schien auf eine geschnitzte Haustür deuten zu wollen. Ich ging neben ihr in die Hocke, nahm die ausgestreckte Hand und legte zwei Finger auf ihr Handgelenk. Kein Puls; die Hand hatte das kalte Gewicht, wie ich es von toten Tieren kannte. Ich legte sie wieder ab, lockerte den Schal und legte der jungen Frau meine Finger an den Hals. Da spürte ich die rauen Striemen der Kratzspuren, und mir stockte das Herz. Ich drehte ihren Kopf ins Licht.

Es war Annette. Ihr Gesicht war totenbleich und in einem

seltsamen Ausdruck erstarrt, den ich nicht ganz deuten konnte, irgendwas zwischen Schock und Schuldbewusstsein, wie ein kleines Kind, das man mit der Hand in der Plätzchendose erwischt hat. Oh, Kate, Peter, ihr geliebtes Kind mit den goldenen Locken. Ich legte den Kopf vorsichtig wieder ab, barg ihn, so wie er gewesen war, in der Kapuze. Dann trat ich einen Schritt zurück und dachte nach. Wie konnte ich jetzt am schnellsten Hilfe holen?

Das war nicht leicht. Die Nebenstelle der Polizei in Scalloway hatte man bei der letzten Runde der Sparmaßnahmen geschlossen, das Haus der Polizisten verkauft; da konnte ich also nicht an die Tür klopfen. Ich musste die Polizei von Lerwick alarmieren, aber deren Telefonnummer hatte ich nicht, und die Notrufnummer 999 war für Inselbewohner nur noch der allerletzte Ausweg. Im vergangenen Sommer hatte eine Fremdenführerin auf der Insel Mousa große Probleme gehabt, Hilfe für einen verletzten Touristen herbeizurufen, weil diese Insel keine eigene Postleitzahl hat und die Notrufzentrale in Inverness sie nicht direkt mit der Küstenwache sprechen lassen wollte. Inzwischen hat man sämtlichen Fremdenführern die GPS-Koordinaten der Insel mitgeteilt, für alle Fälle.

Ich schaute mich in dem kleinen Innenhof um. Es gab hier vier Haustüren. Nummer 1 war direkt hinter mir, eine schlichte Holztür. Ich drehte den Kopf zu den Fenstern, aber nirgends war Licht. Nummer 2 war die Holztür, die Annette beinahe berührte; sie hatte in der Mitte vier längliche Paneele, jedes mit einer geschnitzten Blume verziert, und große zylinderförmige Scharniere, die genauso aussahen wie die am Porzellanschrank meiner Oma in Poitevin. Rechts davon war ein Fenster mit Milchglasscheibe und grün gestrichenem Holzrahmen, und als ich hinschaute, meinte ich, dahinter eine Bewegung bemerkt zu haben, aber Licht war nicht zu sehen.

Die Tür von Nummer 3 im Winkel hinter mir war eine schlichte Tür mit einer Glasscheibe, und die Tür von Nummer 4 saß schräg unter einem niedrigen, schmalen Dach. Davor befand sich eine geschwungene Stufe, und ein kleines Fenster war unter dem Dach zu sehen. Gott sei Dank, gerade als ich dorthin schaute, flammte in der Dunkelheit ein Licht auf. Es muss wohl ein Badezimmer gewesen sein, denn ich hörte Wasser laufen, als ich darauf zuging. Ich klopfte an. Nach einer langen Pause wollte ich gerade noch einmal klopfen, da vernahm ich Schritte, ein Husten und eine Stimme. »Ich komme – Momentchen.« Die Tür wurde vorsichtig geöffnet, und ein älterer Mann mit grauem Haarschopf stand in der Öffnung. Er fuhr sich mit der Hand über den Kopf, um sein Haar glatt zu streichen, und schaute mich überrascht an. Dann wanderte sein Blick an mir vorbei, über meine Schulter, zu Annette.

»Du liebe Güte, was ist passiert?«

»Haben Sie ein Telefonbuch?«, fragte ich. »Ich muss bei der Polizei in Lerwick anrufen.«

Er blieb auf der Türschwelle stehen und linste mir über die Schulter. »Ist Ihre Freundin schwer verletzt? Die gute Frau in Nummer 1 ist Krankenschwester im Krankenhaus, nur arbeitet sie wie alle im Schichtdienst, also ist sie vielleicht nicht zu Hause.«

»Ich muss bei der Polizei anrufen«, wiederholte ich und bewahrte mit Mühe meine Geduld. »Ich brauche ein Telefonbuch.«

»Sollten wir vielleicht eine Decke über sie breiten?«

»Nein!«, antwortete ich. Das kam schärfer heraus, als ich es beabsichtigt hatte. Freundlicher fügte ich hinzu: »Ich fürchte, sie ist tot. Wir müssen die Polizei anrufen. Die sagen immer, dass man nichts anfassen soll.«

Er schüttelte den Kopf und machte sich daran, die Tür zu schließen. »Sie bleiben da.« Durch den letzten Spalt sagte er: »Ich hole Ihnen das Telefonbuch.«

Mir schien die Wartezeit unendlich lang, während der scharfe Wind in den Innenhof pfiff und das tote Mädchen dort lag.

Ich stand da und lauschte auf die Geräusche aus dem Haus: Licht wurde angeschaltet, dann noch eines, eine Schublade wurde aufgezogen, ein Brillenetui aufgeklappt – ich konnte sehen, wie seine Finger die Bügel aufklappten und mit einem hellblauen Tuch mit gezackten Rändern die Gläser polierten. Aus dem Augenwinkel bemerkte ich, dass sich hinter der Milchglasscheibe von Nummer 2 ein Schatten bewegte. Ich drehte leicht den Kopf und senkte ihn nach unten, als schaute ich auf Annette. Ich meinte, ich könnte jemanden ausmachen, der da im Dunkeln stand, reglos, ein verschwommener Kreis von einem Gesicht, das zu mir hinausblickte. Hinter der geschlossenen Tür von Nummer 4 wurde eine weitere Schublade aufgezogen und zugeschoben, dann kamen die Schritte wieder zur Haustür getappt. Sie ging einen Spalt weit auf, und das Telefonbuch wurde herausgereicht, schien in der Luft zu schweben.

»Danke.« Ich trug es hinüber zum Licht über dem Törchen, suchte die Nummer heraus und wählte sie.

Es ging sofort jemand an den Apparat. »Polizei Schottland, Dienststelle Lerwick, guten Abend.«

Ich erkannte die Stimme. »Sergeant Peterson?«

»Cass Lynch«, antwortete sie. »Was kann ich für Sie tun?«

»Ich habe ein totes Mädchen gefunden«, sagte ich, »in Scalloway, in der Spanish Closs.«

Ich hörte das Klappern von Computertasten. »Berühren Sie nichts, Cass. Wir kommen sofort. Wo genau sind Sie?«

Ich erklärte es ihr und sagte, ich würde am Ende der New Smiddy Close stehen, um sie hinzuführen.

»Keine fünfzehn Minuten, und wir sind bei Ihnen«, versprach sie und legte auf. Ich lehnte mich an die Mauer und schaute auf Annette. Es sah irgendwie nicht richtig aus, wie sie da lag. Ja, sie war zusammengesackt, das stimmte, als wäre sie einfach zu Boden gefallen, aber dieser ausgestreckte Arm, der hatte etwas übermäßig Dramatisches. Einer dieser modischen kleinen Rucksäcke lag neben ihr, und das gab mir zu denken. Wenn sie irgendeine Art von Anfall gehabt hatte, dann hätte ich doch vermutet, dass sie den Rucksack umklammert hätte oder dass er zumindest näher am Körper liegen würde, weil er zusammen mit Annette gefallen war. Außerdem wirkte ihr Mantel irgendwie so, als hätte ihn jemand zurechtgezogen und danach wieder in Unordnung gebracht. Kurz, es sah aus, als hätte jemand Rucksack und Manteltaschen durchsucht und dann Annettes Arm so hingelegt, dass er auf die geschnitzte Haustür deutete. Und wenn jemand sich an der Leiche zu schaffen gemacht hatte, war Annette höchstwahrscheinlich nicht eines natürlichen Todes gestorben. Ich schaute rasch zur Seite auf das Fenster mit der Milchglasscheibe, hinter dem immer noch der Schatten zu sehen war, und beschloss, meinen Posten nicht zu verlassen.

Es waren erst zwölf Minuten verstrichen, als ich das ruhige Surren eines vorfahrenden Autos hörte. Ich rannte ihm entgegen. Der Wagen blieb leise neben mir stehen, ohne Blaulicht oder Sirene, und Sergeant Peterson stieg aus. »Na, Cass?«

»Hier, diesen Pfad entlang«, sagte ich.

»Gut. Setzen Sie sich ins Auto; ich nehme Ihre Aussage auf, sobald ich mir das angeschaut habe.«

Ich war froh, aus der Kälte zu kommen. Ich kuschelte mich auf den warmen Sitz und machte mich auf eine längere Wartezeit gefasst.

Ich kannte Sergeant Peterson schon. Sie war groß und blond, gepflegt wie eine Geschäftsfrau. Ihre Augen waren so grün wie Meerglas und so teilnahmslos wie die einer Seejungfrau. Ich vermutete, dass sie sehr ehrgeizig war, und überlegte, warum man sie nicht längst auf einen Posten versetzt hatte, wo mehr los war. Die Hauptvergehen in Shetland waren Trunkenheit am Steuer und seit Neuestem Raufereien auf der Straße. Da fiel mir wieder das Geräusch ein, das ich gehört hatte. Es war von irgendwo in Richtung der Burg gekommen, da war ich mir sicher, obwohl der Wind ja Geräusche aus unerwarteten Richtungen zu einem herüberwehen konnte. Es war eine Männerstimme gewesen, derselbe Mann hatte zweimal gesprochen, es war eher kein Streitgespräch zwischen zwei Leuten gewesen. Ich hatte die eigentliche Stimme nicht erkennen können, nur den wütenden Tonfall.

Die Wärme im Auto war tröstlich. Ich zog vorsichtig meine Handschuhe aus und stutzte. An meiner rechten Hand haftete rötlicher Staub. Ich rieb ihn zwischen Zeigefinger und Daumen, hob dann die Hand an die Nase und schnüffelte. Ja, es war die feine rote Asche von einem Torffeuer. Struktur und Geruch waren unverwechselbar. Wie um alles in der Welt war diese Asche an meine Hand gekommen? Ich versuchte, mich daran zu erinnern, ob ich irgendwas in dem Müllcontainer angefasst hatte, aber ich konnte mir nicht erklären, wie da Torfasche an meine Finger gelangt sein sollte. Außerdem hatte ich auf dem ganzen Weg von der *Chalida* bis zur Spanish Closs Handschuhe getragen. Erst dort hatte ich sie ausgezogen, um nach Annettes Puls zu tasten. Ich versuchte, mich an meine Bewegungen zu erinnern. Ich hatte ihre ausgestreckte Hand in meine rechte genommen und mit der linken den Puls gefühlt. Danach hatte ich mit der linken Hand an ihrem Hals nach dem Puls getastet. Und anschließend die Handschuhe wieder angezogen. Die Asche an meiner Hand konnte nur von Annette stammen.

Was immer sie gemacht hatte, wo immer sie gewesen war, es war ein Ort mit einem Torffeuer gewesen.

heksi (n): eine Hexe

KAPITEL 4

Donnerstag, 27. Oktober		
Niedrigwasser Scalloway	*00:39 BST*	*0,6 m*
Hochwasser	*06:52*	*1,4 m*
Niedrigwasser	*12:52*	*0,7 m*
Hochwasser	*18:59*	*1,5 m*

Mond zunehmend, letztes Viertel

Monduntergang	*02:53*	*262 Grad*
Sonnenaufgang	*08:12*	
Mondaufgang	*15:55*	*93 Grad*
Sonnenuntergang	*17:25*	

Ich wachte um sieben Uhr auf. Die Berge waren noch schwarz, doch der schwere Himmel war bereits mit milchgrauen Lichtstreifen marmoriert. Der Wind hatte aufgefrischt; die *Chalida* zerrte an ihren Festmachleinen, die Fender knarzten gegen den Ponton. Sogar im geschützten Raum des Hafens strömten die schieferviolетten Wellen wie ein Fluss. Ich hatte die Fallen festgebunden, damit sie nicht gegen den Mast schlugen, aber sie surrten im Wind, und jede Bö versetzte sie in Schwingungen, die man im ganzen Schiffskörper spüren konnte. Ein Blick aus dem Fenster verriet mir, dass lange weiße Wellenkämme hereinrollten und sich auf dem Kiesstrand des Minister's Beach brachen. Es war kurz nach dem Hochwasser.

Ich schlängelte mich aus der Koje, zuckte zusammen, als meine nackten Füße die eiskalten Bodendielen berührten. Ich stellte den Wasserkessel auf und nahm eine Tasse Trinkschokolade mit ins Bett zurück, ließ aber das Gas auf Sparflamme an, über die ich einen tönernen Blumentopf gestülpt hatte – Zentralheizung für Arme. Kater wuselte durch die hochgestellte Vorderluke heraus zu seiner Lieblingstoilette am Strand, kehrte dann zurück, mit kaltem Fell und nach Tang riechend. Ich streichelte ihn zerstreut.

Die arme Kate, der arme Peter! Ich hatte keine Anzeichen von Gewalt gesehen, nur Annettes schockierten Gesichtsausdruck, aber ich hatte ihre Leiche ja nicht genauer untersucht. Es könnte sie jemand auf den Kopf geschlagen, erstochen, erwürgt haben … Ich erinnerte mich an die Kratzspuren, die ich gesehen hatte, und an Nates Stimme: *Was wäre, wenn der Teufel in Shetland ungehindert herumläuft?* Ich schüttelte den Kopf, um diesen Gedanken zu vertreiben. Ich glaubte nicht, dass ein Teufel auf die Erde gekommen war und Menschen angriff. Eine menschliche Hand hatte die Waffe geführt, die hier benutzt worden war.

Aber warum sollte ein so junger Mensch wie Annette mörderische Feinde haben? Die drei Krähen hatten ihr warnende Basiliskenblicke zugeworfen, aber ich konnte mir nicht vorstellen, dass eine Gruppe von Teenagern einen Mord begehen würde. Ich überlegte, ob Kate vielleicht doch mit der Vermutung über Annette und die Drogenszene recht gehabt hatte.

Ich hatte mein Bestes getan, um gestern Abend meine Beobachtungen detailliert zu Protokoll zu geben. Sergeant Peterson schaute teilnahmslos, während der andere Polizist Notizen machte. Nein, ich hatte Annette nicht besonders gut gekannt. Ich arbeitete für ihre Mutter, Gartenarbeit. Ich hatte Annette zum letzten Mal an diesem Morgen gesehen. Ich erwähnte den Streit mit ihren Eltern nicht; davon sollten die auf ihre Weise erzählen. Wir waren einander begegnet, als ich zur Arbeit kam und sie das Haus verließ. Wir hatten Hallo gesagt, das war alles. Sergeant Peterson warf mir einen Blick zu, der mich deutlich wissen ließ, dass sie mir nicht glaubte, und fing an, mich danach zu befragen, was ich an diesem Abend gemacht hatte. Ich hatte den Abend an Bord der *Chalida* verbracht. Ja, ich war allein gewesen. Ich glaubte nicht, dass sie Kater als Alibi akzeptieren würde, und da hatte ich recht. Ich war spazieren gegangen, um mich vor dem Zubettgehen noch einmal aufzuwärmen. Ich hatte niemanden gesehen, aber Schreie aus der Richtung der Burg gehört. Nein, ich hatte keine Worte ausmachen können, aber es war eine Männerstimme gewesen. Ich glaubte, ich hätte nur die eine Stimme gehört. Es war Mitternacht, als man mir endlich erlaubte, in meine Koje zu krabbeln.

Jetzt strengte ich meine Erinnerung an. Annette hatte sich wegen irgendwas Sorgen gemacht, und zwar so sehr, dass sie daran gedacht hatte, von zu Hause wegzulaufen. Sie hatte sich darüber beschwert, dass ihre Eltern sie daran hinderten, sich mit bestimmten Leuten zu treffen. Ihre leise jammernden Worte kamen mir ins Gedächtnis: *Wenn ich glaube, dass die mir helfen könnten?* Ich erinnerte mich an ihre trotzige Miene, als sei ihr bewusst, dass die Hilfe, die ihr diese Leute versprachen, irgendwie verboten war und sie die lieber nicht annehmen sollte. Nach einer Pause hatte sie die Hand gehoben, sich den Schal vom Hals gezogen und über Reinkarnation geredet – *hast du je das Gefühl, du hättest schon mal gelebt?* Hatte das noch mit dem Thema zu tun, bei dem sie sich von diesen Leuten Hilfe versprach, oder war das eine völlig unabhängige Frage? Dann erinnerte ich mich an einen Satz von Annettes Vater, den ich nicht mehr zu Ende gehört hatte: *Kate, ich habe rausgefunden, mit wem sich Annette da eingelassen hat …*

Peter würde der Polizei diesen Namen nennen, und die Polizei würde ermitteln. Die Sache ging mich nichts an. Ich hoffte, dass der Detective Inspector, den sie aus Inverness schicken würden (Raufereien in den Kneipen und Trunkenheit am Steuer reichten nicht aus, um in Shetland eine Kripo zu rechtfertigen), Gavin Macrae sein würde. Wir beide bewegten uns ganz vorsichtig auf etwas zu, nein, eine Beziehung würde ich es noch nicht nennen. Eher ein bisher nicht ausgesprochenes gegenseitiges Interesse, das sich durch einen gelegentlichen Anruf äußerte, absichtlich nie zum gleichen Zeitpunkt, obwohl inzwischen beinahe im wöchentlichen Rhythmus. Etwas mehr als nur große Sympathie würde nötig sein, um eine solche Beziehung in ruhige Bahnen zu lenken, die Beziehung zwischen einer weltenbummelnden Seglerin, in deren Vergangenheit noch Alains Tod lauerte, und einem ehrbaren Detective Inspector, der mit seiner Mutter und seinem Bruder auf dem Bauernhof der Familie lebte. Vielleicht würde ich, wenn ich einen Posten an Bord eines Windjammers bekäme, auch ehrbar werden? Zweite Offizierin Lynch. Erste Offizierin. Kapitänin. Ich würde natürlich mein Leben auf See verbringen, was eine Beziehung nicht gerade einfacher machen würde. Ich seufzte und stand auf.

Inzwischen wärmte die Hitze von meinem improvisierten Heizkörper die kleine Kabine der *Chalida* auf und ließ die langen Fenster beschlagen. Ich wusch mich am Handwaschbecken, rubbelte mich mit dem Handtuch ab, um mich aufzuwärmen, zog mir mehrere Schichten von Kleidung über, legte dann ein Tuch auf meinen Klapptisch, um den Lack zu schützen, und kochte mir einen Topf Porridge. Einer der Vorteile dieses ans Land gebundenen Lebens war, dass ich frische Milch kaufen konnte; es würde mich ganz schön treffen, wenn ich wieder auf Wanderschaft ging und mich erneut an H-Milch gewöhnen musste. Während ich das Porridge kochte, grillte ich die letzten beiden Schollen und legte eine für Kater hin.

Draußen war der Himmel bedeckt, lange Stränge grauer Wollwolken mit helleren Streifen dazwischen, graublau im Westen, hellrosa im Osten. Ich schnitt den Lauch und die Rübe, die ich gestern bei der Meat Co gekauft hatte, in Streifen und Würfel, schälte und raspelte die Möhren, setzte alles in meinem größten Topf mit dem Halsstück und den Lammkeulen auf, fügte Wasser und je eine Handvoll Gerstengraupen,

Trockenerbsen und Linsen hinzu und ließ alles köcheln. Zum Mittagessen würde es richtige Lammsuppe geben.

Nach draußen gehen, das war, als liefe man in Eiswasser hinein. Der Wind war gletscherkalt, und meine Hände waren steif gefroren, bis ich alle Festmachleinen überprüft hatte. Ich holte mir von drinnen meine Handschuhe, schob dann die Kabinenschotten in ihre Nute und zog die Luke dicht. Der Wind scheitelte Katers Fell, als der auf dem Ponton eine Pause einlegte und auf mich wartete.

Ich war mir nicht ganz sicher, was ich mit dem Morgen anfangen sollte. Ich hätte mich eigentlich zu Kates Garten aufmachen müssen, aber vor dem Haus parkte ein Polizeiauto. Stattdessen ging ich zum College. Es gab zwar hier keine offizielle Bibliothek, aber man fand immer ein leeres Klassenzimmer, in dem man lernen konnte. Ich hatte gerade mein Diagramm vom Innenleben eines Dieselmotors ausgebreitet, als mein Handy klingelte. Es war Gavin.

»Ich dachte, ich gebe dir Bescheid, dass ich am Flughafen von Inverness bin und für den Flug um 9:50 Uhr eingecheckt habe.« Er sprach mit einem Hochlandakzent, und wenn er meinen Namen sagte, endete der immer auf einem langen säuselnden ss.

»Du hast also schon davon gehört.«

»Sergeant Peterson hat mir alles erzählt, was du ihr berichtet hast. Sie war nicht sonderlich erfreut über deine Aussage. Ich hoffe, mir gegenüber bist du offener.«

Ich zitierte ihm einen seiner Lieblingssprüche: »Die Ricke ist schnell genug, ohne dass man die Hunde auf sie hetzt.«

»Sollte das ein Ja sein?«

»Annette hat sich wegen irgendwas Sorgen gemacht«, erwiderte ich. »Sie hatte mit ihren Eltern darüber gestritten, ob sie an Halloween ausgehen dürfte. Ich wollte, dass die Eltern das der Polizei selbst erklären, ich wollte es nicht schlimmer aussehen lassen, als es war. Kate ist immer sehr nett zu mir.«

»Und dieser Streit hat Annette Sorgen gemacht?«

»Nein.« *Was ist, wenn der Teufel in Shetland ungehindert herumläuft?* Ich erklärte ihm meine Gedanken vom Morgen. »Aber ich bin mir nicht sicher, ob die Sache mit der Reinkarnation überhaupt was mit ihren Sorgen zu tun hatte.«

»Ich bin gegen Mittag in Scalloway. Die haben uns ›das alte Museum‹ als Einsatzzentrale gegeben.«

»Es liegt am Meer«, sagte ich. »Ein graues Steingebäude mit gutem Blick auf den Yachthafen, damit Sergeant Peterson mich im Auge behalten kann. Es ist auch für die Geschäfte günstig gelegen – Kaffee, Kekse, Pasteten, so was.«

»Ich möchte zuerst mit den Eltern sprechen, dann können wir sie in Frieden lassen, und ich organisiere mein Team, und danach komme ich zur *Chalida*. Soll ich Fish and Chips zum Abendessen mitbringen?«

Ich seufzte. »Hier gibt's kein Frankie's.« Der Fish-and-Chips-Imbiss von Frankie's in Brae hatte jede Menge Preise gewonnen und war nicht nur der nördlichste, sondern galt als einer der besten in Großbritannien. Ich teilte diese gute Meinung. Kein Frankie's mehr zu haben, das war einer der Nachteile des Umzugs nach Scalloway. »Es gibt aber einen guten Chinesen – zumindest riecht es da immer lecker. Am liebsten mag ich Zitronenhühnchen.«

Ich hörte im Hintergrund ein Bing-Bong, gefolgt von einer Stimme vom Band. Gavin ignorierte sie. »Zitronenhühnchen. Reis oder Nudeln dazu?«

»Mit Ei gebratener Reis. Das wird Kater mögen.«

»Stäbchen oder Messer und Gabel?«

»Ich habe beides an Bord.«

»Dann bis später.«

Ich legte das Telefon weg und widmete mich wieder dem Innenleben des Motors. Ich war nicht viel weiter als bis zum Zylinderkopf gekommen (über den Tank, den Primärfilter, die Treibstoffleitung, den Sekundärfilter und die Einspritzdüse, lauter grundlegendes Zeug), als mein Telefon erneut schellte. Es war Kate. »Cass, ich habe überlegt, ob du vielleicht rüberkommen möchtest. Ich weiß, es ist ein bisschen kalt …«

»Das war's nicht«, protestierte ich. »Ich dachte, du wolltest heute vielleicht keine fremden Leute im Haus haben. Kate, es tut mir so leid.« Mir fielen keine anderen Worte ein. »So sehr leid.«

»Du hast sie gefunden, haben die gesagt.«

»Ja.«

»Komm her, Cass, bitte, komm her. Ich weiß nicht, was ich hier machen soll. Lass uns in den Garten rausgehen, und du kannst mir alles erzählen, und dann kann ich vielleicht glauben …«

Mir schnürte sich der Hals zu. »Ich bin sofort da.«

Peter machte mir die Tür auf und winkte mich ins Haus. »Kate ist gleich …« Er deutete in Richtung Küche.

Er war über Nacht gealtert. Aus seinem flotten Gang war das Tappen eines Schlafwandlers geworden, er setzte die Füße ungleichmäßig auf, als wäre der Boden unter ihm uneben geworden, und sein Kopf war tief geneigt, der Rücken gebeugt wie der eines alten Mannes. Er hatte schwarze Ringe unter den Augen, und sein blondes Haar war ungekämmt. Er erhaschte im Spiegel auf dem Flur einen Blick auf sich und blieb stehen, hielt inne, als wisse er, dass etwas nicht stimmte, könne aber nicht ergründen, was das war. Dann hob er eine Hand und strich sich das blonde Haar zurück. Endlich drehte er sich zu mir um und schaute mich an. Seine Augen loderten in dem grauen Gesicht. »Cass.« Seine Stimme war scharf geworden, die Worte purzelten nur so hervor, hatten etwas Ungeduldiges, als lenkten sie ihn von dem ab, was er eigentlich sagen wollte. »Kate ist in der Küche.« Er deutete wieder dorthin. »Ich gehe gerade aus dem Haus.« Seine Hand wühlte zwischen den Mänteln herum, als tastete er nach seiner gewachsten Barbour-

Jacke. Seine Kappe, eine von diesen Lederkappen mit hochgebundenen Fellohrenklappen, lag auf dem Tisch im Flur. Er rammte sie sich auf den Kopf und pfiff nach den Hunden. Ich hörte aus dem Wohnzimmer ein Plumpsen und dann das Tappen von Pfoten, bis Dan und Candy den Flur entlanggewuselt kamen und sich wartend zu seinen Füßen hinsetzten. Dan durfte bis zur Hauptstraße frei laufen, aber Candy musste gleich an die Leine. Peters Finger nestelten an dem vertrauten Karabinerhaken herum, dann runzelte er die Stirn, steckte seine freie Hand in die Tasche und zog einen Schlüsselbund heraus. Er musterte die Schlüssel einen Augenblick, als hätte er sie noch nie gesehen. Während er sie in der Hand wog, explodierte die Wut in ihm. Er hob den Kopf und schaute mich an. »Dieser Junge!« Seine Stimme war giftig. »Ich sorge dafür, dass er zur Rechenschaft gezogen wird, und wenn es das Letzte ist, was ich je tue.« Er nickte heftig und stürmte aus dem Haus.

Kate kam den Flur entlang, als gerade die Tür laut hinter ihm zuschlug. Auch sie war gealtert. Ihr Gesicht war völlig weggeschrumpft; sie hatte schwarze Schatten unter den Augen, und ihr kastanienbraunes Haar schimmerte beinahe übertrieben neben ihren bleichen Wangen.

Wir gingen hinaus und zum unteren Ende des Gartens. Über uns wurden die Risse zwischen den Wolken cremig grau, dann blassblau. Um elf war die Sonne hervorgekommen. Sie wärmte noch nicht, weil der Wind heftig wehte, aber in unserer geschützten Ecke ließ sie gelbe Streifen auf den grünen Mehlbeerenblättern aufglitzern. Wir arbeiteten schweigend; ich wusste nicht, was ich sagen sollte, und ich wollte auch nicht den Anschein erwecken, dass ich vorhatte, Kate vertrauliche Mitteilungen zu entlocken. Wir luden eine Schubkarre voll, dann eine zweite.

»Sie ist aus dem Haus gegangen«, sagte Kate plötzlich. Ich schaute zu ihr, konzentrierte mich auf meine Hände, die gerade die braunen Regenschirmblätter und schaumgleichen Samenstände eines Frauenmantels wegrupften. »Etwa um zehn. Ich wusste nicht, dass sie weggegangen war; ich war in meinem Atelier.« Sie machte eine vage Geste zu der Holzhütte neben dem Haus. »Peter hat gehört, wie sie gegangen ist. Er meinte, es wäre so um zehn gewesen. Kurz bevor er mit den Hunden raus ist. Candy wollte unbedingt Gassi gehen, aber Dan ging es noch nicht so gut, also ist Peter eine kleinere Runde gelaufen als sonst, doch trotzdem war er eine gute halbe Stunde unterwegs, und sie war immer noch nicht zurück, als er wiederkam. Na ja, er wollte los und sie suchen. Wir haben uns darüber gestritten. Er war wütend, er wollte einfach da hochrennen und sie zwingen, mit nach Hause zu kommen. Und ich habe gesagt, das könnte er nicht machen, sie wäre zu alt – und dann ist das Polizeiauto gekommen, und die Beamtin hat gesagt … sie hat gesagt …«

Wo hoch?, wollte ich fragen. *Zu wem*? Aber ich brachte es nicht über mich. Kate begann ein Blatt in Stücke zu reißen, trennte es ordentlich entlang der Blattadern auseinander, durchlebte den Alptraum aller Eltern erneut. Der Himmel wurde bereits wieder dunkler. »Dann haben sie angefangen, mir Fragen über Geld zu stellen – wie viel Geld im Portemonnaie hätte sein sollen. Als hätte irgendein zufällig dahergelaufener Ganove sie wegen Geld umgebracht.« Ihre Stimme bebte. »Cass, du hast sie gesehen.« Das war die Frage, für die sie all ihren Mut hatte aufbringen müssen.

»Sie war zusammengesackt«, antwortete ich. »Es sah nicht danach aus, als hätte sie Schmerzen gelitten oder Angst gehabt. Ich konnte keinerlei Anzeichen für eine Verletzung erkennen. Sie hat einfach so ausgesehen, als wäre sie in Ohnmacht gefallen.«

»Die haben gesagt, du hättest sie identifiziert, es wäre nicht dringend nötig, dass wir da hingehen – sie meinten, sie würden uns für eine förmliche Identifizierung später holen, sobald sie sie von dort weggebracht hätten.« Ihre Stimme wurde freudlos.

»Ich wollte sie sehen. Sie in den Armen halten. Ich konnte es einfach nicht glauben.«

Über uns zog sich der Himmel zu, und der Regen setzte ein. Große kalte Tropfen trafen uns wie kleine Geschosse. Ich stand auf und legte ihr die Hand unter den Ellbogen. »Zeit für eine Tasse Tee.«

Kate rappelte sich hoch, steif wie eine alte Frau. Ich nahm meine Hand weg und folgte ihr den Pfad hinauf ins Haus. Mit zitternden Händen stellte sie den Wasserkessel auf den Herd, schaute sich dann in der Küche um, als hätte sie die noch nie gesehen, als wüsste sie nicht, wo sie die Henkelbecher, die Teekanne, den Tee, die Milch finden sollte.

»Setz dich«, sagte ich. »Ich mache den Tee.«

Sie glitt auf einen Stuhl und saß dort schweigend zusammengekauert, während ich Tee, Kanne und Wasser kombinierte. Ich schenkte ihr eine Henkeltasse voll, fügte zwei Löffel Zucker hinzu und stellte den Becher vor sie hin. Sie hob die Hände, um ihn zu umklammern, als bräuchte sie die Wärme. »Wer macht denn hier so was? Wer?«

Darauf konnte ich ihr keine Antwort geben.

Hast du je das Gefühl, du hättest schon mal gelebt? »Es ist wohl unwahrscheinlich«, sagte ich langsam, »dass sie mit irgendwelchen mystischen Dingen zu tun hatte?«

Kates Kopf fuhr herum, ihre Mundwinkel hingen, die Augen schauten entsetzt. »Wieso fragst du das?«

»Sie hat irgendwas über ein früheres Leben zu mir gesagt. Das klang ganz so, als hätte sie über Reinkarnation nachgedacht.«

»Oh.« Sie stieß erleichtert den Atem aus, riss sich dann aber zusammen und redete beinahe wie aufs Geratewohl los, während ihre Hände sich um den Henkel ihres Bechers klammerten und ihn dann losließen, immer und immer wieder. »Du meinst, eine von diesen New-Age-Gruppen, wo die Leute UFOs sehen und nach dem Genuss von Schwertlilienwurzeln in Trance Botschaften aus dem Jenseits empfangen und glauben, dass die Pyramiden von Aliens auf Erden errichtet wurden, und diesen ganzen Blödsinn?«

In dieser verächtlichen Stimme klangen Generationen von Landadligen mit, die seinerzeit die Ortspfarrer der Church of England rumkommandiert hatten. »Aber dafür ist sie sicher zu intelligent. Sie will in Edinburgh Naturwissenschaften studieren.«

»Ich weiß nicht, ob Intelligenz was damit zu tun hat«, sagte ich. »Arthur Conan Doyle ist auf diese lächerlichen Elfenbilder reingefallen, weil er an sie glauben wollte. Und schau dir die schrecklichen viktorianischen Geisterfotos an. Da fragt man sich, wie die jemals irgendjemand täuschen konnten.«

»Die Vorstellung, dass sie in so was verwickelt war, gefällt mir gar nicht«, sagte Kate. Ihre Stimme war bitter. »Dass jemand sie dazu verführt hat, sich auf so was einzulassen.«

»Ich bin mir nicht sicher, ob es das war«, erwiderte ich. »Ich glaube, es ging eher um ein früheres Leben – du weißt schon, die Erinnerung daran, einmal jemand anders gewesen zu sein.«

»Eine ägyptische Prinzessin oder eine Dame im Mittelalter«, spottete Kate. »Immer eine von den Oberen, ist dir das schon mal aufgefallen? Niemals das dritte Küchenmädchen. Annette würde nicht … sie hätte nicht …« Tränen traten ihr in die Augen, dann wandte sie sich von mir ab und begann zu schluchzen und zu zittern und nach Luft zu schnappen.

Ich saß neben ihr, schaute zu, wie die Regentropfen gegen die Fensterscheiben klatschten, und gab beruhigende Geräusche von mir, die allerdings vom Prasseln des Regens übertönt wurden. Endlich schnäuzte sich Kate und stand auf. »Nun, du musst jetzt wohl zum College. Geht ja nicht an, dass du die Vorlesung über Hummerzucht verpasst oder über das korrekte Aufblasen von Rettungsflößen oder was immer heute dran ist.« Ihre Stimme war wieder wie sonst, wenn ich auch hören konnte, wie viel Mühe sie das kostete. Sie langte nach meinem Umschlag, doch ich wehrte das mit nach vorn gestreckter Hand ab.

»Wir haben heute kaum was geschafft. Ich verdiene es mir beim nächsten Mal.«

»Morgen«, sagte Kate. »Morgen wäre toll.« Ihre Stimme war nun wieder fest. Sie rang sich sogar ein Lächeln ab. Engländerinnen brechen einfach nicht zusammen.

»Prima. Zur üblichen Zeit«, stimmte ich zu. Ich hoffte, mit meinem Tonfall anzudeuten, dass ich ihre Tränen bereits vergessen hatte. »Komm, Kater.«

Ich war gerade durch die Gartenpforte, als hinter mir ein Polizeiauto anhielt. Auf der einen Seite stieg Sergeant Peterson aus, auf der anderen Gavin. Er wirkte geschäftig und hellwach, hatte den Kopf mit dem roten Haarschopf hochgereckt, schaute sich mit seinen meergrauen Augen um. Er trug den üblichen grünen Kilt mit dem schlichten Ledersporran und die grüne Tweedjacke. Ich blieb stehen, aber er nickte mir nur kurz zur Begrüßung zu und klopfte an die Holztür zur Küche. Die arme Kate …

Der Wind blähte meine Mütze auf, als ich zum Boot zurückging, und die Wellen grollten an der Niedrigwasserlinie. *Hast du je das Gefühl, du hättest schon mal gelebt?* Das Christentum glaubte nicht an Wiedergeburt, der Buddhismus aber schon. Man arbeitet sich im Lebensrad langsam voran, nach oben, wenn man in einem Leben Gutes getan hat, nach unten, wenn man sich schlecht benommen hat. Das würde plötzliche Déjà-vu-Blitze erklären und warum manche Leute immer Glück und andere eher Pech hatten. Karma. Es hatte ein paar interessante Fälle gegeben, in denen Kinder, die zu jung waren, um darüber etwas gelesen zu haben, von einem früheren Leben sprachen. Für jemand wie Nate war das wohl nicht spektakulär genug, aber ich überlegte mir, ob sich der ruhige, ernste James Leask, der Junge, mit dem sich Annette im Scalloway Hotel getroffen hatte, vielleicht für Geschichten über Reinkarnation interessierte. Ja, durchaus. Ich konnte mir vorstellen, wie er sich durch die Zeitschrift *Fortean Times* wühlte, dann alle Quellen im Internet durchging, um sich über einen klassischen Poltergeist-Fall oder eine Sichtung eines UFOs seine eigene Meinung zu bilden. Sobald er sich entschieden hatte, es zu glauben, würde er sich davon nicht mehr abbringen lassen; doch ich hatte im College nie etwas Derartiges über ihn gehört, und wenn er überzeugt war, dass man mehr als ein Leben haben kann, dann hätten ihn seine Mitstudenten sicherlich nur zu gern damit aufgezogen.

Der Wind zerrte am Ponton, ließ kleine Wellen gegen die Plastikschwimmer klatschen. Ich zog die Fallen noch einmal straff und ging dann nach unten. Die Kabine war wunderbar warm, und die Suppe roch herrlich. Ich fischte die Knochen heraus, löste das Fleisch ab, gab Kater einen Teil davon, zusammen mit seiner übrig gebliebenen Scholle, und legte den Rest in eine Schüssel. Ich würde jeden Tag ein paar Stückchen in meine Suppe geben. Dann schöpfte ich etwas von der Brühe heraus und setzte mich an meinen kleinen Tisch, pustete auf den Löffel, ehe ich aß. Das Fleisch schmeckte köstlich, und Linsen, Erbsen und Gerstengraupen hatten sich am Boden der Schüssel zu einem sättigenden Brei vermengt. Meine Suppe erreichte noch nicht ganz den Standard der Suppe beim Up Helly Aa in Nesting, die so dick war, dass der Löffel darin stand, aber sie kam der Sache schon recht nah. Ich rundete meine Mahlzeit mit einer Henkeltasse Tee ab, spülte meine Schüssel und trocknete sie ab, zog dann wieder Handschuhe und Jacke an. Der Unterricht wartete.

KAPITEL 5

Im Westen türmten sich gelbliche Wolken auf; der Wind ergriff mein Haar sogar unter der Kapuze hervor und peitschte es mir gegen die Wangen. Ein metallischer Geruch nach Schnee lag in der Luft. Heute Nachmittag hatten wir praktischen Unterricht, also brachte ich Kater gleich zu Nate. Ich merkte, dass der schon von Annettes Tod gehört hatte: Sein Gesicht wirkte verhärmt, und er begrüßte mich mit einem ernsten Nicken. »Du hast das von Annette schon mitgekriegt. Es kommt mir alles so unwirklich vor.«

»Ich habe sie gefunden«, antwortete ich. »In der Spanish Closs.«

»Was ist passiert? War es eine Herzattacke?«

Ich zuckte mit den Schultern. »Mehr weiß ich auch nicht.«

»Aber du hast sie doch gefunden?«

Ich nickte.

»Es kommt mir alles so unwirklich vor«, wiederholte Nate. »Es nimmt uns alle total mit. Die meisten Studenten hier sind mit ihr zur Schule gegangen.«

In der Klasse war an diesem Nachmittag die Stimmung recht gedrückt. Ich bildete mir den schrägen Blick von der Seite nicht ein, den mir Jeemie zuwarf. Sonst war er der Lauteste in der Klasse und hatte eine aufdringliche Lache, die wahrscheinlich seine zukünftige Frau eines Tages dazu bringen würde, ihm mit einem stumpfen Gegenstand den Schädel einzuschlagen. Heute kam er nicht zu mir, um mir den neusten Facebook-Witz zu erzählen, sondern hielt sich von mir fern, als könnte ihn die Tatsache, dass ich die Leiche gefunden hatte, irgendwie kontaminieren. Alle anderen beugten sich in angespanntem Schweigen über ihre Motoren.

»Mein« Motor befand sich in der hintersten Ecke. Ich schraubte die Bolzen ab, die die Einspritzpumpe hielten, und zog die Pumpe vorsichtig aus ihrer Kammer. Der Motor der *Chalida* ähnelte diesem etwa so wie ein Shetlandpony einem Rennpferd, aber die Treibstoffleitung war auf gleiche Weise verlegt und hatte die raketenförmige Einspritzdüse am hinteren Ende. Während ich daran arbeitete, stellte ich mir vor, dass mein Freund Anders neben mir stand. Ich hörte beinahe seine Stimme: *Wenn du Gewalt anwenden musst, machst du was verkehrt. Leg eine Pause ein, setze deinen Schraubenschlüssel anders an und versuche es noch einmal, ganz sanft.*

Ich vermisste Anders. Er war nichts als ein guter Kumpel gewesen, als ich ihn als Maschinisten für das nachgebaute Wikingerschiff mit nach Shetland brachte, das dort als Filmkulisse diente. Von März bis August hatten wir zusammen auf der *Chalida* gewohnt; wir hatten gemeinsam gegessen und uns von unserem Tag erzählt – er arbeitete bei der Ingenieurfirma Malakoff in Lerwick, ich gab in meiner Heimatstadt Brae wochenweise Kurse für Segelanfänger. Er hatte mich getröstet, als ich Alpträume hatte, nachdem ich in einem gruseligen Steinzeitgrab eingeschlossen gewesen war. Dann hatte ihn ein Stier auf die Hörner genommen, und seine Mutter hatte die günstige Gelegenheit genutzt, ihn meinem Unheil bringenden Einfluss entzogen und zurück nach Bergen gebracht, wo sie ihm anständige Mahlzeiten vorsetzen und ihm ein nettes norwegisches Mädchen vorstellen konnte. In Bergen hatte ich ihn auch zum letzten Mal gesehen: als ich ihm unter den feindseligen Blicken seiner Mutter Ratte brachte. Es war immer noch seltsam, mich ohne ein letztes »Gute Nacht« in Richtung Vorpiek und eine Antwort von dort in meine Koje zu schlängeln, morgens in einem leeren Boot aufzuwachen. Anders hatte mich geküsst, ehe er Shetland verließ … Aber daran wollte ich lieber nicht denken. Er war jünger als ich und sah umwerfend gut aus, und ich war eine freie und ungebundene Seglerin mit einer Narbe auf der Wange. Außerdem war er Lutheraner und ging regelmäßig zur Kirche, und ich war katholisch; das würde bestimmt auch Probleme geben. Und dann war da noch Gavin Macrae … Ich fragte mich, ob ein Psychiater sagen würde, dass ich diese doppelte Anziehung in meinem Unterbewussten forcierte, damit ich mich an keinen von beiden binden musste. Das tat ich mit einem Achselzucken ab. Anders war in Bergen, und Gavin war hier.

Genau in diesem Augenblick piepste mein Handy. Wenn man vom Teufel spricht. Es war eine SMS von Anders: *Shetland Nachrichten gelesen, wie bist du in die Sache verwickelt? Doc gestern Schulter offiz. geheilt & kann wieder arbeiten. Bei Malakoff probieren?*

Wir würden so gut zueinanderpassen, Anders und ich. Wir könnten zusammen mit der *Chalida* in die Karibik aufbrechen, dann weiter nach Australien segeln … Aber ich konnte nicht »Ja, komm her« antworten, wenn ich nicht sicher war, dass ich das wirklich wollte.

Ich schnitt dem Handy eine Fratze. In Norwegen war es jetzt drei Uhr, Zeit für eine Pause mit einer heißen Schokolade. Er saß wahrscheinlich mit seinen Kumpeln in der Werft seines Dads in Bildøy, in seinem grünen Overall, mit Ratte auf der Schulter und der Henkeltasse in der Hand, den Henkel nach vorn. Einen Augenblick lang vermisste ich ihn so sehr, dass es schon wehtat – aber Gavin war hier und redete mit Kate. Ich würde ihn später sehen. Jeder von beiden verdiente mein ganzes Herz.

Ich seufzte und drückte »Antworten«. *Hat nichts mit mir zu tun. Habe nur Leiche gefunden. Gut, dass du wieder okay bist. Nehme im College Motor auseinander. Over und out.* Over und out, das war unser Kürzel für: Ich klettere gleich den Mast hoch, gehe also eine Weile nicht ans Telefon. Ich konnte im Augenblick einfach nicht an Anders denken.

Die Mutter klemmte. *Leg eine Pause ein, setze deinen Schrau-*

benschlüssel anders an, versuche es noch einmal. Sie bewegte sich immer noch nicht. Ich konnte Anders' Stimme über meine Schulter hören: *Zieh sie an, nur ein bisschen, und versuche es dann noch mal.* Der Trick funktionierte, und ich lockerte gerade die Mutter, als ein Schatten auf den Motor fiel. Es war Kevin, ein ruhiger Junge mit sandfarbenem Haar, der immer zu spät kam. Weil er auch heute wieder der Letzte war, hatte er mich als Partnerin bekommen.

»Hi«, sagte ich.

Er nickte nervös und schob sich vor den Motor. »Aye, aye, Cass. Was machen wir heute?«

Unser Dozent hatte uns letzten Donnerstag gesagt, heute käme das Treibstoffsystem dran. Es war unsere Hausaufgabe gewesen, uns die Diagramme anzuschauen. Ich deutete mit dem Kopf auf die Einspritzdüse. »Das Treibstoffsystem.«

Er schaute mit ausdrucksloser Miene auf die Muttern, die Unterlegscheiben und die Rohrleitung, die ich nebeneinander aufgereiht hatte. »Was ist das alles?«

»Die Treibstoffleitung vom Sekundärfilter bis zur Einspritzdüse.« Ich baute sie wieder zusammen und schraubte alles an Ort und Stelle. »Da, jetzt nimm du das Ding auseinander.«

Ich schaute ihm zu, so wie Anders mir zugeschaut hatte, und hörte mich seine Worte sprechen: »Wenn du Gewalt anwenden musst, ist das Gewinde nicht richtig drin. Setze deinen Schraubenschlüssel anders an und versuche es noch einmal.« Kevins Hände zitterten so sehr, dass der Schraubenschlüssel von der Mutter abrutschte, und jetzt schaute ich ihn genauer an. Er war blasser als sonst, und seine Sommersprossen hoben sich deutlich von seiner Haut ab. »Geht's dir gut?«

Er tat die Frage mit einem Achselzucken ab, hielt dann inne, die Hände reglos auf dem Schraubenschlüssel. Er warf mir einen Blick von der Seite zu, schraubte schließlich weiter die Mutter ab. Er nahm sie heraus und begann, die Treibstoffleitung vorsichtig nach oben zu heben. »Es ist Nan. Meine Uroma.«

Ich wartete schweigend ab.

»Sie ist dreiundneunzig, aber noch nicht *doiting*.«

»Doiting« war hier in Shetland das Wort für vergesslich.

»Sie wohnt oben in dem großen schwarz-weißen Haus an der Castle Street. Sie hat Haushaltshilfen und so, und an zwei Tagen geht sie ins Walter Gray.« Das Walter and Joan Gray Eventide Home war ein von der Kirche betriebenes Altersheim in Scalloway, das genau gegenüber des Slipways lag, wo im Krieg die Norweger ihre Boote repariert hatten. Walter Gray war in Kanada Funker gewesen. Er hatte damals das Telegramm erhalten, in dem stand, dass der Mörder Crippen und seine Geliebte Le Neve, von Inspector Dew verfolgt, auf dem Weg über den Atlantik waren, und er war einer der Ersten gewesen, die vom Untergang der *Titanic* erfahren hatten, aus einem Telegramm von der *Carpathia*. Shetlander waren einfach überall.

»Und meistens«, fuhr Kevin fort, »gehe ich in der Mittagspause hin und esse mit ihr Suppe, und wir reden über alles, was so passiert.«

Ich nickte. Das erklärte, warum er so oft zu spät in den Unterricht kam.

»Auch wenn sie dreiundneunzig ist und vielleicht nicht mehr so gut sieht wie früher, *doiting* ist sie jedenfalls nicht«, wiederholte er. »Wir haben tolle Unterhaltungen, Nan und ich.« Er hob die Treibstoffleitung heraus und legte sie neben die Muttern, begann dann, die Einspritzdüse loszuschrauben. »Aber heute war sie furchtbar aufgeregt. Sie hatte diesen schrecklichen Traum – na ja, ich dachte, es wäre ein Traum gewesen, und da fiel mir ein …« Seine Hände lagen reglos auf der Mutter. Er schüttelte wieder leicht den Kopf. »Du hast doch die Leiche gefunden, nicht?«

»Ja«, antwortete ich.

»Gleich unterhalb von Nans Wohnung, in der Spanish Closs.«

Ich nickte.

»Ich habe Nan nichts davon erzählt. Sie wird es allerdings bald genug erfahren, wenn die Frau kommt, die ihre Einkäufe für sie erledigt. Sie hatte sich so aufgeregt über das alles, da wollte ich nicht, dass sie dachte …« Er unterbrach sich plötzlich, warf mir einen unsicheren Blick zu, als wolle er sich versichern, dass ich ihn nicht auslachte, dann redete er hastig weiter: » … sie dachte, sie hätte Auld Clootie gesehen.«

Nates Worte hallten in meinem Kopf wider. »Auld Clootie – den Teufel?«

»Oder den Geist von Black Patie – du weißt schon, von Earl Patrick, dem, der die Burg gebaut hat.«

»Was hat sie erzählt? Was hat sie gesehen?«, fragte ich.

»Na ja«, antwortete Kevin. Er setzte sich hin und holte anscheinend zu einer längeren Geschichte aus. »Weißt du, normalerweise essen wir eine Schüssel von ihrer selbst gekochten Suppe, und ich kaufe unterwegs eine Pastete dazu ein, und die wärmen wir im Ofen auf, während wir die Suppe essen. Sie weiß, wann ich komme, also hat sie alles vorbereitet, damit wir hinterher noch Zeit für eine Tasse Tee und ein Schwätzchen haben. Ich wusste, dass was nicht stimmte, als ich die Treppe hochging und es nicht nach Suppe roch. Einen Augenblick lang dachte ich …« Ich sah es in seinen Augen, den dunklen Flur, die lange Treppe, die Angst, was er am anderen Ende vorfinden würde. »Ich rief: ›Nan!‹, und sie erwiderte: ›Junge, bist du das?‹, und ihre Stimme klang total aufgeregt. Also habe ich zurückgerufen: ›Ja, Nan, ich bin's‹, und dann bin ich reingegangen. Sie saß auf dem üblichen Stuhl am Kamin, mit der Kammgarndecke über den Knien und dem Stock an der Seite, aber völlig in sich zusammengesunken, als hätte sie den ganzen Morgen so dagesessen. Also hab ich die Suppe warm gemacht und den Ofen angeschaltet und sie gefragt, ob sie einfach da essen wollte, wo sie war. Na, da ist sie gleich aufgestanden und zum Tisch gekommen.« Er lachte und machte sie nach: »›Jungchen, wenn ich meine Mahlzeit nicht mehr mit der Familie am

Tisch essen kann, dann reservierst du am besten gleich 'nen schönen Platz auf dem Friedhof für mich.‹ Also haben wir unsere Suppe gegessen, und als sie wieder ein bisschen mehr Farbe im Gesicht hatte, hab ich sie gefragt, was los ist. Und da hat sie einfach so gesagt: ›Ich bin nicht mehr lange auf dieser Welt, Junge, denn ich hab heute Nacht im Dorf Auld Clootie gesehen, so klar und deutlich wie dich jetzt.‹«

Kevin legte eine Pause ein und nahm einen Schluck aus seiner Wasserflasche. »Ich hab gesagt: ›Was meinst du damit, Nan?‹ Und sie hat mir die ganze Geschichte erzählt. Als sie gerade ins Bett gehen wollte, war sie noch mal zum Fenster gegangen, um nachzusehen, ob Regen über das Voe hereinzog, damit sie wusste, ob sie das Fenster auflassen oder zumachen sollte. Und, na ja, als sie zur Burg rüberschaute, hat sie ein schwarzes Geschöpf gesehen, das aufs Haus zukam, ›groß war er‹, hat sie gesagt, ›und schwarz wie die Innenseite eines Kamins, mit Hörnern und einem Schwanz und einem grässlichen Buckel, und um ihn war eine Wolke des Bösen, und die Höllenhunde folgten ihm auf den Fersen, und wenn das nicht Auld Clootie war, dann war es der Geist von Black Patie, und den zu sehen bringt auch kein Glück. Und da kam er heran, mit langsamen Schritten und schaute hoch und schaute sich um, und ich hab sein Gesicht gesehen, als würde er nach dem nächsten Opfer suchen, das er davontragen kann.‹ Sie wollte auf keinen Fall was tun, das seine Aufmerksamkeit auf sie lenkte, also trat sie einen Schritt vom Fenster zurück und noch einen, bis sie aus dem Zimmer war, und hat die Tür hinter sich zumacht und ist ins Wohnzimmer gegangen, wo die Vorhänge fest zugezogen waren, und hat sich mit ihrer Decke an den Kamin gesetzt. Da ist sie die ganze Nacht sitzen geblieben und den ganzen Morgen, bis ich gekommen bin. Sie muss da doch ziemlich gefroren haben; ich hab mir echt Sorgen gemacht. Doch sobald sie die Suppe und eine Tasse Tee im Magen hatte, hat sie wieder Farbe bekommen.«

»Wann geht deine Uroma normalerweise ins Bett?«

»Schlag halb elf.« Wieder imitierte er die Stimme seiner Uroma. »›Ich geh immer dann zu Bett, jeden Tag seit meiner Heirat, und es würde nur halb so viel Rumtreiberei und Scheidungen geben, wenn das alle täten.‹«

Ich schwieg einen Augenblick. Nachdem er seine Geschichte erzählt hatte, saß er da und beobachtete mich, erwartete wohl, dass ich ihm das erklären würde. Ich konnte es ja mal versuchen. Ich erinnerte mich daran, dass Annette dagelegen hatte, als wäre sie einfach hingefallen – oder als hätte sie jemand hingeworfen. »Meinst du, dass sie vielleicht gesehen hat, wie jemand die Leiche der armen Annette da hingetragen hat, wo ich sie gefunden habe?«

»Daran habe ich auch gedacht. Kommt die Zeit ungefähr hin?«

»Volltreffer.«

»Dann geh ich auf dem Heimweg noch mal bei Nan vorbei und erzähle ihr, was du gesagt hast.«

Ich lächelte. »Meine Meinung macht auf eine so robuste Dame wie deine Uroma bestimmt keinen Eindruck. Aber erzähl ihr von der armen Annette, dann kommt sie von selbst drauf.«

»O nein, dich findet sie toll«, sagte Kevin. »Ich habe ihr erzählt, dass du aufs College gehst. Sie ist früher selbst gesegelt, meine Nan, mit ihrem Vater, und die haben bei all den Regatten Pokale gewonnen, bis er zu alt dafür wurde und das Boot aufgeben musste. Sie kann dein Boot gerade eben aus ihrem Klofenster sehen, und sie schaut abends als Letztes immer, ob du zu Hause bist. Sie sagt, es ist wunderbar, den goldenen Schein des Kerzenlichts aus deinem Fenster zu sehen. Sie vermisst die alten Zeiten, weißt du, mit Öllampen und Kerzen und Kaminfeuern. Sie weiß gut, dass Strom besser ist, aber für sie ist es nicht dasselbe. Sie hat sogar …« Plötzlich errötete er. »Sie hat gesagt, wenn du mal in der Gegend bist, würde sie sich freuen, dich kennenzulernen, oder wenn ich dich mal mittags mitbringe.«

»Ich würde sie auch gern kennenlernen«, erwiderte ich. »Und du erzähl ihr von Annette. Wer immer das gemacht hat, der Teufel war es nicht. Noch läuft der in Scalloway nicht ungehindert herum.«

Während der ganzen restlichen Unterrichtsstunde grübelte ich darüber nach, was Kevins Uroma gesehen hatte: eine missgestaltete Person, eine große Person, die ein totes Mädchen auf der Schulter trug, eine Person, die von der Burg kam. Daraus konnte ich nur eines folgern: Annette war mitten in der Nacht zur Burg gegangen. *Warum sollte ich nicht ausgehen und Leute kennenlernen, wenn ich das möchte? Wenn ich glaube, dass die mir helfen könnten?* Aber was für Leute würden sich so spät am Abend noch in der Ruine von Scalloway Castle treffen? Ich hörte förmlich, wie Kevins Uroma antwortete: »Jedenfalls niemand, der etwas Gutes im Schilde führt, das lass dir von mir mal gesagt sein.«

Ich war gerade auf dem Weg zur Kantine, um Kater abzuholen, als ich aus der Küche Lachen hörte. So lacht jemand, dem angenehm gruselig zumute ist. Die drei Nebelkrähen von gestern kamen, gefolgt von Sarah, dem Küchenmädchen, wie ein Schwarm aus dem Raum gehuscht. Sie trugen wieder ihre lederne graue Fantasiekleidung und waren in voller Kriegsbemalung. Nate folgte ihnen.

»Kratzspuren«, sagte er gerade, »am Hals.« Er streckte eine Hand drohend nach der kleineren kurzhaarigen Krähe aus, hatte die Finger zu Klauen gekrümmt. »Als hätte der Teufel selbst sie gepackt. Sie hatte sich wohl in Dinge eingemischt, von denen sie nichts versteht, und da ist ein Dämon gekommen, um sie zu holen.« Seine Hand schloss sich um den Hals des Mädchens. Es protestierte kreischend. »Und dann«, sagte Nate, während er die Verblüffung des Mädchens ausnutzte und es sich wie ein Feuerwehrmann über die Schulter warf, »hat er ihre Seele fortgetragen, genau so!«

Er wirbelte die Nebelkrähe herum und stellte sie anschließend wieder auf die Füße. Nun war sein Gesicht ganz ernst. »Und eins sage ich euch: Der Teufel ist in Scalloway angekommen.«

KAPITEL 6

Kurz nach vier Uhr verließ ich das College. Ich trat in die graue Düsternis hinaus, als plötzlich Sonnenlicht vom schwarzen Himmel strömte, jedem Grasbüschel überlange Schatten verlieh und die Schatten der Zaunpfähle und des hohen Grases in den Gräben wie einen schartigen Kamm über die Straße legte. Das Licht war hart und gelblich wie vor einem Gewitter, das ausgebleichte Gras an den Hängen wurde zu blassem Gold erhellt. Es hätte ein Sommerabend sein können … Doch dann schlossen sich die Wolken vor der Sonne, und nur noch ein einziger schräger Strahl fiel auf den Berg im Osten. Es dämmerte bereits. Die Flut war halb aufgelaufen. Am Weststrand pickten Wasserläufer mit ihren dünnen, gebogenen Schnäbeln im dunklen Tang herum.

Ich stieg an Bord der *Chalida*, überprüfte mechanisch die Leinen, ging nach unten, schloss die Schotten hinter mir und setzte mich auf meinen Eckplatz. Gleich würde ich den Wasserkessel aufsetzen. Ich lehnte den Kopf an das lackierte Schott und schloss die Augen – und ehe ich mich versah, waren die langen Fenster dunkel, und mein Handy klingelte. Es war Gavin.

»Wir sind am Tor zum Yachthafen«, sagte er. »Kannst du uns reinlassen?«

Uns?, dachte ich. Ich stand ächzend auf und ging hin, um ihnen aufzumachen: Gavin und Sergeant Peterson. Ich forderte sie mit einer Handbewegung auf, vor mir an Bord der *Chalida* zu gehen, griff dann in die Backskiste, um den Gashahn aufzudrehen, zündete die Hängelaterne an und setzte den Wasserkessel auf, ehe ich die Schotten wieder schloss.

»Tut mir leid«, sagte ich. »Ich bin nach dem College eingeschlafen. Es wird gleich warm, wenn das Gas eine Weile an ist.« Ich bot Sergeant Peterson den Eckplatz an, von dem ich gerade aufgestanden war. »Setzen Sie sich.«

Gavin hatte eine weiße Plastiktüte dabei, die meine Kabine mit einem wunderbaren Duft erfüllte. Er langte nach der rutschsicheren Matte, die er darunterlegen konnte. Es war sonderbar vertraut, wie sein Arm in der grünen Tweedjacke an genau die richtige Stelle griff, wie seine Bauernhände die Matte auslegten und die Plastiktüte daraufstellten. »Zitronenhühnchen, wie bestellt, und mit Ei gebratener Reis. Können wir diese Teller benutzen?«

»Lass mich die erst abtrocknen.« Ich bewahrte sie über dem Herd auf dem Bord mit der Leiste auf, und der oberste war immer feucht von Kondenswasser. Gavin setzte sich an seinen üblichen Platz, ohne großes Theater, als hätten wir erst gestern in Brae hier zusammengesessen und Fish und Chips von Frankie's miteinander gegessen. Die Laterne ließ rote Lichter in seinem dunkelroten Haar aufscheinen und die Schatten unter seinen Augen hervortreten, als hätte er nicht genug geschlafen. Er schaute mich an und lächelte.

»Gut, dich wiederzusehen, Cass. Lass uns erst essen, ehe wir mit dem offiziellen Zeug anfangen. Sergeant Peterson und ich, wir haben den ganzen Nachmittag ordentlich gearbeitet.«

»Klingt gut«, meinte ich. Ich teilte die Teller aus und suchte das Besteck zusammen, während Sergeant Peterson die Behälter aufmachte: Zitronenhühnchen, diese kleinen orangebraunen Rindfleischwürmchen und etwas mit Krabben und dunklen Pilzen. Es waren zwei Behälter mit Reis und einer mit Nudeln. Katers Schnurrhaare zuckten. Ich schnitt ihm ein Stück von meinem Hühnchen zurecht, löffelte mir eine großzügige Portion auf den Teller und setzte mich dann auf die Motorabdeckung, um mein Essen zu genießen.

Eines von den Dingen, die ich an Gavin mochte, war, dass er offenbar nicht das Gefühl hatte, er müsste Schweigen mit

Plaudern erfüllen. Wir aßen, begleitet vom Geräusch der Wellen, die an den Schiffsrumpf schlugen, und dem Brodeln der im Kessel aufsteigenden Blasen, bis das leise Zischen zu einem schrillen Pfeifen wurde und ich aufstand, um das Gas abzustellen. »Kaffee, Tee, heiße Schokolade?«

»Kaffee«, antwortete Gavin. »Ich glaube, dass ich noch eine ganze Weile nicht ins Bett komme.«

»Für mich auch Kaffee«, sagte Sergeant Peterson. »Danke.«

Ich füllte die Presskanne und stellte sie zwischen die beiden, machte mir selbst eine Trinkschokolade, setzte mich wieder auf die Motorabdeckung, hielt den Henkelbecher umfangen und wartete. Gavin nickte Sergeant Peterson zu, und sie zog ihr Notizbuch hervor. »Das offizielle Zeug?«

»Nur zu«, sagte ich. Kater sprang mir auf den Schoß, um sich den Schnurrbart zu putzen.

»Nun«, begann Gavin. »Dann wollen wir damit anfangen, wie du die Leiche gefunden hast. Was hast du berührt, um festzustellen, dass sie tot war?« Jetzt war er ganz im Dienst. Seine Stimme verlor ein wenig von ihrem Hochlandakzent mit dem säuselnden S, mit den präzisen Schlusskonsonanten.

»Zuerst ihre Hand«, antwortete ich. »Ich habe die Hand angehoben, die zu der Haustür ausgestreckt war, um den Puls zu fühlen, da war aber nichts, also habe ich die Hand wieder abgelegt und es an ihrem Hals versucht. Dazu musste ich den Schal lockern, nicht viel, nur genug, um mit den Fingern reinzukommen. Ich war mir ziemlich sicher, dass sie tot war, aber ich wollte es noch mal überprüfen. Und dann – ja, dann habe ich die Kratzspuren am Hals unter den Fingern gespürt, und da habe ich ihren Kopf ins Licht gedreht, um mich zu vergewissern. Ich hatte Annette am Morgen getroffen, und da waren mir diese Kratzer aufgefallen, und ich wollte wissen, ob sie es war.«

»Hast du sie wieder hingelegt, wie du sie vorgefunden hattest?«

Ich nickte.

»Hast du sonst noch was angefasst?«

»Nein.«

»Ihre Tasche? Ihre Jacke?«

»Nein, aber ich habe mich gefragt – es war was Merkwürdiges an der Art, wie die da lagen …«

»Es hat jemand mit Handschuhen die Tasche und die Börse darin angefasst.«

»Sie hatte keine Handschuhe an«, sagte ich. »Gestern Morgen auch nicht. Es war noch nicht wirklich kalt genug – gestern Abend hatte ich meine zum ersten Mal an.« Ich erinnerte mich daran, dass Kate mir erzählt hatte, die Polizei hätte gefragt, wie viel Geld in der Börse sein sollte. »Fehlte irgendwas?«

»Ihre Mutter meinte, sie würde wohl nicht viel Geld dabeihaben, und das hatte sie auch nicht. In ihrer Tasche waren all die anderen Dinge, die man so erwartet: Taschentücher, Make-up, alte Busfahrkarten, eine Kinokarte. Nichts Ungewöhnliches. Keine Schlüssel, aber das Haus wird nicht abgeschlossen, also brauchte sie die nicht. So wie ihre Jacke da lag, dachten wir auch, dass jemand wohl ihre Taschen durchsucht hat.«

»Aber was hätte sie denn dabeihaben können, das jemand haben wollte?«

Gavin breitete die Hände aus. »Es war Geld in der Börse, und Kreditkarten auch, also war es kein Raub.« Um das zu unterstreichen, legte er eine Pause ein. »Außer dass sie gestern am Geldautomaten 100 Pfund von ihrem Konto abgehoben hat. Dieses Geld war nicht in ihrer Handtasche, auch nicht in ihrem Zimmer zu Hause, und wir konnten nicht feststellen, dass sie in der Stadt etwas damit gekauft hat.«

»Ich habe bei allen Geschäften nachgefragt, die sich da anbieten würden«, sagte Sergeant Peterson. »Kleiderläden, Juwelier, Friseur. Nichts.«

»Hundert Pfund«, wiederholte ich. In meinen Ohren klang

das wie ein unvorstellbarer Reichtum, aber ich wusste nicht, ob das vielleicht für die Tochter eines Bankers eher Kleingeld war. Ich legte eine Pause ein und streichelte Kater. Er setzte sich aufrechter hin, damit ich ihn hinter den Ohren kraulen konnte, rollte sich dann zusammen und schlang sich den Schwanz um die Nase. »Habt ihr schon die Autopsie gemacht?«

»Die ist morgen. Inoffiziell kann ich dir schon sagen, dass es keine offensichtliche Todesursache gibt.«

Mir fiel die Kinnlade herunter. »Keine?«

»Sie ist nicht geschlagen, erstochen, erstickt oder mit einem reizauslösenden Gift getötet worden. Es gibt keine äußeren Anzeichen für irgendetwas, das ihren Tod verursacht haben könnte. Das heißt nicht, dass sie nicht, sagen wir mal, Dämpfe eingeatmet oder ein Gift getrunken hat, das nicht zum Erbrechen führt.«

Dämpfe einatmen … »Habt ihr die Asche an ihrer Hand bemerkt?«

Er lächelte. »Bemerkt, Diagramm von den Fundstellen gezeichnet, Proben zur Analyse geschickt.«

»Vielleicht hat sie etwas über einem offenen Feuer gebraut.« Mir stand plötzlich ein Bild vor Augen, wie Hexen um einen Kessel herumstehen. »Hört mal, ich habe heute was rausgefunden.« Ich erzählte ihnen, was Kevins Uroma gesehen hatte.

»Eine große, missgebildete Gestalt, die von der Burg kam«, wiederholte Gavin. Er schaute zu Sergeant Peterson. »Untersuchen Sie das, sobald wir hier fertig sind. Gehen Sie von Tür zu Tür, konzentrieren Sie sich auf diese Uhrzeit. Morgen schauen wir auf der Burg nach. Finden heraus, wer Schlüssel hat und ob dort heute jemand gewesen ist. Stellen Sie sicher, dass inzwischen niemand hingeht, ehe wir da oben waren.« Er redete mir ihr, wie ich mit Anders redete, wie der Kapitän, der Anweisungen gibt. Ich verspürte einen Stich Neid. Dann wandte er sich wieder mir zu. »Kannst du die Kratzspuren beschreiben, die du gestern Morgen gesehen hast?«

Das schien eine merkwürdige Bitte zu sein, da er sie ja selbst in Augenschein genommen hatte. »Was ich gesehen habe …« Ich rief mir ins Gedächtnis, wie ich draußen vor der Gartenpforte stand und der Wind mir die Haare zerzauste. »Sie waren, von mir aus gesehen, auf der rechten Seite ihres Halses, von ihr aus links. Die andere Seite konnte ich nicht sehen. Ich habe auch nur einen kurzen Blick drauf werfen können, als sie ihren Schal zurechtzog. Es waren ein langer Kratzer und ein paar kürzere. Ich dachte, sie hätte vielleicht mit einer Katze gespielt, die sie dann angegriffen hatte, doch da bemerkte ich, dass rund um die Kratzer jeweils so was wie kleine Blutergüsse waren, dunkle Einkerbungen, wie von den Krallen eines Hundes. Die Familie hat zwei Pointer.«

Gavin und Sergeant Peterson schauten einander an, ein Aufblitzen von Verständigung und Interesse, das mich ausschloss. Sergeant Peterson lehnte sich vor. »Wie alt waren die Kratzer, würden Sie sagen?«

»Nicht frisch, denn sie waren verschorft. Vom Vortag vielleicht oder älter.« Was hatte Nate gesagt, wann er sie mit den Kratzern am Hals gesehen hatte? »Ihr solltet vielleicht mit Nate Halcrow reden. Der hat mir erzählt, er hätte vor vier Tagen oder so solche Kratzer an ihrem Hals bemerkt.«

»Nate Halcrow«, wiederholte Gavin. Er nahm wieder Blickkontakt mit Sergeant Peterson auf, und die nickte. »Waren die beiden befreundet? Warum hat er mit dir über sie geredet?«

»Er hat sich Sorgen um sie gemacht. Ich bin mir nicht sicher, ob sie eng befreundet waren, aber sie haben zusammen in einem Halloween-Stück auf der Bühne gestanden. Ihr müsst ihn fragen. Er hat sie eines Abends beim Wasser gesehen und sich gesorgt, sie könnte vielleicht Selbstmordabsichten haben.«

Wir waren nun von einem Kreis aus Laternenlicht umfangen. Die langen Fensterscheiben der *Chalida* ließen nur noch den silbernen Schimmer der Hafenlichter herein. Ich stand auf, um die Vorhänge über ihre Gummischnur zuzuziehen und so die Kälte und Dunkelheit auszusperren und die Wärme drinnen zu halten. Sofort wurde der goldene Schein der Lampe, den nun das Silberlicht von draußen nicht mehr verwässerte, intensiver, glänzte auf Sergeant Petersons blondem Haar, ließ goldene Lichter auf dem polierten Holz spielen. Sergeant Peterson trank ihren Kaffee aus und stellte den Becher auf den Tisch. »Wissen Sie, wo er wohnt?«

Ich schüttelte den Kopf. Es prasselte am Fenster, als hätte jemand Kieselsteine dagegengeworfen. Ich erinnerte mich, dass es vorhin nach Schnee gerochen hatte. Es würde eine kalte Nacht werden.

»In Nummer 2«, sagte Sergeant Peterson. »In dem Haus, zu dem Annettes Hand ausgestreckt war. Wenn man sie dorthin getragen hat, wollte jemand, dass wir glauben, sie hätte ihn um Hilfe angefleht oder wollte auf ihn als ihren Mörder zeigen. Welche Möglichkeit würden Sie wählen?«

Ich zuckte mit den Achseln. »Es könnte beides sein.«

Gavin lehnte sich zu mir herüber. »Gehörten die Einkerbungen von den Krallen, die du beschrieben hast, eindeutig zu den Kratzern?«

»Ja«, antwortete ich. »Sie waren am oberen Teil jedes Kratzers, als hätten sich die Krallen da eingegraben und wären dann über ihren Hals gezogen worden.«

»Es waren frische Kratzer an ihrem Hals.« Sergeant Peterson machte eine abrupte Bewegung, als wolle sie nicht, dass er dies einer Verdächtigen mitteilte. Gavins Augen huschten zu ihr; er nickte. »Sag das niemandem weiter, Cass.« Ich mochte es, wie er das »ss« meines Namens ein wenig in die Länge zog. »Sie hatte Kratzspuren rund um den Hals, die entweder kurz vor ihrem Tod oder gleich danach dort hingekommen sind, eingekerbte, blau unterlaufene Spuren.«

»Aber sie wurde nicht erwürgt?«

Gavin schüttelte den Kopf. »War es hell genug, um ihr Gesicht zu sehen – ihren Gesichtsausdruck?«

»Den konnte ich sehr deutlich sehen.« Ich hatte ihn auch jetzt vor Augen. Gavin wartete, und als ich nicht sprach, machte er eine Handbewegung.

»Ich will dir nicht die Worte in den Mund legen. Als ich kam, war jeder Ausdruck aus ihrem Gesicht verschwunden. Sie sah ganz friedlich aus.«

Darüber war ich froh, um Kates und Peters willen. »Sie sah … nein, nicht ängstlich aus. Nein, vielleicht ein bisschen ängstlich, aber eher schockiert. Nicht außer sich vor Furcht.« Jedenfalls nicht, als hätte etwas Schreckliches eine Hand mit Krallen nach ihr ausgestreckt. »Eher so, als ob …« Derselbe Vergleich kam mir wieder in den Sinn. »Wie ein Kind, das man in einem Laden beim Mopsen von Süßigkeiten erwischt hat. Überraschung, schlechtes Gewissen.« Ich breitete die Hände aus. »Tut mir leid, besser kann ich es nicht beschreiben.«

»Überraschung oder schlechtes Gewissen«, wiederholte Gavin.

Die Worte ließen auf einmal ein Echo in mir erklingen. *Kratzspuren am Hals. Als hätte der Teufel selbst sie gepackt …* »Nate weiß von den frischen Spuren«, sagte ich. »Er hat dem Küchenmädchen und ihren Freundinnen davon erzählt.« Ich erinnerte mich an den Schatten hinter der Milchglasscheibe, das Geräusch der zufallenden Tür, das ich gehört hatte. »Ich wette, das war er, der rausgekommen ist und nachgeschaut hat. Und dann ist er rasch wieder ins Haus gegangen, als er mich kommen hörte. Aber er hat die ganze Zeit weiter zugeschaut.«

Gavin nickte, als hätte er sich das auch schon gedacht. »Und hat dich an die Türen hämmern lassen, um ein Telefonbuch zu verlangen. So benimmt sich kein Freund.«

»Nein«, stimmte ich ihm zu. »Nein, das macht er nicht.«

»Vielleicht war er auch derjenige, der ihren Rucksack und ihre Taschen durchsucht hat. Wir müssen herausfinden, wonach da gesucht wurde.« Er stand auf und bürstete sich ein verirrtes Reiskorn vom Kilt. »Bitten Sie ihn zur ersten Vernehmung morgen früh, Sergeant.« Er wandte sich wieder mir zu. »Sie hatte auch ihr Handy in der Tasche. Der letzte Anruf, den sie um 21:43 Uhr gemacht hat, landete bei Nate Halcrow zu Hause.«

Das Schneegestöber dauerte den ganzen restlichen Abend an, die Flocken landeten an den Fenstern und auf dem Glasfaserdach. Der Wind hatte inzwischen gut Stärke 6, und die *Chalida* schaukelte heftig an ihrem Liegeplatz. Auf der anderen Seite des Pontons hatten sich bei jemandem die Fallen gelockert und klatschten gegen den Metallmast. Ich seufzte und zerrte mir die Jacke und meine Wollmütze auf den Kopf. Ein loses Fall bedeutete zerfetzte Taue, und ich wäre jedem Segler dankbar, der in einer solchen Situation meines straff spannte.

Ich schwang mich auf das Boot, das Nase an Nase mit der *Chalida* lag, zerrte das schlagende Tau herunter und wickelte es fest um seine Klampe. Gerade eben waren meine Füße wieder auf dem Ponton gelandet, als eine Stimme meinen Namen rief. Ich schaute auf und sah mich um, schirmte meine Augen mit einer Hand gegen den Schnee ab. Jenseits des Wassers auf der Uferstraße hob eine Gestalt die Hand und kam dann auf das Tor zum Yachthafen zugegangen. Es war ein Mann in einem altmodischen Parka, marineblau mit Pelz um die Kapuze, so dass ich nicht sehen konnte, wer es war.

Als er beim Tor angekommen war, warf er die Kapuze zurück. Es war James Leask, der am Montag vor Annettes Tod im Scalloway Hotel mit ihr zum Essen verabredet gewesen war.

»Ich wollte mit dir reden«, sagte er.

Es war zu kalt, um hier zu stehen und sich durch einen Maschendrahtzaun etwas zuzubrüllen. Ich schloss das Tor auf und bat ihn zur *Chalida*.

Er stand mitten in der Kabine und schaute sich um, während ich die Laterne wieder anzündete. »Das ist aber schön.

Meine Eltern haben eine Motoryacht, aber da ist innen alles aus Glasfaser. Das hier ist wie ein Zuhause, mit all dem Holz und den Büchern im Regal.«

»Setz dich«, sagte ich.

Er ließ sich in der Ecke beim Schott nieder, wo Sergeant Peterson gesessen hatte. Für mich war das immer noch Anders' Ecke, und es schmerzte mich merkwürdig, nun hier James' blonden Schopf vor dem Mahagoni zu sehen. Er hatte allerdings dickeres, drahtigeres Haar als Anders und auch nicht Anders' strahlendes norwegisches Götteraussehen. Statt des unerschrockenen Wikingerräubers, der nur an Bord seines Schiffs wirklich glücklich war, hatte ich jetzt einen norwegischen Siedler vor mir, der mit seinen Specksteinschüsseln und Eidsborger Wetzsteinen, seinem Weizen, seinen Schafen, Kühen (und wenn ich mir James anschaute, wahrscheinlich auch mit seiner Mutter) hierhergekommen war – mit allem, was er für sein neues Leben brauchte. James' leicht vorstehende Augen hatten ein klares Blassblau, seine Augenbrauen waren niedrig und dunkel und verliehen ihm einen ernsthaften Ausdruck. Unter dem Parka trug er einen Overall, und es umwehte ihn ein leichter Geruch nach Schaf. Er war vernünftig, verlässlich wie die besten Landleute in Shetland, einer, der alles in Angriff nehmen konnte. Doch für eine so lebendige Person wie Annette war er gewiss nur der langweilige Junge von nebenan gewesen.

Ich machte ihm einen traditionellen Tee, mit einem zusätzlichen Teebeutel »für die Kanne«, und ließ die Kanne dann auf dem Herd stehen, damit der Tee gut ziehen konnte, ehe ich ihn einschenkte. James schaute anerkennend auf die beinahe teerschwarze Farbe und schüttete Milch hinein. »Das ist mal 'ne ordentliche Tasse Tee.« Er legte die Hände um den Becher. »Ich bin ganz schön durchgefroren bei dem Wind.«

»Ja, warm ist es nicht«, stimmte ich ihm zu. Ich bot ihm einen Ingwerkeks aus der Plastikdose an, die hinter der Steuerbordleiste klemmte. Er schüttelte den Kopf.

»Ich hab grade um acht gegessen.« Er legte eine Pause ein, trank etwas Tee, stellte die Tasse ab, hielt sie aber noch fest, als wäre die Kälte tief in sein Inneres vorgedrungen. »Cass, ich bin wegen Annette hier.« Er schaute zu Boden, dann zu mir hoch. »Ich weiß nicht, ob das, was ich dir jetzt sage, irgendwas nützt, um den zu schnappen, der ihr das angetan hat. Ich kenn mich mit so Sachen nicht aus. Ich hab mir nur gedacht, wenn ich's dir sag, weißt du schon, was zu tun ist. Dir macht ja der Polizist, der mit dem Kilt, den Hof, wenn du also meinst, du solltest das tun, dann könntest du es ihm sagen. Wenn es hilft, den zu kriegen – na, egal.«

Ich hatte vergessen, dass die Shetlander sagen, dass einem jemand den Hof macht, wenn man zusammen ausgeht. Ich behielt das im Hinterkopf, um später darüber nachzudenken, sagte jetzt schlicht: »Erzähl's mir.«

»Ich hab mich mit ihr getroffen«, sagte er. »Ich hab sie schon in der Schule immer gemocht. Sie war so lebhaft. So aufregend, würde man wohl sagen. Sie schien das Leben so zu leben, als wäre es viel interessanter als das, was ich so machte, Schafe und Kühe füttern, mit dem Shetland Model in der Klubregatta segeln. Irgendwie denke ich, dass ich mich teils deswegen für den Kurs angemeldet habe. Ich wollte auch was von diesem spannenden Leben, und überhaupt.« Er drehte den Henkelbecher in den Händen. Seine Stimme wurde rauer, klang wie die See, die sich aus einem Felsspalt zurückzieht. »Vielleicht hab ich geglaubt, sie würde von mir Notiz nehmen, wenn ich ein Seemann wäre, der in der ganzen Welt herumreist.«

Er trank seinen Tee aus, schob den Becher von sich und lehnte sich zu mir hin. »Ich hab sie ab und zu in Scalloway gesehen und Guten Tag gesagt. Dann bin ich neulich eine von den Gassen entlanggegangen, und da kam sie auf mich zu. Sie war so außer sich, dass sie gar nicht geschaut hat, wo sie hinging. Ich musste sie aufhalten, damit sie nicht geradewegs mit mir zusammengestoßen wäre. Also, anschließend bin ich mit ihr zum Hotel gegangen, auf einen Kaffee. Sie trug einen Schal, aber nur lose um den Hals, nicht so, wie ihn heute alle tragen, doppelt gelegt und durch die Schlinge gezogen. Sie behielt den auch um den Hals, obwohl sie die Mütze und den Mantel auszog. Und als er dann verrutscht ist ...« Er unterbrach sich und schaute mich von der Seite an. »Du hast schon von den Kratzspuren an ihrem Hals gehört?« Seine Stimme verhärtete sich. »Klar, davon hat hier jeder gehört. Dafür hat Nate schon gesorgt.«

»Ich habe sie gestern Morgen getroffen.« War das wirklich erst gestern gewesen? Mir schien, als wären seither Jahre vergangen. »Kratzer, mit Blutergüssen ringsum.«

»Na ja, genau das habe ich auch gesehen. Die waren noch frisch, als wären sie kaum eine Stunde alt, und die dunklere Stelle, da wo die Kralle reinging, verfärbte sich eben erst.«

»Wann war das?«, fragte ich.

Er überlegte einen Augenblick. »Am Samstag. Ja, es war am Samstag, denn ich hatte eigentlich nicht vorgehabt, im Ort zu sein, weil es ja kein Collegetag war. Doch dann hat Mam beschlossen, dass sie am Sonntag mal einen anderen Braten zum Mittagessen machen wollte, und mich losgeschickt, damit ich ein Stück Schweinefleisch beim Metzger hole. Es war am Nachmittag. Jedenfalls wollte Annette mir an dem Tag nichts verraten – na ja, ich habe eigentlich auch nicht gefragt, denn sie war so außer sich. Ich hab später noch bei ihr angerufen, und wir haben uns zu einem Abendessen in der Hotelbar verabredet, für Montag. Ich hoffte, dass sie mir dann sagen würde, was los war, nachdem sie sich beruhigt und Zeit gefunden hatte, alles noch mal zu durchdenken.«

Die Laterne flackerte, zischte und ging dann aus, ließ sein Gesicht im Dunkeln liegen. Ich angelte hinter der Leiste nach einem neuen Teelicht, nahm das alte mit einem Löffel heraus und ließ es in die Spüle fallen, zündete dann das neue an. Wieder umspielte der goldene Schimmer James' Gesicht.

Er sah aus, als hätte er die Unterbrechung kaum bemerkt: »Bei unserem zweiten Treffen hat sie mir erzählt, dass sie sich wirklich total Sorgen machte. Es ging um was, das jemand von ihr verlangte. Sie wollte mir nicht erzählen, wer das war und was die von ihr verlangten, aber sie sagte, es wäre nichts wirklich Schlimmes. Das hat sie ein paarmal wiederholt, daran hab ich gemerkt, dass es doch was Schlimmes war und dass sie es nicht tun wollte. Aber sie hatte Angst vor was, das ihr passieren würde, wenn sie es nicht machte.«

Er schaute mich geradewegs an. »Ich wette, du hast schon viele seltsame Dinge gesehen. All die alten Männer, die zur See gefahren sind, waren immer bereit, an Dinge zu glauben, die nicht normal schienen.«

»Ich habe mal ein Meerpferd gesehen, in der Nähe der Fidschi-Inseln«, sagte ich ihm. »Es hatte einen Kopf wie ein Pferd auf einem Schlangenhals, dazu eine braune Mähne und große blinde Augen. Ich habe es nicht ins Logbuch eingetragen, aber ich bin mir ganz sicher, dass ich es gesehen habe, und das war nichts, das man in den Biologiebüchern finden kann.«

Er seufzte tief. »Ja, genau das habe ich gemeint. Na ja, Annette, die hatte was dagegen, was um den Hals zu haben. Deswegen ist ihr Schal auch immer verrutscht, weil sie ihn nicht festziehen wollte, und sie hat nie kurze Halsketten getragen oder Rollkragenpullover oder so was, nie, seit ich sie kenne. Und wenn jemand mit den Händen in die Nähe ihres Halses kam, du weißt schon, beim Spielen auf dem Pausenhof, dann hat sie Zeter und Mordio geschrien. Einige von den Jungs in meiner Klasse haben sie damit furchtbar drangsaliert, bis sie mal vor den Direktor zitiert und ordentlich zusammengestaucht wurden, dann haben sie es sein lassen. Na ja, sie hat geglaubt …« Er hielt inne, holte tief Luft und sagte mit fester Stimme, wobei er meine Reaktion genau beobachtete: »Sie hat geglaubt, sie wäre die Reinkarnation einer Hexe, die hier in Scalloway umgekommen ist.« Er deutete mit dem Kinn in

Richtung Cockpit. »Da oben auf dem Gallow Hill. Ehe sie die Hexen dort verbrannt haben, haben sie sie mit einem Strick erwürgt. Es war irgendwie eine Gnade, denke ich mal, anstatt sie bei lebendigem Leibe zu verbrennen. Sie hat erzählt, sie hätte immer wieder geträumt, dass sie mit gefesselten Armen den Bachlauf neben ihrem Haus hochgescheucht wurde, während alle sie auslachten und verspotteten, und dann hat sie von dem großen Haufen Torfsoden gesprochen und dass man sie an einen Pfahl gebunden hat und wie ihr Mund ganz voll von dem Torfgeruch war. Sie brach beinahe in Tränen aus, wenn sie nur daran dachte.«

»Was hast du erwidert?«

Der vernünftige Bauer antwortete: »Ich hab ihr gesagt, dass die Sorgen, die sie sich macht, ihre Träume hervorbringen, und wenn sie sich fest vornehmen würde, den anderen zu sagen, dass sie nichts mehr damit zu tun haben will, dann würden diese Träume verschwinden. Aber das wollte sie nicht. Sie meinte, das, was sie zu tun versprochen hatte, wäre eine Art Exorzismus, und danach könnte sie das alles vergessen.«

Er legte eine Pause ein und schaute sich um, als hätte er Angst, es könnte jemand lauschen. »Sie wollte nicht sagen, wer es war, aber ich glaube, ich weiß es. Ich bin nie besonders gut mit Nate ausgekommen. Er ist ein bisschen seltsam, und außerdem hat er diese merkwürdige Schwester. Die arbeitet im College. Rachel, Rachel Halcrow.« Er holte tief Luft. »Die ist eine Heksi.«

Dieses Wort hatte ich noch nie gehört. »Eine Heksi?«

»Eine Hexe. Schau mal, die hatte schon immer einen seltsamen Ruf. Sie ist älter als ich, sie war lange aus der Schule, als ich erst reinkam, aber die Leute erinnerten sich noch an sie, vor allem, wenn sie ältere Geschwister in Rachels Klasse hatten. Um sie herum sind immer Sachen kaputtgegangen, und einmal im Chemieunterricht ist sogar ein Feuer ausgebrochen, ganz von allein, und sie war nicht mal in der Nähe.«

Ich dachte an das zersplitterte Weinglas in der Kantine und an Nates Stimme: *Zerbrichst immer noch Sachen, was*?

»Annette hat wahrscheinlich diese Geschichten auch gehört. Ich denke, sie ist zu Rachel gegangen und hat sie um Hilfe gebeten, weil die vielleicht was über Hexen wusste, und Rachel hat die Gelegenheit genutzt, um sie in ihren Hexenzirkel aufzunehmen, der sich in den dunklen Nächten oben auf dem Gallow Hill trifft. Da hat Annette sich geweigert, und Rachel hat sie umgebracht, vor ihrem eigenen Haus.« Er stand ruckartig auf und zog sich wieder die Kapuze über das blonde Haar. »Ich muss jetzt gehen. Das wollte ich dir nur erzählen. Ich will nicht drüber nachdenken, was das war, das Annette so verschrammt hat, aber ich bin mir sicher, dass hinter all dem Rachel steckt.«

Er zog die Luke auf, hob das erste Schott hoch und kletterte über das zweite hinaus in die Dunkelheit, war im Schneegestöber verschwunden, ehe ich ihn aufhalten konnte.

KAPITEL 7

Freitag, 28. Oktober

Niedrigwasser Scalloway	*01:29 BST*	*0,6 m*
Hochwasser	*07:42*	*1,5 m*
Niedrigwasser	*13:41*	*0,7 m*
Hochwasser	*19:51*	*1,6 m*

Mond zunehmend, letztes Viertel

Monduntergang	*04:12*	*272 Grad*
Sonnenaufgang	*08:14*	
Mondaufgang	*16:06*	*84 Grad*
Sonnenuntergang	*17:22*	

Ich wachte um sieben Uhr auf und streckte eine Hand aus, um den Vorhang zurückzuziehen. Die kalte Luft jagte mir Schauer über den Arm. Unterhalb der Ufermauer waren die Steine am Strand den langen Hang hinunter bis zum Saum des Wassers mit Schnee umrissen. Der Tang am Strand hatte Eisrüschen. Der Wind hatte im Winkel des Gehsteigs jenseits der Straße ein Dreieck aus Schnee aufgeweht, und auf den Grashängen lag ein weißer Eishauch. Ein ausgekämmter Strang Zirrostratus-Wolken war über den halben Himmel verteilt: Es würde noch mehr Wind geben.

Gestern Abend hatte ich eine ganze Weile gebraucht, bis ich einschlafen konnte. Ich hatte gar nicht daran gedacht, dass Nates Haus ja auch Rachels Haus war. *Die ist ein Heksi …* Das Klirren des Glases, das hinter der Theke des Cafés zu Boden fiel, hallte in meinem Kopf wider. Poltergeist-Aktivitäten, obwohl Rachel älter als die Halbwüchsigen war, die man sonst üblicherweise mit solch unerwarteter Kraftentfaltung, fallenden Gegenständen und geheimnisvollen Feuern in Verbindung brachte. Carole Compton, das schottische Kindermädchen, war auch älter gewesen, zwanzig oder einundzwanzig, als man sie wegen Brandstiftung ins Gefängnis steckte. Ich wusste von ihr, weil wir zur Zeit ihres Prozesses einen Brasilianer an Bord der *Sørlandet* hatten. In seinem Heimatdorf hatte es ebenfalls eine Reihe unerklärlicher Brände gegeben, also verfolgte er den Fall eifrig und konnte jede Menge ähnliche Geschichten erzählen, die er in den dunklen Nächten auf See seiner ganzen Wache zum Besten gab.

Hinter den Hexenjagden steckte immer Angst: die Angst der Männer, die Frauen, die man bis dahin so gründlich auf ihren Platz verwiesen hatte, dass sogar die Kleider, die sie am Leib trugen, ihren Vätern oder Ehemännern gehörten, könnten nun auf einmal eine Kraftquelle besitzen, die ihnen erlaubte, es den Männer heimzuzahlen. Man hackte auf Frauen herum, die sich außerhalb der akzeptierten Welt von Kindern und Teegesellschaften bewegten, Frauen, die in der weiblichen Gemeinschaft eine wichtige Stellung als Hebammen oder Heilerinnen hatten, und man hängte ihnen einen üblen Ruf an, bezichtigte sie der schwarzen Magie, legte ihnen Dinge zur Last, die so haarsträubend waren, dass man sie kaum glauben konnte. Während ich mich anzog, schaute ich zum Gallow Hill hinauf. Mir kam eine vage Erinnerung an ein Gedicht, das wir in der Schule durchgenommen hatten. Es hieß *Auld Maalie.* Darin fragt ein Kind seine Mutter, was die Leute mit der alten Frau machen, die sie den Berghang hochschleifen. Die letzten Frauen, die auf diesem Berg gestorben waren, hatten die am Hexensabbat dort getanzt? Ich musste unbedingt ins Museum gehen und mehr darüber herausfinden.

Plötzlich rasselte es auf dem Kabinendach. Ich schaute aus dem Fenster und sah, dass Hagelkörner vom Ponton hochprallten, so groß wie mein kleiner Fingernagel. Der Himmel dahinter war immer noch blau, und der Wind wehte den Hagel darüber wie graue Rauchsäulen. Schon bald war die Straße weiß. Dann begann es richtig zu schneien, schwebende Flocken wie auf einer Weihnachtskarte. Ich schaute hinaus und konnte es einfach nicht glauben. Es war noch Oktober, doch vor mir erstreckte sich bereits der Winter, auf den schneebedeckten Berghängen, wo die Grasbüschel sich unter ihrem weißen Schatten neigten, auf der kobaltblauen See, die sich in langen weißen Wellenkämmen am Strand brach. Die Burg trug eine weiße Mütze, und die kleinen Türmchen hatten über den vergitterten Fenstern verächtliche Augenbrauen.

Als ich aus dem Schutz der Kabine der *Chalida* trat, traf mich die Kälte wie ein Schlag. Heute hatte ich mich entsprechend angezogen, mit Thermounterwäsche unter den Jeans und meinem wärmsten Pullover, aber der Wind fand die Spalten zwischen Handschuh und Ärmel, zwischen Mütze und Wange, zwischen Schal und Hals, und er stach wie eine Wespe. Die Luft summte vom Geräusch der straffen Taue, an denen der Wind zupfte. Ich überprüfte meine Fallen, brach zu Kates und Peters Haus auf. Kater kam auf den Ponton hinaus, machte auf der Pfote kehrt und schlüpfte durch die Vorderluke wieder nach unten zurück. Es war kein Tag, an dem eine Katze aus dem Haus ging.

In der Küche war keine Spur von Kate zu sehen. Ich wartete einen Augenblick, tat dann einen Schritt in Richtung Wohnzimmer, klopfte an die Tür und rief ihren Namen. Nach einem kurzen Schweigen hörte ich ein Rufen aus dem Obergeschoss. Ich zog mich in die Küche zurück und wartete, während oben ein Bett knarrte. Schritte näherten sich über den oberen Flur. Kates Stimme rief: »Cass, bist du's?«

Ich betrachtete mich im Spiegel im Wohnzimmer, wie ich da stand. Ich hatte mir beim Eintreten die Mütze vom Kopf genommen, und mein Haar lockte sich in einer dunklen Wolke um mein Gesicht. Es war einer von den alten Spiegeln, in denen man immer aussieht, als wäre man unter Wasser; meine Haut schimmerte grünlich weiß, und die Narbe lag wie ein Halm Seetang quer darüber. Ich ähnelte der Hexe aus Die *kleine Meerjungfrau*, dem Märchen von Hans Christian Andersen, die mich als Kind fasziniert, erschreckt und in ihren Bann gezogen hatte, oder der Medusa mit ihren Schlangenhaaren. In einer Vase standen Herbstastern und erfüllten den Raum mit ihrem bitteren Geruch. Die violetten Blütenblätter waren schon welk und fielen ab.

»Hallo«, rief ich hinauf.

Kate hatte sich noch nicht angezogen, Kate, die Frau, deren Halstücher und Haarband sonst immer einen eleganten Kontrast zu ihren Pullovern mit dem runden Ausschnitt bildeten, deren wattierte Westen stets zum Grau, Braun oder Grün ihrer Cordhosen passten. Mir war, als stimmte hier etwas nicht, als träte der Kapitän eines Schiffes nur in der Unterwäsche auf die Brücke. Kate trug einen Herrenhausmantel als Morgenmantel, aus scharlachroter Seide mit einem Paisley-Muster aus den dreißiger Jahren, wie aus einer Komödie von Noël Coward. Sie hatte ihn über ein weißes Nachthemd angezogen, und ihre Füße steckten in Damart-Schlappen. Sie kam eilig die Treppe hinunter, blieb auf der Hälfte stehen, um den Morgenmantel zuzubinden. »Geh nicht weg, Cass. Ich bin auf, ich habe nur ...«

Der Wasserkessel stand schon auf dem Rayburn; als ich ihn an die heißeste Stelle unmittelbar über der Feuerkammer schob, schaltete sich mein Gehirn ein und reagierte auf die Wahrnehmung meiner Sinne. Dieser beige Kasten von einem Ofen mit seiner glühenden Wärme, diese gemütliche Küche roch nach Öl, nicht nach Torf. Ich machte die Feuerkammer auf und sah nur die kleine Flamme des Brenners.

Ich hatte angenommen, Annette hätte sich vielleicht zu Hause am Rayburn-Ofen zu schaffen gemacht, ehe sie fortging, doch jetzt, da ich es genauer betrachtete, war das Unsinn. Denn selbst wenn der Ofen nicht mit Öl, sondern mit Torf oder Kohle befeuert gewesen wäre, hätte man doch erst am Morgen gerüttelt und die Asche herausgenommen. Wenn man will, dass das Feuer die ganze Nacht hindurch brennt, ist es besser, wenn es weniger Zug von unten bekommt, und da hilft ein voller Aschenbehälter. Nein, Annette war mit einem Torffeuer oder einem Ofen in Berührung gekommen, den man nur für den Abend angezündet hatte, sie hatte die kalte Asche entfernt, ehe sie das neue Feuer entfachte. Sie hatte die Asche von den Fingern geschüttelt, sich aber nicht die Mühe gemacht, sich die Hände zu waschen – aber nein, die pingelige Annette hätte ihre Hände nie schmutzig gelassen. Sie hatte sie nicht gewaschen, weil ... Hier geriet meine Fantasie ins Stocken. »Habt ihr im Haus auch einen Kamin mit Torffeuer, zusätzlich zu dem Rayburn?«

Kate schüttelte den Kopf, jede ihrer Bewegungen war sterbensmatt. »Nur den Rayburn und die Heizkörper und den Schneewittchensarg.«

»Den was?«

Der Schatten eines Lächelns huschte über Kates Gesicht. »So nennen wir den Ofen im Wohnzimmer. Es ist einer von diesen elektrischen Heizöfen, der aber aussieht wie ein echtes Kaminfeuer, nur eben in einem Glaskasten, genau wie beim Schneewittchen...« Ihr Lippen formten das Wort »Sarg«, aber es kam kein Ton heraus. Dann stieg ihre ganze Trauer in ihr hoch und übermannte sie, heftige, keuchende Schluchzer schüttelten sie, dazwischen entschuldigte sie sich immer wieder; sie zog ein großes Taschentuch mit grünem Rand hervor und barg ihr Gesicht darin, schnäuzte sich. »Tut mir leid, Cass. Es war alles so ...«

Ich hoffte, dass meine Miene Mitgefühl ausdrückte. Mir fiel keine Antwort ein; aber Kate brauchte niemanden, der etwas sagte, nur jemanden, der zuhörte.

»Wir mussten da hingehen, gestern Abend, um sie zu identifizieren – ich hatte gedacht, dass es schrecklich sein würde, und das war es auch, aber nicht so schlimm wie … Das war nicht unsere Annette, die immer so lebhaft war und deren Miene sich alle zwei Sekunden änderte. Da habe ich begriffen, dass sie wirklich weg ist. Sie war eine Wachsfigur, so reglos, ohne jeden Ausdruck auf dem Gesicht. Es sah nicht mal so aus, als schliefe sie. Sie war einfach weg.« Sie nahm einen Schluck Tee. »Ich hatte noch nie zuvor einen Toten gesehen. Ich war zu klein, als meine Oma gestorben ist.«

Sie sollte einen vertrauten Menschen bei sich haben, dachte ich, nicht nur die bezahlte Gartenhelferin, ganz gleich, wie gut wir uns verstanden. Sie brauchte jemanden, der sie in den Arm nahm und bei dem sie weinen konnte, jemanden, der sie ins Bett brachte und neben ihr sitzen blieb und ihr süße Kekse und Tee brachte. »Kate, gibt es eine Freundin, die ich für dich anrufen könnte, jemanden, den du jetzt gern um dich hättest?«

Sie wich auf ihrem Stuhl zurück, schüttelte den Kopf. »Du tust mir gut, Cass. Ich brauche sonst niemanden.« Sie redete schneller. »Wir gehören ja nicht wirklich hierher, weißt du. In Zeiten wie diesen merkt man das sehr. Oh, alle sind sehr nett zu uns, aber wir sind Außenseiter. So nett ist man nur zu Fremden.« Plötzlich änderte sich ihre Stimme, wurde ängstlich. »Ist Peter aus dem Haus gegangen?« Sie begann, den Becher in den Händen zu drehen.

»Ich habe ihn nicht gesehen«, antwortete ich, »aber Dan und Candy sind auch nicht hier.«

Der Becher drehte sich nicht weiter. »Das geht dann wohl in Ordnung. Er wird doch nicht …« Sie schaute mich von der Seite an, schüttelte den Kopf, als wolle sie einen Gedanken verjagen. Als sie den Kopf wieder hob, waren ihre Augen klar, die Maske der kompetenten Dame vom Land war wieder an Ort und Stelle. »Tut mir leid, Cass, ich rede heute viel Unsinn. Ich trinke jetzt meinen Tee aus und gehe wieder ins Bett.«

»Nimm noch eine Tasse mit«, riet ich ihr, »und eine Wärmflasche. Es schneit draußen, hast du das gesehen?«

Sie schaute zum Fenster auf. »Schnee? Aber es ist doch erst Oktober.«

»Wenn das vorbei ist, wird es wieder wärmer.« Das hoffte ich jedenfalls; wenn nicht, dann hatte ich einen langen, kalten Winter vor mir.

»Im Schnee willst du wohl nicht draußen arbeiten.«

»Ich bin gut eingemummelt. Ich werde ein paar Äste zerhacken und fürs Freudenfeuer zusammentragen.«

Sie hörte, was ich nicht sagte, dass ich dableiben würde, bis Peter zurückkam, und schenkte mir einen schwachen Abglanz ihres üblichen Lächelns. »Danke, Cass.« Sie hob den Becher, hielt inne. »Wenn du das Telefon hörst, ignoriere es einfach. Ich hatte diese Woche bereits drei solche Anrufe – du weißt schon, so eine Stimme mit indischem Akzent, die behauptet, mein Computer störe den Hauptcomputer von Microsoft. Ich habe dem Typen geantwortet, ich wüsste, dass das Blödsinn ist, aber er war sehr beharrlich. Jetzt geh ich einfach nicht mehr ans Telefon.«

»Wenn die wieder anrufen, sag ich denen Bescheid«, versprach ich.

Ich holte die Schubkarre aus dem Schuppen und machte mich an die Arbeit. Die Ecke, in der wir gestern gearbeitet hatten, endete in einer Hecke aus Blauem Eisenhut, dem Rittersporn Shetlands, hüfthoch, die Blätter in herbstlichem Rot, die helmartigen Blüten in intensivem Enzianblau. Ich konnte an diesen Pflanzen so heftig zerren, wie ich wollte, sie würden trotzdem im nächsten Jahr wiederkommen, aber ich wollte den schönen Farbklecks nicht zerstören. Dahinter war ein Büschel Schierling, dessen cremweiße, schaumige Blütenköpfe grüne Samen ansetzten. Blauer Eisenhut und Schierling, für ein Hexengebräu … Ich hackte an den niedrigen Ästen der Ahornbäume herum, die darüberstanden, genau wie Kate es gemacht hatte. An den Zweigen waren gerüschte Flechten und Pilze mit spindeldürren Stängeln. In Frankreich würden in den Wäldern um diese Zeit viele Pilze wachsen: gewellte Engelstrompeten und die knochenweißen, die sich wie der Schädel eines Babys inmitten des gefallenen Laubs wölbten.

Es dauerte nicht lange, bis ich die Schubkarre gefüllt hatte. Ich konnte Kates Auto nicht fahren, denn es war nicht für Zweitfahrer versichert, aber ich packte schon mal den weißen Sack, der Lachsfutter enthalten hatte, hinten in den Wagen und füllte den Laderaum noch weiter mit Ästen und Zweigen auf, so dass alles bereit war und zum Freudenfeuer gefahren werden konnte, wo sich schon Paletten, alte Sofas, Bretter und andere Holzabfälle auftürmten. Am nächsten Wochenende würde sich das ganze Dorf mit Schachteln voller Raketen und Knaller um das Feuer am Oststrand versammeln, und dann würde es in der Dorfhalle Tee und schottische Fladen oder Hotdogs geben. Kate war sehr erpicht darauf, das Unterholz jetzt zu lichten, damit alles am Guy-Fawkes-Tag verbrannt werden konnte. Danach war mein Job beendet – aber vielleicht dachte sie sich noch was anderes aus, wozu sie mich gebrauchen konnte, zum Beispiel die Rabatten umgraben oder Zwiebeln für den Frühling stecken.

Ich machte mir schon Sorgen wegen der Feuerwerksnacht. Der Krach würde rings um Port Arthur erschallen, bis in mein Glasfaser-Zuhause hinein, und Kater würde das gar nicht gefallen. Vielleicht fragte ich, ob wir währenddessen hierherkommen dürften. Dan und Candy würde der Krach nichts ausmachen, denn Peter nahm sie oft mit, wenn er mit dem Gewehr den Berg hinaufging und Kaninchen oder Wildgänse schoss, die dort inzwischen überwinterten. Oder, wenn das Wetter passte, konnten wir einfach aufs Meer hinaussegeln und zwei Meilen vor der Küste beidrehen. Ich würde im Cockpit schlafen, die Ruderpinne unter der Hand …

Es schneite den ganzen Morgen weiter. Plötzlich wurde der

Himmel dunkler, und die weißen Flocken fielen, bis die Wolken ihre Last vollständig abgeworfen hatten und die Sonne wieder von einem blauen Himmel schien. Die Flocken wirbelten draußen vor den Fenstern herum, blieben in Placken an den Scheiben kleben und rutschten dann herunter, als suchten sie einen Weg ins Haus. Als ich endlich in die Küche ging und meine vor Kälte tauben Hände in der Wärme prickelten, war das Glas so sauber, dass alles draußen klar, aber winzig aussah, als schaute man durch das falsche Ende eines Feldstechers: die Schuppen, die der Shetland Bus benutzt hatte, die Straße mit den bunten Häusern, die Burg, sandbraun vor dem weißen Berghang, mit einer Schneelinie entlang jeder Giebelmauer.

Ich wollte gerade gehen, als das Telefon klingelte. Ich schnappte mir den Hörer und wartete ab, während mir Kates bleiches Gesicht vor Augen stand. Diese verdammten Betrüger … Die indisch gefärbte Stimme war zu hören, aber der Akzent war die reine Karikatur. »Ist das Mrs Otway?«

»Ich bin eine Nachbarin«, sagte ich knapp. »Es hat im Haus einen Todesfall gegeben, und Mrs Otway ist außerordentlich mitgenommen, also möchte ich Sie bitten, diese Nummer sofort von Ihrer Liste zu streichen. Rufen Sie nicht mehr an. Danke.«

Ich legte auf. Kein Torffeuer im Haus. Ich hatte darüber nachgegrübelt, während ich schleppte und sägte. Nichts ergab einen Sinn. Annette war um zehn Uhr aus dem Haus gegangen und nicht lange weg gewesen – es war noch nicht elf, als ich sie fand. Sie war gegangen – irgendwohin – und hatte dort ein Feuer angezündet, dann war sie von dort gleich weitergezogen. Vielleicht war sie einfach nur kurz bei einem alten Menschen gewesen, um im Ofen Feuer zu machen? Aber auch hier galt dasselbe Argument wie beim Rayburn. Ein alter Mensch würde doch nicht wollen, dass der Ofen gerüttelt und die Asche ausgeräumt wurde, wenn er die ganze Nacht nicht ausgehen sollte. Sonst wäre es sinnlos, so spät noch den Kamin oder Ofen anzuheizen. Vielleicht war das Feuer aber ausgegangen, und Annette hatte doch erst die Asche ausräumen müssen? Meine Erinnerung an Torffeuer war auf einmal etwas vage. Ich zog mein Handy heraus und rief bei meiner alten Schulfreundin Inga an.

»Aye, aye, Cass.« Ihre Stimme klang ein wenig gestresst, und im Hintergrund war Klappern zu hören. Mir wurde klar, dass sie wahrscheinlich gerade mit dem Mittagessen der Kinder alle Hände voll zu tun hatte.

»Tut mir leid«, sagte ich. »Ungünstige Zeit. Ich wollte dich nur schnell was fragen.«

»Wusste ich doch, dass du da wieder reingeraten würdest«, sagte Inga.

Ich verdrehte die Augen in Richtung Zimmerdecke und sprach leise. »Sie ist die Tochter der Leute, für die ich arbeite.«

»Oh.« Ihre Stimme wurde wärmer. »Tut mir leid, das zu hören, Cass. Es ist immer schlimm, wenn ein junger Mensch so geht, aber schlimmer, wenn man ihn kennt.« Sie legte eine Pause ein, als lausche sie auf etwas. Ich hörte, wie Peerie Charlie sagte: »Will mit Dass reden.«

»Nur schnell Hallo sagen«, meinte Inga.

Ich wusste, dass sich Charlie nicht darum scheren würde. Ich konnte ihn mir vorstellen, als wäre er hier. Man hörte dumpfe Geräusche, während er auf den Fenstersitz kletterte und sich niederließ, die kleinen Beine gerade vor sich ausgestreckt, dann war schweres Atmen zu vernehmen.

»Aye, aye, Charlie«, sagte ich. »Was stellst du so an?«

»Ich red mit dir am Telefon«, sagte Peerie Charlie. Da hatte er recht.

»Ich sprech auch mit dir. Und dann ess ich was.«

»Ich hab schon aufgegessen.«

»Hast du nicht«, war Inga im Hintergrund zu hören.

»Ich hab fast schon aufgegessen«, verbesserte sich Charlie.

»Ich hab Suppe. Die ist lecker.«

Nach einer Pause sagte Charlie: »Grüne Spinne schlägt den

Eismann.« Spiderman war im Augenblick sein Ding, aber ich hatte den Überblick über die Bösen verloren, weil ich in den letzten zwei Monaten nicht zum Babysitten dort gewesen war. Charlie begann gleich mit einem Bericht über die neuesten Nachrichten von Spiderman, ab und zu unterbrochen von einem entrüsteten »Mam!«, wenn Inga versuchte, das Telefon wiederzubekommen. Schließlich überredete sie ihn, Bye-bye zu sagen, weil jetzt gleich der Nachtisch käme.

»Hi«, sagte sie. »Du wolltest was wissen?«

»Torffeuer im Ofen«, meinte ich. »Wieso sollte man die nach zehn Uhr nachts noch rütteln?«

Inga dachte einen Augenblick schweigend darüber nach. »Ehe du versuchst, eines anzuzünden, damit es über Nacht warm hält, oder wenn es nicht ordentlich brennt, weil es keinen Zug hat – dann solltest du rütteln. Ich kann mir nicht vorstellen, warum sich jemand in dieser Jahreszeit die Mühe machen würde. So kalt ist es noch nicht, dass man das Feuer die ganze Nacht über brauchen würde. Da kann man es genauso gut runterbrennen lassen und die kalte Asche am Morgen ausräumen, anstatt sich mit der heißen Asche abzumühen. Heiße Asche fliegt immer so, viel schlimmer als kalte.«

»Vielleicht ein alter Mensch, der keine andere Wärmequelle hat?«

Inga schnaufte. »So jemanden gibt's heutzutage nicht mehr. Wenn die Familie nicht schon dafür gesorgt hat, dass die alten Leutchen Zentralheizung oder mindestens einen elektrischen Heizofen als Reserve haben, würde die Sozialarbeiterin oder die Haushaltshilfe dafür sorgen. Nö, Mädel, da kann ich dir nicht helfen. Es sei denn«, fügte sie fröhlich hinzu, »sie war eine Hexe, die einen Vampir zu Besuch erwartete oder sonst ein Geschöpf der Nacht. Man weiß ja nie, in Scalloway.«

Sie legte auf und ging, Peerie Charlie seinen Joghurt durch einen Strohhalm zu füttern. Ich konnte hören, wie Kate sich oben im Bad bewegte. Wahrscheinlich zog sie sich an. Von Peter war immer noch keine Spur, also vermutete ich, dass er den ganzen Tag wegbleiben würde. Ich schob den Wasserkessel wieder auf die heiße Stelle auf dem Rayburn-Ofen und öffnete eine Dose Tomatensuppe, das beste Essen, wenn man ein bisschen angeschlagen ist.

»O ja, genau, was ich brauche«, sagte Kate, als sie nach unten kam, wieder wie immer gekleidet, wenn auch ihr Gesicht über dem bunten Halstuch bleich und verhärmt wirkte. »Jetzt geh, Cass. Du musst ins College. Ich werde den Nachmittag in meinem Schuppen verbringen.«

»Ich habe dir den ganzen Wagen voll Äste und Zweige gepackt«, berichtete ich ihr. »Wir sind inzwischen beim letzten Ahorngestrüpp angekommen, sind nur noch zehn Meter von der unteren Mauer entfernt.«

»Das schaffen wir noch vor dem Freudenfeuer«, stimmte sie mir zu. Ihr gelang ein Lächeln, das beinahe wieder wie immer war. »Danke, Cass.«

Ich ging mit knirschenden Schritten über die verschneite Uferstraße. *Einen Vampir oder sonst ein Geschöpf der Nacht …* Da hatte ich eine erstaunlich lange Leitung gehabt. Kevins Uroma hatte die missgestaltete Kreatur gesehen, die von der Burg kam. Gab es einen besseren Ort, um irgendwelche seltsamen Exorzismus-Riten abzuhalten, als Black Paties Großen Saal, wo man einst die Hexen verurteilt hatte? Ich erinnerte mich an das Bild, das ich im Kopf hatte: Hexen, die über einem Kessel kauerten. *Spart am Werk nicht Fleiß noch Mühe, Feuer sprühe, Kessel glühe!* Hatte Annette so die Asche an die Hände bekommen, als sie das Feuer für irgendein Hexengebräu anschürte, das sie von dem Wesen aus der Vergangenheit befreien sollte, das ihrer Meinung nach noch in ihr war?

KAPITEL 8

Am zweiten Tag war meine Suppe sogar noch besser. Nach dem Essen putzte sich Kater an Bord seine schollenverschmierten Schnurrhaare, und ich machte mich wieder auf den Weg in Richtung Stadt. Die Hagelkörner knirschten unter meinen Stiefeln, und der Wind schnitt mir ins Gesicht. Am Straßenrand hatten die Reifen der geparkten Autos den Schnee zu Eis verdichtet.

Im Laden hatten die Mitarbeiter eine Auslage für Halloween dekoriert. Es gab einen Eimer mit Äpfeln für das Apfeltauchen, dieses Spiel, bei dem man mit den Zähnen einen Apfel aus dem Wasser holen muss. Oder man konnte mit der Hand in eine Schale mit grünem Glibber greifen und sich einen Preis herausfischen. Die Frauen waren alle als Hexen im besten Goth-Stil verkleidet, hatten sich mit Girlanden aus schwarzer Spitze geschmückt und trugen schwarze T-Shirts, auf denen vorn ein zähnefletschendes Monster prangte. Ihr Haar war wild hochtoupiert, die Lippen schwarz geschminkt. Zwei Arbeiter standen in der Kassenschlange. »Probiert es doch mal mit Apfeltauchen«, neckte eine der jungen Frauen die Männer, und der Jüngere von beiden errötete und schüttelte den Kopf.

Mir war auch so schon eiskalt, ohne dass ich mir noch nasse Haare holen wollte. Ich kaufte Dörrpflaumen und eine Zwiebel für ein Lammgericht, das ich an Bord der *Christian Radich* von einem arabischen Koch gelernt hatte – das hatte noch Zeit bis morgen, und ich konnte es in der Thermosflasche zu Ende garen, was mir kostbares Gas sparte. Heute Abend würde es gebratene Nierchen geben, dazu den Rest Reis von gestern.

Ich war gerade aus dem Laden getreten, als die Tür noch einmal aufging und eine Frau in einer dunklen Jacke eilig herauskam. In ihren rot behandschuhten Händen hielt sie zwei Einkaufstüten, und sie hatte sich die Kapuze so tief ins Gesicht gezogen, dass sie mich nicht sah. Sie stieß mit mir zusammen, ehe ich ihr noch aus dem Weg gehen konnte. Eine ihrer Tüten fiel zu Boden. Wir bückten uns beide, um die Einkäufe wieder einzusammeln. Während wir allerlei Entschuldigungen murmelten, merkte ich, dass es Rachel war. Ich reichte ihr zwei Konservendosen und ein Paket Feueranzünder.

»Cass?« Sie schien peinlich berührt zu sein und stopfte alles rasch wieder in ihre Tasche zurück. Die Feueranzünder wollten nicht mehr hineinpassen, nach kurzem Zögern quetschte sie sie neben einem Kostüm aus Kunstfell in die andere Tragetasche. »Danke dir. Ich hab einfach nicht aufgepasst, wo ich hingehe.« Sie schaute rings um unsere Füße auf den Gehsteig. »Hab ich deine kleine Katze verschreckt?«

»Nein, Kater ist viel zu vernünftig.« Ich ging neben ihr auf dem schmalen Gehsteig. »Er hat nur kurz das Näschen aus der Kajüte gesteckt und gleich beschlossen, zu Hause zu bleiben – na ja, man kann die *Chalida* nicht gerade warm nennen, aber zumindest schneit es in der Kajüte nicht.«

»Schreckliches Wetter, was? Und es ist erst Oktober. Weiß der Himmel, was für einen Winter wir kriegen.« Sie schien genauso redselig zu sein wie ich. Ich überlegte, ob auch sie dachte, Gavin mache mir den Hof.

»Einen schönen grünen Winter«, versprach ich ihr. »Wir bringen die Kälte früh hinter uns, und dann gibt's im Januar Osterglocken.«

Darauf drehte sie mir den Kopf zu und lächelte. »Du bist ja eine Optimistin.« Sie blieb stehen und nahm ihre beiden Tragetüten in die andere Hand. Ich nutzte die Gelegenheit, um mir Rachel genauer anzusehen. Ja, die Ähnlichkeit mit Nate war ausgeprägt, die lange, knochige Nase, die scharfen Wangenknochen, das feine dunkle Haar, allerdings schimmerte ihres gepflegt und war nicht fettig wie das von Nate. Aber sie arbeitete auch nicht den ganzen Tag in der Küche. Sie trug Freizeitkleidung, schmale dunkle Jeans und einen tannengrünen Pullover mit rundem Halsausschnitt. In Kombination mit der einfarbigen Jacke wirkte das ganze Ensemble wie eine Schuluniform: die Vertrauensschülerin aus der sechsten Klasse. Es fehlte nur noch das Abzeichen auf dem Blazer. Dann schaute ich Rachel ins Gesicht, und dieser Eindruck verging ein wenig. Sie hatte Stressfältchen um die Augen, darunter dunkle Ringe, tiefe Falten von der Nase zu den Mundwinkeln. Ihr Teint wirkte grau unter dem Puder. Natürlich hatten die Aktivitäten der Polizei sie in der Nacht, in der Annette gestorben war, wach gehalten, doch sie sah aus, als hätte sie auch in der letzten Nacht nicht geschlafen. Unsere Blicke trafen sich, und ich konnte gerade noch die Furcht in ihren Augen sehen, ehe sie den Kopf wegduckte. Sie japste nach Luft und machte weiter Konversation: »Wie ist es so auf dem College?«

»Seltsam«, gab ich zu. »Da hockt man ständig mit denselben Leuten auf engem Raum zusammen.«

Ihr Kopf fuhr herum, und ihr Mund stand offen. »Ich hätte gedacht, das bist du gewohnt. Du bist doch auf Segelschiffen um die Welt gefahren.«

»Das ist was anderes. Da ist man draußen an der frischen Luft, nicht in einem Klassenzimmer eingesperrt. Und die meisten Leute auf den Windjammern waren zahlende Passagiere, die waren nur ein, zwei Wochen an Bord. Da wusste man, dass man selbst die Nervigsten nur bis Freitag aushalten musste.«

»Und was ist mit nervigen Leuten in der Mannschaft?«

»Die habe ich immer recht bald erkannt und in eine andere Wache eingeteilt.«

Sie nickte lächelnd. Ihr Atem ging nun regelmäßiger, sie war wieder ganz die gefasste College-Dozentin. »Und du bist älter als die meisten anderen im College. Macht es das schwerer oder leichter für dich?«

»Ein bisschen von beidem, denke ich. Großer Gott, manche

kommen mir wirklich sehr unreif vor. Zweimal hatte man uns gesagt, wir würden gestern am Treibstoffsystem arbeiten, und trotzdem hat mein Praktikumspartner, als er dann endlich da war, noch gefragt, was heute die Aufgabe wäre.« Ich warf ihr einen Blick aus dem Augenwinkel zu und beschloss, mich vorzuwagen. »Schrecklich, was da gestern bei eurem Haus passiert ist.«

»Furchtbar.« Sie nahm ihre Einkaufstüten in die andere Hand. Beinahe wäre das graue Kunstpelzkostüm herausgefallen. Sie stopfte es in die Tüte zurück und warf mir einen raschen Blick zu. »Ich wohne eigentlich nicht mehr dort, ich habe eine Wohnung da drüben …« Sie deutete mit dem Kinn in Richtung Port Arthur. »Aber es hat auf Fair Isle eine Beerdigung gegeben, und der Pfarrer vom südlichen Mainland hat die Grippe, also hat mein Vater versprochen, das für ihn zu übernehmen, und ich habe gesagt, ich würde kommen und Mam Gesellschaft leisten. Es geht ihr nicht so gut, und wir lassen sie nicht gern allein.«

»Oh«, sagte ich. »Und ich dachte, Nate lebt noch bei deinen Eltern.«

Erneut duckte sie den Kopf weg, so dass die Kapuze ihr Gesicht verdeckte. »Ja.« Ihre Stimme klang gepresst. »Aber der ist ja ein Junge. Du weißt schon. Mam hat lieber Dad oder mich um sich.« Hatte sie mit mir über Nate sprechen wollen? Sie hob den Kopf. Ihre Stimme wurde selbstbewusster. »Also habe ich Lawrence gefragt, ob er was dagegen hätte, und habe sein Abendessen in den Ofen gestellt. Ich bin etwa um sechs Uhr bei Mam angekommen und habe für sie und mich Abendessen gekocht, und dann haben wir den ganzen Abend lang einfach einen Film angeschaut. Einen von den alten, der an Halloween spielt, mit Cary Grant und den beiden Tanten, die ihre Untermieter vergiften. Ich fand ihn ziemlich albern, weil die Schauspieler gewaltig übertrieben haben, aber Mam hat er gefallen.«

Gavin hätte vielleicht nach weiteren Einzelheiten gefragt,

aber es gab keinen Grund, warum sie mir das alles haarklein erzählen sollte. Ich nickte und wartete.

»Irgendwann zwischendrin ist Nate nach Hause gekommen, hat den Kopf zur Tür reingesteckt und Hallo gesagt.« Wir hatten nun das Ufer mit den Bänken erreicht. Rachel stellte ihre Einkäufe einen Augenblick auf einer Bank ab, während sie sich die Jacke zuknöpfte, und nahm die Tüten dann wieder auf. Der Wind wehte kalt vom Kiesstrand herauf. Unten am Wassersaum tauchten wuselnde Strandläufer unter den Wellen hindurch. »Danach haben wir einfach nur dagesessen und uns unterhalten, bis es Zeit zum Schlafengehen war – Mams Zeit zum Schlafengehen, kurz nach zehn. Ich habe ihr ins Bett geholfen. Wir haben Wasser laufen lassen, und die Vorhänge waren zugezogen und so. Wenn die arme Annette zu der Zeit an unsere Tür geklopft hat, hätte ich das auf keinen Fall gehört.«

Interessant, wie wir die Toten umschreiben, dachte ich. *Die arme Annette* … Als sie noch lebte, hatte die arme Annette wahrscheinlich ziemlich von oben herab auf Rachel geschaut, auf Rachel mit ihrem Schulmädchenpullover und ihrem glatten, hinten zu einem Knoten zusammengefassten Haar. *Die war so völlig uncool.*

»Ich habe noch bei Mam am Bett gesessen und ein bisschen mit ihr geplaudert. Als sie eingeschlafen war, wollte ich gerade nach Hause gehen, als ich draußen die Leute hörte.« Das sagte sie wie beiläufig, doch ich erinnerte mich an den Schatten, der mich hinter der Milchglasscheibe beobachtet hatte. »Ich konnte es einfach nicht glauben, da waren Polizisten vor der Tür. Dann haben sie einen Schritt zurück gemacht, und da habe ich die arme Annette gesehen.« Sie schauderte. »Wie sie da lag. Schrecklich, nicht? Dass es hier passiert ist, bei uns in Shetland, das macht es irgendwie noch schlimmer … und ihre armen Eltern.«

»Was ist mit Nate?«, fragte ich.

Rachels Kopf fuhr zu mir herum. War die Farbe nur wegen

der Kälte aus ihrem Gesicht gewichen, so dass ihre vom Wind gepeitschten roten Wangen nun wie die mit Lippenstift gemalten Bäckchen einer Porzellanpuppe wirkten? Es lag Furcht in ihren Augen, als könne sie die Frage nicht ertragen, obwohl sie sie provoziert hatte. Mir wurde klar, dass ich drei, vier Jahre älter als sie sein musste, und ich nutzte diesen Vorteil aus. »Hat er vielleicht Annette an der Tür gehört?« Nur hatte Annette natürlich nicht angeklopft. Sie war bereits tot gewesen, als man sie dort vor der Tür ablegte.

Rachel schaute mich nicht an. »Ich weiß nicht, was er der Polizei erzählt hat.«

»Aber das ist ja egal«, meinte ich. »Du kannst mir nur sagen, was du selbst gesehen und gehört hast.«

»Ich hätte es gehört, wenn die Haustür aufgegangen wäre – und ich hätte mich gefragt, wer da so spät noch kommt.« Und du hast es gehört, dachte ich bei mir.

»Aber du hast nicht nachgeschaut, wer es war.«

Wieder flackerte Panik in ihr auf. »Ich würde nie nachschauen, wer Nate besucht«, sagte sie heftig, wandte sich dann mir zu. Sie errötete erneut, starrte mich mit ihren erschrockenen Augen an und nagte an der Unterlippe. Sie blickte nach rechts und links, als hätte sie Angst, wir würden belauscht, packte dann ihre Einkaufstüten fester. »Deswegen wollte ich ja mit dir sprechen – um dich zu warnen.« Sie trat einen Schritt näher. »Ich habe gehört, wie Nate über dich geredet hat. Wenn er dich an Halloween einlädt, mit seiner Gruppe mitzuziehen, solltest du da nicht hingehen. Wirklich nicht. Das ist nichts für dich.« Sie duckte sich wieder weg, machte einen Schritt zurück. »Ich muss jetzt los. Lawrence mag es nicht, wenn ich zu spät komme.« Ihre Augen flehten mich an. »Sag ihm nicht, dass ich mit dir geredet habe. Bitte.«

Ich legte ihr eine Hand auf den Arm, um sie zurückzuhalten. »Rachel, habt ihr einen Kamin mit Torffeuer?«

Die Farbe wich aus ihrem Gesicht. Einen Augenblick lang

fürchtete ich, sie würde in Ohnmacht fallen. Dann schüttelte sie so heftig den Kopf, dass ihre Kapuze herunterrutschte. »Mam hat nur Elektroheizung.«

»Für wen sind dann die Feueranzünder?«

Ihr Atem kam stockend. Mein Gesicht war ihrem nun so nah, dass ich ihre Wärme an meiner Wange spürte. Ihr Blick fiel auf die Einkaufstüte, wo die rot-schwarze Ecke der Schachtel mit den Feueranzündern aus dem grauen Kunstfell herausragte. Sie schüttelte meine Hand ab. »Lawrence hat gern ein richtiges Torffeuer im Kamin.« Dann machte sie auf dem Absatz kehrt und eilte die Straße nach Port Arthur entlang, presste die Einkaufstüten wie einen Schutzschild an sich.

Ich schaute ihr hinterher. Nate, Rachel. Rachel, Nate. Auf wen von beiden hatte Annettes tote Hand gezeigt?

James hatte von Rachels Ruf gesprochen. *Die ist eine Heksi … Um sie herum sind immer Sachen kaputtgegangen …* Andererseits hatte Nate unmittelbar neben dem zerbrochenen Glas gestanden. Er hätte ihm leicht einen Stoß geben können, um Rachel aus der Fassung zu bringen. Ich erinnerte mich an den hämischen Tonfall, in dem er mit ihr gesprochen hatte, daran, wie sie völlig außer sich davongehastet war. Ich fing an, mir Gedanken über Nate zu machen: Branwell Brontë, der Schlaue, der Talentierte, der es in der Welt weit bringen würde, der aber jetzt in einem Café Geschirr spülte. Der alte Herr Brontë war auch Pfarrer gewesen. Er hatte seine Töchter nicht sonderlich geschätzt, wenn ich mich richtig an die Einleitungen zu den Romanen erinnerte. Die Tante der Mädchen war diejenige gewesen, die bereit war, ihnen ihre eigene Schule einzurichten. Von *dem Jungen* dagegen erwartete man Großes. Diese Mentalität war hier im Norden noch ziemlich ausgeprägt; mir fiel sofort ein halbes Dutzend Väter ein, die zwar ihre Töchter abgöttisch liebten, aber ihre Söhne auf dem Schoß mit auf den Traktor nahmen, sobald sie Dreikäsehochs waren, ihnen einen kleinen Stecken in die Hand gaben, damit sie ihnen bei den Schafen halfen, sobald sie in einen Overall passten, und ihnen ein eigenes Segelboot schenkten, sobald sie schwimmen gelernt hatten. Wie würde ein Junge, der stets der Mittelpunkt im Universum seines Vaters gewesen war, damit klarkommen, dass seine kleine Schwester erfolgreicher als er war? Eine schlaue Methode, um sie aus dem Tritt zu bringen, wäre, ihr einzureden, sie wäre unbeholfen, würde *von Geistern heimgesucht*. Ich konnte mir Nate als Jungen gut vorstellen, mit seinen dunklen, unschuldig weit aufgerissenen Augen. »Rachel hat das einfach nur angeschaut, und dann ist es runtergefallen und kaputtgegangen. Ich habe Angst vor ihr …«

Rachel hatte zu Hause einen offenen Kamin und Torfsoden. Ich wollte mir die Burg anschauen. Wenn ich mich beeilte, hätte ich vor dem Unterricht am Nachmittag noch Zeit dazu.

Ich machte kehrt und ging über die Straße zurück. Der schnellste Weg zur Burg wäre durch die New Smiddy Closs, aber mir stand nicht der Sinn danach, an dem Ort vorbeizugehen, wo Annette gelegen hatte. Stattdessen bog ich vorher ab, lief die Smiddy Closs hinauf, am Hexengarten vorüber. Aus einem mit Gras zugewachsenen Rinnstein wehte mir der grüne Geruch von Moos entgegen. Auf halber Höhe war ein kleiner Platz mit niedrigen Ahornbäumen rings um eine Rasenfläche. Eine schwatzende Schar Stare wirbelte um mich herum auf, als ich an den Bäumen vorüberging. Auf der anderen Seite stand ein lindgrünes Haus mit dunkleren Fensterbrüstungen, T-förmig in den Hang hineingebaut. Oben auf der Spitze des Hügels befand sich noch ein Haus mit einer Gruppe von Bäumen um einen Zierbrunnen. Ich blieb an der Ecke beim Haus von Kevins Uroma stehen, um wieder zu Puste zu kommen und mich umzuschauen.

Rechts von mir ragte die Burg hoch vor dem grauen Himmel auf, Türmchen an jeder Ecke, eines im zweiten und eines im ersten Geschoss. Die Burg war L-förmig angelegt, und direkt vor mir verlief die längste Mauer, eine große Fläche aus rötlich braunem Stein. Man hatte die Fenster erneuert, obwohl der Große Saal zum Himmel hin offen war. Vor der unteren Hälfte der Fenster waren hölzerne Klappläden angebracht, die obere Hälfte bestand aus rautenförmigem Bleiglas: drei Fenster unten, zwei oben, und zwei Mauerscharten in der Ecke, um Licht auf die Wendeltreppe zu lassen. Drinnen sah ich das Blitzlicht einer Kamera aufleuchten. Das Burgtor war mit blauem Tatortband abgesperrt. *Polizei. Betreten verboten.*

Mir gegenüber befand sich das neue Scalloway Museum. Es war ein großes, rechteckiges Gebäude. Die vordere Ecke der Außenwand hatte das gleiche Dunkelrot wie viele Häuser in Norwegen, eine Ecke war verglast; und dort konnten die Besucher Kaffee trinken oder historische Aufzeichnungen studieren. Zu meiner Überraschung erblickte ich die beiden Hunde Dan und Candy, die draußen warteten. Ich hatte vermutet, Peter wäre in Lerwick in seiner Bank, hatte aber nicht vor dem Haus nachgeschaut, ob sein Auto dort stand. Die Arbeit im Museum war natürlich auch wichtig, aber niemand hätte heute von ihm erwartet, dass er dort auftauchen würde. Kate brauchte ihn nötiger.

Als ich gerade die Straße überquerte und auf den mit dem Band versperrten Burgeingang zuging, trat Peter aus dem Museum. Der leere Gesichtsausdruck von gestern war verschwunden; er schritt rasch zu den Hunden und machte sie los. Dann kam er auf mich zu und blieb stehen, die Hunde bei Fuß. »Hallo, Cass. Wie geht's Kate?«

Er sorgte sich um sie, das konnte ich sehen, aber ein anderes Gefühl schien stärker als diese Sorge zu sein. Peter wirkte eher, als hätte man ihm eine schwere Last von den Schultern genommen. Seine Stirn war nicht wie gestern verfinstert, seine Augen waren klar, seine Haltung aufrecht.

»Sie ist lange im Bett liegen geblieben«, erwiderte ich, »und ist nur aufgestanden, um ein bisschen Suppe zu essen. Sie hat gemeint, sie wolle den Nachmittag in ihrem Atelier verbringen.« Worüber war er so erleichtert? …*Dass sie sich wirklich total Sorgen macht. Es ging um was, das jemand von ihr verlangte,* hatte mir James erzählt. Hatte Peter vielleicht den Verdacht gehegt, sie hätte irgendwas im Museum geplant? *Nichts wirklich Schlimmes* … Ihr Vater hatte ja wohl Schlüssel zum Museum; war sie womöglich deswegen nachts aus dem Haus gegangen, während er nicht da war? Wollte sie etwas aus dem Museum holen? Ich erinnerte mich daran, wie er überrascht einen Schlüsselbund aus seiner Jackentasche gezogen hatte und plötzlich wütend geworden war. *Dieser Junge!*

»Gut«, sagte Peter. »Ich wollte nicht so lange fortbleiben. Ich seh dich morgen, Cass.«

Er drehte sich um und ging mit großen Schritten weg, die Hunde folgten ihm gehorsam. Ich schaute ihm nachdenklich hinterher. *Nichts wirklich Schlimmes* … Dann hatte man also nicht von ihr verlangt, dass sie etwas stahl. Vielleicht sollte sie etwas ausleihen? Dann konnte sie sich einreden, dass das eigentlich nicht schlimm war, da sie es, was immer es war, wieder heil zurückbringen würde. Ich versuchte, mich daran zu erinnern, von welchen Dingen, die im Museum waren, mir Magnie erzählt hatte. Da war das Oxna-Armband, eine kunstvoll geschmiedete Goldkette aus der Wikingerzeit. Ein junger Mann hatte es im Sand entdeckt und aufgehoben, um es seiner Verlobten zur Hochzeit zu schenken. Ich überlegte, ob Rachel oder Nate oder vielleicht beide zusammen eine Art Exorzismus mit Annette geplant hatten, für den sie dieses Armband hätte entwenden müssen. Dann gab es Exponate zum Shetland Bus – oder sie wollten vielleicht einen dieser Männer wieder heraufbeschwören, der mit der längst hingerichteten Hexe kämpfen sollte?

Plötzlich, als ich an dem Mörderwal aus Glasfaser vorüber zum grau gestrichenen Tor der Burg weiterging, hatte ich die simple Antwort direkt vor Augen: Auf einem Schild stand, wenn die Burg verschlossen wäre, könne man den Schlüssel im

Scalloway Hotel oder im Museum bekommen. Annette hatte im Museum nichts Böses vorgehabt; dass Peter eben so sorglos um die Ecke gekommen war, bewies das auch. Was immer er vermutet hatte, er hatte es überprüft und herausgefunden, dass sein Argwohn grundlos gewesen war. Nein, Annette hatte einfach seinen Museumsschlüssel benutzt, um sich die Schlüssel zur Burg zu besorgen.

Ich legte gerade meine Hand an das Burgtor, als es sich schwer knarzend öffnete. Ein paar uniformierte Polizisten kamen heraus, Gavin in ihrer Mitte, von allen anderen überragt. Trotzdem war mit einem Blick deutlich zu erkennen, dass er hier der leitende Beamte war. Die anderen umringten ihn in einiger Entfernung, alle hatten ihm den Kopf zugewandt. Ich erinnerte mich noch gut daran, wie ich ihn bei meiner ersten Begegnung mit ihm wahrgenommen hatte. Da war so ein gewisser Abstand spürbar. Gavin kam mir damals vor wie ein Seeadler in seinem Horst, der Herrscher über alles, was er überblickte, jemand, der hellwach sein Reich behütete.

»Das kann man unmöglich wissen«, sagte er gerade zu Sergeant Peterson. »Die Soko kann vielleicht helfen, also lassen Sie die Absperrung noch und nehmen Sie Proben.« Er schaute auf und sah mich. »Guten Tag, Cass.«

»Ich bin nur neugierig«, erwiderte ich, um der Frage vorzugreifen, die ich Sergeant Peterson an der Nasenspitze ablesen konnte. »War hier das Feuer, an dem Annette sich die Hände mit Torfasche schmutzig gemacht hat?«

Gavin spazierte mit langsamen Schritten von der Burg fort, forderte mich mit einer Handbewegung auf, vor ihm auf den roten Splittweg zu gehen. »Im Kamin des Großen Saals haben wir Asche und verkohlten Torf gefunden. Leider waren aber im Rahmen eines Geschichtsprojektes vor einer Woche Schulklassen in mittelalterlicher Kostümierung hier. Man hat für sie ein Feuer angezündet, um den Raum gemütlicher zu machen, und weil Schnee darauf gefallen ist, können wir nicht sagen, ob die

Asche und der Torf von gestern Abend sind. Sonst gibt es keine Anzeichen für irgendwelche Aktivitäten.«

Wir traten aus dem Schutz der Burgmauer, und der Wind pfiff uns ins Gesicht. Ich stellte meinen Kragen gegen das Schneetreiben hoch.

»Ich würde dir ja anbieten, dich nach Hause zu bringen«, meinte Gavin, »aber das würde wohl unter ›Verschwendung von Polizeiressourcen‹ fallen. Tut mir leid.«

Ich zuckte mit den Achseln. »Kein Problem. Ich hab's nicht weit.«

Ich blieb vor dem chinesischen Restaurant stehen, um noch einmal zur Burg zurückzuschauen. Allmählich ergab alles mehr Sinn. Annette hatte geglaubt, sie wäre von einer längst verstorbenen Hexe besessen und irgendjemand – Rachel? Nate? – hatte sie zu einem Exorzismus-Ritual im Großen Saal der Burg überredet, genau da, wo Black Patie einst die Hexen verurteilt hatte. Dazu musste sie nur die Schlüssel zur Burg stehlen. Dann war offenbar etwas schiefgegangen. Annette war gestorben. Um zu vertuschen, was sich da ereignet hatte, hatte wohl der kräftigste unter den Exorzisten ihre Leiche in die Spanish Closs getragen. Und da hatte ich sie gefunden.

Nein, so konnte das nicht stimmen. Falls Rachel oder Nate ihre Helfer gewesen waren, hätten sie doch die Leiche nicht vor ihrer eigenen Haustür abgeladen – es sei denn, der Hass zwischen den beiden war so groß, dass sie das Risiko der Entdeckung auf sich genommen hätten, nur um den Verdacht auf den anderen zu lenken. Vielleicht … vielleicht.

Ich war gerade um die Ecke gebogen, als mir drei dunkle Gestalten von der kleinen Treppe zur Pier entgegenstürmten. Sie waren alle größer als ich, und ehe ich michs versah, hatten sie mich in den kleinen Garten gedrängt und gegen die knubbelige Wand gedrückt.

Drei gegen eine. Bevor ich mich richtig gegen sie zur Wehr setzte, wollte ich herausfinden, was sie im Schilde führten. Ich kannte die Gesichter, die ich da so nah vor mir hatte: Es waren die Nebelkrähen, die Annette am Mittwoch so gehässige Blicke zugeworfen hatten. Aus der Nähe gefielen sie mir auch nicht besser. Drei Paar schwarz umrandete Augen blitzten mich an. Ich lehnte mich gegen die Mauer, versuchte die Steine zu ignorieren, die sich mir in den Rücken bohrten, kontrollierte meinen Atem und verschränkte die Arme, als wäre ich die Ruhe selbst. Das Pochen meines Herzens konnten die drei ja nicht hören. Ich rief mir in Erinnerung, dass ich zehn Jahre älter war als die Nebelkrähen und für mein Selbstbewusstsein keine dämliche Verkleidung nötig hatte. Ich ließ meine Augen an ihnen auf und ab wandern und hoffte, damit zum Ausdruck zu bringen, wie sehr mich das alles langweilte.

Die Anführerin war die Größte. Ihre selbstsichere Kopfhaltung und die Gehässigkeit, die sie ausstrahlte, verrieten mir, dass sie diejenige war, mit der ich es zu tun bekommen würde. Meine Augen befanden sich auf der Höhe ihres weiß gepuderten Kinns und ihres dunklen pflaumenblauen Lippenstifts, aber ich würde ihr nicht die Genugtuung verschaffen, mich auf die Zehenspitzen zu erheben. Ihr Haar war violett gefärbt, an den Seiten lang und fünf Zentimeter über den gezupften Augenbrauen wie mit dem Lineal zu einem schnurgeraden Pony geschnitten. Wegen dieser Kombination aus weiß gepudertem Gesicht und dunkler Haarkante sah sie aus, als trüge sie eine Maske. Sie hatte eine lange, dünne Nase und schmale Augen. Die dick aufgetragene Mascara ließ ihre Wimpern wie kleine Stacheln an einem Seeskorpion hervorstechen. Ihre Kleidung war außergewöhnlich: ein graues Korsettmieder wie das einer Cancan-Tänzerin, darunter ein kurzer scharlachroter Kilt und die Rüschen eines schwarzen Tüll-Petticoats. Ihre Beine steckten in Netzstrümpfen und Motorradstiefeln mit schweren Schnallen.

Die beiden anderen waren nur Mitläuferinnen. Sie wirkten neben der mastschlanken Eleganz der Anführerin ziemlich plump, und selbst ich konnte sehen, dass ihre Uniform mit den weiten kurzen Röcken und den löchrigen Strümpfen ihnen überhaupt nicht stand. Eine trug eine schwarze Lederjacke, dazu ein Hundehalsband mit Spikes; die andere hatte sich in ein meergrünes viktorianisches Mieder gezwängt, tief dekolletiert mit einem gerüschten Spitzeneinsatz, als wäre sie das potenzielle Opfer eines Vampirs. Dazu hatte sie sich eine Spinne auf die Wange gemalt. Ich hätte ihr Alter als knapp nach dem Schulabschluss eingeschätzt. Ich konnte jederzeit schneller denken und rennen als jede von diesen dreien.

Ich wandte meine Augen wieder zu der Größten unter ihnen, reckte das Kinn vor, schaute ihr direkt in die Augen und sprach sie in Shetlan an. »Was soll das alles hier?«

»Als wüsstest du das nicht genau.« Sie hatte eine tiefe Stimme, die wie das warnende Knurren eines unfreundlichen Hundes klang, und ihr Akzent war irgendwo zwischen Shetland und Südengland angesiedelt, als hätte sie die ersten Schuljahre an der britischen Südküste verbracht und wäre dann hierhergekommen.

»Keine Ahnung«, versicherte ich ihr und wartete. Hundehalsband bewegte den Fuß, als wolle sie nach mir treten.

Wenn man knapp eins fünfundfünfzig groß ist, lernt man in den Häfen der Welt schnell, wie man auf unerwünschte Aufmerksamkeit mit Entschlossenheit reagiert. Ich beugte mich so rasch nach unten, als machte ich mit der *Osprey*, dem Mirror-Dingi meiner Kindheit, in einem Rennen eine schnelle Wende, und packte die Krähe mit dem Hundehalsband beim Fußgelenk. Ich riss den Fuß nach oben, sodass sie nun nur noch auf einem Bein stand, und schubste sie mit aller Kraft von mir weg. Sie taumelte und musste sich an der Mauer festklammern, um nicht hinzufallen. Ich schaute sie wütend an und sagte leise: »Versuch das besser nicht noch mal.« Ich wandte mich wieder der Größten zu: »Also?«

Die dunkelvioletten Mundwinkel verzogen sich nach unten.

Sie schnaubte verächtlich und wandte sich an ihre Gefolgsleute. »Haltet euch zurück. Ich sag euch schon Bescheid.« Dann wanderten die schmalen Augen wieder zu mir. Sie waren meergrün zwischen den schwarzen Wimpern und nun voller Neugier. »Hast du wirklich dein ganzes Leben auf See verbracht?«

»Seit ich sechzehn war.«

»Bist du auch da gewesen, wo sie Voodoo und so Zeug machen?«

»Haiti. Ja.« Die beiden Gefolgsleute warfen mir unbehagliche Blicke zu und schlurften ein wenig rückwärts. Ich fügte nicht hinzu, dass mein engster Kontakt mit Voodoo eine alberne Touristenshow für unsere Passagiere gewesen war, eine Schau mit weißen Masken und wirbelnden schwarzen Lumpen.

Die Größte reckte mir das Gesicht so weit entgegen, dass ich ihren Puder riechen konnte. »Wir brauchen solche wie dich hier nicht. Wir haben unsere eigenen Methoden.«

»Ich misch mich nirgends ein«, sagte ich. Ich war mir immer noch nicht im Klaren, worum es eigentlich ging, beschloss aber, mein Glück zu versuchen. »Es sei denn, ihr habt was mit Annettes Tod zu tun.«

Ihre Augen verengten sich zu Schlitzen, ihr Atem zischte heraus. »Die hat nur gekriegt, was sie verdiente. Die war nichts Besonderes.«

»Sie hatte die Kraft«, sagte ich. »Geerbt. Sie hat davon geträumt, wie sie gestorben ist – damals.« Ich machte zur Betonung eine Pause. »Euer Anführer hat auch geglaubt, dass sie die Kraft hat.«

Volltreffer! Der pflaumenblaue Mund verzog sich wütend. »Sie hat ihn betrogen.« *Ihn.* Wir suchten also einen Mann. Jetzt wurde die leise Stimme widerlich süß. »All das ängstliche Lächeln und ›Oh, ich hab solche Angst‹.« Da war wieder das Knurren, wie das eines Hundes, der gleich zubeißen wird. »Und dabei hat sie die ganze Zeit über geplant, wie sie uns das Handwerk legen kann. Ich hab das gesehen, auch wenn er blind dafür war. Man musste ihn vor ihr schützen …« Sie brach ab, als hätte sie schon zu viel gesagt.

»Sie wollte euren Platz einnehmen«, flüsterte ich ihr ein.

Aber sie war nun vorsichtig geworden. »Ich war nicht dabei, als sie gestorben ist. Ich habe nichts damit zu tun.«

Ich erinnerte mich an meine Vermutungen, was Annette in der Burg gemacht hatte. »Er hat das Ritual dort ohne euch durchgeführt?«, fragte ich ungläubig.

Erneut flammte ihre Wut auf. »Wie ich schon gesagt habe, sie hat sich da reingedrängelt. Dachte, sie wüsste alles, nur wegen der paar dämlichen Träume.« Sie bekam sich wieder in den Griff und schaute über die Schulter zu ihrem Gefolge. »Okay. Wir haben dich gewarnt.« Sie trat einen Schritt von mir zurück. Dann wurde ihre Stimme wieder widerlich süß: »Das ist ein hübscher Kater, der dir da überallhin folgt. Du willst doch sicher nicht, dass er krank wird.« Sie drehte den Kopf weg, um ihren Gefolgsleuten ein hämisches Lächeln zuzuwerfen.

»So wie Annettes Hund«, fügte Spinnenbacke hinzu.

Kalte Wut stieg in mir auf. Dan war es lange nicht gut gegangen. *Wir glauben, dass er irgendwas Schlechtes gefressen hat,* hatte Kate gesagt. Er und Candy waren freundliche Hunde, und es war sicher ganz einfach, sie mit einem Stück vergiftetem Fleisch zu füttern, wenn sie im Garten frei herumliefen. »Ihr habt ihm was Giftiges zu fressen gegeben«, sagte ich.

Spinnenbacke grinste böse. »Wir brauchen kein Gift. Wir haben stärkere Kräfte.«

Die Anführerin richtete sich hoch auf. »Wir haben die Macht über Krankheit und Gesundheit, Wind und Wetter.« Ihren Augen konnte ich ablesen, dass sie das tatsächlich glaubte. »Denk dran, wenn du das nächste Mal mit deinem Boot rausfährst.«

»Also«, mischte sich Hundehalsband ein. »Wenn du deinen kleinen tierischen Vertrauten behalten möchtest, dann tu besser, was wir dir sagen.«

»Wie Annette.« Spinnenbacke machte wieder die Geldgeste mit Daumen und zwei Fingern. Hatte sie die 100 Pfund diesen grotesken Gestalten gezahlt, damit sie einen Zauber umkehrten?

»Ich habe kein Geld«, antwortete ich. »Und ihr lasst meinen Kater in Ruhe.« Ich legte den Kopf ruckartig in den Nacken und schleuderte der Anführerin einen bösen Blick zu. »Wie gesagt, ich war an den Orten, wo der Voodoo-Zauber herkommt. Ich kann das Spiel mitmachen.«

Nun schien sich das Schweigen unendlich lange hinzuziehen. Ich würde jedenfalls den Blickkontakt nicht als Erste abbrechen, nicht mit dieser Nebelkrähe. Schließlich schaute sie zuerst weg.

»Komm uns bloß nicht ins Gehege«, warnte sie mich.

Sie wartete meine Antwort nicht ab, sondern machte auf dem Absatz kehrt, und ihre beiden pummeligen Mitstreiterinnen zockelten eilfertig hinter ihr her. Plötzlich begann ich zu zittern. Die drei waren ein gefährliches Trio, und ich konnte von Glück sagen, dass ich ungeschoren davongekommen war. *Man musste ihn vor ihr schützen* – ich war dem Namen des Anführers nicht näher gekommen, aber ich wusste jetzt, wer seine treuste Anhängerin war. Sie war auf Annette eifersüchtig gewesen, das war offensichtlich, und sie neidete ihr die Träume, die Verbindung mit jenen längst verstorbenen Frauen, die der Anführer an ihr so interessant gefunden hatte. Das Auflodern ihrer Wut, als ich von dem Ritual sprach, legte nahe, dass man sie tatsächlich ausgeschlossen hatte. Dann hatten sich Annette und der Anführer womöglich allein gegenübergestanden – es sei denn, die oberste Nebelkrähe hatte sich dazwischengeworfen und Annettes Tod verursacht. *Ich war nicht dabei, als sie gestorben ist. Ich habe nichts damit zu tun.*

Die klassische Verteidigung einer Schuldigen. Ich fragte mich, wo sie wohl an jenem Abend gewesen war.

KAPITEL 9

Die Schneeschauer hielten noch den ganzen Nachmittag an, und jedes Mal hellte sich der Himmel ein bisschen mehr auf, bis er gegen sechs Uhr fast ganz klar und nur noch mit ein paar wartenden Wolken umkränzt war. Im Osten flammte der Mond klar auf wie ein silberner Penny, und genau im Süden strahlte die Venus allein, bis der Himmel dunkel genug geworden war, um auch ihre Begleiter aufzuzeigen: Orion mit Gürtel und Schwert, den Hund Sirius zu seinen Füßen, den Stier mit dem roten Auge und die Geisterwolke der Plejaden.

Ich war nach meinem Zusammenstoß mit den drei Krähen zum College geeilt und hatte es gerade noch rechtzeitig zum Unterricht geschafft. Annettes Tod war Schnee von gestern; heute redeten meine Mitstudenten nur noch darüber, was sie für den morgigen Tag, den Samstag vor Halloween, planten.

»Ich zieh verkleidet durch die Stadt«, erzählte mir Kevin, als wir uns gemeinsam über unseren Motor beugten und die kleine Pumpe betrachteten, die im Treibstoffsystem als Nächstes kam. »Geh bei all meinen Freunden in Lerwick vorbei.«

Ich verstand »Freunde« so, wie man das Wort in Shetland benutzte, als »Verwandte«. »Ich wusste gar nicht, dass du Familie in der Stadt hast.«

»Meine Tante und mein Onkel sind da hingezogen, also hab ich ’nen Haufen Vettern und Cousinen. Ich und mein Vetter Peter und ein paar von seinen Kumpels, wir hängen uns Masken vor und rennen damit rum und so.«

»Als was verkleidet ihr euch denn?«

»Ich hab ’n altes Kostüm vom Up Helly Aa, da war ich Zauberer, damals, als wir was mit Harry Potter gespielt haben, und Peter hat ’n Affenkostüm, und seine Kumpels sind auch Tiere und so. Wir sind also der Zauberer Merlin und die tanzenden Tiere. Wir spielen vor jedem Haus was, und dann müssen die raten, wer wir sind.«

»Klingt gut.«

Er warf mir einen Blick von der Seite zu, teils neugierig, teils misstrauisch. »Du hast ja wahrscheinlich zu tun – ich will aber nicht neugierig sein.«

»O ja«, stimmte ich ihm zu. Sein Gesicht kam meinem näher. »Drüben in Aith haben sie mich gefragt, ob ich bei einer Halloween-Party die Kostüme beurteilen will.«

Damit hatte er nicht gerechnet. Er ließ sich wieder auf sein Hinterteil sinken, schaute auf meine Augen und runzelte die Stirn, als glaubte er mir das nicht ganz. Ich setzte noch einen drauf: »Mein Kumpel Magnie, du weißt schon, Magnie o'Strom oben in Muckle Roe, der hat mich da eingespannt. Die Mutter von einem von unseren Segelkindern organisiert die Party, und der Kleine hat Magnie vorgeschlagen, und Magnie hat die Mutter überzeugt, dass ich das besser machen würde.« Ich verfiel in breitestes Magnie-Shetlan. »Weißt schon, Frauenleut wissen mehr über Kostüme als ein Mann, der sein ganzes Leben auf dem Meer verbracht hat.« Kevin grinste zögerlich. »Also habe ich das jetzt am Hals. Morgen früh segle ich hin, helfe denen, den Saal zu schmücken oder die Süßigkeiten auszulegen, lass es mir auf der Party gut gehen, segle im Mondlicht zurück und bin am Montag wieder bereit für das College.«

Seine Augen wurden misstrauisch. »Du bist also am Montagabend wieder hier.«

»Wenn das Wetter mitspielt«, stimmte ich ihm zu. »Warum? Gibt's da irgendwas Aufregendes?« Mir fiel auf Anhieb nichts ein. Dienstag war Allerheiligen, also musste ich irgendwie zur Messe nach Lerwick kommen, und am Mittwoch war Allerseelen. Meine französischen Cousinen würden bitter duftende Chrysanthemen auf die Gräber von Oma und Opa legen, im Schatten der Kirche aus dem elften Jahrhundert, aus deren

Säulen mandeläugige Krieger und knurrende Drachen hervorwuchsen. Ich ging, wenn ich konnte, an diesem Tag auch zur Messe und betete für Alain, den Liebhaber, dessen Tod ich verursacht hatte. Mir waren nur Gebete geblieben, um auszudrücken, wie leid es mir tat. Aber sie reichten nicht aus.

Erst als ich wieder auf der *Chalida* war und mir eine Tasse Tee machte, fiel mir Halloween erneut ein. In meiner gesamten Kindheit in Shetland war die Halloween-Party immer am Samstag vor Allerheiligen gewesen, also hatte ich sie nie mit einem bestimmten Datum verbunden. Natürlich war Montag der Vorabend von Allerheiligen, All Hallows Eve, Hallowe'en. *Du bist also am Montagabend wieder hier …* Glaubte Kevin tatsächlich, dass ich mich einem Hexenzirkel anschließen und mit denen in der für sie wichtigsten Nacht des Jahres um ein Freudenfeuer tanzen würde?

Wie wichtig war diese Nacht denn überhaupt? Ich schaltete meinen Laptop ein und googelte »Hexen … Halloween«. Ein Kleiderschrank voller Kostüme sprang auf den Bildschirm. »Hexenfeste« brachte mich auf eine Wikipedia-Seite zum Wicca-Jahreskreis, die mir das Jahresrad erklärte. Ich las sie sorgfältig durch, lehnte mich dann zurück und dachte nach.

Es schien acht heidnische Feste zu geben, die mit der Sonne und dem Mond verknüpft waren und den Wechsel der Jahreszeiten feierten, eines für jeden Wechsel, dann noch eines für den Höhepunkt der jeweiligen Jahreszeit. Einige der Namen kannte ich. Die alten Shetlander hatten im Mittsommer ein Beltane-Feuer angezündet, und die Jungen vom Ort mussten durch die Flammen springen, um im nächsten Jahr Glück zu haben. Das Beltane-Fest der Hexen war zu Anfang des Sommers, gefolgt von Lammas, dem Erntefest, und dan Samhain (ausgesprochen sa-un, wie Wikipedia hilfreich hinzufügte), der Nacht der Toten, gegen Ende Oktober, das für die Wicca einer ihrer vier großen Sabbats, also Feiertage war. Dieses Fest konnte an einem bestimmten Kalenderdatum oder in der Nacht eines Vollmondes gefeiert werden. Der Mond glänzte silbern über dem Wasser, und die Wellen reichten bis zum oberen Teil des Strandes, also brauchte ich keine Gezeitentabelle, um zu wissen, dass am Montag Vollmond sein würde.

Ich dachte gerade darüber nach, als mein Telefon klingelte. Es war Gavin. »Soll ich das Abendessen mitbringen, oder kann ich dich zum Essen vom Schiff locken?«

Er hatte gestern das chinesische Essen mitgebracht. Ich konnte ihn nicht schon wieder für mich bezahlen lassen, und für das Scalloway Hotel reichten meine Finanzen nicht aus. Ich überschlug rasch, wie viel noch zu essen an Bord war. Ich hatte eine doppelte Portion Reis in der Thermosflasche gemacht. Wenn ich dazu noch Nierchen, Zwiebeln und Möhren briet und das Fleisch von den Koteletts dazugab, konnte das für zwei reichen. »Das Essen steht schon auf dem Herd, wenn du Nierchen magst.«

»Klingt gut. Wie bereitest du sie zu?«

Ich hatte ihn eigentlich nicht für einen dieser pingeligen Männer gehalten, die ihr Essen nur so und nicht anders wollen. »Traust du meinen Kochkünsten nicht?«

»Doch. Ich wollte nur den Gedanken daran als Trost im Hinterkopf behalten, während ich hier Formulare ausfülle. Wenn ich daran denke, was meine Mutter geschnippelt hat, als ich morgens das Haus verließ, ist mir das eine große Ermutigung, während ich mich durch den abendlichen Berufsverkehr in Inverness kämpfe.«

»Ich brate die Nierchen«, erwiderte ich. »Mit Zwiebeln und Möhren.«

»Reis oder Kartoffeln?«

»An Bord kocht sich der Reis in der Thermosflasche von selbst. Dazu muss man nur Wasser im Kessel heiß machen und mit dem Reis in die Flasche geben. Kartoffeln brauchen zwanzig Minuten lang Gas und füllen noch dazu die Kajüte mit Dampf.«

»Also Reis. Soll ich einen Nachtisch mitbringen?«

»Ich habe Äpfel«, sagte ich genügsam.

Ich konnte das Lächeln in seiner Stimme hören. »Ich bringe was mit Zitrone und Sahne.«

»Klingt gut«, musste ich zugeben.

»Welche Zeit würde dir passen?«

Wir einigten uns auf sechs Uhr. Ich klappte den Laptop zu und begann, Zwiebeln und Möhren zu schneiden, hauchdünn, wie ich es bei meiner ersten Seereise auf der *Sørlandet* von dem dänischen Chefkoch gelernt hatte. Wie hatte er doch gleich geheißen? Es war erst meine zweite Reise an Bord eines Windjammers und dazu noch eine herrliche Reise mit frischem Wind, und wir hatten ständig alle Segel gesetzt. Wenn ich nur daran zurückdachte, wusste ich wieder, warum ich hier war, auf diesem College, zusammen mit Leuten, die mich für eine Hexe hielten: damit ich unter diesen vielen weißen Segeln stehen und das große Steuerrad unter den Händen spüren konnte. Ich würde an Bord meine eigene Kajüte haben, anstatt mit der zahlenden Mannschaft in der langen Reihe von Kojen zu schlafen, die bis morgens um elf weggeräumt sein mussten. Ich würde bei den Dinners in der Kapitänsmesse dabei sein und bei den Besprechungen auf See, wo der Kurs und die Wachen festgelegt wurden.

Ich begriff nicht, wie Kevin auf den Gedanken kommen konnte, ich wäre eine Hexe. Ich ging jeden Sonntag zur Messe. Bei jedem Wetter verließ ich die *Chalida* um viertel vor neun und schritt den Berg hinauf. Manchmal nahm mich gleich jemand mit; an anderen Tagen musste ich ein Drittel, die Hälfte oder sogar zwei Drittel der sechs Meilen bis Lerwick laufen, ehe jemand anhielt und mich fragte, wo ich hinwollte. Vielleicht machte in Scalloway der Klatsch nicht so schnell die Runde wie auf dem Land. In Brae hätte jeder gewusst, dass ich in die Kirche ging.

Vielleicht hatte er auch nur gehört, was er hören wollte. Es war nun beinahe ein Jahrhundert her, dass die Frauen für ihr Stimmrecht gekämpft hatten, und doch gab es immer noch verächtliche Witze über Blondinen oder Frauen am Steuer. Männer nannten Frauen immer noch »meine Liebe« oder redeten über die »Mädels«, angeblich ohne bewusst herablassend sein zu wollen, beschwerten sich dann aber, wir hätten einfach keinen Humor, wenn wir etwas dagegen hatten. In ihren Köpfen hatte sich nichts verändert. Vielleicht fühlten sie sich immer noch bedroht, wenn eine Frau sichtlich ohne sie auskam, sich nicht in die Vorstellung fügte, dass die Männer die Herren der Universums sind, und überspielten ihr Unbehagen damit, dass sie beschlossen, es müsse etwas mit ihr nicht stimmen: Sie musste eine Hexe, eine Lesbe sein.

Ich warf finstere Blicke in Richtung Scalloway. Selbst die Hexen brauchten offenbar einen männlichen Anführer, Nate oder sonst eine Schattengestalt … Meine Hand blieb reglos auf dem Küchenmesser liegen. Nein, das musste nicht so sein. Wenn in Scalloway ein Hexenzirkel existierte – oder, fügte ich mit dem politisch korrekten Teil meines Gehirns hinzu, eine Gruppe friedlich ihre Religion ausübender Wicca-Anhänger, die den Wandel der Jahreszeiten feierten –, dann sprach nichts dagegen, dass es nur Frauen waren. Vielleicht fand Rachel dafür, dass sie für Lawrence das Abendessen kochen musste, einen Ausgleich, indem sie sich nachts aus dem Haus schlich und die Zeremonie für die Erdmuttergöttin anleitete, zusammen mit all den anderen Frauen, deren Tage sich strikt nach dem Stundenplan ihrer Ehemänner zu richten hatte.

Kurz vor sechs piepste mein Handy. Die SMS lautete: *Tut mir leid, später als geplant, komme halb sieben. Normal für Polizisten. G*

Ich schrieb zurück: *Auch normal für Segler. Nieren noch nicht in Pfanne.* Ich drehte das Gas unter den Zwiebeln ab, damit sie nicht zu sehr bräunten, und verbrachte dann die halbe Stunde damit, die Segel in der Vorpiek neu zu verstauen. Morgen würde ich segeln. Die Aufregung blubberte in mir auf, wenn ich nur daran dachte, endlich die Leinen loszumachen, die die *Chalida* an ihren Liegeplatz fesselten. Wir würden wieder den Wind spüren und das Wogen der See. Ich weigerte mich, für irgendeinen Mann ständig auf die Uhr zu schauen. Gavin kam ungefähr zur angegebenen Zeit, nachdem ich den Gennaker auf dem Deck ausgebreitet hatte, bereit für das Aufziehen am nächsten Morgen, und als ich gerade die Leinen wieder auf seine Rollanlage wickelte. Ich sah Gavin mit großen Schritten an der Uferfront entlanglaufen, sobald er am letzten Gebäude vorbei war, dem Schuppen, der hinter dem Labor lag, in dem die Regierung in den fünfziger Jahren irgendwelche streng geheimen Experimente gemacht hatte – mit schwerem Wasser, wie Magnie behauptete. Natürlich waren diese Experimente in Shetland nicht streng geheim geblieben. Ich wartete, bis Gavin den Slipway für die Dingis erreicht hatte, ehe ich zum Törchen ging. »Aye, aye.«

»Halo leat, Cass.« *Hallo, du.* In der einen Hand hielt er eine Tragetasche, ausgebeult von einer Schachtel, in der ich ein Dessert vermutete, aber keine Flasche; er war immer noch im Dienst.

Ich hatte einen Versuch unternommen, das Gälisch wieder aufzufrischen, das ich während aller Weihnachtsfeste in meiner Kinderzeit in Dublin rings um mich gehört hatte, bei den Eltern meines Dads und all meinen irischen Vettern und Cousinen, besonders von den gleichaltrigen Draufgängern Sean und Seamus, die mich in alle möglichen Schwierigkeiten gebracht hatten. Irisches Gälisch war dem schottischen Gälisch ein wenig ferner als das Dänische dem Norwegischen, aber ich dachte doch, dass wir uns irgendwann ganz gut unterhalten können würden. »Conas atá tú?« *Wie geht's dir?*

»Es war ein langer Tag.« Er schloss das Törchen hinter sich. »Aber am Ende gab es gute Nachrichten für deine Freunde.«

Ich blieb bei der Reling der *Chalida* stehen und schaute ihn fragend an. Er nickte und kam mit schwingendem Kilt an mir vorüber, ging dann ins Cockpit. »Annette ist eines natürlichen Todes gestorben.«

»Oh!« Ein frohes Gefühl stieg in mir auf. Das war wirklich gut: keine Nachrichtenberichte und keine aufdringliche Presse für Kate und Peter, kein langer Gerichtsprozess, kein ständiges erneutes Durchleben des Todes ihres Kindes. Ich bat ihn mit einer Handbewegung in die Kajüte. »Ein Herzanfall? Aber sie war doch noch so jung!«

»Nicht eigentlich ein Herzanfall.« Er setzte sich an seinen üblichen Platz, überließ mir das hintere Ende der Kajüte, damit ich mich dort frei am Herd bewegen konnte. »Die Todesursache war ein Krampf, der den Körper ergreifen kann, wenn jemand anderes plötzlich auftaucht und einer Person die Hände um den Hals legt. Es ist eine Art Schock. Dass man daran stirbt, ist ungewöhnlich, kommt aber durchaus vor. Wir untersuchen trotzdem weiter die Todesumstände, können jetzt jedoch den Leichnam freigeben, damit die Familie ihre Tochter betrauern kann.«

»Sie ist also vor Schreck gestorben?« Ich erinnerte mich an James' Worte: dass sie ängstlich zurückgefahren ist, wenn jemand ihren Hals berührte. Hatte das jemand gewusst?

»Der Gerichtsmediziner hat es komplizierter ausgedrückt. Aber im Grunde ja. Wer sie getötet hat, hat das wahrscheinlich nicht beabsichtigt. Der Staatsanwalt will, dass wir die Sache ganz aufklären, aber jetzt ist es nur noch ein Fall für die Ortspolizei.«

Eine Welle der Enttäuschung schwappte über mich hinweg. Ich musste mir Mühe geben, meine Stimme unbeteiligt zu halten. »Du fährst also nach Hause?«

Er riss die Augen auf, dann senkten sich seine dunklen Wimpern wieder. Seine Antwort war genauso zwanglos. »Ich dachte, ich bleibe noch übers Wochenende. Hat ja keinen Sinn, den ganzen Papierkram mit nach Hause zu schleppen.«

Damit meine Hände beschäftigt waren, nahm ich die Laterne herunter, die ich ausgeblasen hatte, während ich an Deck war, und öffnete das Türchen. Ich wollte gerade ganz lässig fragen, ob Gavin morgen mit mir segeln wollte, als ich Unruhe auf dem Ponton bemerkte: ein Klappern am Tor, gefolgt vom Stampfen einiger Füße auf dem Ponton und Kinderstimmen von oben.

»Es ist kein Licht an. Sie ist doch nicht da.«

»Die ist eine *Hexe*«, sagte die Stimme eines kleinen Mädchens. »Ich hab's euch doch gesagt. Die fliegt auf ihrem Besen weg.« Auf der anderen Seite des Tisches runzelte Gavin die Stirn, und seine Augen richteten sich auf mein Gesicht: Was hast du mir nicht erzählt? Er zog seine geraden Brauen in die Höhe und wiederholte: »Eine Hexe?«

»Die ist keine Hexe«, erwiderte eine andere Stimme, die wohl der großen Schwester der Sprecherin gehörte, voller Ungeduld. Ich kannte diese Stimme: Sie gehörte zu Shaela, einer von meinen Seglerinnen vom Sommerkurs in Brae.

»Mam hätte uns nicht herkommen lassen, wenn sie eine wäre«, sagte ein anderes Mädchen. Sie schien sich aber nicht ganz sicher zu sein.

»Jedenfalls ist sie nicht da«, meinte Shaela. »Es ist kein Licht an.«

»Schsch!«, schalt jemand. »Ich hab sie reingehen sehen.« Ich konnte den Flüsterer nicht genau erkennen, aber die Stimme kam mir bekannt vor.

»Das sind Guizers«, erklärte ich Gavin. »Verkleidete Kinder. Ich hole sie an Bord.«

Ich rief »Aye, aye«, während ich die Kajütenleiter hochstieg, damit sie wussten, dass ich da war, und schwang mich auf den Ponton. »Sucht ihr mich?«

Der Mond warf ein kaltes, klares Licht auf die fünf seltsamen Gestalten, zwei waren gerade mal taillenhoch, zwei knapp kleiner als ich, und eine größere Gestalt duckte sich dahinter, wohl ein Erwachsener. Das ergab einen Sinn; denn ohne Schlüssel wären sie nicht auf den Ponton gelangt.

»Kommt an Bord«, lud ich sie ein. Sie nickten feierlich und kletterten dann im Gänsemarsch hinter mir auf die *Chalida*. Dass sie nichts sagten, gehörte zu ihrem Spiel; wir sollten ja raten, wer sie waren. Gavin rückte ins Vorschiff, als sie hereinkamen, hatte den Kopf unter das Holzbord geduckt, und sein Kilt leuchtete bunt vor der weißen Farbe. In den kleinen Raum gequetscht, wirkten die vermummten Besucher finster, ihre maskierten Gesichter wandten sich schweigend von Gavin zu mir. Das versetzte mich zurück in meine eigene Kindheit: Inga, ihr Bruder Martin und ich waren so von Haus zu Haus gezogen, in Kostümen, die wir aus alten Kleidern unserer Eltern gemacht hatten. Ich hatte eines von Mamans Kleidern genommen, nachdem sie fortgegangen war, und hatte es völlig ruiniert, als ich mich damit in die Gräben duckte. Aber sie kam nie zurück, und so hatte sie es nie erfahren.

Ich zündete die Laterne an, um die Guizers besser sehen zu können. Sie schnauften kollektiv, als das Kerzenlicht golden über die Holzwände der *Chalida*, die Bücherregale und das Fischmedaillon aus Messing flackerte. Ich hörte geradezu, wie sie sich zwingen mussten, keine Fragen zu stellen. Die Hexe mit dem grünen Gesicht und dem Gewand aus einem schwarzen Müllsack schaute nach rechts zu Shaela. Neben ihr hockte ein sehr kleines Gespenst, das mit einem Betttuch bedeckt war, in das man zwei Augenlöcher geschnitten hatte, dann kamen ein Soldat in Kaki mit einer schwarzen Sturmhaube und eine rosa glitzernde Fee mit einer venezianischen Maske. Der letzte Gast war eine Vogelscheuche mit einer blauen Maske unter einem verbeulten Hut, der Stroh aus den Ärmeln ihres Jacketts quoll. Das war die große Gestalt, sie hatte die Knie in der schlabbrigen Hose gebeugt, um wie ein Kind zu wirken. Die Augen blitzten mich im Kerzenschein an. Die Fee rutschte näher an die Hexe heran und nahm sie bei der Hand.

»Shaela«, sagte ich und schaute die Hexe an, »und deine kleine Schwester.« Ich deutete mit dem Kopf auf die Fee. »Ich weiß deinen Namen nicht mehr.« Beide nahmen ihre Masken ab. »Ich hab euch draußen auf dem Ponton reden hören«, erklärte ich und wandte mich dann den anderen zu, versuchte mich daran zu erinnern, wer Shaelas beste Freundin gewesen war. Sie war meistens mit einem dunkelhaarigen Mädchen namens Dorothy gesegelt, aber ich würde ihnen den Spaß verderben, wenn ich die Namen zu schnell erriet. Ich schaute die Vogelscheuche an und nannte irgendeinen weiteren Namen meiner Segelschüler. »Dawn?«

Der große Junge schüttelte triumphierend den Kopf. Ich blickte zu dem Soldaten. »Francesca?« Wieder ein Kopfschütteln und ein unterdrücktes Kichern. »Dann bist du vielleicht Dorothy?«

Sie nickte und zog die Sturmhaube ab. Sie hatte sich das Gesicht kakifarben geschminkt, so dass sie immer noch nicht leicht zu erkennen war. Hatte Dorothy eine Schwester? Ich schaute zu dem kleinen Gespenst. »Und ihre kleine Schwes…« Das Gespenst schüttelte den Kopf, ehe ich das Wort zu Ende sprechen konnte. »Ihr kleiner Bruder«, korrigierte ich mich.

Der Junge nickte und befreite sich von dem Laken. Jetzt blickten mich vier Gesichter erwartungsvoll an, zeigten die unterdrückte Freude, die mich vermuten ließ, dass ich Schwierigkeiten haben würde, zu erraten, wer die Vogelscheuche war. Ich schaute sie mir ganz genau an. Die Stehhöhe in der *Chalida* war beinahe eins achtzig, und ich überlegte, dass der große Junge, wenn er sich aufrecht hinstellte, fast bis zur Decke reichen würde. Ich fragte Shaela: »Ist es etwa jemand, den ich kenne?«

Sie nickte und kicherte.

»Kommt er mit euch segeln?«

Die Vogelscheuche schüttelte den Kopf. »Er ist zu alt!«, sagte Dorothys kleiner Bruder, und wieder kicherten alle.

»Wohnt er in Brae?« Kopfschütteln. »In Lerwick?« Die Köpfe wurden erneut geschüttelt. »Hier in Scalloway?« Alle nickten.

Ich schaute wieder zu der Vogelscheuche. Kevin hatte davon geredet, dass er verkleidet durch die Stadt ziehen wollte. »Kevin?«

Der verbeulte Hut wurde so sehr hin und her geschüttelt, dass er beinahe herunterfiel. Ich versuchte, an andere Mitstudenten aus dem Kurs zu denken. »Jimmy? John?«

»Er geht nicht aufs College.« Shaela betonte das Wort »gehen«.

»Er geht nicht«, überlegte ich laut, »aber er ist trotzdem da?«

Shaela warf der Vogelscheuche einen schuldbewussten Blick zu. Jetzt richtete die sich zu ihrer vollen Größe auf, und ich sah das schwarze Haar rings um die blaue Maske. »Nate«, sagte ich.

»Er ist mein Vetter«, erklärte Shaela.

Jetzt, da er keine Maske mehr trug, blickte sich Nate interessiert um. »So sieht es also an Bord aus. Mir gefällt das viele Holz. Was würde denn passieren, wenn es hier ein Feuer gäbe?«

Ich deutete auf die beiden Feuerlöscher. »Und ich habe auch eine Feuerlöschdecke.« Ich würde ihm die Wahrheit nicht sagen: mit all dem Holz im Inneren und der Glasfaser draußen würde die *Chalida* innerhalb von dreißig Sekunden in Flammen aufgehen. Nates Gedankengänge gefielen mir nicht – aber vielleicht hatte man ihm nur in der Küche ständig Brandschutzregeln eingebläut. *Annette hat gesagt, sie hätte immer wieder geträumt, dass sie mit gefesselten Armen den Bachlauf neben ihrem Haus hochgescheucht wurde, während alle sie auslachten und verspotteten, und dann hat sie von dem großen Haufen Torfsoden gesprochen und dass man sie an einen Pfahl gebunden hat und wie ihr Mund ganz voll von dem Torfgeruch war …*

»Nun«, sagte ich und schaute mich um. Als Nächstes musste ich ihnen etwas Süßes oder Geld geben. »Ich habe keine Guizers erwartet, also habe ich keine Bonbons an Bord, aber ihr könnt euch einen Ingwerkeks nehmen.« Ich schraubte die Dose auf und reichte sie herum. »Sammelt ihr?«

Es gefiel mir gar nicht, Nate hier an Bord zu haben, der sich genau anschaute, wo ich alles aufbewahrte. Ich angelte in meiner Jackentasche nach meiner Geldbörse und nahm zwei Pfundmünzen heraus. »Hier.«

Das kleine Gespenst steckte die Münzen feierlich in eine schwarze Ledertasche, die es wie die altmodische Tasche eines Fahrkartenkontrolleurs um den Hals trug. »Danke.«

Gavin hatte gleichzeitig seinen Sporran aufgemacht und reichte dem Gespenst einen 5-Pfund-Schein. »Kauft ihr damit Süßigkeiten?«

Das kleine Gespenst war so sehr damit beschäftigt, Gavins Kilt anzustarren, dass Dorothy für ihren kleinen Bruder antworten musste. »Das ist für das Feuerwerk, am Guy-Fawkes-Tag.«

Ich erinnerte mich daran, was wir früher an Halloween noch unternommen hatten. »Geht ihr heute Abend auch Grünkohl werfen?«

Alle schüttelten den Kopf. »Morgen.« Shaela grinste. »Wir machen es ganz richtig, mit Torf, aber die älteren Kinder schmeißen Eier.«

»Hat meine große Schwester gesagt«, fügte Dorothy hinzu. »Die haben bei Tescos eine ganze Kiste mit Eierkartons gekauft. Die gehen alle, die ganze Klasse.«

»Geheim!«, warnte Nate sie.

»Wir haben früher in der Gegend von Brae Grünkohl geworfen, mit richtigem Grünkohl«, erzählte ich. Grünkohl, dunkelgrün und so zäh, dass man ihn zwanzig Minuten kochen musste, ehe man ihn überhaupt kauen konnte. »Wir mussten den erst von Magnies Feld klauen, und der hat mit seinem Gewehr da gewartet.« Das war Teil des Spaßes gewesen, wenn wir versuchten, so leise zu sein, dass er uns nicht bemerkte, und er eine Salve Schüsse in die Luft abgab.

Die Augen des kleinen Gespenstes wurden kugelrund. »Hat er mal auf euch geschossen?«

Ich schüttelte den Kopf. »Wir waren ganz, ganz leise. Und dann haben wir den Grünkohl genommen und in jeden Windfang ein paar Blätter reingeworfen, mit den gammeligen Wurzeln und allem, und anschließend sind wir weggerannt. Die gammeligsten haben wir für Magnies Haus auf dem Rückweg aufgehoben. Und der hat dann seine Hütehündin Bess hinter uns hergeschickt.«

Die hätte keiner Seele was zuleide getan, aber sie rannte um uns herum, als wären wir Schafe, die sie zusammentreiben musste. Einer von uns wurde immer im Polizeigriff ins Haus geführt. Magnies Mam Jessie hat dem Unglückseligen einen Eimer heißes Wasser in die Hand gedrückt und mit verschränkten Armen dagestanden und zugesehen, wie er den Fußboden im Windfang schrubbte.

Shaela sagte zu ihrer kleinen Schwester: »Siehst du? Ich hab dir doch gesagt, dass Cass keine Hexe ist.«

Die Schwester streckte stur die Unterlippe vor. »Es gibt aber Hexen in Scalloway. Das haben wir in der Schule gelernt.«

»Das ist lange her«, erklärte ich. »Jetzt gibt es keine mehr.«

Ich sah, dass sie mir nicht glaubte. Ihr Blick wanderte zu Nate hinauf, als wolle sie erfahren, was sie erzählen durfte, dann wieder zu mir. Sie nahm Zuflucht zu den Fakten aus der Vergangenheit. »Die haben sie früher verbrannt. Oben auf dem Berg gibt's einen Kreis, der ist ganz aus Asche, bis unten hin.«

»Nicht mehr«, sagte Dorothy. »Jim o'Shalders' Ayre hat da drübergepflügt. Er hat gesagt, das wäre ein Aberglaube und eine Schande, und die Frauen wären arme Leute, die ein besseres Begräbnis verdient hätten.«

»Aber sie treffen sich immer noch da oben«, beharrte die Schwester. »Du musst eine Probe bestehen, damit du mitmachen darfst, und die lassen mich vielleicht rein, wenn ich ein bisschen älter bin.«

Hinter ihr machte Nate eine abrupte Bewegung, als wolle er sie zum Schweigen bringen. Seine Augen huschten zu mir, dann wieder weg; er zog erneut seine Maske vors Gesicht. »Zeit, zu gehen, Kinder.« Ein kollektives »Ooooh!« war zu hören. Das kleine Gespenst schaute sehnsuchtsvoll auf mein Bett, das bis unter das Cockpit ging.

»Wenn deine Schuhe sauber sind«, sagte ich dem kleinen Jungen, »darfst du es mal ausprobieren.«

»Aber schnell«, meinte Dorothy.

Das musste man ihm nicht zweimal sagen. Er stürzte sich in die Koje und kuschelte sich gemütlich ein, den Kopf auf meinem Kopfkissen, rollte sich auf den Rücken und schaute zur Decke. »Man kann ja das Wasser hören.«

»Das ist genau da, wo dein Ohr ist.«

»Cool«, lobte er.

Shaela begann, ihrer Schwester die Maske und die Mütze wieder aufzusetzen. Nate machte eine Bewegung, als wolle er sie an sich vorbeischleusen, aber dazu war nicht genug Platz. Er würde als Erster gehen müssen. Er ging die Treppe hinauf und ins Cockpit, stieg dann über die Reling. Shaela und ihre kleine Schwester folgten ihm.

Das kleine Gespenst kletterte aus meiner Koje. »Die ist im neuen Museum«, sagte er.

»Was ist da?«

»Die Asche von dem Feuer.« Mir stockte der Atem, als hätte man mich geboxt. Der kleine Junge stapfte die Treppe hinauf wie Peerie Charlie, einen Fuß nach dem anderen. »Wir sind da hingegangen, mit unserer Klasse, und da war ein Kessel, und da war die Asche von den Hexen drin, und da war ein Bild von der Stelle, wo sie die verbrannt haben. Da oben.« Er deutete vage aus dem Cockpit der *Chalida* und erklärte mit der Blutrünstigkeit eines kleinen Jungen: »Die haben jede Menge Torf genommen und die verbrannt und immer weiter verbrannt, bis nur noch Asche übrig war.«

Ich folgte ihm die Treppe hoch, um sicher zu sein, dass er es über die Reling schaffte. Dann beobachtete ich die kleine Gruppe, wie sie über den Ponton und durch das Tor hinausging. Nate schloss hinter ihnen ab. So richtig gefiel es mir nicht, dass er einen Schlüssel hatte. Ich würde das Vorhängeschloss rausholen, wenn ich das Boot mal allein lassen musste.

Asche … du musst eine Probe bestehen, damit du mitmachen darfst … Ich wandte mich wieder Gavin zu. Der sah aus, als gingen seine Gedanken in die gleiche Richtung. *Nichts wirklich Schlimmes…* Asche von den toten Hexen aus dem Museum stehlen, Asche, die die Knochen der längst toten Hexen enthielt. Jemand wollte ihr die Dämonen austreiben, indem er versuchte, diese Geister heraufzubeschwören. Annettes Aufgabe war es wohl gewesen, die Schlüssel ihres Vaters auszuleihen und die Asche zu holen.

Während ich das Fleisch briet, erzählte ich Gavin von James' Besuch am Vorabend und von meinem geglückten Bluff bei den drei Krähen. Beim Essen sprachen wir darüber.

»Es gibt in Scalloway jede Menge Gerede darüber, dass da oben auf dem Gallow Hill allerlei vor sich geht«, sagte Gavin. »Sollte Annette bei einem Ritual mitgemacht haben, dann könnte dabei ein ›Teufel‹ aufgetaucht sein. Wenn diese Gestalt sich hinter ihr ›materialisiert‹ und ihr die Hände um den Hals gelegt hat, so könnte das ihren Schock ausgelöst haben. Dann haben die Täter es wohl mit der Angst zu tun bekommen und beschlossen, ihre Leiche von der Burg wegzuschaffen.«

»Aber warum in die Spanish Closs?« Das zarte Lammfleisch war wunderbar geworden und hatte zusammen mit den Zwiebeln eine sämige Soße ergeben. Katers gelbe Augen schauten rund und hoffnungsvoll, aber ich würde ihm nichts vom Tisch zu fressen herunterwerfen; hinterher sollte er die Reste aus der Pfanne zum Abendessen in sein Schälchen bekommen.

»Da kannte anscheinend jemand Rachels Ruf und wollte sie belasten.«

»Oder es war Nate. Die drei Krähen haben von einem *er* gesprochen.« Ich runzelte die Stirn. »Kevins Uroma hat nur eine Person gesehen. Wenn es mehrere gewesen wären, hätten sie sicher die Leiche zusammen abtransportiert und so getan, als wäre Annette betrunken.«

»Vielleicht hat einer Schmiere gestanden. Oder sie haben versucht, die Leiche zu einem Auto zu schleppen, und du bist ihnen in die Quere gekommen, ehe sie es bis zu dem Wagen geschafft hatten, also haben sie sie einfach im Innenhof liegen lassen. Ich weiß, der Arm, der auf die Tür deutete, wirkte, als hätte man ihn absichtlich hingelegt, aber er könnte auch einfach so gefallen sein.«

»Wenn sie die Absicht hatten, den Verdacht auf Rachel oder Nate zu lenken, bedeutet das dann, dass die beiden nichts damit zu tun hatten?«

»Normalerweise würde ich das sagen, aber der junge Mann hält sich entschieden für zu gescheit. Ich konnte ihn beinahe denken sehen, dass eine Art doppelter Bluff eine superschlaue Idee sein könnte, um uns in die Irre zu führen.«

»Es könnten auch beide beteiligt sein«, sinnierte ich und durchdachte alles noch einmal. »Einer als der Hauptakteur, der wegrannte, als Annette zusammenbrach, und die als Dämon verkleidete Person mit der Leiche allein zurückließ. Diese Person könnte Annette zu Rachels und Nates Haus getragen haben, um ihn oder sie wieder mit in die Sache hineinzuziehen, aus Rache.«

»An einem solchen Hexenritual – besonders an einem wie diesem, das auf Ideen aus Romanen und aus dem Internet beruht – wären normalerweise mehrere Personen beteiligt.« Gavin verzog das Gesicht. »Vielleicht hat der Anführer seinen Gefolgsleuten gesagt, sie sollten nach Hause gehen und sich normal verhalten, sich ein Alibi sichern, während er die Leiche aus der Burg wegschaffte.«

Ich schüttelte den Kopf. »Du hättest sehen sollen, wie wütend diese Mädchen waren, als ich angedeutet habe, dass *er* das Ritual vielleicht ohne sie durchgeführt haben könnte. Ich wette meine letzte Festmachleine, dass sie nicht dabei waren. Und dass die Person, die Kevins Uroma gesehen hat, der Anführer war.«

Gavin schaute finster. »Machtspielchen sind nie gut. Wenn sie Anhänger des Satanismus sind, wie ihn Dennis Wheatley* beschrieben hat, dann hat dieser Mann wahrscheinlich eine ganze Schar absolut ergebener Frauen hinter sich, die ihm gehorchen. Er bietet ihnen die Gruselschauer und den Nervenkitzel und sie ihm ihre anbetende Bewunderung. Er glaubt wahrscheinlich, über dem Gesetz zu stehen. Das Mädchen, das so plötzlich gestorben ist, war entbehrlich.«

Es lief mir eiskalt über den Rücken, wenn ich mir diesen skrupellosen Anführer vorstellte. Aber … wer war er?

Das Dessert, das Gavin mitgebracht hatte, war Zitronensoufflé in kleinen Glasschälchen, und es war köstlich. Danach bot ich ihm Kaffee an, aber Gavin schüttelte den Kopf. »Ich habe vor, heute früh schlafen zu gehen. Ich trinke gern einen Tee, wenn du welchen hast.«

Ich angelte die Teekanne unten aus der Backskiste hinter dem Kocher heraus und setzte das Teewasser auf. Nachdem ich die Henkelbecher hingestellt hatte, trat eine unbehagliche Stille ein. Wir brachen sie beide gleichzeitig mit: »Wie geht's …« Ich bat ihn mit einer Geste, als Erster zu sprechen.

»Wie geht's Anders?«, fragte Gavin in beiläufigem Ton. Ich warf ihm einen kurzen Blick zu, aber da war kein Anzeichen von einem selbstgefälligen Mann zu sehen, der Besitzansprüche anmeldet und sich nach einem besiegten Rivalen erkundigt.

»Er droht an, bald herzukommen«, antwortete ich. »Seine

* Britischer Schriftsteller (1897–1977), der in seinen Romanen unter anderem über Satanismus und schwarze Magie schrieb.

Schulter ist gut verheilt, und er musste wieder zu arbeiten anfangen und sehnt sich nach ein bisschen Aufregung. Wie geht's deinem Bruder?«

»Kenny ist sehr zufrieden mit seinem Leben. Sein Schafbock hat auf der Landwirtschaftsschau vor Ort einen Preis gewonnen, und auch andere Schafe haben verschiedene Rosetten errungen. Das Kalb seiner Lieblingskuh, einer Hochlandkuh namens Morag, hat in seiner Klasse die Trophäe eingeheimst. Jetzt sitzt er die ganze Nacht da und brütet über Zuschussanträgen, weil er neue Weiden anlegen will, damit er die Herde vergrößern kann. Mutter ermutigt ihn dazu. Sie mag die Kühe.« Er lehnte seinen dunkelroten Haarschopf an die Leiste vor dem Regalbrett, auf dem ich meine Bücher über das Fahrtensegeln aufbewahrte, und gähnte. »Entschuldigung.«

»Hast du die letzten beiden Tage durchgearbeitet?«

Er schüttelte den Kopf. »Das ist ein Märchen. Wenn Überstunden nichts bringen, gibt die Polizei ungern Geld dafür aus. Aber ich war in meiner Frühstückspension und habe nachgedacht.« Er wandte mir den Kopf zu und schaute mich direkt an. »Was hat es damit auf sich, dass du eine Hexe sein sollst?«

»Ich habe nicht die geringste Ahnung«, erwiderte ich. »Ehrlich nicht. Kevin im College hat heute auch davon gefaselt – na ja, er hat angedeutet, ich hätte ja am Montag bestimmt viel zu tun, weil doch Halloween wäre. Ich kann mir nicht vorstellen, wieso er das denkt. Sicherlich ist doch die Welt über den Gedanken hinaus, dass eine Frau, die allein lebt und eine Katze zur Gesellschaft hat, unbedingt eine Hexe sein muss.« Noch während ich das sagte, wusste ich, dass es nicht stimmte.

Gavin schüttelte den Kopf. »Du würdest dich wundern. Denk nur an die Gerüchte über Rachel.« Seine Augen huschten zu den Schlössern an den Schotten zur Kajüte. »Du hältst dir einen leichten Fluchtweg über das Vorschiff offen? Mir hat gar nicht gefallen, wie dieser junge Mann vorhin über Feuer geredet hat.«

»Mir auch nicht«, gab ich zu.

»Könntest du an einen Liegeplatz auf der anderen Seite der Stadt umziehen?«

»Das würde nichts bringen. All diese Tore an den Yachthäfen sind nur so gebaut, dass sie anständige Leute fernhalten. Wie oft habe ich in Brae schon das Tor umgangen, weil ich meinen Schlüssel an Bord vergessen hatte und vom Ponton aus mit dem Rettungsboot losgefahren bin. Wenn jemand hier hereinkommen und Unfug anstellen will, dann schafft er das.« Ich reckte das Kinn nach vorn. »Wenn er versucht, meine *Chalida* in Brand zu setzen, dann wird ihm das noch sehr leidtun.«

»Bisher habe ich dich noch nicht verhaften müssen«, meinte Gavin.

»Ich mach's, wenn du grade mal wegschaust«, versprach ich ihm.

Er schüttelte den Kopf. »Könntest du den Schaden begrenzen und ihn einfach nur ins Wasser werfen?«

»Er ist ein ganzes Stück größer als ich«, erklärte ich. »Versprechen kann ich also nichts.« Dann legte ich eine Pause ein und fragte schüchtern, ob diese Information vertraulich war: »Hältst du ihn für den Hexer?«

Er zögerte, ehe er antwortete: »Er ist ein intelligenter Mann und macht einen Job, der ihn nicht weiterbringen kann, also ein Kandidat für allen möglichen Unfug. Ich kann mir vorstellen, dass er es genießt, sich sein eigenes Universum zu schaffen, in dem sich alles nur um ihn dreht. Andererseits ist er einfach zu auffällig. Sein Haar, seine Kleidung, sein Verhalten, alles an ihm ist außergewöhnlich. Männer, die ein solch geheimes Leben führen, jedenfalls die, die ich bisher kennengelernt habe, behalten das gewöhnlich sehr für sich und wirken im Alltag eher normaler als er.«

»Wie James Leask.«

»Ja. Allerdings habe ich festgestellt, dass Nate Halcrow

durchaus dieses Überlegenheitsgefühl hat – das ist ab und zu aufgeblitzt, als wir ihn befragt haben. Er könnte es sein, aber Genaueres kann ich dazu nicht sagen.«

Ich ließ das Schweigen eine Weile stehen. Es war seltsam, in der kleinen Kajüte der *Chalida* mit Gavin allein zu sein. Unsere Ellbogen berührten sich beinahe über den Mahagonitisch hinweg; sein Kopf war gegen das Bücherbrett gelehnt, so dass ich die lange Linie seines Halses sehen konnte, die zu den breiten Schultern hinunter verlief, dazu noch seinen starken Unterarm unter dem blauen Hemd. Er war ein konventioneller Mann, der unter der Tweedjacke immer noch ein Hemd und kein legeres langärmliges T-Shirt trug, aber der Kilt war unkonventionell, sogar in Schottland. Er war zu einer Kleidung für Hochzeiten geworden, zum Kostüm der Tartan Army*, weit entfernt vom schlichten gewebten Wollumhang, der er ursprünglich gewesen war. Traditionell war vielleicht das bessere Wort für Gavin, für jemanden, der ein starkes Gefühl für die Geschichte seiner Gemeinschaft hatte. Er hatte mir einmal erzählt, dass er den Kilt während seiner gesamten Kindheit getragen und gehasst hatte; seine Mutter hatte den Söhnen erzählt, der Urgroßvater ihres Urgroßvaters sei in Culloden** gefallen, habe für das Recht gekämpft, das Schottenkaro zu tragen. Ein Jahr, in dem er die Uniformhosen der Polizei getragen hatte, überzeugte ihn davon, dass der Kilt wärmer und praktischer war. Sein dunkelrotes Haar, das die gleiche Farbe hatte wie die Halskrause eines Hirsches, war ein wenig zu lang und leicht gelockt – nicht so sehr wie meines, das zu einer drahtigen Masse

* (engl.) Karo-Armee, Spitzname für die Fans der schottischen Fußballnationalmannschaft.

** In Culloden wurde am 16. April 1746 die letzte, vernichtende Schlacht zwischen den englischen Regierungstruppen und den aufständischen Jakobitern unter Charles Edward Stuart, Bonnie Prince Charlie, ausgetragen, die mit einem Sieg der Regierungstruppen endete. Danach waren u. a. Schottenkaros und Dudelsack verboten.

um meinen Kopf wurde, wenn ich es nicht wie üblich in einem Zopf bändigte.

Gavin drehte seinen Kopf, und unsere Blicke trafen sich. Seine Augen waren grau wie die stürmische See, mit dunklen Wimpern – genau wie die von Alain, hatte ich schockiert gedacht, als ich ihn zum ersten Mal sah. Es waren gute Augen, die mich direkt anschauten, und die Wärme, die in ihnen lag, ließ mein Herz vor Verlangen und Aufregung schneller schlagen. Ich wollte meine Hand umdrehen und auf seine legen, war aber nicht sicher, wie er darauf reagieren würde, war mir auch nicht sicher, ob ich schon dafür bereit war. Der Augenblick schien lange zu dauern, wir sahen einander nur an, bis ich schließlich wegschaute. Ich hoffte, dass es im goldenen Schein der Lampe so dämmerig war, dass er die Röte auf meinen Wangen nicht sehen konnte. Kleine Fältchen bildeten sich an seinen Augenwinkeln, als er lächelte. »Was passiert also morgen?«

»Morgen?«, fragte ich zurück.

»Als ich angekommen bin, hast du an Deck gearbeitet und dabei gestrahlt wie ein Kind an Heiligabend.«

Ich spürte, wie mein Herz höherschlug, wenn ich nur daran dachte. »Ein Tag auf dem Wasser – wir fahren nach Aith zur Halloween-Party dort.« Es waren achtundzwanzig Seemeilen, sieben Stunden segeln. Wir – die *Chalida* und ich – würden im ersten Morgengrauen aufbrechen und vor Einbruch der Dunkelheit dort ankommen. Magnie hatte mir angeboten, mich mit seinem uralten senfgelben Fiat abzuholen, aber ich würde nicht über die Straße dorthin fahren, solange ich mein robustes kleines Boot hatte, die Segel bereit waren und die Wettervorhersage günstig. Für dieses Wochenende versprach die Wetterstation von Fair Isle einen südlichen Wind der Stärke 3–4, der am Sonntag in einen nördlichen umschlagen würde, was mir perfekt passte; wir würden in beiden Richtungen den Wind im Rücken haben. »Hast du vielleicht Zeit, um mitzukommen?«

Ich bereute die Einladung, sobald ich sie ausgesprochen hatte. Ihn zu einem langen Segeltörn an Bord einzuladen, auf meine *Chalida*, das hieß, dass ich ihn in meine private Welt einlud. Aber er antwortete, als wäre es das Natürlichste von der Welt.

»Ich habe einen Riesenberg Papier abzuarbeiten. Wann hast du vor, hierher zurückzukommen?«

»Ich komme im Mondlicht zurück, nachdem die Party vorüber ist, und bin rechtzeitig zur Messe wieder hier.«

»Dann bleibt mir am Sonntag noch genügend Zeit für den Papierkram.«

Wir verabredeten, dass er morgen um acht Uhr am Yachthafen sein würde. Dann wollten wir die Segel setzen. Wir würden frühstücken, sobald wir unterwegs waren. Nachdem ich ihn zum Tor gebracht hatte, ging ich langsam zur *Chalida* zurück, schaute ihm noch nach, wie er unter den Streifen aus orangefarbenem Laternenlicht und Schatten die Strandpromenade entlangging. Außerhalb deiner Reichweite, Cass ... Und doch brachte er sich immer wieder in Reichweite, ohne selbst nach dir zu greifen. Die meisten Männer in unserem Alter würden denken, sie hätten das Recht, nach dir zu greifen ... Ich wollte das nicht, aber ich wusste auch nicht, ob ich bereit war, selbst die Hand nach jemandem auszustrecken. Eine *éligible parti**, hatte Maman von ihm gesagt, *einer, der nicht ewig wartet.* »Was für dich bestimmt ist, kommt schon auf dich zu«, murmelte ich vor mich hin und putzte mir an Deck im Mondschein die Zähne mit einer Extraportion Energie, nachdem ich den Wasserkessel für meine Wärmflasche aufgesetzt hatte.

Es war eine herrliche Nacht. Das orangefarbene Licht der Straßenlaternen entlang der Strandpromenade wurde vom Licht des silbernen Runds des Mondes überstrahlt, und das Wasser glänzte milchig, nur von den dunklen Kegeln der Navigationsbojen durchstoßen, die den Weg nach Scalloway hinein

* (franz.) Gute Partie.

wiesen. Der Mond stand jetzt beinahe im Süden. Nördlich war der Himmel mitternachtsblau, und die Sterne blitzten weiß: der Große Wagen, der eher aussah wie eine Pfanne mit verbogenem Stiel, der lange, geschwungene Schweif des Drachens um den Polarstern. Herkules schwang seine Keule oberhalb des Gallow Hill. Ein hellerer Stern schien gleichmäßig knapp über dem östlichen Horizont: Jupiter, der König der Planeten.

Wenn ich die Sterne anschaute, erinnerte ich mich an die Nächte an Bord des Windjammers *Sørlandet* mitten auf dem Ozean, wo uns die Sterne Begleiter und Wegweiser waren. Als das Licht der sieben Sterne des Großen Wagens sich von dort auf den Weg ins Weltall machte, segelte gerade Francis Drake um die Erde. Die drei Sterne im Gürtel des Orion waren sogar noch weiter entfernt; dieses Licht war schon seit dem Bau der Pyramiden im Weltraum unterwegs. Der Hund Sirius zu Orions Füßen war der Kalender der Ägypter gewesen. Der zweite Stern in seinem Schwert war der Orionnebel, der neue Sterne in den Weltraum schleuderte. Wenn mich irgendetwas zu einer Romantikerin machen konnte, dann waren das die Sterne.

Am Ende der Uferpromenade drehte sich Gavin noch einmal um und schaute zurück. Er hob eine Hand. Ich winkte ihm mit meiner Zahnbürste. Dann verschmolz er mit den Schatten der Gebäude rings um die Helling von König Olav und war verschwunden. Ich ging nach unten in meine Koje und schlief irgendwann ein.

cloor (n): eine Klaue, Kralle
»a cat's cloors« – die Krallen einer Katze
(vt): kratzen, krallen
»Dinna touch him, he'll cloor dee.« –
Rühr ihn nicht an, der kratzt dich.

KAPITEL 10

Samstag, 29. Oktober		
Niedrigwasser Scalloway	*02:10 BST*	*0,6 m*
Hochwasser	*08:24*	*1,6 m*
Niedrigwasser	*14:22*	*0,6 m*
Hochwasser	*20:35*	*1,6 m*

Mond zunehmend, letztes Viertel

Monduntergang	*05:30*	*281 Grad*
Sonnenaufgang	*08:17*	
Mondaufgang	*16:18*	*75 Grad*
Sonnenuntergang	*17:20*	

Ich erwachte im ersten Morgenlicht und richtete mich auf, um den Tag zu beäugen. Es war wieder bewölkt, der weiße Himmel war mit Wolken befleckt, die wie graue und weiße Fischschuppen wirkten. Die bittere Kälte war vorüber; es war ein angenehmer Oktobertag, ein wenig frisch, um nur herumzustehen, aber perfekt, wenn man segeln geht. Es fielen sogar ein paar wärmende Sonnenstrahlen auf den Holzponton.

Ich zog mir die Thermounterwäsche und eine Zwischenschicht an, legte die Schwimmweste an und ging an Deck, um die Hülle vom Großsegel zu streifen und bis auf eine alle Festmachleinen zu lösen. Gavin kam auf die Minute pünktlich, in seinem älteren grünen Kilt und mit Strümpfen, die handgestrickt aussahen. Der kleine Dolch, der oben in einem Strumpf steckte, hatte einen schlichten Holzgriff. Gavin hatte sich ein Fernglas in einem braunen Lederetui um den Hals gehängt, trug in der einen Hand eine große und eine kleine Tüte und in der anderen eine olivgrüne Regenjacke. Ich vermutete, dass die Beule in einer der Jackentaschen eine dieser Sherlock-Holmes-Kappen mit Ohrenklappen sein könnte.

»Du siehst aus, als gingest du auf die Pirsch«, sagte ich.

Er reichte mir die größere Plastiktüte herein. »Meine besten Kleider für heute Abend. Und was die Pirsch angeht, so hat mein Opa mir beigebracht, mich immer bis auf fünfzig Meter an den misstrauischsten Hirsch heranzuschleichen.« Er schwenkte die andere Tüte. »Meine Oma hat mir das Fischen beigebracht. Darf ich von deinem Boot aus meine Angelschnur auswerfen?«

»Wenn die Fische schnell genug schwimmen können, um mit uns mitzuhalten.« Ich verstaute die Tüte mit Gavins guten Kleidern unten in meiner Koje und nahm ihm die kleinere ab, als er an Bord kletterte. »Schwimmweste.« Ich reichte ihm die zweite. Er zog sie ohne großes Theater an, als ich die letzte Festmachleine losmachte und uns rückwärts aus dem Liegeplatz manövrierte. Draußen im Kanal fuhren wir unter Motor direkt in den Wind, also überließ ich Gavin das Ruder und ging nach vorn, um das Großsegel zu setzen. Die Leine war glatt unter meinen Fingern, ließ sich gleichmäßig ziehen, und die Kauschen des Großsegels rasselten in ihren Nuten den Mast hinauf. Ich straffte die Luvseite mit der Winde und räumte das Fall auf. Dann richtete ich mich auf, eine Hand am Mast, und schwang mit der *Chalida*, die durch den Kanal vorwärtsschoss, und das Wasser schäumte weiß an ihrem Stevenschuh. Backbords lag das Nordende der Inseln Trondra. Häuser standen verstreut am Ufer. In ihnen spiegelte sich die Geschichte Shetlands wider: zwei traditionelle Shetland-Häuser, niedrig und lang, wie die Wikinger sie gebaut hatten – Haus, Stall und Scheune in einer Reihe, daneben ein Bungalow aus den achtziger Jahren, der dank der Zuschüsse an die Kleinbauern entstanden war, als das Ölgeld nach Shetland floss, dann ein Fertighaus aus Holz, das den Wohlstand des letzten Jahrzehnts repräsentierte. Jetzt, da die Rezession sogar hier spürbar wurde, brachte jede neue Ausgabe der *Shetland Times* einen weiteren Artikel über Sparmaßnahmen: Haushaltshilfen, kostenloser Musikunterricht, Weihnachtsgeld für Rentner, alles wurde in dem verzweifelten Versuch gestrichen, den Etat nicht zu überziehen und nicht noch mehr aus dem Fonds zu nehmen, den man mit den Öleinnahmen Shetlands für schlechte Zeiten eingerichtet hatte. Diese Holzhäuser würden die letzten Neubauten sein, bis irgendwann der Wohlstand zurückkehrte.

Eine halbe Meile weiter lag der mittlere Kanal zum Westen offen vor uns. Ich deutete mit dem Arm darauf, und Gavin nickte und wendete die Nase der *Chalida* in diese Richtung. Der Baum fiel mit einem Klappern und Rasseln des Großsegelblocks nach steuerbord; das Großsegel blähte sich. Gavin holte es ein und setzte die Schot fest. Ich kam über das schräg liegende Deck und wand die Klüverleine von ihrer Klampe. Das Segel befreite sich mit einem Klatschen von seiner Rolle am Vorstag, ehe es sich zu einer Kurve zähmen ließ, als ich es festsetzte. Die *Chalida* schoss mit der Kraft voran, für die sie gebaut war, trotzte den langen Wellen des Atlantiks. Ich stellte den Motorhebel auf Leerlauf und sah die Überraschung auf Gavins Gesicht, als der Druck auf der Ruderpinne verschwand. Er zog sie leicht zu sich, schob sie dann weg, als wolle er überprüfen, dass nichts zerbrochen war. Ich lächelte.

»Die *Chalida* ist fürs Segeln gebaut. Den Motor hasst sie. Jetzt braucht man sie kaum noch zu steuern.« Auf See, sobald die Segel richtig gesetzt waren, hakte ich einfach eine dünne Kette über die Pinne, um sie ruhig zu halten, und die *Chalida* konnte Meilen ohne eine Hand am Steuer fahren, ließ mir Zeit, auf der Bank zu dösen, für ein heißes Getränk oder zum Essen nach unten zu gehen.

Ich schaltete den Motor aus, und nun hörten wir nur noch das Rauschen des Wassers, das sich am Stevenschuh brach, das

Knarzen, wenn der Wind einen Augenblick nachließ und dann wieder auffrischte. »Ich fühle mich hier wie zu Hause«, sagte Gavin.

Ich hatte nicht daran gedacht, dass es in seinem Tal auch keinen Verkehrslärm im Hintergrund gab, dass es ebenso mit Naturlauten angefüllt war wie meine Umgebung. Eigentlich hätte ich darauf kommen können; er hatte mir ja erzählt, dass er am Ende eines Fjords wohnte, dreißig Meilen von der nächsten Stadt entfernt. »Was hörst du bei dir zu Hause?«

»Die Hühner im Hof und die Kühe auf der Weide. Den Wind, der in den Birken raschelt und so tut, als wäre er das Meer. An einem ruhigen Tag die Wellen am Ufer. Eine Lerche über mir.« Er lächelte. »Kenny, der an seinem Traktor herumschraubt, oder Mutter, die Radio nan Gàildheal* angeschaltet hat.« Er wandte den Kopf von mir ab und sagte so beiläufig, dass ich zunächst dachte, ich hätte mich verhört: »Ich habe mir überlegt, ob du vielleicht Lust hättest, Weihnachten bei uns zu verbringen.«

Damit hatte ich nicht gerechnet. Wir hatten uns einander so langsam und zaghaft genähert. Er hatte das Gesicht noch immer abgewandt, aber seine Brust hob und senkte sich schneller, als hätte es ihn einige Anstrengung gekostet, diese Frage zu stellen. Ich lehnte mich an die Reling und atmete in großen Zügen die Meeresluft. Die Sonne schien mir ins Gesicht und glitzerte auf dem tanzenden Wasser.

Gavin schoss mir einen Blick von der Seite zu, wandte dann seine Augen wieder zum Horizont. »Denk mal drüber nach. Es hat keine Eile.«

Ich dachte darüber nach. Es war ein Dutzend Jahre her, seit ich zuletzt Familienweihnachten in Dublin gefeiert hatte. Ich war noch drei Jahre lang weiter zu Oma Bridget und Opa Patrick und all den Tanten und Onkeln gefahren, nachdem ich

* Gälischsprachiger Sender der BBC.

von zu Hause weggelaufen war, bis meine mollige Oma Bridget gestorben war und kurz darauf auch Opa Patrick. »Er hat es einfach nicht mehr ohne sie ausgehalten«, hatte mir Tante Bernadette erklärt. Mit meinen neunzehn Jahren hatte ich damals gedacht, dass ich schon bald herausfinden würde, wie es war, jemanden so zu lieben, dass man ohne ihn aufgab. So sehr hatte ich Alain nicht geliebt. Ich hatte vielmehr das Gefühl gehabt, erstickt zu werden. Vielleicht war ich zu unabhängig. Vielleicht war eine solche Halbliebe das Beste, das ich hinkriegte.

Nun richteten Onkel Patrick und Tante Teresa die Familienweihnachten aus, aber ich war nie hingefahren. Es wäre nicht dasselbe wie früher. Ich hatte Weihnachten, von Fremden umgeben, auf irgendeinem Windjammer verbracht, der in der Karibik überwinterte, bis vor zwei Jahren. Das war der erste Winter, in dem ich die *Chalida* hatte, und ich war in einem Yachthafen im Mittelmeer geblieben und dem erbarmungslos fröhlichen Festessen mit Truthahn und sämtlichen Beilagen aus dem Weg gegangen und hatte gefeiert, dass ich einen Tag lang keine verzogenen Teenager unterrichten musste. Im letzten Jahr hatte ich mich freiwillig für die Weihnachtsschicht in dem Restaurant in Bergen gemeldet, bis Anders auf einen Weihnachtswhisky vorbeigekommen war und mich zu seiner Familie mitgenommen hatte. Über kommende Weihnachten hatte ich noch nicht nachgedacht, nachdem sich Maman und Dad versöhnt hatten. Sollten sie das Fest zusammen verbringen, wäre es schön, bei ihnen zu sein … Allerdings könnte Gavins Vorschlag vielleicht eine Chance für mich sein, die richtige Liebe zu erleben, Teil einer anderen Familie zu sein. Ich hatte mit Kenny telefoniert, wenn Gavin nicht zu Hause war oder länger als sonst brauchte, um die Treppe herunterzukommen. Nach den Geräuschen zu schließen, die ich ringsum während des Gesprächs hörte, konnte ich mir ihr Telefon vorstellen: Es war bestimmt ein altes schwarzes mit einem festen Platz in einer Ecke des Flurs, und ringsum hallte das Klappern von

Töpfen und Pfannen aus der Küche wider, und ein Schäferhund tappte durch die offene Tür herein und heraus. Kenny schien mich ermutigen zu wollen, er dachte vielleicht, ich würde Gavin guttun. Seine Stimme klang wie die seines Bruders, auch er hatte das weich zischende »sss« des Hochlands, aber er sprach zögerlicher, als übersetzte er seine Worte während des Redens im Kopf. Ich würde Kenny gern kennenlernen. Mit der Mutter der beiden hatte ich noch nicht geredet. Die ging nicht ans Telefon. Es könnte ja sein, dass sie Englisch sprechen müsste, hatte Gavin mir erklärt. Ich war mir bei ihr nicht ganz sicher; mein irisches Gälisch würde sich gegen schnell gesprochenes schottisches Gälisch nicht behaupten können, und für einen Sohn war niemand je gut genug …

Gavins meergrüne Augen huschten zu meinem Gesicht zurück. »Mutter spricht ziemlich ordentlich Englisch, weil sie englisches Fernsehen schaut. Sie spricht es nur nicht gern am Telefon. Kennys Englisch ist fließend.«

Es machte mich ziemlich nervös, wie er meine Gedanken lesen konnte, und doch war es auch beruhigend. Es schien, als müsse ich jetzt endlich nicht mehr weglaufen, sondern mich nur umdrehen und ich selbst sein. »Mit Kenny habe ich ja schon gesprochen«, sagte ich.

»Das hast du«, stimmte er mir zu. »Du könntest viel Spaß haben, wenn du dein irisches Gälisch wieder aufwärmst und zu deinen anderen Sprachen hinzufügst. Woher kamen deine Großeltern?«

»Aus Munster«, antwortete ich. »Opa Patrick hat sich eher an die Stadt gewöhnt, er hatte eine Baufirma in Dublin, aber Oma Bridget war ihr Leben lang das Mädchen vom Land. All ihre Sprüche waren Bauernweisheiten.« Ich konnte förmlich noch hören, wie sie sagte: *Jeder ist freundlich, bis eine Kuh in seinen Garten einbricht. Nur ein faules Huhn scharrt nicht selbst.* Ich scharre selbst, Granny, antwortete ich ihr in Gedanken, und schau, wie weit es mich gebracht hat, ich bin nun beinahe dreißig, und die Liebe meines Lebens ist ein Boot. *Im Leben gibt's keine ungetrübten Segnungen*, hörte ich sie erwidern.

»Dann sind wir so gut wie verwandt.« Gavin versuchte, das Großsegel ein Stück auszulassen, holte es langsam wieder ein, die Augen fest auf die flatternden Bändsel gerichtet. »Das Gälisch von Munster ist dem von Westschottland am nächsten.«

Das wusste ich. Ich hatte es auf Wikipedia nachgeschaut, weil ich mich gefragt hatte, ob ich mich mit Gavin in seiner Sprache unterhalten könnte. Sprachen sind wichtig. Maman hatte immer Französisch mit mir gesprochen, Dad Englisch, Anders und ich benutzten Norwegisch als unsere gemeinsame Sprache. Hier in Shetland war ich wieder in das Shetlan zurückverfallen, das ich als Kind gesprochen hatte, wenn ich mit Inga und Martin am Strand spielte. Vielleicht hatte ich an Land zu viele Sprachen, um zu wissen, wer ich dort war. Das hier war meine eigentliche Sprache, das Wogen und Abebben des Meeres, die knarrende Takelage der *Chalida* und die blendende Sonne auf den weißen Segeln.

Bis Weihnachten war es noch eine ganze Weile hin. Ich würde darüber nachdenken.

Kater kam aus der Kajüte heraus, hatte die Nase vorgereckt, die Pfoten auf der Stufe zwischen den Türschwellen, als versuche er sich daran zu erinnern, wie es auf See war, und dann tappte er vorsichtig in die Sonne hinaus, kauerte sich in einer Ecke des Stuhls zusammen und legte sich den aufgeplusterten Schwanz in einem Bogen um die Vorderpfoten. Er hielt den Kopf oben, schaute sich um. Gavin kramte seine Fischleine aus der Tragetasche hervor, beugte sich darüber, um die Haken und die Leine langsam ins Wasser herunterzulassen, begann sie dann allmählich abzurollen, einhändig, wobei sein Handgelenk eine Achterbewegung machte. Die grüne Leine spannte sich in einer flachen Diagonale hinter der *Chalida*, war unter Wasser noch einige Meter zu sehen. Für Makrelen war es ein bisschen spät, aber vielleicht hatten wir Glück.

Ich lehnte mich an die Reling zurück und genoss den Tag. Im Süden und voraus waren versprengt grüne Inseln zu sehen, die ihre Namen in längst vergangenen Zeiten von den Wikingern erhalten hatten: Burra, Papa, Oxna. Der grasige Buckel von Green Holm war eine Kabellänge vor uns, glänzte wie ein Smaragd in der Sonne, als wäre es noch Sommer, und darauf saßen Massen schwarzer Kormorane, die unordentlich zusammengefalteten Regenschirmen glichen, die man ins grüne Gras gesteckt hatte. Die Flut war so hoch, wie sie nur sein konnte, so dass die kleinere Insel vor Green Holm unter Wasser war, genauso wie die Felsen, die mit der nördlichen Kardinaltonne markiert waren, die vor uns auftauchte, einem gelben Kegel mit zwei nach oben zeigenden Pfeilen an der Spitze. Ich schaute zu Gavin und deutete mit dem Kinn darauf.

»Da«, sagte ich. »Die nördliche Kardinaltonne. Das freie Wasser liegt weiter oberhalb, halte dich ein wenig abseits.« Ich ließ das Segel raus, während er die Ruderpinne von sich wegschob, befestigte es wieder mit der Klampe und fierte den Klüver. Die Diagonale der Fischleine entfernte sich von uns, kam dann wieder bei. Die *Chalida* wurde ein wenig langsamer und rollte mit den Wellen, die vom Heck kamen.

Ich drehte den Kopf, um einen letzten Blick auf Scalloway zu werfen. Aus diesem Blickwinkel sah es aus wie ein schottisches Fischerdorf an der Ostküste: eine lange Straße, die am Meer entlang verlief, und verstreute graue Dächer zwischen dem welken braunen Laub von Bergahorn. Dahinter beherrschten die fünf Windräder auf dem Berg den Himmel. Das war die Lösung, die mein Vater für die Rezession in Shetland hatte: eine große Kette von Windkraftanlagen bauen, zweimal so groß wie diese hier, und zwar auf den Torfhügeln des zentralen und westlichen Mainland. Die erzeugte elektrische Energie sollte über ein Kabel zum schottischen Festland übertragen und für zehn bis fünfzehn Millionen Pfund im Jahr verkauft werden. Die Inselregierung hatte den Plan der guten Fee mit Begeisterung aufgenommen und unverzüglich zum Absegnen an den schottischen Energieminister geschickt. Doch inzwischen hatte Dads Firma Shetland Eco-Energy Gegenwind bekommen. Eine ganze Reihe von Leuten vor Ort war von diesem Plan gar nicht begeistert, besonders diejenigen, die von Windrädern umgeben würden leben müssen. Außerdem hatten sich Naturschutzorganisationen wie der John Muir Trust* und die RSPB** gegen das Projekt ausgesprochen. Das Unternehmen hatte die Zahl der Windräder verringern müssen, um den Richtlinien über den Abstand von Windturbinen zu Wohnhäusern zu entsprechen und weil es Einwände von Scatsta, dem Flughafen des Ölterminals, gegen einige Standorte gegeben hatte. Mit jeder Pressemitteilung schienen sich die Berechnungen bezüglich der Kompensation von Kohlendioxid und der Einkünfte durch die Windkraftanlagen zu ändern. Den Bau des Umspannwerkes und die Verlegung des Kabels, von denen dieses Vorhaben abhing, hatte man um fünf Jahre verschoben. Jetzt hatte die wichtigste Gruppe lokaler Gegner verkündet, sie wolle den Bauantrag gerichtlich überprüfen lassen, um eine öffentliche Anhörung zur Planung zu erzwingen, die die Inselregierung umgangen hatte. Bei unserem letzten Gespräch hatte Dad sich über das alles ausgeschwiegen.

Mir machte am meisten zu schaffen, welche Auswirkungen all das auf die Leute hier hatte. Dass man sich mit den Nachbarn gut verstand, mit denen man schließlich so nah zusammenlebte, war in den Shetlandern tief verwurzelt, also redeten die Leute über strittige Fragen nur innerhalb von Gruppen, wo sie wussten, dass alle ihrer Meinung waren. Inzwischen gab es auch eine Gruppe von Unterstützern des Windparks.

* Nach dem in Schottland geborenen Naturschützer John Muir benannte schottische Naturschutzorganisation.

** Royal Society for the Protection of Birds = Königliche Gesellschaft für Vogelschutz.

Die Briefe an die Zeitung stammten meist von den Schriftführern der Windparkbefürworter oder Windparkgegner. Doch selbst innerhalb der Gemeinden schlugen die Wogen ziemlich hoch, und Leute, die einmal Freunde gewesen waren, beäugten einander nun misstrauisch. Meine Freundin Inga spielte eine aktive Rolle bei den Windparkgegnern, und wir redeten einfach überhaupt nicht über das Thema, auch wenn ich gar nicht genau wusste, wie ich zu dieser Sache stand. Da ich nur zu Besuch war und gleich nach Abschluss meines Collegekurses wieder von hier fortsegeln wollte, war ich mir nicht sicher, ob ich überhaupt ein Mitspracherecht hatte. Ich sah die finanziellen Vorteile des Projekts, vorausgesetzt, Dads Firma hatte richtig gerechnet, und, was noch wichtiger war, ich konnte mir vorstellen, dass Shetland mit seinem vielen Wind dem Planeten helfen konnte, falls die positivste der Kohlendioxid-Berechnungen stimmte.

Andererseits waren unsere Moore so wunderschön, sogar in dieser Jahreszeit, in der alles verging. Ich wandte den Kopf zum Gallow Hill. Für Augen, die an das wechselnde Blau und Grau des Himmels und des Meeres gewöhnt waren, bot sich hier ein prächtiger Gobelin aus Herbstfarben: Der Berg leuchtete in einem warmen Rosa, die schokoladenbraune Heide war von einem Schleier aus rosa welkenden Grashalmen überzogen. Ein Fleck von gebranntem Orange zeigte die letzten Blüten der Moorlilien an, ein feuchter, mit Torfmoos überwucherter Bereich strahlte in Lindgrün und Granatapfelrot. Eine Trockenmauer schnitt den Hang in zwei Hälften, schnurgerade, wie mit dem Lineal gezogen. Parallel dazu verlief ein Bach hinunter zu dem hellen Sandstrand, sichtbar als gewundener grüner Faden mit einem weißen Aufblitzen an den Stellen, wo er über Felsen stürzte. Oliv-rostroter Tang bedeckte am Strand das Wasser.

Zwischen mir und dem Strand erstreckten sich die tanzenden Wellen. Ich stieß die Luft aus, hatte gar nicht bemerkt, dass ich sie angehalten hatte. Ah, wie gut es war, wieder in meinem Element zu sein. Mein Körper spürte der Bewegung des Boots auf dem Wasser nach: das Zögern, bevor die Welle am Heck es erfasste, dann das Aufbäumen, wenn es am Rücken der Welle entlangglitt, und der Fall, wenn es unter ihr wegglitt und auf die offene See zurollte, die glitzernd am Horizont lag. Sobald ich die Nase der *Chalida* darauf ausrichtete, wäre das nächste Land, das wir erreichen würden, die unterste Spitze von Grönland, danach kam nur noch Amerika, zweitausend Meilen rollender grauer Wellen entfernt. Ich schaute Gavin unter den Wimpern hervor an und fragte mich, wie er es finden würde, auf eine Überfahrt nach Amerika entführt zu werden. Vielleicht würde es ihm gefallen. Vielleicht wollte er eine Freundin, die überraschende Dinge tat. *Vielleicht wollte er mich …*

Die nördliche Kardinaltonne glitt näher. Ich langte nach unten, um die Seekarte hervorzuholen, und hielt sie Gavin hin, zeigte ihm, wo wir waren. Ein guter Skipper nahm der Mannschaft bei den interessanten Passagen nicht das Steuer aus der Hand. »Sobald wir daran vorbei sind, geht es geradeaus zwischen diesen Inseln hindurch.« Ich schaute auf das Log. Die elektronischen Ziffern zeigten 4.2 an; eine vernünftige Geschwindigkeit für diesen Rückenwind, aber wir würden schon bald noch besser vorankommen. »Dann ist dein Kurs genau 270 Grad.«

Gavin schaute auf den Kompass der *Chalida* und nickte. Wir kamen um die Kardinaltonne herum, und dann richtete er die Nase der *Chalida* auf Kurs zwischen die verstreuten kleinen Inseln hindurch. Ich holte die Segel dicht, als die *Chalida* in den Wind kam; sie krängte in den Wind, und die Zahlen auf ihrem Log stiegen: 4.5, 4.9, 5.1, 5.3, 5.5. Jetzt schälte sich das Wasser in gurgelnden und schäumenden Wirbeln von ihrem Bug ab, und das weiße Nylon der Segel bog sich straff von den Sparren. Unser Kielwasser war pfeilgerade hinter uns. Gavins braune Hand lag ruhig auf der Ruderpinne, die zusammengekniffenen Augen hatte er auf den Horizont gerichtet.

Langa kam zuerst, steuerbord, zwei niedrige grüne Inseln, verbunden durch einen Streifen blassgoldenen Sands, flankiert von zwei Reihen kreisrunder Lachskäfige. Ich konnte das Glitzern und Blitzen der springenden Fische sehen. Papa, die Insel der Priester, lag beinahe genau gegenüber. Es war eine größere Insel mit Ruinen von grauen Mauern, mit Deichen am grünen westlichen Ende und mit Schafen, die noch immer auf dem hügeligen Scattald* auf dem Rest der Insel grasten. Hier hatten bis ins zwanzigste Jahrhundert Menschen gewohnt, dann war das Leben auf der Hauptinsel einfacher als das auf einer kleineren Insel geworden, und das Auto hatte das Boot als Transportmittel abgelöst. Auf Hascosay auf der anderen Seite gab es noch ein Haus und eine Anlegestelle. Es war ein Sommerhäuschen für eine Familie, der es nichts ausmachte, das Wasser vom Bach hereinzuholen und einen Generator für den Strom anzuwerfen.

Nachdem wir die Spitze von Papa umrundet hatten, änderte sich der Charakter der Insel. Im Osten hatten wir Kiesstrände in geschützten Buchten erblickt. Hier, auf der anderen Seite, die der ganzen Gewalt des Atlantiks ausgesetzt war, hatte das Meer alle Erde von den Felsen völlig weggespült, und es ragten nur noch graue Felsen wie abgenagte Bergknochen in die schnappende See. Ich blickte in Richtung Scalloway zurück, das nun hinter dem Gallow Hill außer Sichtweite lag, schaute dann wieder nach vorn, stutzte und drehte mich erneut um. Ich war mir sicher, dass ich eine Bewegung wahrgenommen hatte, ganz oben auf dem Hügel, wo man die Hexen verbrannt hatte. Ich nahm meinen Feldstecher aus der Halterung gleich neben dem Kajüteneingang und ließ den Blick langsam über

* (Orkney und Shetland) Von allen gemeinsam genutztes Land, als Weideland und zum Torfstich.

die Kuppe des Hügels schweifen. Ja, da! Eine Gestalt erschien kurz am Horizont, verschmolz dann wieder mit dem Hügel. Jetzt, da ich genauer hinsah, waren es vier Personen, die den Hang hinaufgingen und sich oben trafen. Sie trugen alle Tarnfarben, Grün oder Braun, und ohne den Feldstecher hätte ich sie kaum ausmachen können. Sie liefen langsam zwischen der gewundenen grünen Linie, die den Bachlauf anzeigte, und der schnurgeraden Mauer, die den Hang in zwei Teile schnitt, und ihre Bewegungen hatten etwas Verstohlenes, strebten aber ruhig und entschlossen auf die Hinrichtungsstätte zu. Ich konzentrierte mich auf eine der Gestalten. Er oder sie ging langsam, blieb stehen, bückte sich und hob etwas auf. Unter einem Arm schien ein Bündel zu klemmen. Es war zu weit weg, als dass ich sagen konnte, was es war, aber ich fragte mich, ob es vielleicht trockenes Heidekraut war, um damit ein Feuer zu entfachen. *Brandopfer …*

Ich versuchte mich zu erinnern, wann man Moosbeeren sammelte. Wohl doch eher im Sommer. Es war August gewesen, wenn Inga, Martin und ich zwischen den Heidestängeln nach ihnen gesucht hatten – nicht so spät im Jahr wie jetzt, wo die Schule wieder angefangen hatte und man die Abende mit Schulaufgaben verbrachte und früh ins Bett musste, weil morgen Schule war. Aber vielleicht waren ja noch Moosbeeren übrig, oder sie sammelten diese dünnstieligen braunen Pilze, die zwischen den Heidekrautbüscheln wuchsen. Zauberpilze vielleicht.

Gavin ließ seine Angelschnur an der Klampe hängen und nahm ebenfalls den Feldstecher hoch. »Sind das vielleicht Vogelbeobachter, die Nester zählen, jetzt da der Sommer vorbei ist?«

Das war eine freundliche Erklärung, aber ich merkte, dass er sie selbst nicht glaubte, und ich tat es auch nicht. Während ich noch schaute, richtete sich eine der kleinen Gestalten auf und wandte den Blick zum Meer. Sie sah geradewegs zu uns.

Ein Arm hob sich und deutete auf uns. Ich bedeckte die Linsen meines Fernglases, so dass sie nicht aufblitzten, und nahm den Feldstecher herunter. »Sie schauen zu uns herüber.«

Ich wandte dem Hügel den Rücken zu und fühlte mich auf einmal merkwürdig verletzlich. Mit einem leistungsstarken Gewehr könnte man uns selbst auf diese Entfernung einzeln abschießen … Aber es gab keinen Grund, warum jemand auf uns zielen sollte, und keine der kleinen Gestalten trug einen metallisch aussehenden Stock bei sich. Trotzdem war ich froh, dass die *Chalida* uns von denen wegtrug. »Meinst du«, fragte ich so beiläufig wie möglich, »dass es die Hexen sind, die ihr Freudenfeuer für Halloween vorbereiten?«

»Es gibt ja kein Gesetz dagegen«, antwortete Gavin. Er schaute mich stirnrunzelnd an und schien bereits wieder in seine Polizistenrolle zu schlüpfen. »Du würdest wohl nicht überlegen, bis zum Donnerstag in Aith zu bleiben? Oder einen Besuch in Brae zu machen?«

Ich hatte Angst vor der Macht der Elemente, vor Stürmen auf See, davor, in den alles verschlingenden Wellen über Bord zu gehen. Aber vor einem solchen versponnenen Aberglauben an Land würde ich mich nicht fürchten. »Die vertreiben mich nicht von hier.«

Gavin nickte, als hätte er nichts anderes erwartet.

»Du kannst einem von deinen Freunden bei der Polizei sagen, sie sollen ein Auge auf den Yachthafen haben«, gestand ich ihm zu. »Spürst du eigentlich, dass Fische an deiner Leine sind?«

»Wir sind zu schnell.« Er begann, die Leine einzuholen. Kater reckte interessiert den Hals, und Gavin hob eine Hand, um ihn von den Haken fernzuhalten, ohne ihn auch nur anzuschauen, als hätte er das mit den Katzen von seinem heimischen Bauernhof jedes Mal so machen müssen, wenn er eine Leine aufwickelte. Ich schaute voraus auf das freundliche Meer, auf die näher kommenden Inseln.

»Halte dich backbord«, sagte ich und deutete auf die Seekarte. »Auf der Seite von Hildasay sind ein paar schartige Felsen, siehst du, nicht nur dieser da, gleich um die Ecke, bei den Cheynies. Da, die äußersten Felsen sind beinahe schon mitten im Kanal.« Sie lagen schnurgerade vor uns, waren fast von der Flut überspült, aber von einem warnenden Kranz weißer Schaumkronen umgeben. »Ich mach uns was zu trinken.«

Es war gut, unten in der kleinen Kajüte zu sein und das Rauschen des Wassers rings um mich zu hören. Kater folgte mir nach unten und rollte sich in meiner Koje zusammen, hatte sich daran erinnert, wo ihm die Dünung am wenigsten ausmachen würde. Ich bestrich Brötchen mit Butter und schaute zu, wie die Inseln langsam vorbeiglitten, während der Speck knusprig wurde und der Wasserkessel kochte. Ich schrieb meine Eintragung im Logbuch, maß mit dem Zirkel auf der Seekarte ab, wie weit wir gekommen waren, machte uns zwei Henkeltassen mit heißer Schokolade, belegte vier Brötchen mit Speck und nahm alles mit nach oben. Als Gavin sein zweites Brötchen auf die hölzerne Ruderbank legte, sich offensichtlich keine Gedanken wegen eines Tellers machte und das erste Brötchen aß, ohne die Hand von der Ruderpinne oder die Augen vom Horizont zu nehmen, wusste ich, dass ich mir keine Sorgen hätte machen müssen. Es würde ein glücklicher Tag werden.

Wir lösten uns stundenweise am Steuer ab. Als ich an der Reihe war, achtern mit der Ruderpinne zu sitzen, ließ Gavin seine Angelleine wieder steuerbords ins Wasser gleiten und machte es sich auf der anderen Seite des Boots bequem, die Augen vorausgerichtet, eine braune Hand an der Leine, die einen V-förmigen Pfeil ins Wasser zeichnete. Die Bänder an seinen Strümpfen flatterten im Wind. Er bewegte sich auf dem Boot leise wie eine Katze, schwatzte und zappelte nicht, war vollkommen entspannt, als gehörte das Wasser so sehr zu seinem Leben wie zu meinem. Wir fuhren rasch auf die zerklüftete Spitze von Skelda Ness zu, auf die unterste Ecke der dreieckigen Westseite, und dann weiter, bis wir sie eine halbe Meile hinter uns gelassen hatten. In zwei Stunden würden wir vor den roten Klippen von Watsness sein, und die Dünung von den letzten windigen Tagen würde dort zurückgeworfen werden und das Gewässer für ein kleines Boot recht ungemütlich machen. Auch jetzt schon waren einige der langen Wellen, die vom Atlantik hereinrollten, so hoch wie die Kajüte der *Chalida* – aber hier draußen war es noch friedlich, nur das Schmatzen und Platschen der brechenden Wellen war zu hören, das gelegentliche Krächzen von Stimmen im Funkgerät, das Knarren der Sparren, wenn die *Chalida* sich in den Wind lehnte. Einmal stieß eine Dreizehenmöwe von den Klippen herunter und schwebte über uns, ließ sich dann auf dem Wasser nieder, senkte den Kopf und beobachtete uns aus ihren schwarzen Knopfaugen. In der Luft konnte sie uns mühelos überholen.

Wir kamen gut voran, hatten Dwarswind. Um elf Uhr fuhren wir am eckigen Wachturm von Vaila vorüber und kamen mit den letzten Ausläufern der östlichen Strömung durch den Kanal von Papa Stour. Dort, in der Biegung der St Magnus Bay, drehten wir bei. Wegen dieser Drehung und der vorbeirauschenden Wellen tanzte die *Chalida* plötzlich sanft zwischen ihnen, und ihre Segel waren gegeneinandergestellt.

»Jetzt«, sagte Gavin. Er gab mit konzentrierter Miene wieder Leine aus, lächelte mir dann über die Schulter hinweg zu. »Da. Hast du einen Eimer?«

Schon? Ich flitzte nach unten, um einen Eimer zu holen, und als ich ihn hochbrachte, haschte Kater bereits mit der Pfote nach einer grün, schwarz und silbern getigerten klatschenden Makrele. Gavin zog ein Holzwerkzeug aus der Tasche, einen kleinen Holzknüppel, und versetzte dem Fisch einen knappen Schlag auf den Kopf. Zwei weitere Makrelen zappelten noch im Wasser an den Haken.

»Wow«, sagte ich.

Er schaute lächelnd auf. »Endlich kann ich dich mal beeindrucken.«

»Du hast Glück gehabt. Du kannst doch einen Schwarm Makrelen unter Wasser nicht sehen.«

»Stimmt.« Er zog das Messer aus seinem Strumpf und hielt mir den Holzgriff hin. Es hatte eine dünne, tödlich scharfe Klinge, ein richtiges Fischermesser. Gut, dass die *Chalida* Privateigentum war. »Hättest du sie lieber als Filets?«

Jetzt war ich auf dem Prüfstand. Aber die Mutter von Oma Bridget war als junges Mädchen hinter den Heringsfischern hergezogen und hatte Fische ausgenommen. Ich schnitt die Köpfe ab, schabte die Eingeweide ins Wasser und warf Kater die Schwanzstücke hin, um ihn loszuwerden.

Zum Mittagessen gab es mit Hafermehl bestäubte gegrillte Makrele, auch für Kater, und für jeden einen Apfel. Ich hatte gerade meinen Apfelbutzen über Bord geworfen, als Gavin die Hand ausstreckte und meinen Arm berührte. »Schau mal.«

Ein großer Vogel war von den Klippen von Little Bousta aufgeflogen und kam auf uns zu, füllte den ganzen Himmel aus. Die Flügel schienen für den Rumpf zu lang zu sein, und die Flugfedern waren wie Finger aufgefächert. Der Vogel kam näher, immer näher, mit einer einzigen gleitenden Bewegung, schlug dann zweimal mit den Flügeln und stieg höher auf. Das Untergefieder war weiß gesprenkelt, und die Sonne hatte den restlichen Körper in Bronze getaucht und glänzte golden auf seinen Krallen. Ich schätzte, dass jeder dieser mit Krallen bewehrten Füße so groß wie meine Hand war.

»Ein Seeadler«, hauchte Gavin. Seine Augen waren die eines Kindes unter dem Weihnachtsbaum.

Der Seeadler breitete seine Schwingen aus, um nach unten zu segeln, fuhr die Krallen aus, packte sich einen Fisch aus dem Wasser, stieg mit einem Flügelschlag wieder auf, während sich der Fisch in seinen Fängen wand, und flog zur Klippe zurück.

Gavin hob den Feldstecher. »Könnte es sein, dass der hier nistet?«

Ich merkte, dass ich die Luft angehalten hatte. Ich atmete aus. »Ich habe in der Zeitung nichts von einem Horst gelesen, aber in den letzten Wochen ist einer hier herumgeflogen. Ein norwegischer, sagen die Leute, wenn man nach den Farben der Beringung geht, nicht einer von den in Schottland ausgewilderten.« Den letzten Seeadler Schottlands hatte man vor über sechzig Jahren geschossen, hatte so diese Art bewusst ausgelöscht. Nun versuchten die Menschen, das wieder aufleben zu lassen, was sie zerstört hatten, indem sie an der ganzen schottischen Ostküste entlang junge norwegische Seeadler auswilderten. Mit der Zeit würden sie auch den Weg nach Shetland finden, und diese herrlichen Vögel würden wieder häufig auf unseren Klippen zu sehen sein.

Gavin reichte mir seinen Feldstecher. Es war ein sehr guter, wie ich bemerkte, als ich ihn an die Augen hob, das Hilfsmittel eines ernsthaften Naturbeobachters. Der Vogel war an einer Kante der Klippe gelandet. Ich konnte die gelben Fänge sehen, die den Fisch hielten, den Hakenschnabel, der an dem noch zappelnden Fisch zerrte. Der Adler hob den Kopf, um sich umzuschauen, während er fraß.

Ich gab Gavin den Feldstecher zurück. Wir schauten einander an und lächelten. Ich war in Versuchung, gleich hier und jetzt Ja zu dem Weihnachtsbesuch zu sagen. Aber ich würde dort eine Fremde sein, und wenn es nicht funktionierte, wäre es höchst peinlich. Würde er wohl erwarten, dass ich mit ihm schlief?

Ich lehnte mich hinüber und machte den Klüver los, machte die *Chalida* wieder frei. Wir waren jetzt in meinem vertrauten Segelgewässer. Hier war ich aufgewachsen; die roten Klippen von Muckle Roe backbords vor uns, die grüne Insel Vementry steuerbords, das war das Tor zu meinem Heimatgewässer.

Der Himmel hatte sich seit dem Morgen zugezogen. Jetzt

war die Sonne hinter den Wolken verschwunden, und der Regen kam zurück. Die *Chalida* krängte im stärkeren Wind, bis ihre Leeseite das Wasser berührte und die Wellen gegen die Kajütenfenster spritzten. Kater verschwand, um sich in der Sicherheit meiner Koje den Schnurrbart ordentlich zu putzen. Ich rollte einen Teil des Klüvers weg, und sofort richtete sich die *Chalida* wieder auf. Die Regentropfen klatschten gegen die Segel, ehe wir sie an unseren Gesichtern und Händen spürten. Die weißen Wolken verdunkelten sich zu Grau, Wasser sammelte sich auf dem weißen Glasfaserdeck und lief durch die Rinnen entlang der Dollborde. Gavin zog sich seine grüne Öljacke über. Ich hatte recht gehabt mit meiner Vermutung über die Beule in seiner Tasche; es hatte sich eine grüne Sherlock-Holmes-Mütze darin befunden, die aussah, als hätte sie vielleicht seinem Großvater gehört. Am Hutband steckten ein paar Fliegen fürs Lachsfischen. Ich kam mir in meiner scharlachroten Helly-Hansen-Jacke geradezu supermodern vor.

Als wir Vementry erreichten, wo die über sieben Meter langen Geschützrohre der Kanonen aus dem Ersten Weltkrieg noch immer in den Himmel aufragten, war die Sicht auf weniger als ein halbe Meile geschrumpft, und Papa Stour hinter uns war im grauen Nebel verschwunden. Das machte nichts; ich konnte linker Hand die Heidekrauthügel von Muckle Roe erkennen, die noch immer leicht violett schimmerten, und rechter Hand das weiße Wasser um die Felsen von Coo's Head. Nun öffnete sich vor uns die Einfahrt zum Voe von Aith, und das kleine Cottage von Skeattelie war auf halber Höhe am Hang zu sehen. Noch eine feuchte Stunde, die wir uns durch Trinkschokolade versüßten, und wir hatten die Landzunge umrundet, waren den seeschlangengleichen Muschelbänken ausgewichen, die sich in den zwei Monaten, seit ich weg war, verdoppelt zu haben schienen. Mein Zuhause war in Brae, weiter links oben; wir hingegen bogen nun nach rechts ab und hielten auf die »weiße Stadt« zu, wie man in Brae den Ort Aith nannte.

Es lebten nur dreihundert Menschen in Aith, aber die zentrale Lage des Ortes an der westlichen Seite der Inseln hatte ihm eine Junior High School beschert, auf die alle Teenager aus dem Westen gingen, und ein dazugehöriges Freizeitzentrum. Jetzt kämpfte die Schule ums Überleben und gegen die Bestrebungen der Verwaltung, die Schulbildung zu zentralisieren – wieder ging's ums Geld. In Aith war auch das Rettungsboot für West-Shetland stationiert; die hohe orangefarbene Laufbrücke des Schiffs ragte über der massigen Pier auf. Dahinter lagen das Freizeitzentrum mit seinem roten Dach, in dem es ein Schwimmbad und heiße Duschen gab (ich hoffte, es würde noch geöffnet sein, wenn wir ankamen), drei Gruppen von Siedlungshäusern und einzeln stehende Häuser mit Gärten ringsum, die alte Schule, in der inzwischen der Laden einer Wohltätigkeitsorganisation untergebracht war, die Kirche, eine Autowerkstatt und der Dorfladen, der sich in der ehemaligen Strickwarenfabrik eingerichtet hatte. Magnie hatte mir versichert, die Architekten, die diesen rechteckigen grauen Kasten entworfen hatten, hätten später das Opernhaus von Sydney gebaut. Ich war mir nicht sicher, ob ich ihm das glauben sollte.

Ich suchte mir im Shetland Marinas Guide die Telefonnummer des Yachthafens heraus und rief dort an, um einen Liegeplatz zu buchen. Es zeigte sich, dass ich unter dieser Nummer einen von Magnies alten Kumpeln erreichte und dass der uns schon erwartete. »Aye, aye, Magnie hat gesagt, du würdest kommen. Pass auf, am Eingang ist die Steuerbord-Boje nicht zu sehen, die Lachsjungs haben das Oberteil abrasiert. Du kannst den letzten Liegeplatz auf der Seeseite nehmen. Lass das Tor einfach auf, wenn du zur Party hochkommst.«

Der Yachthafen hier war viel kleiner als der in Brae, wo ich den ganzen Sommer verbracht hatte. Er hatte nur dreißig Liegeplätze, war aber gut geschützt durch einen Felsarm, der die Boote umfing und vor den aus Norden über das Voe anrollenden Wellen abschirmte, und durch die hohe Mauer des Freizeitzentrums, die den Wind aus Süden abhielt. Wir holten die klatschnassen Segel ein und bedeckten sie lose, damit wir sie trocknen konnten, sobald das Wetter es zuließ, und tuckerten dann zwischen beiden Tonnen hindurch an den Besucherplatz. Gavin sprang mit den Leinen an Land, als hätte er sein ganzes Leben lang nichts anderes gemacht. Wir sicherten die *Chalida* an Bug und Heck mit einer Leine und einem Sicherungstau, breiteten unsere Schwimmwesten mit der nassen Seite nach außen unter dem Schutz des Kajütenvordachs aus und polterten in die Kajüte hinunter. Gavin zog sich die Sherlock-Holmes-Mütze vom Kopf und schüttelte die nassen Haare aus den Augen. »Hast du nicht was von einem Schwimmbad erzählt? Haben wir noch Zeit?«

Es war gerade eben erst halb fünf. »Ich denke schon«, meinte ich.

Ich stellte Kater eine Untertasse mit Makrele hin, klemmte einen Keil in seine Katzenklappe und tätschelte einladend meine Koje. Ich streichelte ihn, als er hinaufsprang und sich dort zu einer Kugel zusammenrollte. Er konnte nicht mit ins Freizeitzentrum kommen, und ich glaubte auch nicht, dass ihm die Party viel Vergnügen bereiten würde. Wir zogen uns mühsam unsere nassen Jacken wieder an, schnappten uns unsere Partykleidung und rannten die Straße hoch, wichen Pfützen aus und glitschten auf dem regenfeuchten Untergrund voran. Das Gras am Straßenrand war triefnass, und in den Rinnsteinen gurgelte das Wasser.

Das Freizeitzentrum war beeindruckend. Jede Junior High School hatte eines, mit einer großen Turnhalle für Ballspiele, mit einem Fitnessraum voller schwarzer Eisenmaschinen, die jeder mittelalterlichen Folterkammer zur Ehre gereicht hätten, und einem Hallenbad. Das Schwimmbecken hier war ein wenig kürzer als das in Brae, das ich im Sommer benutzt hatte, drei Längen für 50 Meter, und es hatte ein Kleinkinderbecken und einen tiefen Whirlpool (mit Wasserfall) daneben. Es gab auch noch Töpfe mit Palmen und Tische, an denen sich ängstliche Eltern niederlassen konnten, sowie ein in schrillen Farben gehaltenes Wandgemälde mit Fischen und Tang an der hinteren Stirnseite. Die Wärme war eine Wonne. Ich ließ Gavin sportlich seine Bahnen kraulen, setzte mich fünf Minuten ins Dampfbad und genoss die Hitze. Dann schwamm ich zwanzig Längen sehr schnell und schaute nicht in Gavins Richtung. Ich war außer Atem, als ich mich endlich aus dem Wasser schwang.

Wir waren die Einzigen im Schwimmbad, und ich war Gavin für seinen Takt dankbar. Es wäre mir ein wenig unbehaglich gewesen, wenn er mit mir im Dampfbad gesessen hätte, wenn er, nur durch das durchscheinende türkise Wasser getrennt, auf ein Schwätzchen im Wasser angehalten hätte oder wenn wir Seite an Seite geduscht hätten, beide nur in unserer Badekleidung. Das wäre intimer gewesen, als mir lieb war.

Ich nahm an, dass es wegen der Party hier so ruhig zuging, war mir aber nicht sicher. An der Westseite der Insel lebten nur etwa tausend Leute, kaum genug, um ein Zentrum wie dieses hier aufrechtzuerhalten. Der Betrieb musste einiges kosten. Da war zunächst einmal das beheizte Schwimmbecken mit den Angestellten in ihren weißen Uniformen. Ich fragte mich, was wohl aus denen würde, wenn die Schule schloss und ihnen unter der Woche die Hauptkundschaft wegfiel. Sparmaßnahmen waren ja schön und gut, aber in einem kleinen Ort wie Aith waren die Schule und das Freizeitzentrum die Hauptarbeitgeber, und zwar nicht nur für die Lehrer und Sportler, sondern auch für die Leute, die sich damit über Wasser hielten, dass sie jeden Abend ein paar Stunden putzten. Wenn man nach Lerwick fahren musste, um einen solchen Job zu machen, ging der ganze Lohn für Benzinkosten wieder drauf. Dieser kleine Ort mit seiner neuen Siedlung, der schicken Mehrzweckhalle und dem gut sortierten Laden würde ohne die Schule nicht mehr florieren.

Ich wusch mir gründlich die Haare mit dem besten nach Heidekraut duftenden Shampoo der Shetland Soap Company, um den Chlorgeruch loszuwerden, wickelte einen Handtuchturban darum und machte mich auf den Weg in die Umkleidekabine. Dort gab es Haartrockner, die man mit 20 Pence in Gang setzen konnte, und einen Spiegel. Nachdem ich mir das Haar getrocknet hatte, schlängelte ich mich in mein einziges Kleid, eine Kreation in Schwarz mit Blümchen, aus einem Stoff, den Maman »Georgette« nannte. Das Kleid lag an der Taille eng an und wirbelte mir elegant um die Knöchel. Die Riemchensandalen mit Absatz würde ich erst in allerletzter Minute anziehen. Ich hatte mich nicht lumpen lassen und 1,50 Pfund für eine Strumpfhose ausgegeben, den Ersatz für Mamans zweifellos sehr feminine, aber furchtbar unbequeme Seidenstrümpfe mit Strumpfgürtel. Ich wollte nicht mal drüber nachdenken, welche Lösung Gavin lieber wäre.

Maman hatte auch darauf bestanden, mir das dazulassen, was sie »maquillage essentiel*« nannte. Ich schüttete den Inhalt des Täschchens aus und schaute ihn mir an. Grundierung. Ich hatte von der frischen Luft schon einen gesunden leuchtenden Teint, der ebenso sehr vom Wind wie von der Sonne gebräunt war, konnte mir also auch das Rouge sparen. Ich würde mit zwei bonbonrosa Flecken auf den Wangen wirklich albern aussehen. Ich tauchte den Pinsel in den hellen Puder, klopfte ihn ein wenig ab, wie Maman es mir gezeigt hatte, und fuhr damit leicht über meine Sommersprossen. Das änderte nicht sonderlich viel. Die kleine Palette mit Lidschatten war schon eine beängstigendere Aufgabe. Ich suchte mir die Grautöne aus, die Maman benutzt hatte, und schaffte es tatsächlich, mir die Wimpern zu tuschen, ohne mir die Bürste ins Auge zu stoßen. Ich hatte meine Zweifel, ob ich viel verbessert hatte, und die geschossgerade Narbe auf meiner Wange war noch so gut zu sehen wie immer, aber Gavin würde zumindest merken, dass ich mir Mühe gegeben hatte.

* (franz.) Grundlegendes Make-up.

Als ich herauskam, wartete er schon im Foyer auf mich. Ich war froh, dass ich mich schick angezogen hatte, denn er sah in seinem scharlachroten Kilt blendend aus. Er trug anstelle seines einfachen Ledersporrans nun einen mit langhaarigem Pelz und dazu eine kurze schwarze Jacke mit einer doppelten Reihe von Silberknöpfen. Der oberste war anders: rund und ein wenig größer. Er bemerkte, dass ich darauf blickte, und berührte ihn. »Das ist ein Familienerbstück. Der Knopf wurde dem Urgroßvater des Urgroßvaters meines Großvaters von Bonnie Prince Charlie höchstpersönlich überreicht. Die Geschichte erzähle ich dir später mal.« Er bot mir seinen Arm. »Wo ist jetzt deine Party?«

KAPITEL 11

Die Mehrzweckhalle war ein großes Gebäude mit weißem Rauputz und einem Anbau mit bodentiefen Fenstern. Innen war sie in einem fröhlichen Grün tapeziert, das sich gut von den hölzernen Fußleisten, den Zierleisten und der ursprünglichen Holzdecke abhob. Die Fotos im Foyer bewiesen, dass die Halle eifrig genutzt wurde: eine Reihe lächelnder Pfadfinderinnen, eine Mannschaft von Carpet Bowlern, Tische mit 500-Spielern, die sich auf die Karten in ihren Händen konzentrierten, und der Tisch des Brautpaars bei einer Hochzeit mit quer über die Bühne gespannten Girlanden aus silbernen Herzen, das lächelnde Brautpaar in der Mitte.

In jedem Dorf werden die Partys zu Halloween und Weihnachten von einem Komitee von Freiwilligen organisiert, das sich aus Eltern der Kinder zusammensetzt, die an dem Fest teilnehmen. In Aith, hatte mir Magnie erklärt, waren es jedes Jahr vier Elternpaare, zwei, die es schon einmal gemacht hatten, und zwei Neulinge. Denen wurde ein furchterregend dickes Buch mit Anweisungen, Rechnungen und Anregungen aus vergangenen Jahren überreicht, und dann ließ man die Eltern machen, mit Unterstützung der gesamten Familie, die ihnen zu Hilfe eilte.

Die Vorbereitungen waren in vollem Gang. Man hörte das Klappern von Tellern und das Plappern fröhlicher Stimmen aus der Küche, und es duftete nach Würstchen im Schlafrock. Stühle wurden ringsum im Saal aufgestellt, und die Wände waren mit schwarz-orangen Papiergirlanden und aus Pappe ausgeschnittenen Kürbissen mit Gruselgesichtern verziert. Ein dreikäsehoher Teufel mit Forke und allem Drum und Dran jagte einen ebenso kleinen Vampir den Saal auf und ab. Ein

Mann mit einer wollenen Strickmütze und einer grauen Daunenjacke baute auf der mit einem grünen Vorhang versehenen Bühne ein Keyboard auf, und eine Frau in einem schwarzen Kleid nach der Mode des 18. Jahrhunderts mit Reifrock und allen Schikanen stellte Plakatwände für die Spiele in den Saalecken auf: ein Gespenst, einen Totenschädel, eine Hexe und eine Katze. Oben zwischen den Deckenbalken hing ein Badmintonnetz, das mit schwarzen und orangefarbenen Luftballons gefüllt war. Erinnerungen fluteten über mich herein. Ich sah wieder vor mir, wie die Ballons am Ende der Party herunterfielen und die größeren Kinder sie zertrampelten und damit eine Salve von lauten Knallen auslösten, während die kleineren rannten, um so viele Ballons wie möglich zu retten. Ich war unter den Zertramplern gewesen, hatte mich daran gefreut, wie die Ballons sich erst zur Seite ausdehnten, bis man endlich den äußerst befriedigenden Knall hörte.

Ein junger Mann mit dunklem Haar stand auf halber Höhe auf einer Trittleiter und nagelte ein Skelett von der Größe eines Erwachsenen an eine Seite des Bogens zwischen Bühne und Vorbühne. Ich erkannte ihn; es war Lawrence Ratter. Er arbeitete im College in der praktischen Ausbildung, hatte irgendwas mit dem Sortieren von Fischen zu tun. Wenn ich nicht gewusst hätte, dass er ein waschechter Shetlander ist, hätte ich ihn für einen Festlandschotten gehalten. Er hatte hohe Wangenknochen, und sein Mund signalisierte, dass das Leben für ihn eine ernste Sache war. Seine struppigen Augenbrauen waren dunkel über klaren blauen Augen, und sein feines dunkles Haar fiel locker und war an der Seite gescheitelt. Seine Gesichtszüge hatten einen kreativen Hauch, als hätte er eigentlich Schriftsteller oder Maler werden sollen und nicht Naturwissenschaftler. Er trug ein gebügeltes weißes Hemd, eine schwarze Hose und richtig feine Schuhe. Wenn wir nicht auf einer Party gewesen wären, hätte ich vermutet, dass er auf dem Weg zu einer Beerdigung war.

Der altmodische Look passte zu dem, was ich in den Gesprächen, die wir im Vorübergehen im College geführt hatten, über ihn herausgefunden hatte. Er hatte ab und an mal mit mir geredet, mich gefragt, wie ich klarkam, und war dann auf meine Seereisen zu sprechen gekommen. Er hatte eine merkwürdige Art, gab mir Ratschläge, wie ich mit meinem Boot am besten bei Sturm aus einer bestimmten Himmelsrichtung beidrehen sollte, als würde er nicht glauben, dass eine Frau wirklich irgendwas ohne fremde Hilfe schaffen könnte. So im Vorübergehen kam ich damit zurecht, aber wenn ich seine Frau gewesen wäre, hätte ich ihm so lange Teller nachgeworfen, bis er damit aufhörte.

Lawrence nagelte das Skelett fest, stieg dann von der Leiter herunter und kam zu uns herüber. »Aye, aye, Cass. Danke, dass du da bist.«

»Gern«, antwortete ich und stellte ihm Gavin vor.

Lawrence nickte. »Ich hab den Inspektor schon kennengelernt. Schön, Sie hier zu sehen.« Sein Akzent war lupenrein aus Burra. »Seid ihr mit der Yacht hergekommen? Schöner Tag dafür – bis der Regen angefangen hat.«

Ich nickte. »Prima. Wir waren schon im Rona, als der Regen eingesetzt hat, also haben wir das Beste aus dem Tag gemacht.«

»Kommt und wärmt euch mit einer Tasse Tee auf.«

Mein Magen knurrte erfreut beim Gedanken an ein »Häppchen zum Aufwärmen« nach dem Schwimmen. Doch ich achtete nicht darauf. »Ich möchte die Leute in der Küche nicht stören. Ich wollte mich nur erkundigen, was wir hier zu tun haben.«

»Das musst du Janette fragen, meine Schwester. Ich helfe nur aus.« Ah. Wenn dein Mann aus irgendeinem Grund woanders ist, dann nimmst du hier einfach einen Bruder oder Vetter mit, der bei den Männerarbeiten helfen kann: Stühle und Tische aufstellen, Dekorationen aufhängen und Getränke ausschenken. Janettes Mann war entweder auf See, oder sie hatten sich getrennt. Die Scheidungsrate war in Shetland wahrscheinlich niedriger als im Süden, aber ich war doch vorsichtig, wenn ich mich nach jemandes Partner erkundigte. Da konnte man leicht ins Fettnäpfchen treten.

Lawrence deutete auf den kleinen Saal neben dem Hauptraum. Dort waren an den Wänden entlang Tische aufgestellt, auf denen jeweils Schilder standen: Kindergarten – Grundschule 1-3 – Grundschule 4&5, mit Hilfe – Grundschule 4&5, ohne Hilfe – Grundschule 5-7, mit Hilfe – Grundschule 5-7, ohne Hilfe – Sekundarstufe. Es standen schon ein paar Kürbislaternen auf den Tischen, orange wie ein Notsegel, mit gefletschten Zähnen im grinsenden Maul und Schlitzaugen. Lawrence warf ihnen einen mürrischen Blick zu. »Janettes Mann ist nicht da, also habe ich gesagt, ich würde einspringen. Ich halte ja gar nix von diesem Hexenkram. Das wird immer schlimmer – weißt du noch, als wir Kinder waren, da haben wir uns als alles Mögliche verkleidet, nicht nur als Vampire oder so. Und auch die Rübenlaternen konnten alles Mögliche sein, nicht nur Teufelsfratzen.«

»Ich hab damals ein UFO geschnitzt«, erinnerte ich mich. »Hab mit dem Apfelentkerner ringsum Löcher reingebohrt und dann die runden Stücke auf Cocktailspießchen gesteckt und in Neonfarben angemalt.«

Gavin nickte. »Ich habe aus einer besonders langen Rübe einen Hirschkopf gebastelt, mit Zweigen als Geweih. Ich war sehr stolz darauf.«

»Ja«, fiel Lawrence ein. »Ich habe in einem Jahr eine Grinsekatze gemacht. Nicht diesen Hexenblödsinn.«

»Und es waren Rüben«, fügte ich hinzu, »und keine Kürbisse.« Als ich Kind war, hatte ich in Großbritannien nie Kürbisse gesehen, nur in den Oktoberferien an den Marktständen in Frankreich. Wir hatten an Halloween Rüben geschnitzt. Dad hat sie mit seinem Taschenmesser und einem Löffel ausgehöhlt, und dann habe ich das Gesicht mit dem Messer herausgearbeitet und mir seinen Bohrer aus dem Werkzeugkasten ausgeliehen, um damit die Löcher für den Haltegriff aus Schnur zu machen. Mein Kostüm wählte ich aus einem Buch aus, das Maman hatte: *Jane Asher's Fancy Dress** – ich sah das Titelbild klar und deutlich vor Augen. Und dann gingen wir ins Geschäft für Möbelstoffe in Lerwick, um den Stoff dafür zu kaufen, und Maman schneiderte es für mich auf ihrer elektrischen Nähmaschine, die sie aus dem Besenschrank holte, und ich musste still stehen, während sie absteckte, anschließend nähte, genau wie ihre Mutter für sie Kleider gemacht hatte, als sie ein Mädchen auf einem Bauernhof bei Poitiers war. Ich hatte mit meinen Kostümen immer wieder Schachteln voller Süßigkeiten gewonnen, die ich nach Hause mitnahm und mit Inga und Martin teilte, ehe der Advent kam und Süßigkeiten verboten waren. Maman war immer sehr mäkelig gewesen, wenn es um Süßes ging: »*Ils sont mauvais pour les dents.* **« Anscheinend hat das funktioniert, denn ich habe weder Füllungen noch eine Zahnspange gebraucht, ganz anders als die arme Inga, die während der gesamten Sekundarschulzeit mit einem Mund voller Metallteile herumlaufen musste.

Die Küche schien voller Menschen zu sein. Sie war ein ziemlich großer Raum mit einem langen Edelstahltisch in der Mitte. An einer Wand standen mehrere Kühlschränke und Gefriertruhen, und eine Tür führte in den Bereich hinter der Bühne; an der anderen Seite befanden sich unter den Fenstern ein großer Profi-Herd und eine Spülmaschine, die wie ein riesiger Edelstahlkasten aussah. Rund um den Tisch herum machten mehrere Frauen im Akkord Sandwiches, die Partykleider durch Küchenschürzen geschützt. Ich erkannte einige der Füllungen auf den ersten Blick: Eiersalat, Thunfischmayonnaise, Käse und Chutney, Corned Beef und braune Soße. Am hin-

* (engl.) Jane Ashers Verkleidungen.

** (franz.) Sie sind schlecht für die Zähne.

teren Ende holte eine Frau mit einem dunklen Dutt gerade ein Blech mit Würstchen im Schlafrock aus dem Ofen und schob eins mit Pizzaecken hinein. Als sie den Kopf hob, erkannte ich Rachel Halcrow. Was, fragte ich mich, machte sie hier, so weit von Scalloway entfernt? Drei als Hexen verkleidete junge Mädchen leerten Tüten voller Bonbons in einen Hexenkessel. Die Arbeitsflächen in der Nähe der Tür standen voller Tabletts mit Süßigkeiten: Kuchen, Schokowürfel, Biskuitrollen und dann noch Halloween-Extras in der Form von Gespenstern, Spinnennetzen oder Kürbissen mit dem entsprechenden Zuckerguss. Mein Magen knurrte erwartungsvoll.

»Janette«, sagte Lawrence. Eine junge Frau mit braunem, zu einem Pferdeschwanz zusammengefasstem Haar, die gerade Eiersalat auf mit Butter bestrichenes Brot löffelte, schaute hoch. »Das sind Cass und Gavin.«

Sie wischte sich die mit Eiersalat beschmierten Hände an ihrer Schürze ab und kam lächelnd zu uns. »Vielen Dank, dass ihr gekommen seid. Es ist so schwer, Leute zu finden, die als Preisrichter taugen, denn hier ist jeder mit jedem verwandt.«

»Danke, dass ihr uns gefragt habt«, antwortete ich. »Ich bin ganz aufgeregt. Ich weiß noch, wie viel Arbeit die Mütter sich immer mit den Kostümen gemacht haben, als wir Kinder waren.«

»Manche tun das nach wie vor«, sagte Janette. »Aber ich glaube, ihr werdet feststellen, dass die meisten Kostüme bei Tesco oder eBay gekauft wurden. Wählt einfach die aus, die euch am besten gefallen.« Sie war einer von den Menschen, die ständig Anweisungen erteilen und nie eine Pause einlegen, um zu sehen, ob man sie verstanden hat. »Das hübscheste, das lustigste, das ungewöhnlichste Kostüm in jeder Altersklasse. Ihr könnt auch in jeder Gruppe einen Sonderpreis vergeben, wenn ihr was Gutes seht, das in keine der Kategorien passt.« Sie reichte Gavin eine Tragetasche voller Süßigkeiten. »Wir haben jede Menge davon, für alle Fälle. Dann kriegen alle noch was, nämlich diese hier.« Sie angelte eine Schachtel mit Cola-Würmern heraus. »Erst beurteilen wir die Kostüme, und dann spielen wir ›Schokoladeauspacken‹, während ihr euch die Laternen anschaut. Da gibt es in jeder Kategorie nur einen ersten, einen zweiten und einen dritten Preis. Und anschließend kommt der Fackelzug, da ist auch wieder ein erster, zweiter und dritter Preis zu vergeben – und hinterher noch ein, zwei Spiele, dann Abendessen und die Tombola. Wenn ihr da auch die Preise überreichen könntet?«

Ich war froh, dass ich den Ablauf noch aus Kindertagen bestens in Erinnerung hatte.

»Eine der Lehrerinnen leitet die Spiele an, haltet euch einfach daran, was sie tut.« Janette warf einen hektischen Blick auf ihre wartenden Brotscheiben.

»Machen wir«, sagte ich, und wir gingen zur Bühne zurück. Die Frau in dem Kleid aus dem 18. Jahrhundert überprüfte gerade ihre Requisiten und legte sie auf einem Stuhl zurecht: ein paar Schachteln mit Süßigkeiten als Preise, Karten für die Spiele in den Ecken, drei große Pakete für das Schokoladeauspacken und Augenbinden und zusammengerollte Zeitungen für ein Spiel, das in meiner Erinnerung schon bei uns sehr beliebt war: Zwei Mitspieler versuchen, einander mit Zeitungen zu schlagen. Die Frau blickte auf und lächelte. »Seid ihr die Preisrichter?«

Ich nickte.

»Viel Glück«, meinte sie. »Ich übernehme jederzeit lieber die Spiele. Zwischen den Kostümen und gebastelten Sachen könnte ich nie entscheiden, die sind alle so gut.« Sie nahm ihr Funkmikro in die Hand und tippte darauf. »Ich sage gleich die Altersgruppen an, und die gehen dann im Kreis herum, bis ihr eine Entscheidung getroffen habt.«

Allmählich trafen immer mehr Leute ein. Eine Familie mit Mutter, Vater, Oma, Opa und einer Frau, die wohl eine Tante war, alle in traditionellen Shetland-Stricksachen, schob einen

Harry Potter mit Umhang, Brille und Zauberstab, einen Astronauten mit neongrünem Lasergewehr und einen Vampir vor sich her. Die Kinder rannten gleich zu ihren Freunden, mit wehenden schwarzen Umhängen und sprühenden Funken. Ein Kleinkind wurde eben aus seinem hellblauen Wollbären-Anzug geschält, und ein Elfenkostüm kam zum Vorschein. Die Elfe taumelte auf unsicheren Beinen mitten in den Saal, während ihre Mutter mit einer Freundin tratschte. Nun kam eine ganze Gruppe junger Mütter mit einer Mini-Flamencotänzerin, einer viktorianischen Puppe mit Häubchen und Ringellocken und einer Art Terrorist mit Sturmhaube. Die Jungs, bemerkte ich, hatten eine Vorliebe für Kostüme, die es ihnen erlaubten, rumzurennen, zu schreien und auf Leute zu schießen. Ingas und Martins Eltern waren strikt gegen Gewehre gewesen, und Martin hatte die Halloween-Party immer voll dazu ausgenutzt, sich als Cowboy oder Soldat im Kampfeinsatz zu verkleiden.

Schließlich erschien auch Magnie, hinter einem kleinen Jungen in einem grünen Eidechsenkostüm, dessen Vater einen Dinosaurierkopf trug, eindeutig selbst gebastelt aus Pappmaschee auf einem Drahtgestell und mit etwas bemalt, das wie die beste bewuchsverhindernde Schiffsfarbe aussah. Magnie hatte selbst nach zehn Jahren Ruhestand an Land noch einen schwankenden Seemannsgang. Sein Gesicht hatte er geschrubbt, bis seine Wangen so rot waren wie Schneewittchens Apfel, sein lockiges blondes Haar war mit Pomade nach hinten gekämmt, das Kinn glänzte, und die Streifen seines Fair-Isle-Pullovers leuchteten blendend weiß. Seine Mutter hatte ihm den Pullover kurz vor ihrem Tod gestrickt, und er trug ihn nur zu feierlichen Anlässen. Es war ein traditioneller ganz gestreifter Pullover mit einem Muster in verschiedenen Blautönen auf weißem Hintergrund. Magnie schaute zur Bühne hinauf. Ich bemerkte, dass er Gavin erblickt hatte. Seine Augen verengten sich. Er hielt einen Augenblick inne, überlegte, kam dann zur

Treppe herübergestampft, begrüßte auf dem Weg den halben Saal.

»Na dann, Cass«, sagte er. »Ich sehe, du hast dir einen Helfer mitgebracht. Na, Junge, wie geht's?«

»Sehr gut«, antwortete Gavin. »Und dir?«

Magnie schüttelte den Kopf. »Ich halte den Ball flach. Nicht viel los in Brae ohne Cass.«

»Kann ich mir vorstellen«, stimmte ihm Gavin ernst zu.

Nachdem der Höflichkeit Genüge getan war, wandte sich Magnie mir zu. »Na, Cass, hast du dich schon entschieden, wer die Preise kriegt?«

»Erbarmen«, antwortete ich. »Die Party hat doch noch gar nicht angefangen.«

Natürlich fing sie nicht pünktlich an. Janette steckte alle paar Minuten den Kopf aus der Küche und schaute nach, wie viele Leute im Saal waren, und erst um zehn vor sieben nickte sie der Lehrerin zu, dass sie jetzt die offizielle Begrüßung vornehmen sollte. Da hatte ich mehr Kribbeln im Bauch, als ich am Steuer eines Viermasters beim Start des Cutty-Sark-Rennens gehabt hätte. So viele Kinder, alle von Kopf bis Fuß toll verkleidet, und alle hofften auf einen Preis … Ich wollte keines von ihnen enttäuschen.

Zuerst kam die Vorschul- und Kindergartengruppe. Gavin und ich gingen in den Saal hinunter, um ihnen zuzusehen, wie sie zur Musik im Kreis herumspazierten. Die Mutter der Elfe setzte ihr – oder ihm? – eine Mütze aus Blütenblättern auf, stopfte sie in einen Blumentopf und trug sie im Kreis herum. Ein Clown mit bemaltem Gesicht und einem Kostüm mit großen Bommeln stapfte selbstbewusst neben einem älteren Mädchen her, das als Hexe verkleidet war und wildes graues Haar und eine zerfranste schwarze Robe trug. Ihnen folgte eine Mini-Charleston-Dame mit vielen Fransenreihen am Kleid, dann eine rosa Fee mit Glitzerflügeln. Beide Kostüme waren gekauft, vermutete ich. Nun kamen ein rußschwarzer Kaminkehrer, ein

Chefkoch mit Papplachs auf einem Silbertablett und ein Vampir mit mehlweißem Gesicht und aufgemaltem Blut, das ihm über den Hals zu rinnen schien.

»Der da gefällt mir«, meinte Gavin. »Der sieht genau wie die alte Version von Dracula aus, die im Stummfilm. *Nosferatu*.«

Davon hatte ich noch nie was gehört. Ich überlegte ein paar Minuten, ob Gavin wohl ein Filmfan war. All die langen dunklen Winternächte. »Sollen wir ihn unter – unter was, die lustigsten Kostüme einreihen?«

Gavin schüttelte den Kopf. »Der soll furchterregend sein. Wir wollen doch seine Gefühle nicht verletzen.«

»Lawrence hat recht, weißt du«, meinte ich. »Ich glaube, als wir klein waren, war die Sache nicht so hexenlastig.« Ich schaute zu den Deckenbalken hoch. »Die Ballons waren ganz gewöhnliche Luftballons in allen Farben, nicht nur in Schwarz. Und wir haben uns als alles Mögliche verkleidet. Ein gutes Drittel von denen hier sind Hexen oder Vampire und so.«

»Konzentrier dich, Cass«, sagte Magnie. »Du bist viel zu jung, um in Jugenderinnerungen zu schwelgen. Wofür vergeben wir Preise?«

»Hübschestes Kostüm. Die Charleston-Dame oder die kleine Blume … die ist niedlich.«

»Ungewöhnlich«, stimmte mir Gavin zu. »Aber der Koch mit dem Lachs und der Schornsteinfeger, das sind auch gute Ideen.«

»Der Schornsteinfeger könnte das lustigste Kostüm sein«, schlug ich vor.

Wir brauchten ewig. Schließlich einigten wir uns auf die Charleston-Dame als das hübscheste, den Schornsteinfeger als das lustigste und den Koch als das ungewöhnlichste Kostüm und verliehen dann dem Vampir noch einen Sonderpreis, weil er der furchterregendste war. Er strahlte uns an und fletschte die Zähne, als er seine Süßigkeiten abholte, und ich machte einen übertriebenen Schreckenssprung. In der unteren Grundschulklasse war ein Blumenmädchen in einem Kleid, das aussah, als hätte man es ihr für die Hochzeit einer älteren Kusine geschneidert; noch eine rosa Fee (Harrys Spielzeugladen, vermutete ich); ein Spiderman (Tesco); die viktorianische Puppe, die nun in einer Schachtel steckte; und die grüne Eidechse, jetzt mit Dinosaurierkopf. Da sie älter waren, gingen sie allein herum, und der Kreis wurde enger und enger, bis sie sich schließlich auf einem Haufen zusammenkuschelten. Da schritt die Lehrerin ein, nahm ein Kind bei der Hand und öffnete den Kreis wieder.

Es war seltsam, wie normal mir das vorkam, hier Seite an Seite mit Gavin zu stehen, mit Magnie an der anderen Seite. Magnie roch nach Lynx und Gavin nach guter altmodischer Seife, Imperial Leather oder so was Ähnliches, und es war auch ganz natürlich, dass ich ihm die Hand auf seine glatte schwarz bekleidete Schulter legte, als ich mich zu ihm beugte, um ihm einen Kommentar ins Ohr zu flüstern. Wir einigten uns schließlich auf die viktorianische Puppe, die Echse und Spiderman und entgingen mit knapper Not dem Ansturm auf die Colawürmer.

Bei den mittleren Grundschulklassen machte sich der Einfluss von Film und Fernsehen bemerkbar: Es gab eine Harry-Potter-Gruppe mit Harry, Hermine, einem Dementor und Dumbledore, ein paar Papp-Dominos mit toupiertem und gespraytem Haar, das zur Schlafenszeit garantiert beim Auskämmen viel Geschrei verursachen würde, einen alten Bauern im Overall mit Hirtenstab und Spielzeughund und Merida aus *Merida – Legende der Highlands* mit Pfeil und Bogen. Die größten Kinder hatten sich eindeutig auf die gruselige Seite von Halloween eingelassen: Da waren ein von einem blutigen Schwert durchbohrtes Gespenst, einige Vampire im besten *Twilight*-Stil und die drei Hexen mit den spitzen Hüten und grünen Gesichtern, die ich schon in der Küche gesehen hatte. Erst als sie »Danke« sagte, erkannte ich Shaela, die unter der grünen Gesichtsfarbe hervorgrinste.

Nachdem wir alle Kostümpreise hinter uns gebracht hatten, forderte die Lehrerin die Kinder auf, sich im Kreis hinzusetzen, und nun begann der Keyboard-Spieler die Melodien zum »Schokoladeauspacken« zu spielen. Wir machten uns auf den Weg in den kleinen Saal und schauten uns die Tische an, die sich unter der Last der Kürbisse bogen.

»Gesund ist das nicht«, sagte Lawrence, der plötzlich hinter uns auftauchte. Er hatte einen Ganzkörperanzug an, irgendein graues Pelztier. Ich konnte nicht ausmachen, als was er ging, weil ihm der Kopf im Nacken hing. »All das Zeug mit Hexen und Geistern. Damit verherrlicht man das Böse.«

Ich war überrascht, dass er die Sache so ernst nahm. Ich wusste, dass ein paar amerikanische fundamentalistische Kirchen sehr darauf aus waren, Halloween zu verbieten, aber mir war es nie so vorgekommen, als würde damit das Böse verherrlicht. Wir hatten einfach nur Spaß gehabt bei der Party, und hinterher gingen wir dann Grünkohl werfen. Ich glaubte nicht, dass einer von meinen Klassenkameraden dadurch zum Teufelsanbeter geworden war. »Ist doch nur Spaß«, sagte ich.

Lawrence schüttelte den Kopf. »Das bringt Probleme.«

»Was für Probleme?«, fragte ich.

Er warf mir einen langen Blick zu, als versuchte er abzuschätzen, wie viel er mir verraten sollte. »Rachel sagt, sie hätte mit dir gesprochen.« Erst jetzt brachte ich diesen Lawrence mit dem Mann in Verbindung, von dem Rachel erzählt hatte, dem Freund, der es nicht mochte, wenn er sein Abendessen zu spät bekam. Ja, das konnte ich mir lebhaft vorstellen. Dann fügte er hinzu: »Annette.«

Ich starrte ihn an. »Wie meinst du das?«

»Sie hätte die Finger von diesen Dingen lassen sollen.« Er schaute mich ernst an. »Hast du schon mit James Leask gesprochen?«

Ich blickte zu Gavin hinüber, der am Tisch »Grundschule 5-7, ohne Hilfe« stand. Er und Magnie schienen über die Vorzüge einer kunstvollen Leuchtturm-Rübe zu debattieren, mit roten Streifen und einem Geländer aus Streichhölzern an der geschnitzten Treppe. »Worüber?«

»Über Annette natürlich. Was sie ihm erzählt hat. Ich habe gesehen, wie die beiden in der Nacht, in der sie gestorben ist, zusammen spazieren gegangen sind.«

Ich versuchte, mich daran zu erinnern, was James mir gesagt hatte. Er hatte berichtet, dass sie sich an dem Montagabend im Scalloway Hotel getroffen hatten, aber ich war mir ziemlich sicher, dass er nicht erwähnt hatte, Annette danach noch einmal gesehen zu haben. »Wann?«, fragte ich. »Und wo?«

»Draußen auf der Straße nach Port Arthur«, erwiderte Lawrence. Die zu seinem Kostüm gehörenden Handschuhe baumelten neben seinen Handgelenken. Er begann, sie sich überzuziehen. »Ich hatte länger gearbeitet, und als ich rauskam, bin ich an den beiden vorbeigegangen; sie liefen die Uferseite der Straße entlang.«

Die Handschuhe, die er sich überzog, raubten mir den Atem. Es kam mir vor, als wäre es auf einmal totenstill geworden, trotz all des Geschreis und des Raschelns von Papier, das die Kinder im großen Saal von den Schokoladenpaketen rissen, und trotz des Klapperns aus der Küche.

»Ich hab nicht gehört, worüber die beiden gesprochen haben«, sagte Lawrence, »aber anscheinend hat er versucht, sie zu was zu überreden, das sie nicht wollte.«

Da wandte mir Gavin den Kopf zu, und ich sah ihm in die Augen und dann auf Lawrences Hände und gleich wieder weg. Lawrence bemerkte das. Misstrauen flammte in seinen Augen auf. Er drehte sich weg, knüllte den halb angezogenen Handschuh zusammen, aber ich konnte vorher noch einen Blick darauf erhaschen.

Wir hatten von jemandem gesprochen, der als Dämon verkleidet war. Ich hätte mich an Kostüme wie das von Lawrence erinnern sollen. Ich hatte sie zu Hunderten in den Teams beim

Up Helly Aa gesehen. Und wieder erschienen vor meinem geistigen Auge die Spuren an Annettes Hals, Krallenspuren, als wären sie von einem Wesen, das sie am Hals gepackt hatte. Und da baumelten von Lawrences Handgelenken Handschuhe, die dafür gemacht schienen, genau solche Spuren zu hinterlassen – große, breite Pfoten mit struppigem Fell auf dem Handrücken und an den grauen Gummifingern mit breiten, stumpfen Krallen, die vorn glänzten, als hätte jemand Nadeln oder Reißzwecken in die Finger eingefügt. In Shetland nannten wir so was »*cloors*«. »Fass bloß unsere Katze nicht an, die kriegt dich mit ihren *cloors*.« Das Wort klang dürr und gemein. Große Hände, die sich um einen Hals legten, Krallen, die einem blaue Flecken und Schrammen zufügen können … Waren es solche, die Annette angegriffen hatten?

KAPITEL 12

Ich hatte nicht die Gelegenheit, es Gavin gleich zu erzählen. Wir mussten erst noch die Preise für die Rübenlaternen überreichen, die auf den Tischen standen. In der Pause danach holten die Kinder ihre Laternen ab, und die Eltern wühlten in den Taschen nach Streichhölzern. Man konnte sofort sehen, wer die Raucher waren, weil sich die Leute um sie drängten. Die Lehrerin versuchte diesmal gar nicht erst, die Kinder im Kreis marschieren zu lassen. Sobald das Licht aus war, standen alle still, und wir tasteten uns in der Dunkelheit um sie herum.

Meine Gedanken waren noch völlig mit dem beschäftigt, was ich gerade gesehen hatte: die glitzernden Krallen am Ende der haarigen Finger. Jetzt starrten mich in dem halbdunklen Saal orange leuchtende Augen und Zähne böse an. Lawrence hatte mir gesagt, dass er etwas gegen Hexen habe. Vielleicht war das nur eine Schutzbehauptung. Dem Oberhexer würde es gut in den Kram passen, wenn man ihn als aufrechten Bürger kannte, der für Halloween nichts als puritanische Verachtung empfand. Neben mir leuchtete auf der Wange einer Rübe mit schrägen Schlitzaugen eine Narbe, die wie meine aussah und die das flackernde Teelicht im Inneren sichtbar machte. Lawrence war die Verbindung zu Rachel. Und James Leask hielt Rachel für eine Hexe. Doch falls sie wirklich in die Sache verwickelt war, warum sollte sie die Leiche vor ihre eigene Tür schleppen und auch noch die Hand so hinlegen, dass sie auf diese Tür zeigte?

Moment. Ich hielt inne, um einen Kürbis mit einem Katzengesicht zu bewundern. Die Augen waren so rund wie die von Kater, und zu beiden Seiten des breiten, zahnbewehrten Lächelns prangte ein Schnurrbart aus Pfeifenreinigern. Ich war wie selbstverständlich davon ausgegangen, dass Lawrence und Rachel zusammenlebten. Neben der Grinsekatze strahlte eine Laterne mit einem Mond und einem Dutzend kleiner Sterne – diesem Kind hatten wir ganz bestimmt noch keinen Preis verliehen. Das war inzwischen eines meiner Kriterien. In Anbetracht von Lawrences altmodischer Lebenseinstellung hatte Rachel vielleicht ihre eigene Wohnung. Die zu einem Leuchtturm geschnitzte Rübe war herrlich erleuchtet: im Inneren blinkte eine kleine Taschenlampe. Diese Laterne musste unbedingt einen Preis bekommen, selbst wenn wir dem Kind schon einen gegeben hatten. Angenommen, Rachel wohnte nicht mit Lawrence zusammen, dann wusste er vielleicht nicht, dass sie an dem fraglichen Abend bei ihrer Mutter drüben gewesen war. Vielleicht war er zu sehr damit beschäftigt gewesen, seine Spuren zu verwischen, und hatte sich nicht danach erkundigt, wo sie den Abend verbracht hatte.

Gavin hatte schon beinahe ganz die Runde gemacht; ich konnte seine Silhouette mit dem Kilt knapp drei Meter vor mir erahnen. Ich hatte Lawrence und Nate zusammen gesehen, und sie waren keineswegs so herzlich miteinander umgegangen, wie man das von zukünftigen Schwagern erwarten würde. Ich konnte mir gut vorstellen, dass Lawrence mit seiner strikten Arbeitsmoral verächtlich auf Nate herabblickte, der sein Talent und seine Möglichkeiten verschwendete. Also, schloss ich, als Gavin und ich uns wieder trafen, hatte Lawrence vielleicht Nate belastet, ohne zu begreifen, dass er damit auch Rachel in die Sache hineinzog.

Ich raunte Gavin diese Theorie ins Ohr, während wir auf den Stufen zur Bühne hockten und mit der Teetasse in der Hand darauf warteten, dass die Männer mit den schweren, vollen Teekannen bei uns vorbeikommen würden. Lawrence hatte sich ans andere Ende des Saals verzogen, stellte ich fest. Die Kinder rannten in den kleinen Raum, um dort Saft und Chips zu erhaschen; gelegentlich war zwischen dem schrillen Kreischen das Knallen einer Chipstüte zu hören. Alle Erwachsenen saßen friedlich im großen Saal. Jetzt gingen die Leute, die in der Küche gearbeitet hatten, mit Tabletts voller Essen herum und forderten uns auf, uns zu bedienen. Ich balancierte zwei Würstchen im Schlafrock, ein Stück Pizza und ein Eiersandwich auf einer Papierserviette auf meinem Knie.

»Das Fett schmiert doch durch auf dein hübsches Kleid«, merkte Magnie an. Er zog ein noch zusammengefaltetes Taschentuch aus der Tasche. »Das ist ganz sauber.«

Ich breitete es unter dem Essen aus. »Danke.« Lawrence hatte seine große Teekanne leer geschenkt und war ohne einen Blick in unsere Richtung in die Küche zurückgegangen. »Also?«, sagte ich zu Gavin.

Er nickte. »Wir haben ihn schon befragt, weil er ja eine Verbindung zu Rachel hat. Ich erinnere mich, dass ich Zweifel hatte, ob er wusste, dass sie ihre Mutter besucht hat.« Er biss von seiner Pizza ab, ohne Tomate auf seinen Kilt zu kleckern oder sich damit das Kinn zu beschmieren, kaute und schluckte, ehe er fortfuhr: »Er hat behauptet, er hätte es gewusst. Ich hatte den Eindruck, dass das nicht stimmte, er es aber nicht zugeben wollte. Ich dachte, er wolle nicht gern zugeben, dass er keine Ahnung hatte, wo seine Verlobte war, oder dass sie es ihm gesagt, er aber nicht zugehört hatte. Doch vielleicht hatte er viel finsterere Gründe.«

Ich schaute mich um. Nur Magnie war in Hörweite. »Und Rachel?«

»Sie konnte sich nicht erinnern, wer alles wusste, dass sie dort war. Sie meinte, sie hätte es wohl Lawrence gegenüber erwähnt – ›Warum denn auch nicht?‹« Er ahmte Rachels Tonfall nach.

»Weil er was gegen Nate hatte«, antwortete ich. »Wir saßen mal zusammen im Café und haben geplaudert, und da kam Nate, um die Tassen abzuräumen, und ich habe die angespannte Atmosphäre zwischen den beiden bemerkt. Als ihr Kapitän hätte ich sie sofort für verschiedene Wachen eingeteilt. Lawrence hat bestimmt sein Möglichstes getan, damit Rachel Nate so selten wie möglich sah.« Ich zögerte und biss vorsichtig in ein Würstchen. Der Gedanke an die Pizza machte mich ein bisschen nervös; ich wünschte, ich hätte sie mir nicht genommen, denn ich wusste, dass ich mir das Gesicht mit Tomate beschmieren würde. Würstchen im Schlafrock waren eine sichere Sache, mit Ausnahme der Krümel.

»Wir könnten den Gedanken wieder aufgreifen, dass zwei Leute zusammengearbeitet haben«, meinte Gavin. »Rachel als die Hexe und Lawrence als der krallenbewehrte Dämon, der Annette zu Tode erschreckt und dann die Leiche weggeschleppt hat. Rachel hätte Zeit gehabt, sich mit Annette zu treffen, nachdem sie ihre Mutter zu Bett gebracht hatte, aber in dem Fall begreife ich nicht, wieso sie zur Spanish Closs zurückgekehrt ist. Es sei denn, du hast sie gestört und sie konnte nur noch schnell im Haus verschwinden. Würdest du dein Stück Pizza aufessen, wenn ich mich umdrehe und mit Magnie rede?«

Ich warf ihm einen entrüsteten Blick zu und nahm sehr vorsichtig einen winzigen Bissen. Wie erwartet fiel sofort ein Stück Zwiebel auf die Serviette. Gavin lachte.

Nach dem Essen kam das Apfeltauchen. Die Kinder bildeten lange Schlangen vor zwei Babybadewannen voller Wasser und versuchten, die darin schwimmenden Äpfel nur mit dem Mund zu erhaschen. Sie gingen mit nassen Stirnen und triefenden Haaren weg, einen roten Apfel triumphierend in der Hand. Als krönenden Abschluss gab es noch den Grand Old Duke of York*. Die Lehrerin im Kostüm aus dem 18. Jahrhundert nahm eines der Kleinkinder bei der Hand, die größeren Kinder stellten sich zu Paaren auf, und die Eltern oder Geschwister fanden sich zu den kleineren. Gavin streckte mir die Hand hin. »Darf ich bitten?«

* Englischer Kinderreim, zu dem ein Paartanz getanzt werden kann.

Ich machte einen Knicks, dass mein Kleid nur so um mich herumwirbelte. Gavins Hand war warm, als ich meine hineinlegte. Der Musiker schlug einen Akkord an, und los ging es. Wir klatschten in die Hände, während die Paare der Reihe nach zwischen uns auf und ab tanzten, sich trennten, hinter uns entlangliefen und erneut zusammenfanden, um sich unter den zu Bogen vereinten Armen hindurchzudrängeln. Wir waren beide atemlos und lachten, als endlich alle Paare den Tanz einmal angeführt hatten. Als Gavin mich anlächelte und meine Hand losließ, wollte ich mich nur noch an ihn lehnen. Wären wir allein gewesen, hätten wir uns geküsst; aber wir waren von Leuten umgeben, und folglich trat ich verlegen einen Schritt zurück und schaute betont interessiert zur Decke hinauf, als die Männer die Schnüre lösten und die schwarzen und orangefarbenen Ballons herunterschweben ließen.

Ich hatte mich darauf verlassen, dass die Veranstalter der Party so viel zu essen auffahren würden, dass ich kein Abendessen kochen musste, und sie enttäuschten mich nicht. Kurz nach neun Uhr spazierten wir zum Yachthafen zurück, angenehm gesättigt und mit einer Plastikdose voller übrig gebliebener Sandwiches und Süßigkeiten für unsere Rückreise nach Scalloway sowie einer Flasche Wein als Dankeschön. Um mir jede Verlegenheit zu ersparen, hatte ich mich schon auf der Damentoilette für die Segeltour umgezogen, ehe wir fortgingen. Ich hatte mich gerade in meine mittlere Schicht, eine dünne schwarze Musta-Jacke, gezwängt, als Rachel hereinkam.

»Das ist prima gelaufen«, sagte sie. »Ich bin froh, dass ich deinen Job nicht hatte.«

»Es war echt schwer!«, stimmte ich ihr zu. »Am Schluss habe ich einfach nur versucht, jemanden zu finden, der noch keinen Preis bekommen hatte. Sie waren alle so begeistert.«

»Du hast das gut gemacht«, sagte sie.

»Aber das Organisationsteam auch«, antwortete ich. »Der Schmuck im Saal war toll, und das Essen war großartig.« Ich deutete auf meine Plastikdose. »Wir werden den ganzen Weg nach Scalloway zurück was zum Knabbern haben.«

»Oh, ihr segelt noch heute Abend zurück?«

»Es wird eine schöne Nacht«, sagte ich voraus. Ich zögerte und ging dann aufs Ganze. »Ich hätte nicht gedacht, dass Lawrence mit so einer Veranstaltung was zu tun haben will.«

»Ich wollte eigentlich auch nicht kommen«, erwiderte Rachel mit Nachdruck. »Ich hab die Nase voll von Hexen. Aber Janettes Mann ist auf See, also hatte Lawrence das Gefühl, wir müssten für ihn einspringen.«

»Er hat sich ja richtig drauf eingelassen.« Ich beobachtete ihr Gesicht im Spiegel. »Das war ein tolles Kostüm.«

»Dieses graue Werwolf-Ding?« Ihr Gesicht blieb unverändert. »Oh, das gehört Nate. Ich wusste, dass Lawrences Team vom Up Helly Aa nichts zum Thema Hexen hatte.« Plötzlich erinnerte ich mich, dass ich Rachel vor Kurzem vor dem Laden getroffen hatte. Sie hatte eine Plastiktüte bei sich gehabt, und darin war was aus grauem Kunstpelz gewesen. Wer hatte also diesen Anzug in der Nacht getragen, als Annette gestorben war, Lawrence oder Nate? Wir waren uns am Tag nach Annettes Tod vor dem Laden über den Weg gelaufen.

»Hat jedenfalls gut ausgesehen.« Ich zog den Reißverschluss meiner schwarzen Jacke zu. »Danke, dass ihr uns gefragt habt. Es war ein netter Abend.«

»Danke, dass ihr gekommen seid.«

Ich trat ins Freie, fühlte mich wieder mehr wie ich selbst, und sah, dass Gavin auch seinen grünen Kilt und seine Tweedjacke trug. »Der Werwolf-Anzug gehört Nate«, flüsterte ich ihm zu, sobald wir in sicherer Entfernung waren.

»Das hatte ich vermutet. Lawrence Ratter hat eher nicht viel dafür übrig, sich in Hexenkleider zu schwingen.«

»Und ich glaube, Nate hatte ihn in der Nacht an, als Annette gestorben ist. Ich habe Rachel am Tag danach zufällig getroffen, und da hatte sie den Anzug in einer Tragetüte dabei.«

Während wir bei der Party waren, hatte der Regen aufgehört, und jetzt war die Nacht klar, und der Mond hatte das Wasser in einen schimmernden Pfad zwischen den schwarzen Hügeln verwandelt. Am Tor zum Yachthafen wurde ein kleiner dunkler Knubbel größer, als wir uns näherten, und dann ertönte Katers beinahe unhörbares Maunzen. Ich hob ihn auf und streichelte sein kaltes Fell. »Tut mir leid«, sagte ich, »aber wir haben dir Kuchen mitgebracht.«

Ich hatte die Zeiten vorher berechnet: Die Flut bei Papa würde sich kurz vor ein Uhr in westliche Richtung drehen, wir mussten hier also spätestens um zehn Uhr aufbrechen. Wir tranken im flackernden Licht der Lampe eine Tasse Tee, und ich spendierte Kater ein kleines Stück von einem weichen Rührkuchen mit Buttercreme. Dann zogen wir unser Ölzeug über und gingen nach oben, um die Leinen loszumachen. Der westliche Wind hatte noch nicht, wie vorhergesagt, in nördliche Richtung gedreht. Wir setzten die Segel, sobald wir an der Pier für das Rettungsboot vorbei waren. Ich übernahm für die schnelle Fahrt bis Rona das Steuer, und wir strafften die Segel, um zwischen Muckle Roe und Vementry zu kreuzen.

Die Stille des Segelns tat nach all dem Lärm auf der Party richtig gut; nur das weiche Rollen der Wellen um uns und das Krachen, wenn sie zu beiden Seiten auf den Strand trafen, dazu das Knarren der Takelage auf der *Chalida*. Ein goldenes Rechteck leuchtete aus Dads Haus auf Muckle Roe. Ich hätte anrufen und Maman sagen sollen, dass ich in Aith war. Es war eine freudsche Fehlleistung, vermutete ich. Ich war nervös, wenn ich daran dachte, dass sie und Gavin einander begegnen könnten. Über uns blinkten die Sterne, und die Milchstraße war wie ein breiter Fluss von Sternen, deren Helligkeit nicht einmal neben der schillernden Scheibe des Mondes verblasste, und gelegentlich fiel aus dem Sternbild des Löwen ein Meteor mit weißem Schweif. Als wir unter den Kanonen von Vementry vorbeifuhren, überließ ich Gavin das Ruder und ging nach unten, um heiße Schokolade zu machen, arbeitete im Dämmerlicht nach Gefühl. Sobald wir Rona hinter uns gelassen hatten und auf dem Atlantik waren, erhellte sich der nördliche Himmel in einem grünen Widerschein, der wie von einem Bogen herunterzutriefen schien, als hätte den jemand mit einem wässrigen Pinsel gemalt. Das ferne Surren in der Luft war so unheimlich, dass sich mir die Nackenhaare aufstellten.

Gavins Kopf war dem Licht zugeneigt. Das Grün spiegelte sich schwach auf seiner Nase und seinen Wangenknochen. »Ist es das, was ich glaube?«

»Die Mirrie Dancers*? Ja, die Aurora borealis.« Ich deutete über uns. »Da ist noch mehr, siehst du, der neblige weiße Fleck da oben.«

»Das ist doch sicher eine Wolke?«

Ich schüttelte den Kopf. »Warte nur, bald verschwindet es und taucht woanders auf. Und hörst du sie singen?«

Wir schauten gemeinsam dem Schauspiel zu, saßen freundschaftlich Seite an Seite auf der nach oben geklappten Bank, die Gesichter nach oben gereckt, während der weiße Fleck sich zu einem zebragestreiften Fluss ausweitete, der sich über den gesamten Himmel verbreitete, schimmerte und verlosch, um danach völlig zu verschwinden und als weißes Licht wieder aufzutauchen, das wie ein Autoscheinwerfer in der Ferne aussah oder wie ein Suchscheinwerfer aus Kriegszeiten. Es dauerte eine gute halbe Stunde, dann war alles so plötzlich verschwunden, wie es gekommen war.

So etwas hatte ich noch nie empfunden. Es war die Sanftheit dieser Stille, das Gefühl, dass Gavin neben mir atmete, sein Knie, seine Schulter, seine Hand so nah an meiner, dass wir uns mit einer kleinen Bewegung berühren würden. Der Atem stockte mir in der Brust, weil er sich so leicht in meine

* (Shetlan) Fröhliche Tänzer. Nordlicht oder Aurora borealis.

Welt eingefügt hatte. Er rief nicht, er deutete nicht, er machte nichts, was den Zauber dieser Nacht gestört hätte. Wir schauten einfach nur, sogen all das miteinander in uns ein, die Augen zum Himmel erhoben. Es war, als knieten wir nebeneinander in der Messe – und es war auch wie eine Messe, in der sich Gottes Schöpfung in ihrer ganzen Herrlichkeit über uns ausbreitete. Als das Licht endlich verloschen war, seufzten wir beide tief auf, als hätten wir die Luft angehalten, und keiner von uns sprach. Ich erhob mich, um die Henkelbecher nach unten zu bringen und die Uhrzeit zu überprüfen, dann wendeten wir mit rüttelnden Segeln, um auf den Kompasskurs zu kommen, mit dem wir den Papa Sound passieren würden: 230 Grad rechtweisend zur Mitte vom Holm of Melby, 295 Grad hinüber bis zur Mitte der Bucht, dann 240 Grad zur See. Sechs abziehen, um den Unterschied zwischen dem wahren und dem magnetischen Nordpol zu berücksichtigen. Ich zog den Handkompass hervor und reichte ihn Gavin. »Hast du schon mal so einen benutzt? Du hältst ihn einfach auf Augenhöhe. Wenn wir zu dieser Insel kommen, brauche ich eine Rückwärtspeilung von 120 Grad, geradeaus über das Heck.«

Er nickte, und ich richtete die Augen unverwandt auf den runden Cockpitkompass, während wir den Bogen schlugen. »240–250–290.« Ich hielt das Boot ruhig. »Wie sieht's aus?«

»120–125–115 –«

»Genau genug.« Wir segelten zehn Minuten über den Kanal, dann schwang ich die Nase der *Chalida* herum und holte die Segel bei. Der Kompass schlug auf 245 Grad um. »Das ist jetzt der richtige Kurs. Ich brauche eine Rückwärtspeilung von 55 Grad auf Forwick Holm, das ist der Felsbrocken da drüben.«

»Das unabhängige Krongebiet von Forwick«, sagte Gavin zu meiner Überraschung. »Über den Herrn haben wir in Inverness so einiges gehört. Er ist ohne Kfz-Steuer und Versicherung Auto gefahren, und seine Begründung war, Shetland sei nie offiziell an Schottland übergegangen, deswegen träfen die Regeln des Vereinigten Königreichs auf ihn nicht zu, denn er fahre ein Konsularfahrzeug.«

»Unser Amtsrichter hat ihm das schnell ausgeredet«, sagte ich. »Ich weiß nicht, in welchem Jahrhundert der zu leben glaubte. Niemand ist heutzutage unabhängig. Was macht meine Peilung?«

»55.«

Ich ließ die Segel ein wenig aus. »Wir müssen Huxter Bass vor der Landzunge da umschiffen und ein paar Felsen vor dieser hier.«

»Was würdest du machen, wenn du allein wärst?«

Ich stand auf, stellte ein Bein zu beiden Seiten der Ruderpinne hin und hielt die Hand so, als peilte ich mit dem Kompass. »Mit den Knien steuern. Und dann gibt's auch noch den einfachen Leitstern.« Ich deutete mit dem Kinn auf den weißen Stern des Leuchtturms von Muckle Roe, der fünf Meilen hinter uns lag. »Wir können ihn noch immer sehen.«

Er lachte und schaute noch einmal zurück. »Volltreffer.«

Sobald wir die Landspitze umrundet hatten, ging Gavin nach unten, und ich hörte Metall klirren, als er den Wasserkessel aufsetzte. Ich hielt die *Chalida* ruhig auf Kurs, bis wir eine halbe Meile von dem dunkel lauernden Land entfernt waren, dann richtete ich ihre Nase erneut nach Süden. Wir hatten wieder Dwarswind. Ich nahm die heiße Schokolade und das Stück Pizza an, die Gavin mir anbot, überließ ihm das Ruder, zog von unten eine Vliesdecke herauf, kuschelte mich hinein und döste die nächste Stunde. Er weckte mich um zwei, und ich übernahm das Steuer, während er ohne großes Aufsehen, ohne Kommentar nach unten ging, sich auf dem Sofa ausstreckte und mit seiner Jacke zudeckte. Der Mond warf silbriges Licht und samtige Schatten auf seine Wimpern und Wangenknochen.

Ich ließ ihn zwei Stunden schlafen. Ich war es gewohnt, immer wieder kleine Nickerchen zu machen, und ich kannte mein Boot und meine Gewässer. Wir mussten nun die nächsten vier Stunden nichts weiter tun, als in südliche Richtung zu fahren. Die *Chalida* glitt rasch dahin, die Segel waren so gesetzt, dass ich meine Hand auf der Ruderpinne nur leicht bewegen musste. Die Sterne drehten sich auf ihrem großen Rad, und der Mond folgte seinem Kreisbogen von knapp nördlich von Osten bis knapp nördlich von Westen. Als ich nach unten ging, um erneut den Wasserkessel aufzusetzen, wachte Gavin auf. Seine grauen Augen waren plötzlich im Mondlicht weit offen. Er schwang die Beine vom Sofa und zog sich die Jacke über. Ich deutete mit dem Kopf auf das Logbuch, das aufgeschlagen auf dem Tisch lag. »Unser Kurs ist 130 Grad, geradewegs nach Südosten. Halt sie ruhig auf Kurs, so wie sie fährt, immer in diesem Abstand vom Land. In einer halben Stunde siehst du den Leuchtturm von Vaila, der blinkt alle 8 Sekunden – erst rot, dann weiß. Das bedeutet, dass wir angekommen sind.« Ich tippte mit einem kalten Finger auf die Seekarte. »Dann halte Ausschau nach dem roten Sektor von Fugla Ness, da, und fahre darauf zu. Sollte sich der Wind völlig legen, schalte den Motor ein. Es ist jede Menge Treibstoff im Tank.« Ich gähnte. »Und weck mich einfach, wenn was ist.«

Er nickte, und ich streifte mein Ölzeug und meine Stiefel ab und ließ mich in meine Koje gleiten. Das Wasser rüttelte am Bootsrumpf, während die *Chalida* vorwärtsschoss. Ich war wieder auf See … Ich schlief.

Um zehn vor sechs wachte ich im grauen Dämmerlicht des Morgens auf und schlängelte mich aus meiner Koje vor, um aus dem Fenster zu schauen. Eine Landspitze, die wie Skelda Ness aussah, war querab zu sehen, und die verstreuten Inseln, die wie ein Schutzwall vor Scalloway lagen, waren direkt vor uns. Unser Kielwasser bildete nach wie vor eine gerade Linie hinter uns, aber ich spürte, dass unsere Geschwindigkeit auf unter vier Knoten gefallen war. Wir kamen allerdings noch schnell genug voran; es war nicht nötig, die Stille des frühen Morgens mit Motorengeräuschen zu zerreißen.

Ich ging auf die Toilette, bereitete uns dann jedem eine Tasse Tee. Gavin lächelte, als ich die beiden Henkelbecher durch die Luke hinaufreichte. »Guten Morgen.«

Seine Stimme klang so wach, als hätte er die ganze Nacht über geschlafen, aber zum Glück nicht aufdringlich fröhlich. Ich übernahm das Ruder und blinzelte mit zusammengekniffenen Augen in den trüben Tag. Der Mond war untergegangen, hatte nur einen schwachen Schimmer am westlichen Horizont hinterlassen, die Sonne war bisher nichts weiter als ein schmaler Lichtstreifen entlang der obersten Kante der Berge im Osten, wurde noch vom orangefarbenen Leuchten der Straßenlaternen von Scalloway überstrahlt. Ich hatte knapp vor dem Kanal zwischen den Inseln einen Wegpunkt gesetzt, und jetzt überprüfte ich unseren Kurs: wir hielten genau darauf zu. Ich nickte Gavin anerkennend zu. »Guten Kurs gefahren.«

»Ich habe auf unserem kleinen Boot ein GPS wie deines. Damit komme ich prima klar.«

Er hatte mir von dem Boot erzählt, einem Glasfaserdingi mit kleinem Stauraum, das sie benutzten, um am Fjord Leute zu besuchen oder Schafe von einem Teil des Fjords zum anderen zu bringen. Tote Hirsche wurden mit dem Pony transportiert.

Wir schlängelten uns zwischen den Inseln hindurch und fuhren leise in den Hafen von Scalloway ein. Inzwischen war es hell. Auf dem Berg über uns hatte der Regen die Heidekrautblüten rostbraun gefärbt, nur der rosa Schimmer der drahtigen Halme des Schlickgrases hellte die Flächen auf. Der Torf hatte so viel Wasser aufgesogen, wie nur ging. Die Stirnseiten, wo man Soden gestochen hatte, waren tiefschwarz, und der Regen lag wie ein nasser Schimmer auf den ebenen, horizontalen Flächen, den unteren Sohlen, und auf dem Sumpfgrass zwischen den Bächen.

Vor uns war das Wasser spiegelglatt, die Reifen an der Blacksness Pier wurden durch die Reflexion verdoppelt, das Spiegelbild der Burg dehnte sich bis zum grünen Hügel hinüber. Auf dem Berg dahinter hing am Gipfel eine neblige Wolke, als wäre sie es müde geworden, weiter über den Himmel zu fliegen. Ich schaltete den Motor ein und barg die Fock. Wir tuckerten voran, das Wellen-V hinter unserem Heck wurde breiter, während ich die Segel einholte und dann die Geschwindigkeit erhöhte, um die Ecke der Mole zu umrunden und in den Schutz des Yachthafens einzufahren.

»Moment!«, sagte Gavin plötzlich. Er hob das Fernglas an die Augen. Ich drosselte den Motor und ließ das Boot treiben.

Gavin schaute zum Burn Beach, der kleinen Ecke Strand unterhalb der Straße mit den bunten Häusern. Die Flut spülte das Wasser bereits zwei Fuß die Wand unterhalb des Parkplatzes hinauf, und etwa zehn Meter vom Ufer entfernt schwamm etwas Schwarzes. Zwei Silbermöwen umkreisten es, hoben vom Wasser ab, um mit klatschenden Flügeln darüber zu schweben, landeten kurz, flogen dann wieder auf, um erneut zu kreisen.

Ich legte den Gang ein und tuckerte langsam auf die Stelle zu, behielt das Echolot immer im Auge. Bei so hoher Flut sollten wir eigentlich jede Menge Wasser unter dem Kiel haben, aber falls wir auf Grund liefen, müssten wir einige Zeit warten, um wieder flott zu kommen. Vier Meter – drei fünfzig – drei. »Viel näher kann ich nicht ran«, sagte ich.

»Das ist nah genug.« Seine Stimme klang grimmig. Er zog das Handy aus der Jackentasche und wählte. »Macrae hier. Können Sie organisieren, dass das Team so schnell wie möglich hier in Scalloway mit dem Boot auf dem Wasser ist? Es sieht ganz so aus, als hätten wir im Hafen eine Leiche.«

gruli, grulik (n): eine maskierte Person,
eine verkleidete Person,
besonders zu Halloween

KAPITEL 13

Sonntag, 30. Oktober

Niedrigwasser Scalloway	*01:46 GMT*	*0,6 m*
Hochwasser	*08:02*	*1,6 m*
Niedrigwasser	*13:59*	*0,6 m*
Hochwasser	*20:14*	*1,7 m*

Mond zunehmend, letztes Viertel

Monduntergang	*05:47*	*290 Grad*
Sonnenaufgang	*07:20*	
Mondaufgang	*15:32*	*67 Grad*
Sonnenuntergang	*16:17*	

Wir konnten nicht erkennen, wer es war. Wir standen gefühlt eine Stunde Wache, warteten fünf Meter von der dunklen Gestalt entfernt, die gerade eben die spiegelglatte Wasseroberfläche durchbrach. Erst als die abfließende Flut sie in Richtung Meer trieb, konnten wir uns ihr nähern.

»Wir versuchen lieber nicht, sie an Bord zu ziehen«, meinte Gavin. »Ich möchte keine Beweismittel zerstören. Mein Team wird schon bald hier sein.« Er machte den Bootshaken vom Kajütendach los. Ich manövrierte das Boot längsseits; Gavin lehnte sich hinüber und hielt den Haken am Ende der Stange in Richtung Wasser. Er stieß ein überraschtes »Oh!« aus, streckte noch einmal den Arm aus und platzierte den Haken. Seine Arme spannten sich an, als sie das Gewicht spürten. Er schaute zu mir zurück und nickte. »Ich hab ihn.«

Ich stieß rückwärts ins tiefere Gewässer zurück, schaltete

den Motor der *Chalida* aus und ging hin, um mir die Sache näher anzusehen.

Ich hatte seesternförmig ausgestreckte dunkle Arme und Beine erwartet, aber wir sahen nur einen Rücken, der in einer schwarzen Kapuzenjacke steckte, und langes Haar, das sich wie ein Fächer von dem nach unten gebeugten Kopf ausbreitete. Die Arme waren auf irgendeine Weise, die wir nicht ausmachen konnten, nach vorn gezogen. Gavin bekam mit dem Bootshaken einen robusten Ledergürtel zu fassen, einen von der Sorte, der vorn eine große Messingschnalle haben würde. Die Hose war dunkel, und die Beine waren zusammengebunden und lagen schief im Wasser, mit einem blauen Seil um die Knöchel und schweren schwarzen Stiefeln, die sie nach unten zogen. Mir wurde kalt ums Herz.

»Unter der Schmiede da ist ein Stein.« Ich deutete mit dem Kopf darauf. »Da haben sie früher bei Niedrigwasser die Hexen ausgesetzt. Sie haben sie an Händen und Füßen gefesselt und einfach auf die Flut gewartet. Wenn sie schwammen, dann half ihnen der Teufel, dann wurde ihnen der Prozess gemacht und sie wurden verbrannt. Wenn sie ertranken, war das ein Zeichen dafür, dass sie unschuldig waren.«

Gavin nickte.

Das dunkle Haar der Leiche wehte im verebbenden Kielwasser der Schiffsschraube der *Chalida*, der Kopf drehte sich ein wenig, und durch diese Bewegung erkannte ich den Toten. »Es ist Nate«, sagte ich. »Oder?«

Erneut nickte Gavin. »Sieht aus, als könnte er es sein.« Er wandte mir den Kopf zu und schaute mich scharf an. »Alles in Ordnung mit dir?«

»Mir geht's gut.« Das war natürlich gelogen, aber ich hatte mich jetzt im Griff. Ich wollte nicht nachdenken, konnte aber nichts dagegen tun, dass sich meine Gedanken damit beschäftigten, dass man Nate gefesselt und der Hexenprobe ausgesetzt hatte. In der Stille hörte man, wie das Wasser am Rumpf der

Chalida leckte, und neben ihr schwamm die Leiche am Haken, von glitzernden kleinen Fischen umringt. Die Wellen kräuselten sich an der vom Schaum ausgebleichten Steinmauer der Schmiede.

Endlich kam die Polizei, ein Streifenwagen bog auf die Blacksness-Pier ein, der andere fuhr auf der Straße in Richtung Port Arthur. Sogleich war vom Yachthafen her eine blaue Rauchwolke auszumachen. Eines der Aluminiumboote der Lachsfischer kam auf uns zugebraust. Gavin hob eine Hand, und das Boot kam längsseits. An Bord waren Sergeant Peterson und zwei Beamte in Uniform. Ich hielt den Bootshaken, und Gavin stieg in das kleinere Boot und übernahm das Kommando.

Ich schaute schweigend zu, wie sie Nate aus dem Wasser zogen und auf ein Leichentuch aus Plastik legten. Seine Arme waren an den Handgelenken zusammengebunden, und er hatte einen Knebel im Mund, der aussah wie das Halstuch eines Mannes, das man hinten unter der dunklen Kapuze verknotet hatte. Seine Augen waren offen, torfdunkel und starrten aus dem weißen Gesicht. Die kleinen Fische hatten bereits angefangen, an seiner Nase und seinen Wangen zu knabbern, und hatten ihm die Haut vernarbt, als hätte man sie mit Schmirgelpapier abgerieben. Ich hoffte, dass der Bestatter das überdecken konnte, um seiner Mutter willen, der es gesundheitlich nicht gut ging, um seines Vaters, des Pfarrers, willen. Ich glaubte nicht, dass die religiösen Überzeugungen eines Pfarrers es ihm leichter machten, einen Sohn zu verlieren. In meinen Gedanken hallten die Worte aus dem Buch Genesis wider: *Du hast deines eigenen Sohns nicht verschont.* Abraham, der Isaak opfert. Plötzlich war ich todmüde.

Das Lachsboot raste vor mir her in den Yachthafen. Vor dem Bootsklub wartete ein weißer Lieferwagen. Ich schaute zu, wie sie Nate dort hineinschoben. Der Lieferwagen war schon den Berg hinauf und in Richtung Lerwick unterwegs, als ich die *Chalida* an ihren Liegeplatz manövriert hatte. Es war sehr still, kein Summen der Takelage, kein Klatschen von Wellen neben meinem Kopf. Ich wollte mich nur noch hinlegen und schlafen, schlafen. Eine Stunde konnte ich mir gönnen, ehe ich zur Messe aufbrechen musste. Ich kickte die Stiefel von den Füßen, zog mir die oberste Schicht Kleidung aus und sackte auf meiner Koje zusammen.

Als ich aufwachte, war es auf meiner Uhr erst halb neun, obwohl draußen helles Tageslicht war. Einen Augenblick lang war ich verwirrt, ehe ich mich an die Zeitumstellung erinnerte. Gestern um diese Zeit war es halb zehn gewesen. Jetzt hatten wir wieder auf die wirkliche Sonnenzeit umgestellt, die die alten Seeleute immer noch Greenwich-Zeit nannten. Ich spritzte mir kaltes Wasser ins Gesicht, bürstete mein Haar und flocht es zum Zopf, fütterte Kater und wollte gerade losgehen, als mein Telefon klingelte. Es war Maman.

»Cassandre?«

»*Salut, Maman.*«

Sie bot mir an, mich im Auto zur Messe mitzunehmen und hinterher zum Mittagessen einzuladen. Das bedeutete, dass ich Kater während der Messe im Auto lassen musste, aber ich nahm die Einladung an, unter der Bedingung, dass wir so spät wie möglich losfuhren, um Katers Leidenszeit zu verkürzen. Das bekümmerte Maman nicht, die an die katholische Tradition gewöhnt war, in die Messe zu schweben, wenn der Priester gerade den Introitus zu Ende gebetet hat. Ich behielt die Uhr im Auge, und Kater und ich waren bereit und warteten darauf, dass Dads schwarzer Range Rover elegant neben dem Bootsklub zum Stehen kam. Ich hob Katers Korb hinein und stieg nach ihm ein.

Maman hatte gerade eine Pause zwischen zwei Auftritten: Ende September hatte sie in irgendeinem Château an der Loire das Rameau-Äquivalent der guten Fee in einer Son-et-Lumière-Inszenierung gespielt, und Mitte Dezember würde sie in einem ebenso großartigen Château in der Auvergne die rachsüchtige Tochter eines persischen Königs verkörpern. Das bedeutete, dass sie zeitweilig normal war, anstatt ständig in der Rolle zu stecken, die sie bald singen würde, so dass aus jedem kleinen Zwischenfall im Haushalt eine griechische Tragödie wurde. Natürlich nur so normal, wie das für sie möglich war; die Bühne war ihr Lebensraum, so wie das Meer der meine war, und selbst zur Messe in unserer kleinen Kirche in Lerwick war sie angezogen, als lauerte an der Tür die Presse: Den sahneweißen Hut mit Filzblumen hatte sie schräg in die Stirn gezogen, dazu trug sie einen schwingenden sahneweißen Wollmantel über einem schmalen schwarzen Rock, Nahtstrümpfe und hochhackige schwarze Schuhe. Das dunkle Haar war in der Mitte gescheitelt und im Nacken zu einem glatten Knoten geschlungen, die gepuderten Wangen waren makellos glatt, die braunen Augen im besten Callas-Stil durch einen breiten Lidstrich verdunkelt und verlängert. Im letzten Monat hatte sie von scharlachrotem Lippenstift auf ein mattes Rosa umgestellt. »Das ist in meinem Alter schmeichelhafter. Und wann fängst du endlich an, das Beste aus deinem Typ zu machen?«

Der Antwort auf diese Frage wich ich regelmäßig aus. »Gestern hatte ich Make-up aufgelegt«, erzählte ich ihr jetzt, »ich war mit Gavin auf einer Party.«

Sie nickte anerkennend. »Er ist eine sehr *éligible parti**, der braucht keine konventionelle Frau. Und hattest du ein Kleid an?«

»Das hübsche von dir. Es war die Kinderparty zu Halloween«, fügte ich hinzu.

Ihre Lippen verzogen sich. »Also, erst baust du mich auf, dann enttäuschst du mich mit so einem Satz. Böses, böses Mädchen, Cassandre.«

Ich grinste.

»Trotzdem, er meint es ernst, dieser Mann.« Ihre dunklen

* (franz.) Gute Partie.

Augen schossen mir von der Seite einen Blick zu. »Glaubst du das nicht auch?«

»Doch«, stimmte ich ihr zu. »Aber ich bin mir nicht sicher, ob ich es ernst meine, jedenfalls noch nicht.«

»Oh, du warst immer ernst, schon als kleines Mädchen. Du hast über was nachgedacht, dann eine Entscheidung gefällt, und danach konnte man dich nicht mehr davon abbringen.«

Wir hatten jetzt die Häuser erreicht, und ich erinnerte mich an Shaelas Geschichte von den Eiern. Die Teenager hatten ganze Arbeit geleistet. Alles war weiß und gelb verschmiert, und in den Rinnsteinen knirschten die Eierschalen. Vor ein paar Häusern standen drei Männer um ihre Autos herum. Die Morgensonne hatte das Ei auf den Kühlerhauben festgepappt, und an ihren Mienen konnte man ablesen, dass hier Rachepläne geschmiedet wurden.

Hinter der Meat Co. waren keine Anzeichen vom grausigen Fund dieses Morgens auszumachen. Auf dem Parkplatz oberhalb des Burn Beach standen weder Gaffer noch Polizeiautos, und die Blackness-Pier war ruhig, nur hier und da arbeitete jemand an einem auf Paletten aufgebockten Boot. Die Flut lief noch immer ab, der Strand mit den braunen Kieseln ging inzwischen in Streifen von glitzerndem Seetang über, der am Saum des Wassers schwamm. Dann bemerkte ich, dass die Bootsbesitzer ab und zu die Köpfe hoben, um nach rechts zu schauen. Als wir am Fraser Park vorüberkamen, blickte ich zurück. Am Burn Beach gingen dunkle Gestalten entlang, suchten mit gesenkten Köpfen das ab, was der Meeresgrund gewesen war.

Maman lenkte den Wagen in elegantem Schwung die kurvenreiche Straße entlang und fuhr jetzt den Berg zum Steinbruch hinauf. »Aber wie kannst du ihn in deine berufliche Laufbahn einbauen?«

Der Tontaubenschießstand, den man für die Inter-Island Games gebaut hatte, war mit orangefarbenen Wurfscheiben übersät. Rechter Hand öffneten sich die Berge nach Süden.

Eine Herde rotbraun-weißer Ponys kam mit fliegenden Mähnen und Schweifen an den Zaun galoppiert. Der Berg zu unserer Linken war Hollanders' Knowe; hier hatten im Mittelalter die Leute von Scalloway mit den Männern der holländischen Heringsflotte Eier und Fleisch gegen Gin getauscht.

»Ich weiß es nicht«, sagte ich schließlich. »Ich dachte, darüber zerbreche ich mir erst den Kopf, wenn er mich fragt, ob ich seine Freundin werden will.«

»Er wird fragen«, erwiderte Maman. Sie warf mir erneut einen Blick von der Seite zu. »Dein Vater und ich, wir haben gedacht, die Liebe würde es uns möglich machen, an zwei verschiedenen Orten zu leben. Du weißt, wie sehr wir uns da geirrt haben.« Wir kamen am Sandy Loch und den senfgelben Häusern vorüber, die einmal die Wetterwarte von Shetland gewesen waren, dann an den herrlichen Häusern von »Nob Hill« in Sound, den teuersten Immobilien in Lerwick. Wir brachten zwei der vier Kreisverkehre in Shetland hinter uns. Mamans Gesicht wurde angespannt, denn sie musste sich konzentrieren, weil für sie die Autos hier von der falschen Seite kamen.

»Aber dann wiederum«, meinte sie fröhlich, nachdem sie diese Klippen umschifft hatte, »bist du nicht ich, und dein Monsieur Macrae ist ganz gewiss nicht Dermot.«

Sie bog in die King Harald Street ein, die zu unserer Kirche führt, und parkte hinter einem scharlachroten Range Rover mit goldenen Drachen auf der Seite. Ich goss Kater etwas Wasser in ein Schälchen, stellte ihm einen Teller mit Katzenfutter hin und öffnete die Klappe seines Katzenkorbs. Dann schlichen wir uns in die Kirche. Wie erwartet, hatte der Gottesdienst noch nicht einmal angefangen. Pfarrer Michail trug schon das Messgewand, begrüßte aber immer noch die letzten Nachzügler. Er schüttelte mir die Hand. »Hallo, Cass. Was für Neuigkeiten hast du von dem jungen Mann, der neulich verletzt wurde?«

Pfarrer Michail war in jenem schrecklichen Augenblick auf

der Voe Show dabei gewesen, als der Stier Anders angegriffen hatte. »Er arbeitet wieder«, antwortete ich, »und langweilt sich. Er hat gedroht, nach Shetland zurückzukommen.«

Mamans dunkle Augen huschten zu mir. Jetzt konnte ich mit einer Gardinenpredigt zu dem Thema rechnen, dass ich mich endlich entscheiden müsste. Maman reichte Pfarrer Michail die Hand, der sich darüberbeugte. »Willkommen zurück, Madame.«

Gewöhnlich saß ich hinten in der Kirche, aber Maman rauschte mit mir an den zusammengedrängt wartenden Messdienern in ihren weißen Soutanen vorüber in die zweite Bank von vorn, wo wir als Familie immer gesessen hatten. Wir knieten uns nebeneinander hin, ihre Schulter mehr als 10 Zentimeter über meiner, ihr weißer Mantel neben meiner marineblauen Jacke, ihr dunkler Haarknoten neben meinem dunklen Zopf. Die Ablage für das Gebetbuch war noch genauso »verziert« wie zu meiner Kinderzeit: mit einer eingekratzten Spirale, einer Träne im Lack, die wie eine Feder geformt war, elf Einstichen eines Taschenmessers, die ein grobes J ergaben. Ich hatte mich immer gefragt, wer wohl J sein mochte. Neben mir senkten sich Mamans dunkle Wimpern über ihre Augen. Ich konnte nicht ahnen, worum es in ihren Gebeten ging: um sie und Dad, um mich und Gavin, um den verlorenen kleinen Bruder, von dem Dad mir erst kürzlich erzählt hatte, den kleinen Patrick, der nie einen Atemzug getan hatte. Oder vielleicht um ihre neue Inszenierung, um die Obdachlosen, die Verhungernden, den Weltfrieden. Sie war ein Buch, in dem ich gerade erst zu lesen lernte.

Ich betete für Nate und Annette, ihre Eltern und Rachel und dann für Gavin, dass er den Mörder erwischen würde, ehe noch mehr Schlimmes geschah. Ich begann gerade, meine unordentlichen Gedanken zu sammeln, als die Glocke läutete, das Keyboard ächzend zum Leben erwachte, die Gitarre erklang und die Messe anfing. Ich rappelte mich auf die Beine, und neben mir stand Maman graziös auf, als hätte sie ihre Gebete so berechnet, dass sie just in diesem Augenblick beendet waren. Noch ein Augenblick, dann erhob sich ihre Stimme zum ersten Kirchenlied. Als ich klein war, habe ich mir immer vorgestellt, dass die Engel so sangen wie Maman, mit dem klaren Sopran, der sogar in den leisesten Tönen noch über den geschnitzten Altar hinaushallte wie der Ton einer Schiffsglocke an einem windstillen Tag, um so lieblicher, je leiser sie sang. Wenn sie bei Melodien wie »Eternal Father, strong to save«* in voller Lautstärke schmetterte, hallte ihr Gesang in der ganzen Kirche wider, und ich stellte mir vor, wie die Vögel draußen auf den Bäumen erstaunt in ihrem Zwitschern innehielten und einen Augenblick diesem menschlichen Adler lauschten, ehe sie mit erneuter Kraft in ihren Gesang einfielen.

Der heilige Johannes war der Adler der Kirche, der in seiner Offenbarung sogar bis zum Thron Gottes aufgestiegen war. Ich dachte über den Adler nach, den wir gesehen hatten, der mit seinen großen Schwingen über den Klippen schwebte. War er ein einsamer Wanderer, oder war er ein Zeichen dafür, dass seine Art nach Shetland zurückkehrte, war er gekommen, um das Land auszukundschaften, wie es die Wikinger vor dreizehnhundert Jahren gemacht hatten? Ich war einmal auf einer Versammlung in der Schule von Lerwick gewesen, und das Einzige, woran ich mich erinnern konnte, war eine Vitrine, so groß wie ein Kleiderschrank, voller ausgestopfter Vögel, und mittendrin der große Seeadler mit seinen kastanienroten Federn und dem anthrazitfarbenen Schnabel, der nach der langen Gefangenschaft in diesem Glassarg schon ganz verblichen war. Es wäre wunderbar, wenn man die Uhren zurückdrehen

* (engl.) Ewiger Vater, starker Retter. (O ewig Gott, mit starker Hand). Kirchenlied, das im Vereinigten Königreich und den USA vor allem mit der Seefahrt im Allgemeinen und speziell mit der Marine in Verbindung gebracht wird und auch »Royal Navy Hymn« / »US Navy Hymn« genannt wird.

könnte, wenn die Seeadler wieder zu ihren Nestern auf den hohen Horsten der Klippen von Watsness zurückkehrten, wenn Maman und Dad in unserem Haus in Muckle Roe zusammen Weihnachten feiern würden …

Im Namen des Vaters und des Sohnes und des Heiligen Geistes … Ich beendete das Gebet, von dem ich nicht einmal merkte, dass ich es gesprochen hatte, und konzentrierte meine Gedanken auf die Messe.

Wir traten in den strahlenden Farben des farbigen Glases unter dem herrlichen Triptychon am Ende der Kirche ins Freie. Ich hatte es als Kind das »ölige Fenster« genannt, weil im Zentrum ein Ölarbeiter in seinem orangefarbenen Overall zu sehen war, wie er die Kommunion empfing, und weil die obere Hälfte des Fensters eine Ölbohrinsel auf stürmischer See zeigte, auf der Männer angestrengt an einem Rohr zerrten. Auf der unteren Hälfte waren Szenen aus meiner Kindheit dargestellt: Lerwick mit der alten *Saint Clair*-Fähre an der Pier, eine Frau mit einem Strohkorb, ein Mann beim Torfstechen. Ringsum war all das zu sehen, was ich mir auf Mamans Anraten hin anschauen sollte, wenn mir langweilig wurde: der Kiebitz mit seiner Haube, der Austernfischer mit seinem Smoking, der Seehund auf seinem Felsen, die Küstenseeschwalbe.

Wir bahnten uns einen Weg durch die Gruppen von Englisch und Polnisch redenden Menschen zurück zum Auto. Kater rollte seinen aufgeplusterten Schwanz auf und setzte sich mit einem Begrüßungsgähnen aufrecht hin. Ich schüttete sein Wasser in den Rinnstein, und wir fuhren die zwanzig Meilen nach Brae zurück.

Es herrschte eine atemlose Stille. Das Wasser des Laxfirth war so glatt, dass die Lachskäfige auf ihren schwarzen Spiegelbildern schwebten und jeder grüne Hang, der sich zum Wasser herabsenkte, sich unterhalb des Kiesufers wieder hinaufschwang. Girlsta Loch schien mit grauen Wolken angefüllt zu sein. Dahinter stand schimmernd das Wasser auf den

Bergen, und vor jedem dunklen Torfstich schlängelte sich ein graues Band. Ein Seetaucher paddelte auf dem Sand Water, den schmalen Schnabel schräg gelegt. Dann führte die Straße vom Meer fort, zwischen zwei der drei langgestreckten Bergrücken hindurch, auf denen Dad seine Windräder errichten wollte. Die Kames, so hießen sie, waren das lange Rückgrat Shetlands, das einmal ein Teil der kaledonischen Bergkette um Loch Ness herum gewesen war. Wenn man die Linie der Kames verlängert, trifft sie auf den Great Glen.

»Wie kommt Dad voran?«, fragte ich.

Mama schnaubte. »Gar nicht. Nachdem alles erst so glattgelaufen ist, gibt es auf einmal nur noch Probleme. Zunächst mal das Gerichtsverfahren und die Verzögerungen wegen des Verbindungskabels. Davon hast du doch gehört?«

»Noch mal fünf Jahre«, meinte ich.

Maman nickte. »Fünf Jahre, und inzwischen steht dann ganz Schottland voller Windturbinen, die den Strom sehr viel billiger produzieren können als Shetland, ohne lange Verbindungskabel, für die man bezahlen muss. Und dann – aber erwähne das bitte nicht, das ist noch nicht offiziell – hat die Elektrizitätsgesellschaft, die mit Dads Firma eine Partnerschaft eingehen wollte, gerade ihre Anteile an einem anderen Windpark verkauft. Das wird den Leuten in Shetland nicht gefallen, meint Dermot. Wenn eine Firma, die in Shetland ansässig ist, sich mit einem anderen Unternehmen, das groß und hier gut bekannt ist, zusammentut, dann können sie damit leben. Aber wenn das Risiko besteht, dass plötzlich ein hier unbekanntes Unternehmen beinahe die Hälfte der Aktien übernimmt, damit kommen sie nicht klar.«

»Nein«, stimmte ich ihr zu. Ich konnte geradezu hören, wie Magnie sagte: »Was, die Leute da unten im Süden sollen entscheiden können, dass hier mehr Windräder oder Straßen hermüssen, und wir können das nicht verhindern? Nö, Kinder. Das gibt's nicht.«

»Also wird es wohl eine Vereinbarung geben müssen, dass die Firma so etwas nicht macht, und Dermot ist sich nicht sicher, ob sie diese Einschränkung akzeptieren würde.«

»Ist es denn möglich, das alles jetzt noch zu stoppen?«, fragte ich. »Ich hatte den Eindruck, dass das Shetland Islands Council echt Rückenwind bekommen hat. Die Leute wittern Geld und Jobs.«

»So viele Jobs sind das gar nicht«, antwortete Maman. Das Dorf Voe glitt an uns vorüber, die Pier erstreckte sich in einer Kurve ins spiegelglatte Wasser, jede Yacht schwebte über ihrer Doppelgängerin mit einem doppelt so hohen Mast, jeder grüne Hügel war unter der Gezeitenlinie so grün wie darüber. Dass die Farben so frisch wirkten, ließ baldigen Regen ahnen, und die grauen Kumulonimbuswolken rollten sich auch schon wie Vliesdecken über den Himmel. Ich machte eine ausladende Handbewegung, die Handfläche nach oben gereckt. »Ich weiß nicht. Tourismus, der wird hier doch auch wichtiger, und wenn die Touristen wegen des Windparks wegbleiben, gehen eher Jobs verloren. Das hat noch niemand untersucht.« Mamans Mundwinkel zuckten nach unten. »Ich kann Dermot da auch nicht uneingeschränkt zustimmen. Aber ich bin wie du, ich bin ein Zugvogel. Die Leute, die immer hier leben, die sollen das entscheiden.«

Jetzt näherten wir uns wieder der Welt meiner Kindheit, aber über Land. Die schokoladenbraune Insel zu meiner Linken war Linga, die Heidekrautinsel, und dahinter zogen sich die Berge von Muckle Roe hin, der großen roten Insel, auf der unser Haus steht, und der Sund von Papa Stour, durch den Gavin und ich gestern gesegelt waren. Aith lag links unterhalb. Das Wasser, das sich jetzt vor mir erstreckte, war der Hinterhof meiner Kindheit gewesen. Ich war mit meiner geliebten *Osprey* von der Pier aus zu dem Tor gekreuzt, das mir den Weg zu allen Abenteuern eröffnete, zu den rollenden Wellen des Atlantiks, die hier auf dem kiesigen Rund des Ufers unterhalb des Hauses ausliefen. Während ich nun mit Maman im Auto saß, spürte ich plötzlich, wie all das wieder in mir aufwallte, der ständige Kampf zwischen Mamans Wunsch, dass ich ein niedliches Mädchen sein sollte, und meinem Wunsch nach Abenteuern. Ich fragte: »Warum wolltest du immer, dass ich so ein Bilderbuch-Mädchen sein sollte? Das hübsch aussah, artig las und mit Puppen spielte?«

Sie schüttelte den Kopf. »Was ich wollte, hat gar keine Rolle gespielt. Du bist doch deinen eigenen Weg gegangen.«

»Aber warum?«, beharrte ich. »Warum hast du gedacht, dass es anders besser wäre?«

»Es ist immer einfacher, wenn man sich an die Konventionen hält.« Sie rümpfte die Nase. »Ich habe das ja auch nicht gemacht. Ich wollte singen. Na ja, du kannst es dir vorstellen – ein Bauernmädchen in einem kleinen Dorf. ›Für was hält die sich eigentlich?‹, haben die Leute gefragt. Aber meine Mutter hat geantwortet, ich sollte meine Chance bekommen, und sie hat deinen Opa davon überzeugt, dass sie das Geld vom Verkauf der Eier und des Ziegenkäses sparen durfte, damit ich beim Musiklehrer im Dorf Stunden nehmen konnte. Der fand, ich hätte Talent, und so habe ich weitergemacht. Oh, manchmal war es harte Arbeit, und manchmal habe ich bedauert, von den anderen Kindern getrennt zu sein. Ein Kind, das ein Talent besitzt, muss seine Kindheit opfern. Ich wollte, dass du dazugehörst.«

»Aber das, wozu ich gehören sollte, hat mich nicht interessiert«, sagte ich. »Ich wollte kein Mädchen mit einem hübschen Kleidchen sein und mit Puppen spielen. Das habe ich begriffen, auch als ich erst sechs war. Die älteren Mädchen waren bei den Brownies*, haben gebastelt und Modeschauen veranstaltet, während die Jungs in der Boys' Brigade** zum Zelten gehen durften.«

* Jugendorganisation der Pfadfinder für Mädchen zwischen 7 und 10 Jahren.

** Christliche britische Jugendgruppe für Jungen.

»Du hast immer gegen alles rebelliert.« Sie deutete mit dem Kinn auf Kater hinten und sprach wie Nate: »Früher hätte man dich mit deiner Unabhängigkeit und deinem kleinen Kater, der dir auf Schritt und Tritt folgt, als Hexe verbrannt.«

»Ich kapier's aber nicht. Sind die Männer wirklich so sehr davon überzeugt, dass sie ganz allein das Sagen haben, dass sie uns nicht mal ein kleines bisschen Unabhängigkeit gönnen können?«

»Ja«, antwortete Maman. »Ich glaube, tief im Inneren sind sie alle davon überzeugt, sogar gegen ihre bessere Natur. Sie meinen, dass sie es am besten wissen und dass das wahre Glück einer Frau darin liegt, den Richtigen zu finden, zu dem sie aufschauen kann.«

»Trotz beinahe hundert Jahren Frauenwahlrecht? Und obwohl Frauen inzwischen jede Arbeit machen?«

»In Frankreich dürfen die Frauen erst seit siebzig Jahren wählen«, erinnerte mich Maman. »Das ist noch gar nicht so lange her. Jede Frau über achtzig kann sich noch daran erinnern, dass ihre Mutter nicht wählen durfte.«

Im Yachthafen von Brae hatten die Leute die Masten von ihren Booten heruntergenommen. Der Winter war im Anzug. Wir kamen am Busta House vorbei, wo wir einmal eine Geistererscheinung inszeniert hatten, um einen Mörder zu fangen.

»Maman«, sagte ich zögernd. Es war leichter, so mit ihr zu reden, Seite an Seite sitzend, während ihre ausdrucksvollen Augen auf der Straße ruhten. »Dad hat mir erzählt, dass du ein Baby verloren hast, meinen kleinen Bruder.«

Ihr Kopf wandte sich mir rasch zu. In ihrem Gesicht stand eine ängstliche Hoffnung. »Hat er das wirklich gesagt, dass ich ein Baby verloren habe?«

Ich schüttelte den Kopf. Ihre Mundwinkel senkten sich. »Nein, das hatte ich mir gedacht. Er will es einfach nicht glauben – aber wenn wir zu Hause sind, will ich dir erzählen, was geschehen ist, dann kennst du die Wahrheit.«

Wir fuhren die letzte Meile schweigend auf der einspurigen Straße, deren Ränder von rostrotem Heidekraut überwachsen waren; weiter unten lag wie glatt poliert die graue See. Das Haus, das Dad gebaut hatte, war gedrungen und hatte grauen Rauputz, hinten einen Windfang und große Panoramafenster mit Blick auf das Meer. Kater sprang heraus und machte sich auf, um herauszufinden, was die anderen Katzen im Garten seit seinem letzten Besuch so alles angestellt hatten, während Maman und ich in die Küche gingen. Maman schenkte uns beiden ein Glas *Légende d'automne* ein, und wir nahmen den Wein mit ins Wohnzimmer. Der Himmel bewölkte sich. Es würde noch vor der Abenddämmerung Regen geben.

»Es war meine Schuld«, sagte Maman. »Es war meine erste große Chance, weißt du. Seit ich deinen Vater geheiratet hatte und hierhergezogen war, hatte ich immer versucht, den Kontakt zur Musikszene nicht zu verlieren, und ich habe ja auch hier und da kleine Rollen gespielt, aber damals führte ein Freund, den ich noch aus meiner Zeit in Lille kannte, Regie, und der hat mir die Rolle der Folie in *Platée* angeboten. Sie singt da eine Arie, so eine wie die der Königin der Nacht in der *Zauberflöte*, einen echten Publikumshit.« Sie schaute mich mit ihren dunklen Augen fest an. »Du verstehst das, Cassandre. Das war so, als würde man dir den Posten als Kapitän eines Viermasters anbieten.«

Ich nickte.

»Dermot war dagegen, wegen des Babys. Wir stritten uns. Wir wurden beide immer sturer – den Starrsinn hast du von uns beiden geerbt.« Ihr Gesicht wurde ganz reglos; ihre dunklen Wimpern verschleierten die Augen. »Aber er hatte recht. Es war zu viel für mich, und ich habe das Baby verloren.« Sie legte ihre langen Hände an ihren Bauch. »Es war meine Schuld. Es war nicht, wie dein Vater glaubt, dass ich ihn …« – nun verkrallten sich die Finger ineinander – »habe wegmachen lassen. Das hätte ich niemals getan, und dein Vater hätte das wissen sollen, aber er war so wütend und hat so sehr getrauert um *seinen Jungen.* Ich habe auch getrauert, aber anstatt uns aneinanderzuklammern, haben wir unsere Trauer aneinander ausgelassen und uns getrennt getröstet. Oh, nicht die Art von Trost! Er hat gearbeitet, und ich habe gesungen. *Platée* war ein Wahnsinnserfolg, und dann kamen andere Angebote, größere Rollen, und plötzlich veranstaltete jedes Château die Loire rauf und runter sein eigenes Son-et-lumière.« Ihre Augen kehrten zu meinen zurück. »Mach das nie, Cassandre. Wenn ein Schmerz kommt, ganz gleich, wie grausam er ist, teile ihn mit jemandem.« Plötzlich füllten sich ihre Augen mit Tränen. »Ich durfte ihn im Krankenhaus noch einmal ansehen. Er war so winzig.«

»Hast du versucht, das Dad zu erklären?«, fragte ich. »Jetzt hört er vielleicht zu.«

Sie schüttelte den Kopf. »Wir sind wieder zusammen, und er hat mir verziehen. Das reicht. Es war meine Schuld, die Schuld wiegt genauso schwer, wie er glaubt, nur auf andere Weise. Ich habe den Kleinen mit meinem Ehrgeiz umgebracht. Selbst jetzt, wenn das Publikum mit seinem Applaus das Haus zum Beben bringt, erinnere ich mich noch, was mich das gekostet hat.« Sie starrte vor sich hin. »Ich hätte niemals gedacht, dass ich mich darüber definieren würde, dass ich ein Kind auf die Welt bringen kann, aber nachdem ich das Baby verloren hatte, hatte ich das Gefühl, ich hätte als Frau versagt. Ich hätte das Kleine hegen und pflegen sollen, bemuttern, vor allem anderen. Ich habe sehr lange gebraucht, um darüber hinwegzukommen. Selbst jetzt meine ich noch manchmal, dass all das…« Ihre schmale Hand deutete auf den dunklen Lidstrich und die makellos glatte Wange. »Dass all das hier nur eine Maske ist, damit ich aussehe wie die Frau, als die ich mich nicht mehr fühle.«

Mein Sohn, mein einziger Sohn …

Sie trank ihr Glas leer und erhob sich. »Ich habe Huhn gekocht. Ich habe etwas zur Seite gelegt und nur leicht gedünstet. Das wird doch dein Kater mögen?«

Er fraß es voller Begeisterung und setzte sich anschließend mitten auf den dunkelgrünen chinesischen Teppich, um sich den Schnurrbart zu putzen, schnurrte wie ein Jetski-Motor, während wir an dem ovalen Tisch aßen: Hühnchen mit Lauch und einer Weinsoße, danach eine normannische Apfel-Tarte. Ich erzählte Maman von den verrückten Leuten in meinem College-Kurs, und sie setzte dem die Typen entgegen, die ihr in der Welt der Musik vom Hof des Sonnenkönigs begegnet waren, und wir lachten beide sehr. Als sie das Geschirr abräumte, lächelte sie mich an. »Ich bin sehr froh, dass ich eine Tochter habe.«

»Es ist gut, eine Mutter zu haben«, stimmte ich ihr zu.

KAPITEL 14

Kurz nach zwei fuhr Maman Kater und mich nach Scalloway zurück. Inzwischen war der Himmel völlig mit Wolken verhangen, und die ersten Tropfen klatschten auf die Windschutzscheibe, als wir durch die Kames fuhren, zunächst nur einzelne, später so viele, dass das Glas mit ihnen übersät war und Maman sie ab und zu mit einer Bewegung des Scheibenwischers wegstreifen musste. Beim Tingwall Loch musste sie schließlich den Scheibenwischer ganz einschalten, wisch, wisch, wisch. Das Wasser bildete Rinnsale an den Straßenrändern, zischte unter den Autoreifen. Wir kamen an der schmalen grasbewachsenen Landbrücke vorüber, zu der in den Zeiten der nordischen Fehden die Rechtsuchenden gewandert waren, um Gerechtigkeit zu finden. Das älteste Dokument Shetlands zeigt eine Frau, die einen hohen Beamten vor Gericht bringt, weil er die Pacht unterschlagen hat, die dem Landherrn zustand. Genau wie die Hexen drei Jahrhunderte später verlor sie ihren Prozess.

Unterwegs erzählte ich Maman, was in Scalloway passiert war, und stellte zu meiner Überraschung fest, dass sie die Leute kannte. »Du erinnerst dich wahrscheinlich nicht mehr daran, aber wir haben gleich nach unserer Hochzeit in Scalloway gewohnt, Dermot und ich, während unser Haus gebaut wurde. Die Kinder kenne ich natürlich nicht, aber die Eltern schon. Pfarrer Halcrow und seine Frau – wie heißt die doch gleich? Maria. Sie hat in Lerwick gearbeitet, bei der Hafenverwaltung. Er ist ein guter Mensch. Ich habe zwar nicht zu seiner Gemeinde gehört, aber er kam doch ab und zu vorbei, um Hallo zu sagen und sich zu erkundigen, wie es mir ging. Er mag Musik. Wir haben uns oft darüber unterhalten. Ein gebildeter Mann, und es war nett von ihm, die Ausländerin zu besuchen. Maria, ich glaube mich zu erinnern, dass sie krank wurde. Damals nicht, aber später. Dermot hat mir davon erzählt. Vor sechs Jahren vielleicht. Die Krankheit, bei der man plötzlich sehr müde wird. Sie musste ihren Job aufgeben, und jetzt kann sie, glaube ich, das Haus nur noch im Rollstuhl verlassen.«

»Rachel hat gesagt, dass sie ihre Mutter nicht gern allein lässt.«

»Er ist ein altmodischer Mann, ein Familienmensch. Es hat ihm leidgetan, dass sie keine Kinder hatten.« Sie lächelte. »Und dann wurde auf einmal der kleine Junge geboren, und sie haben uns zur Taufe eingeladen. Sie waren so stolze Eltern, und der Kleine war richtig süß, hatte große braune Augen, wie ein französisches Baby. Erinnerst du dich nicht mehr? Hinterher gab es Tee, und du hast ein Riesenstück Schokoladenkuchen gegessen und mich gefragt, warum ich nie englische Kuchen backe.«

»Wie war diese Familie so?«

»Was bekommt man davon als Außenstehender schon mit? Ich glaube, er hätte gern eine Frau gehabt, die eher die traditionelle Rolle einer Pfarrfrau übernahm, zu Hause blieb und den Frauenklub organisierte und den Backkreis anleitete – aber sie hat das erst gemacht, nachdem die Kinder geboren waren. Als ich sie das letzte Mal gesehen habe – oh, aber das ist lange her. Das war bei der letzten Regatta, bei der ich dir beim Segeln zugeschaut habe. Sie hatte die Kinder mitgebracht. Der Junge war völlig verzogen, daran kann ich mich noch erinnern. Er hat ihre ganze Aufmerksamkeit beansprucht, als stünde sie ihm von Rechts wegen zu, und er hat Geld zum Einkaufen verlangt. Das Mädchen hat irgendwie unglücklich, in sich gekehrt gewirkt. Sie hatte blasse Haut und dunkle Ringe unter den Augen. Der Junge hat sie immer gefoppt, und Maria hat ihn nicht davon abgehalten, sondern nur gesagt: ›O Rachel, jammere nicht immer‹, und dem Jungen einen 5-Pfund-Schein gegeben.«

»Ich glaube, so ist das auch weitergegangen«, sagte ich. »Was ist mit Lawrence Ratter? Der müsste etwa so alt sein wie ich.«

»Ratter, Ratter … oh, der ist tatsächlich genauso alt wie du. Er ist in derselben Woche wie du geboren. Damals haben sie einen ja nach dem ersten Kind eine ganze Woche im Krankenhaus behalten, also waren seine Mutter und ich gleichzeitig dort. Wie hieß die noch gleich? Joyce. Ihr Vater war Kirchenältester in Scalloway. Er hatte was gegen mich, eine Ausländerin und noch dazu Katholikin. Ihr Mann John, der hat bei der Bank am Ende der Straße gearbeitet, ist das die Royal Bank?«

Peters Bank. Nicht dass das etwas zu bedeuten hatte. In Shetland kannte jeder jeden. Vielleicht aber hatte Peter so herausgefunden, mit wem Annette sich eingelassen hatte. John Ratter hörte bestimmt jeden Klatsch und Tratsch und hatte es vielleicht für seine Pflicht gehalten, das Annettes Vater weiterzuerzählen.

»Joyce hatte viel Fantasie. Sie hat Kurzgeschichten für den *New Shetlander* geschrieben, aber sie musste das unter einem anderen Namen tun, weil ihr Schwiegervater es missbilligte. Hat der Sohn die Fantasie geerbt?«

»Vielleicht.« Ich rief mir Lawrences verträumten Gesichtsausdruck in Erinnerung, als ich ihm von den Meeren in den Tropen berichtete. »Er hat mich im College über meine Seereisen ausgefragt.«

»Das ist wahrscheinlich schwierig. Fantasie zu haben und sie für eine ehrbarere Laufbahn aufgeben zu müssen. Was macht denn dein Polizei-Inspektor mit seiner Fantasie?«

»Er geht fischen. Lawrence scheint eher nach seinem Großvater zu kommen. Er war bei der Halloween-Party und hatte gegen alles etwas einzuwenden. Und dann ist da noch eine letzte Familie: die von James Leask. Er stammt aus einer Kleinbauernfamilie auf Tondra, glaube ich.«

»Leask.« Maman schüttelte den Kopf. »Wie alt ist er?«

»Zwanzig, so alt wie Annette.«

»Sie war noch so jung. Sehr traurig. Ihre armen Eltern.« Dann schüttelte sie den Kopf. »Den Jungen kenne ich nicht. Es gibt zu viele Leasks, und wir kannten damals keine Leute, die nicht in der Stadt wohnten.«

Ich hievte Katers Korb auf die *Chalida*, machte mich dann auf den Weg zum Haus von Kate und Peter. Sonntagnachmittag war eine gute Zeit für einen Besuch, und ich wollte herausfinden, wann ich in der nächsten Woche gebraucht wurde. Wir würden alle Hände voll zu tun haben, wenn wir das ganze Gestrüpp noch vor dem Abend des großen Freudenfeuers aus dem Garten holen wollten. Kates und Peters Gartentor war das einzige, das nicht mit Eierpampe beschmiert war; sogar auf ihrem Zug durch die Gemeinde hatten die Teenager die Trauer der Familie respektiert.

Ich zog mir die Kapuze über den Kopf und ging mit raschen Schritten den Pfad hinauf. Kater rannte mit buschigem Schwanz vor mir her. Die Küchentür war zu, aber es brannte Licht in Kates Atelier. Ich zögerte einen Augenblick, denn dort war ich noch nie gewesen, und ich wollte nicht in ihr Allerheiligstes eindringen. Es gab weder Klingel noch Türklopfer. Ich trat ein wenig auf der Stelle hin und her und rief dann: »Hallo!«

Keine Antwort. Die Tür hatte in der oberen Hälfte vier durchsichtige Glasscheiben, als wäre es einmal die Tür zwischen einer Küche und einer Veranda hinter dem Haus gewesen. Als ich mich näherte, schaute ich direkt auf Kate. Sie hatte mir den Rücken zugewandt. So hatte ich Kate noch nie gesehen, so in ihre Arbeit versunken, dass sich die Welt ringsum auflöste. Ihr Kopf mit dem kastanienbraunen Haar war über die Staffelei gebeugt. Neben ihr beleuchtete eine verstellbare Schreibtischlampe den Schädel eines Vogels. Kates braune Hand bewegte sich mit wilder Intensität über das Blatt, umriss die scharfen Linien des Schnabels, wurde dann sanft wie die Hand einer Mutter, als sie mit dem Daumen die Zeichenkohle an der zarten Rundung des Schädels entlangwischte.

Hübsche kleine Bilder von Blumen, mit diesen strahlenden modernen Farben, hatte Magnie gesagt. Drei Gemälde hingen über ihr, und in einem Krug stand ein Stängel Eisenhut, enzianblau. Doch jetzt war Kate von der Komplexität des farblosen Knochens gefesselt. Wenn sie es geschafft hatte, ihren eigenen Schmerz mit ihrer Arbeit auszulöschen, wollte ich sie nicht in die Wirklichkeit ihres Verlustes zurückzerren. Als ich mich gerade abwenden wollte, schob sich Kater an mir vorbei, stellte sich auf die Hinterbeine und drückte die Tür auf. Er wuselte durch den Spalt vorwärts. Ich trat einen großen Schritt zurück, damit Kate nicht merkte, dass ich sie beobachtet hatte, und rief noch einmal: »Hallo!«

»Cass? Ich komme gleich raus.« Ihre Stimme klang benommen, als wäre sie gerade aus dem Tiefschlaf erwacht. Die Stuhlbeine scharrten zurück. »Kater, hallo. Hier dürfen Katzen nicht rein.« Sie kam heraus und hatte ihn sich unter den Arm geklemmt, machte die Tür fest hinter sich zu.

»Tut mir leid«, sagte ich. »Ich wollte dich nicht bei der Arbeit stören. Ich wollte nur nachfragen, wann ihr mich diese Woche braucht, weil doch am Samstagabend das große Freudenfeuer ist.«

Sie lächelte sichtlich bemüht. »Und der untere Teil des Gartens ist noch nicht aufgeräumt. Komm und trink eine Tasse Tee mit mir, und dann schauen wir mal, wie viele Stunden du erübrigen kannst.«

»Ich wollte nicht, dass du meinetwegen mit dem Malen aufhörst«, wiederholte ich.

»Es ist Zeit für meinen Nachmittagstee. Ich bin schon vollkommen steif.« Sie rollte die Schultern und deutete aufs Haus. »Wir hatten den ganzen Morgen die Polizei im Haus.« Daran hätte ich denken sollen. Ich wollte gerade etwas sagen, als sie fortfuhr. »Es war nicht der von gestern, der mit dem Kilt und den Augen, die so schauen, als täte es ihm leid, dass man lügt.«

Ich erinnerte mich an diesen ernsten, bedauernden Blick aus der Zeit, als ich selbst unter Verdacht gestanden hatte. »Hat er Fliegen gebunden?«

»Fliegen? O ja, das hat er gemacht. Hat eine verdellte Blechdose aus dem Sporran gezogen und angefangen, eine Forellenfliege zu binden. Außerordentlich verwirrend.« Sie blieb stehen, um sich die Schuhe auf der Fußmatte vor der Küche abzutreten. »Besonders für Peter – die haben gleich eine Diskussion über irgendein Ding namens ›Greenwell's Glory‹ angefangen, das Peter gut fand, der Inspektor aber nicht.« Sie drückte die Küchentür auf und winkte mich herein. Ich war verdutzt, als ich dort Peter erblickte, der gerade den Wasserkessel füllte. Er drehte sich um und lächelte.

»Kate erzählt dir wohl gerade von dem Detective Inspector aus dem Hochland? Schlauer Kerl – na ja, den hast du wahrscheinlich schon kennengelernt. Wir haben über Angelfliegen gesprochen, unter den gegebenen Umständen nicht gerade angemessen, aber ich denke mal, er wollte mir die Befangenheit nehmen.«

Gavin machte das absichtlich, hatte er zugegeben, um Verdächtige davon abzuhalten, sich die nächste Lüge auszudenken. *Kein Mensch achtet auf seine Worte, wenn ihn meine Finger ablenken.*

»Und ehe ich mich's versah«, schloss Kate, »hat er Peter schon eine andere Fliege gezeigt, eine ›Silver Invicta‹ hat er sie genannt, was in meinen Ohren eher klingt wie ein Name für ein Fahrrad, so ein altmodisches von Raleigh, wie wir sie in meiner Kinderzeit hatten, mit dem hohen breiten Lenker.«

In diesen schnell hervorgeplapperten Worten erkannte ich genauso wenig die wirkliche Kate wie in den benommenen, unzusammenhängenden Satzfetzen vom Freitag. Obwohl die beiden sicherlich erleichtert waren, dass Annette keinem Mord zum Opfer gefallen war, und obwohl sie sich bestimmt einredeten, dass Nates Tod nichts mit ihnen zu tun hatte, musste sie dieser neue Todesfall doch sehr bestürzt haben. Peter warf Kate einen warnenden Blick zu, als er ihr den gefüllten Kessel gab. Sie stellte ihn auf die Herdplatte und lachte dann betont locker. »Jedenfalls hat er gesagt, dass diese ›Silver Invicta‹ bessere Ergebnisse brächte, aber nur unter ganz bestimmten Bedingungen – an einem regnerischen Abend am zweiten Dienstag nach Vollmond oder so. Auf mich hat er überhaupt nicht den Eindruck eines Superdetektivs gemacht. Ich wollte ihn gerade als Einfalt vom Lande abschreiben, als er mir einen Blick aus diesen außergewöhnlichen Augen zuwarf, und da hatte ich das Gefühl, ich hätte kein einziges Geheimnis mehr.«

Sie hielt inne, um Luft zu holen. Zu meiner Verärgerung merkte ich, dass sich meine Lippen zu einem dämlichen Mona-Lisa-Lächeln verzogen, nur weil jemand über Gavin redete. Reiß dich zusammen, Cass. Ich verkniff mir das Lächeln und holte die Henkeltassen von dem Ständer, an dem sie hingen.

»Für dich auch einen Tee, Peter?«

Er nickte. Ich stellte die Henkelbecher auf den Tisch und wärmte die Teekanne an, beschäftigte mich dann damit, den Tee hineinzulöffeln und die Milch aus dem Kühlschrank zu holen.

Peter fragte leise dazwischen: »Hast du sie auch gehört?«

Ich schaute ihn verständnislos an. Ich hatte plötzlich in diesem Gespräch den Faden verloren. Ein Polizeibeamter, aber nicht Gavin, war heute gekommen, um ihnen von Nate zu erzählen. »Ob ich wen gehört habe?«

»Die Teenager. Natürlich«, fuhr er mit sarkastischer Stimme fort, »haben sie sich vielleicht nicht die Mühe gemacht, bis Port Arthur zu gehen. So weit laufen die meisten von denen sonst nie zu Fuß; ihre Eltern fahren sie doch überall mit dem Auto hin.«

Schmerzliche Erinnerungen plagten Kate, das sah ich in ihren Augen, Erinnerungen an die Tage, als auch sie Annette kutschiert und Peter sie dafür abgekanzelt hatte, aber sie verdrängte diese Gedanken. Trotzdem verkrampften sich ihre Finger um den Griff des Wasserkessels, und der Wasserstrom, den sie in die Teekanne goss, zitterte leicht. Sie plapperte entschlossen weiter. »Die Eier, unser Ortspolizist war hier und hat nach den Eiern gefragt. Hast du die Schweinerei gesehen?«

Jetzt dämmerte es mir. »Eier überall«, stimmte ich ihr zu. Falls Gavin ihnen noch nicht von Nates Tod erzählt hatte, durfte ich ihm hier nicht in die Quere kommen. »Die müssen Unmengen von Kartons gehabt haben.«

»Was für eine Verschwendung«, meinte Kate, »wenn anderswo die Leute verhungern. Zu uns sind sie nicht gekommen, was anständig von ihnen war, aber überall sonst haben sie sich mächtig ausgetobt.«

»Der Sergeant dachte, ich hätte vielleicht was gesehen, als ich mit den Hunden unterwegs war«, sagte Peter. »Anscheinend sind die Hausbesitzer total wütend. Er wollte bei ein paar Familien vorbeischauen, weißt du, den Anführern einen offiziellen Rüffel verpassen.«

Schlau, dachte ich, und plausibel. »Und hast du sie gesehen?«

»O ja. Ich war gerade aus dem Gartentor getreten, als ich ein paar junge Leute gesehen habe, die heimlich, still und leise zu den Häusern und wieder zurück geschlichen sind. Ziemlich finster hat das gewirkt.«

»Du warst ganz aufgebracht darüber, als du wieder heimgekommen bist«, meinte Kate. Sie rührte im Tee, zog den Kannenwärmer über die Kanne und schenkte endlich Tee ein. »Jemand von denen hat mit einem Ei nach ihm geworfen, Cass – hat zum Glück nicht getroffen, sonst hätte Peter wahrscheinlich Schwierigkeiten bekommen, weil er dem Blag den Hintern versohlt hätte.«

»Ich habe die Hunde auf sie gehetzt, aber die sind die Straße beim Eventide Home hochgerannt«, erzählte Peter. »Als ich dann zum Jugendklub kam, hat da eine von diesen infernalischen Diskos getobt.« Er schnaubte in seinen Tee. »Ich dachte, die wären von da gekommen. Du weißt doch, dass die immer durch die Toilettenfenster rein- und rausklettern und sich auf der ganzen Straße rumtreiben.«

Die Meat Company lag gleich beim Burn Beach, und der Jugendklub war unmittelbar dahinter, parallel zum Strand. Der Eingang war an der Seite, die am weitesten vom Strand weg war. Vor dem Klub befand sich ein Parkplatz, wo die Kids wohl herumhingen, weil sie hinter der Ufermauer ihre Flaschen mit Alkohol verbergen konnten. Wahrscheinlich hatte sich die Gruppe noch weiter in Richtung auf das Haus von Kate und Peter zubewegt, doch der Parkplatz beim Strand hatte eher düster und verlassen dagelegen. Das ringsum widerhallende Kreischen der Diskogänger konnte leicht die Geräusche übertönt haben, als jemand Nate überwältigte. Wer auf der New Street aus dem Fenster schaute – und nicht Fenster und Vorhänge gegen das dumpfe Dröhnen der modernen Musik geschlossen hatte –, hätte wahrscheinlich das, was wie ein Streit ausgesehen haben mag, für normales Verhalten von Jugendlichen aus der Disko gehalten, es sei denn, er hätte gerade in dem Augenblick hingeschaut, als jemand Nate über die Mauer warf. Wie groß war wohl im Ort die Abneigung gegen die Leute, denen man Hexerei nachsagte? Hatte eine Gruppe von Teenagern aus der Disko tatsächlich jemanden, den sie für einen Hexer hielten, so einer Wasserprobe unterzogen?

»Waren es viele Jugendliche?«

»Ein halbes Dutzend.« Seine Wangen röteten sich. »Aber wenn man sich die Schweinerei anschaut, die ich heute Morgen gesehen habe, als ich vor die Tür ging, scheinen da sämtliche Teenager von Scalloway mitgemacht und sich gegenseitig angestachelt zu haben. Und zweifellos noch einige Vettern und

Cousinen von ihnen, die das alles für einen Riesenspaß hielten und vollkommen vergessen haben, dass andere Leute den Dreck wieder wegputzen müssen.«

»An so was denken Teenager nie«, meinte Kate. Ihr Gesicht wurde ganz leer, als ihr aufging, dass es keine Haufen nasser Handtücher auf dem Fußboden im Badezimmer oder im Schlafzimmer mehr geben würde, keine Henkeltassen, die sich auf Fensterbrettern ansammelten, nie wieder.

»Es überrascht mich, dass nicht mehr von den Anwohnern hier hinter ihnen hergejagt sind«, wandte ich ein.

»Da hatten sie ja noch nicht angefangen, den Dreck zu machen«, antwortete Peter. »Die haben nur das eine Ei nach mir geworfen. Ich hab auf der Main Street hier und da gesehen, dass jemand ein, zwei Eier an eine Haustür geklatscht hatte, aber sonst war es ruhig. Ich war später draußen als gewöhnlich. Wir hatten ferngesehen. Es war schon beinahe elf.«

»Ich nehme an, der eigentliche Zug durch die Gemeinde fing später an, nachdem die Disko geschlossen hatte«, schlug ich vor, und er nickte.

»Ich hab noch gar nicht nach draußen geschaut«, sagte Kate.

»Eier überall«, erklärte ich. »Auf Autos, an Mauern und auf dem Gehweg. Aber die Disko, die war doch wohl, na, so gegen eins zu Ende? Man sollte doch meinen, dass die Eltern ihre Kinder eingesammelt haben, wenn sie so spät noch unterwegs waren?«

Ein Uhr morgens, Sommerzeit. Das Hochwasser war am Vorabend etwa um acht Uhr gewesen. Wenn man Nate irgendwann vor, sagen wir mal, elf Uhr abends über die niedrige Mauer am Burn Beach geworfen hatte, dann hätte ihn die ablaufende Flut mitgenommen. Er musste also später gestorben sein.

Kate schüttelte den Kopf. »Wir haben Annette nie von so was abgeholt.« Sie sprach den Namen ganz entschlossen aus. »Wir wussten, dass es hier für sie sicher war, hier in Shetland, wenn sie sich mit ihren Freunden auf den Heimweg machte. Wir haben uns da keine Sorgen gemacht. Die anderen Eltern auch nicht …«

»Bis sie ihre Autos gesehen haben«, fuhr Peter dazwischen. »Tom Hawkins, oben im Ladysmith Drive, der war so wütend, dass er kaum ein Wort herausbrachte. Eierschmiere auf der gesamten Kühlerhaube, von der Sonne festgebacken. Aber ich habe leider keinen von denen erkannt. Das habe ich dem Sergeant gesagt. Außer …« Er runzelte die Stirn.

»Außer …?«, soufflierte ich ihm, als er weiter schwieg.

»Später, als ich am Ende der New Street, gleich bei der Burg, vorbeigegangen bin, da ist mir jemand begegnet. Ich habe natürlich Guten Abend gesagt, wie man das so macht, habe aber als Antwort nur ein Grunzen bekommen.«

»Und du meinst, du hast ihn erkannt?«, fragte ich.

»Na ja, erkannt nicht gerade.« Er hob die Tasse und trank ein paar Schlucke. »Aber ich habe geglaubt, es wäre dieser James Leask.« Plötzlich wurde seine Stimme ganz giftig. »Dieser Bauernlümmel, der sich einbildet, er müsste Schiffskapitän werden.«

Die Dunkelheit kam unerwartet früh. Es war gerade vier Uhr vorbei, als ich mit raschen Schritten zum Yachthafen zurückging, den Jackenkragen gegen den Regen hochgestellt. Die Abenddämmerung war bereits angebrochen; in einer halben Stunde würde ich an Bord der *Chalida* die Lampen anzünden müssen. Vor fünf Licht machen müssen … Da stand der Winter vor der Tür.

Ich schloss gerade das Tor zum Yachthafen auf, als ich hörte, wie aus dem Schutz der Hintertür des Bootsklubs jemand meinen Namen zischte. Ich erstarrte, linste angestrengt in die Dunkelheit. »Wer ist da?«

Eine kleine Gestalt in einer schwarzen Jacke löste sich von der Mauer. »Ich bin's, Cass.«

»Shaela? Mädel, du erfrierst ja, wenn du da draußen wartest. Komm an Bord.«

Sie war patschnass. Ich führte sie an Bord der *Chalida* und reichte ihr ein Handtuch, damit sie sich das Haar trocknen konnte, das ihr wie Rattenschwänze an Stirn und Wangen klebte. Dann machte ich uns beiden Trinkschokolade und wartete, bis sie nicht mehr bibberte, ehe ich mich ihr gegenüber hinsetzte. »Shaela, Mädel, was in aller Welt ist los?«

»Ich kann nicht lange bleiben«, antwortete sie.

»Dann erzählst du's mir am besten schnell«, meinte ich und reichte ihr die Dose mit den wenigen letzten Ingwerkeksen.

»Du denkst bestimmt, ich spinne«, sagte sie. »Dass ich mir was einbilde.«

»Versuch's einfach mal«, ermunterte ich sie und erzählte ihr die Geschichte, wie ich einmal vor den Fidschi-Inseln ein Meerpferd gesehen hatte. Ich ließ mir Zeit damit, und als ich fertig war, war aus ihrer beinahe panischen Angst staunende Verwunderung geworden. »Echt? Ernsthaft?«

»Großes Ehrenwort. Ich weiß, dass so was in den Biobüchern nicht drinsteht, denn ich hab nachgeschaut, aber ich hab's trotzdem gesehen.« Die Messinglampe warf einen tröstlichen Schein in die Kajüte. »Und jetzt du.«

»Ich hätte eigentlich nicht weggehen dürfen«, begann sie, »aber ich wusste, dass die Älteren einen Riesenspaß planten, also hab ich ein paar zusammengerollte Kleider in mein Bett gelegt und einen Pullover aufs Kopfkissen und hab die Bettdecke drübergezogen und mich rausgeschlichen.«

Ein Kind nach meinem Herzen. »In die Disko runter?«

Sie nickte. »Das war eine ab 16, und an der Tür führte eine von den Jugendleiterinnen die Aufsicht, und die weiß genau, wie alt wir sind, also gab's für mich keine Chance, da reinzukommen. Aber den Spaß wollte ich nicht verpassen, also habe ich einfach draußen rumgelungert und gewartet. Die Disko hatte schon längst angefangen. Es war total kalt, und da bin ich ein bisschen hin und her gelaufen.« Sie bibberte. »Hat nicht so viel Spaß gemacht, wie ich mir gedacht hatte. In der einen Richtung waren überall Straßenlaternen, und da hatte ich das Gefühl, alle Nachbarn sehen mich, rufen sofort meine Mam an und verpetzen mich. Auf der anderen Seite war es finster, nichts als gruselige Schatten, und das war noch scheußlicher.« Sie senkte die dunklen Wimpern über die Augen; ihr Mund bebte. »Als ich gerade auf der dunklen Seite war, da habe ich … *das* … gesehen.«

Ich wartete, mein Herz pochte schneller.

»Das mit Nate«, sagte Shaela. »Ich hab gehört, wie zwei Männer gekommen sind, und da hab ich mich hinter dem Müllcontainer versteckt, falls, na ja, falls die irgendwie komisch waren. Dann hab ich Nate reden hören. Ich konnte nicht verstehen, was er gesagt hat, aber ich habe seine Stimme erkannt. Ich wusste also, dass alles okay war, und wollte schon hinter dem Container vorkommen, als ich den anderen gesehen habe.« Sie schaute sich um, lehnte sich zu mir herüber und sprach mit leiser Stimme: »Nate hat mit einem Dämon geredet.«

»Wie hat der ausgesehen?«, fragte ich.

»Sein Gesicht war eine schreckliche Fratze, und die Augen haben rot geglüht, und auf dem kahlen Schädel waren kleine Hörner, und er hatte einen Buckel am Rücken, und der Schwanz war nicht nur so ein Stück Schnur, das runterhängt, der sah ganz lebendig aus und ist hin und her gewedelt. Ich hab gedacht, der wäre wie eine Antenne, die alles Mögliche mitkriegt. Wenn der Schwanz in meine Richtung schwang, hatte ich echt Angst, er würde dem Dämon melden, dass ich da war.« Ihr Gesicht war kreidebleich geworden. »Ich habe mich hinter den Container zurückgeschlichen. Ich konnte nicht verstehen, wieso Nate mit einem so schaurigen Wesen redete. Doch dann hab ich mir gedacht, dass er das vielleicht gar nicht wollte, und habe überlegt, wie ich ihm irgendwie helfen konnte.«

Ihre Mundwinkel zogen sich nach unten. »Aber ich hatte zu viel Angst.« Sie schaute mich flehend an. »War das sehr feige, Cass? Jetzt wünschte ich, ich wäre vorgerannt und hätte was gesagt oder ich wäre einfach nur nach Hause gerannt und hätte Mam erzählt, was da abging. Vielleicht würde Nate dann jetzt noch leben.«

Ich schüttelte den Kopf. »Ich glaube nicht, dass das was geändert hätte. Ich finde, dass es ziemlich mutig von dir war, dass du da geblieben bist und so viel beobachtet hast.«

Die Hand, die die Henkeltasse mit der Trinkschokolade umklammerte, entspannte sich ein wenig. »Ich habe mich im Dunkeln hinter dem Container sicherer gefühlt, aber ich hab's auch nicht ausgehalten, nicht zu wissen, wo das Monster war. Ich wollte gerade vorsichtig den Kopf wieder vorstrecken, als ich so was wie ein Schnüffeln gehört habe, wie von einem Hund, aber ich dachte, das wäre der Schwanz des Dämons. Der war schrecklich, wie lebendig, wenn er sich bewegt hat. Dann kam so ein Grunzen, nicht so was wie ein ›Au‹, das klang eher überrascht, und dann war da ein dumpfer Schlag, und dann kamen Schritte auf den Container zu. Ich hatte solche Angst, ich hab gedacht, ich mach mir in die Hose. Ich hab mich einfach in den Schatten gekauert und so klein gemacht, wie ich nur konnte. Ich hab mir immer vorgestellt, wie dieser Schwanz hin und her schwingt und nach mir sucht. Ich hab mitbekommen, wie der Dämon im Container rumgewühlt hat. Da hatte ich schon solche Angst, dass ich keinen Finger mehr rühren konnte. Ich bin einfach stocksteif hocken geblieben und hab drauf gewartet, dass der Dämon zurückkommt und mich findet.« Ihre Stimme zitterte, es glitzerte in ihren Augen. Sie zwinkerte heftig.

»Da hätte ich auch eine Wahnsinnsangst gehabt«, sagte ich. »Das ist ja wie in einem von diesen schrecklichen Alpträumen, in denen man nicht wegrennen kann.«

Shaela nickte. »*Genau.* Und dann war da so ein Schleifen,

dann wieder ein dumpfer Schlag, und dann hat der Kies geknirscht, als wäre was über die Mauer auf den Strand gefallen. Und da hat der Dämon gelacht. Es war schrecklich, so ein kaltes Lachen. Da hab ich nicht mal mehr daran gedacht, wegzurennen. Ich hab nur die Augen fest zugekniffen und gebetet, dass er mich nicht sieht. Nachdem es eine Weile ruhig war, habe ich die Augen aufgemacht. Ich hab ewig da gehockt, hatte zu viel Angst, aus meinem Versteck rauszukommen und nachzuschauen, ob der Dämon weg war. Ich dachte, der würde mir auflauern, um mich auch zu schnappen. Als ich dann endlich aufstand, war mir so kalt, dass ich nur noch humpeln konnte, und ich dachte, jetzt bin ich erledigt. Aber die Steifheit war bereits weg, ehe ich die Straße überquert hatte, und die Sache mit den Eiern war mir nun völlig egal. Ich bin einfach nur, so schnell ich konnte, nach Hause gerannt, zum Fenster reingeklettert, bin ins Bett gesprungen und hab mir die Decke über den Kopf gezogen.«

Ihre Augen waren so rund wie die eines Kindes, wie die Augen von Kater, wenn ihn außerhalb der Sicherheit der *Chalida* ein plötzliches Geräusch erschreckte. Plötzlich verwandelte sie sich wieder in einen normalen Teenager zurück. »Natürlich kann das nicht wirklich ein Dämon gewesen sein. Es war blöd von mir, solche Angst zu haben. Ich wusste ja nicht, dass das Schleifen und der dumpfe Schlag und der knirschende Kies …« Ihre Augen schauten leer und trostlos. »Dass das Nate war. Der Dämon war nur ein Grulik.«

Dieses Wort hatte ich noch nie gehört. »Ein was?«

»Ein Grulik. Das ist das alte Wort für einen Maskierten. Das war nur jemand in einem Kostüm. Die roten Augen, das war so eine Art Taschenlampe. Es war gruselig, aber mehr nicht. Selbst dieser Schwanz, so was hab ich schon auf Halloween-Partys gesehen. Da ist ein Draht drin, und dann wedelt der immer, wenn sich der Mensch bewegt. Es gab keinen Grund, so in Panik zu geraten – aber ich war allein und im Dunkeln und durfte ja gar nicht draußen unterwegs sein, und so war es das Furchterregendste, was mir je begegnet ist.«

»Ich hätte da auch Angst gehabt«, sagte ich.

»Aber die Sache ist die, Cass, was mach ich jetzt? Ich sollte doch zu Hause sein, und wenn meine Mam rausbekommt, dass ich nicht da war, dann krieg ich Hausarrest bis in alle Ewigkeit, vielleicht sperrt sie mir sogar den Computer, außer für Schularbeiten. Ich hab mir überlegt, du weißt doch, der Mann mit dem Kilt, der von neulich abends, vielleicht könntest du dem davon erzählen, ohne dass ich das tun muss.«

Ich schüttelte den Kopf. »Du willst doch, dass der, der Nate umgebracht hat, geschnappt wird, oder?«

Sie nickte.

»Dann kann ich ihm das nicht erzählen. Ich war nicht dabei, weißt du. Vielleicht hast du noch was bemerkt, von dem du mir nichts erzählt hast, weil du es selbst kaum mitgekriegt hast, aber die Polizei kann dir vielleicht helfen, dich an alles zu erinnern, und möglicherweise ist da genau der Hinweis dabei, den sie brauchen, um den zu erwischen. Den Mann, der als Dämon verkleidet war. Das musst *du* der Polizei berichten.«

Sie schüttelte den Kopf. »Mam rastet total aus.«

Ich versuchte, mich in die Denkweise einer Dreizehnjährigen zurückzuversetzen, aber es war zu lange her, und als ich dreizehn war, hatte sich Maman schon nach Frankreich abgesetzt und einen Schrank voller Kleider zurückgelassen. Ich sagte es Shaela direkt: »Du warst alt genug, um zu riskieren, dass deine Mam ausrastet, weil du Spaß haben wolltest. Ich finde, jetzt solltest du riskieren, dass sie ausrastet, weil du Gerechtigkeit für Nate willst.«

Schließlich gelang es mir, sie zu überzeugen. Ich hoffte, ihre Eltern würden so erleichtert sein, dass ihr nichts zugestoßen ist, dass sie sich nach dem ersten Wutausbruch beruhigen würden. Als ich Shaela die Straße nach Port Arthur bis zu ihrer Straßenecke begleitete, war sie sehr kleinlaut. Ich sah ihr nach, bis sie ins Haus trat, und machte mich auf den Rückweg zum Yachthafen. Ich ging rasch, hatte die Kapuze meiner Regenjacke so weit ins Gesicht gezogen, dass nur noch meine Nasenspitze hervorschaute.

Ein als Dämon verkleideter Mann wollte in Scalloway den Gedanken unter die Leute bringen, dass der Teufel ungehindert herumläuft … Aber wer war dieser Mann?

KAPITEL 15

Gavin kam kurz nach acht vorbei, rief zuerst an, um mir mitzuteilen, dass er gleich am Tor zum Yachthafen wäre. »Hast du schon gegessen?«

»Vor einer Ewigkeit.« Ich hatte um sechs ein gekochtes Ei, ein Bannock* und einen Apfel zu mir genommen. »Und du?«

»Ich habe mir in Lerwick Fish and Chips genehmigt.« Es klang nicht so, als wäre das ein kulinarischer Höhepunkt gewesen.

»Die von Frankie's sind die besten«, stimmte ich ihm zu und ging den Ponton entlang, um ihn einzulassen.

Der strömende Regen war inzwischen zu diesem hartnäckigen Nieseln geworden, das einem durch jede noch so kleine Ritze im Ölzeug dringt, an den Innenseiten der Stiefel entlangkriecht und einen letztendlich genauso nass werden lässt, als hätte einen jemand mit dem Schlauch abgespritzt. Gavin trug wieder die übliche grüne Jacke, hatte den Kragen gegen den Regen hochgestellt. Aber er hielt die Schultern gestrafft und hatte den Kopf hoch erhoben. Offenbar hing er dem alten schottischen Glauben an, dass einen der Regen nur so nass macht, wie man es ihm erlaubt. Als er die *Chalida* erreichte, schüttelte er die Wassertropfen ab, die noch an ihm hingen, und hängte seine Jacke unter das Halbverdeck.

»Drinnen ist es nicht sonderlich warm«, warnte ich ihn und stellte das Gas an.

Er zerrte aus der unvermeidlichen Plastiktüte einen Pullover hervor. »Ich habe Kekse mitgebracht.« Die bestanden aus klebrigem Blätterteig und waren mit Zitronencreme gefüllt. Ich be-

* Kleines schottisches Fladenbrot aus Hafer- oder Gerstenmehl.

schloss, mir lieber keine Gedanken darüber zu machen, dass er mich mit der sauren Schärfe von Zitronen in Verbindung zu bringen schien. Ich widmete meine Aufmerksamkeit lieber dem schlammgrünen Pullover, den er sich gerade mit Mühe überzog.

»Hat den deine Oma für dich gestrickt?«

Sein Gesicht tauchte im Halsausschnitt auf. Er warf mir ein schiefes Grinsen zu. »Genau.« Er strich den unförmigen Ärmel glatt. Ich hatte vergessen, wie man das dreifarbige Fair-Isle-Muster strickt – man hatte mir das in der Grundschule beigebracht –, aber ich sah durchaus, wenn jemand beim Stricken mit dem Zunehmen von Maschen Probleme gehabt hatte. »Sie hat nicht besonders gern gestrickt, meine Granny Mharsailidh, aber sie wusste, dass Großmütter so was eben tun, also hat sie tapfer durchgehalten. Den hier hat sie zu meinem achtzehnten Geburtstag gestrickt, es war der letzte, den sie für mich gemacht hat.« Er zog das Bündchen bis zur Hüfte herunter. »Es ist auch der, der mir am besten gepasst hat. Sie war sehr zufrieden damit.« Er grinste wieder. »Unsere Mutter meint, der sei nun wirklich aufgetragen, also nehme ich ihn immer mit, wenn ich wegfahre.«

Mein marineblauer Lieblingspullover hatte früher Alain gehört. Die Polizei hatte ihn nach dem Mord auf dem Filmschiff mitgenommen, um ihn auf Blutspuren zu untersuchen, aber ich hatte ihn zurückbekommen, und ich hätte ihn entweder gleich wieder tragen oder mich an den Gedanken gewöhnen sollen, dass ich ihn nie wieder anziehen würde. Vielleicht hätte ich ihn verschenken sollen, aber er war eine meiner letzten Verbindungen zu Alain. Ich hatte ihn für ihn auf einem Markt in der Bretagne gekauft, als wir noch nicht lange zusammen waren und, verrückt vor Liebe und Segelfieber, unsere erste gemeinsame Atlantiküberquerung planten. Ich hatte zehn Jahre gebraucht, um meine Schuld an seinem Tod zu akzeptieren. Jetzt trug ich seinen Pullover zur Erinnerung an die guten Zeiten.

Der Wasserkessel pfiff, und ich löffelte die Trinkschokolade in die Henkelbecher, schüttete Wasser darauf und rührte um. »Ich habe eine Augenzeugin für dich.«

Gavins Kopf fuhr hoch, als hätte der Adler einen Fisch erspäht, dann zog er sein schwarzes Polizeinotizbuch hervor und wartete mit dem Bleistift in der Hand. Über uns prasselte der Regen auf das Glasfaserdach der *Chalida*. Ich setzte mich ihm gegenüber hin, und Kater sprang mir auf den Schoß.

»Und zwar eine von den vermummten Gestalten, die neulich abends hier waren. Shaela, das Mädchen, das als Hexe verkleidet war.« Seine Augen verengten sich, fokussierten, dann nickte er. »Sie wollte unbedingt bei dem Riesenspaß mit dem Eierwerfen dabei sein, also ist sie zu Hause aus dem Fenster gestiegen und zum Strand gegangen.« Ich wiederholte Shaelas Bericht so weit wie möglich mit ihren Worten, und er schrieb mit, klappte dann sein Notizbuch zu und legte das Gummiband darum.

»Sagt sie im Allgemeinen die Wahrheit?«

Ich zuckte die Achseln. »Sie hatte Angst. Ihre Augen waren groß wie Untertassen, als sie darüber sprach. Außerdem war die Art, wie sie Nates Tod beschrieben hat, wie man ihn über die Mauer geworfen hat – *so ein Schleifen, dann ein dumpfer Schlag, und dann hat der Kies geknirscht* –, nicht besonders dramatisch. Wenn sie sich das ausgedacht hätte, hätte sie mindestens einen Schrei mit dazugenommen.«

Gavin nickte. »Sie hat genau beschrieben, was passiert ist: Jemand hat Nate mit irgendwas über den Kopf geschlagen und dann im Müllcontainer nach etwas gesucht, mit dem er ihn fesseln konnte.«

»Mir ist in der Nacht, als Annette gestorben ist, eine blaue Nylonschnur im Müllcontainer aufgefallen«, sagte ich. »Ich habe sie sogar rausgezogen, um festzustellen, ob sie noch zu was taugen könnte. Aber sie war zu alt, zu verschlissen.«

»Na ja, dazu hat sie noch getaugt.« Gavins Mund war nur noch ein grimmiger Strich. »Erzähl keinem was davon. Nate lebte noch, als man ihn über die Mauer geworfen hat. Wir müssen auf den offiziellen Obduktionsbericht warten, aber alle Zeichen deuten darauf hin, dass er ertrunken ist.«

Eine kalte Hand klammerte sich um mein Herz. *Du sollst nicht dulden, dass eine Hexe lebt.* Der Schlag, den Shaela gehört hatte, hatte Nate nur betäubt. Dann hatte man ihm Arme und Beine mit der Nylonschnur aus dem Container gefesselt, ihn geknebelt und an den Strand geworfen, damit ihn die Flut mitnahm … Ich runzelte die Stirn. »Das war riskant«, sagte ich. »Es war knapp nach dem Hochwasser, also wurde er nicht mit der ablaufenden Flut weggespült, sondern lag nur am Strand, bis die Flut um acht Uhr heute früh wieder hereinkam. Es hätte gut sein können, dass jemand, vielleicht jemand, der in der Disko gewesen war, ihn noch lebendig auf dem Kies gefunden hätte. Und dann hätte Nate gewusst, wer ihn da unten hingeworfen hatte.«

Gavin nickte. »Vielleicht auch nicht, wenn der Dämon seine Maske nicht abgenommen hat. Aber es ist ein größeres Risiko, als es ein Mörder normalerweise eingeht. Andererseits, wie viel weiß schon ein Nicht-Segler über die Gezeiten? Ich bin wie du, ich bin daran gewöhnt, dass die Gezeiten täglich kommen und gehen. Ich weiß immer, wo wir in dem Kreislauf gerade sind, ohne groß darüber nachzudenken. Aber ganz gewöhnliche Einwohner von Scalloway, wie viel wissen die darüber, wie breit der Strand bei Ebbe ist? Oder würden die erwarten, dass da unten immer Wasser ist?«

»Meistens ist der Strand unter Wasser«, erklärte ich ihm. »Und du hast recht. Es überrascht mich immer wieder, dass sogar sonst ganz schlaue Kinder den Mond nicht mit den Gezeiten in Verbindung bringen, dass sie nicht wissen, ob die Flut gerade aufläuft oder abläuft, es sei denn, man fordert sie auf, nachzusehen. Aber hier in Scalloway würde jeder Erwachsene das wissen. Es ist eine Seefahrerstadt. Vielleicht war es dem Mörder einfach egal.«

»So riskant war das auch nicht«, meinte Gavin. »Die Leute in der Umgebung schauten wegen der Disko sowieso nicht aus dem Fenster. Die haben einfach die Gardinen zugezogen und den Fernseher lauter gestellt. Die einzige Person, die überhaupt was bemerkt hat, war Mr Otway. Die jungen Leute, die ihm aufgefallen sind, wollten wohl auch noch zur Disko. Wir versuchen sie zu finden, falls sie jemanden in der Nähe der Disko beobachtet haben. Aber Mr Otway sagt, er kennt die Jugendlichen in diesem Alter nicht, also konnte er uns keine Namen nennen.«

»Und am Strand war es dunkel«, fügte ich hinzu. »An der Pier stehen Straßenlaternen, oben auf der New Street auch, aber da unten nicht.« Ich schluckte. »Also hat Nate da all die Stunden auf dem kalten Strand gelegen, vielleicht verletzt, mit Schmerzen, während die Kids von Scalloway nur hundert Meter entfernt getanzt und getrunken und sich amüsiert haben. Bis dann die Flut kam.«

»Er hat vielleicht gar nichts davon gemerkt«, sagte Gavin. Seine Stimme war sanft, als wäre ich eine Angehörige. »Die Kälte hat ihn wohl bewusstlos werden lassen.«

Ich dachte einen Augenblick darüber nach und war getröstet. »Wenn jemand die blaue Nylonschnur aus dem Container benutzt hat, bedeutet das, er hat den Mord nicht geplant?«

»Es kann auch sein, dass der Mörder genau wie du die Nylonschnur schon früher gesehen hatte und sich darauf verließ, dass sie noch da sein würde. Es ist interessant, dass Nate anscheinend mit seinem Mörder ganz freiwillig zum Container auf dem Parkplatz gegangen ist – aber das wissen wir ja schon. Seine Mutter sagt, es hätte irgendwann nach Einbruch der Dunkelheit jemand an die Tür geklopft, und sie hat Stimmen gehört. Da hat Nate seinen Mantel genommen und ist losgezogen. Sie hätte um die Zeit schon eine ganze Weile im Bett gelegen, meinte sie. Sie ist ziemlich krank und legt sich gewöhnlich so gegen neun hin.«

»›Die Disko hatte schon längst angefangen‹, genauer konnte Shaela es nicht sagen.«

»Um zehn. Mr Otway hat kurz nach elf das Haus verlassen, später als sonst, meinte er, weil er und Mrs Otway ferngesehen hatten.«

»Meinst du, das ist von Bedeutung?«, fragte ich. »Peter ist in Scalloway ziemlich bekannt. Er geht jeden Abend mit den Hunden spazieren, nimmt immer denselben Weg. Durch die Wiesen, da lässt er die Hunde rennen, dann durch den Zaun gegenüber vom Fraser Park, über den Kreisverkehr rüber, die Castle Street hinunter, dann die New Street, am Strand entlang und nach Hause. Der Mörder könnte gedacht haben, dass Mr Otway um diese Zeit schon längst wieder zu Hause war.«

»Besonders, wenn es jemand war, der mit dem Tagesablauf der Otways vertraut ist«, sagte Gavin. »Wir werden James Leask morgen befragen.«

»Hat Peter euch erzählt, dass er ihn gesehen hat?«

»Er ist wohl die Straße hinaufgegangen, vielleicht vom Parkplatz, wo der Container steht, in Richtung Burg. Er war mit seinem Boot draußen auf See, als wir bei ihm zu Hause vorbeigeschaut haben. Ich rede morgen mit ihm.« Gavin trank seine Henkeltasse leer und stellte sie ab. »Wir mussten natürlich das Zimmer von Nate durchsuchen. Kennst du die Familie?«

Ich schüttelte den Kopf. »Maman hat mir ein bisschen was über sie erzählt. Der Vater ist Pfarrer, und die Mutter sitzt im Rollstuhl.«

»Die sind völlig am Boden zerstört. Mr Halcrow hat seine Pfarrstelle schon über dreißig Jahre, aber er ist ursprünglich nicht aus Shetland – er ist in Invergarry aufgewachsen. Ich hatte den Eindruck, dass er ein guter Mensch ist, sehr engagiert als Pfarrer, und auch die Kirchenältesten sprechen sehr gut von ihm. Mrs Halcrow ist eine arme, tief erschöpfte Seele. Nate war ihr Liebling, ›der Junge‹. Sie erwarteten von ihm, dass er Arzt oder Universitätsprofessor werden würde.«

»Maman hat sich an ihn erinnert. Völlig verzogen, meinte sie, und Rachel vernachlässigt.«

Gavin nickte. »Ich habe den ganzen Tag mit Leuten geredet. Einige seiner ehemaligen Lehrer sagen, dass er in der Schule sehr faul war. Erst ist ihm alles zu leicht gefallen, und dann hat er sich das Denken ganz abgewöhnt. Sein Englischlehrer meinte, er hätte eine Leidenschaft für Computerspiele gehabt. Seine Zeugnisse wurden immer schlechter. Er hat die mittlere Reife gerade so eben geschafft, ist aber durch alle weiteren Prüfungen gefallen und hat das letzte Schuljahr damit verbracht, im Aufenthaltsraum seine Ideen ›zu diskutieren‹, aber keinen Schlag Arbeit zu tun. Danach hat er drei Monate im Büro seiner Mutter verbracht, drei Monate bei einer Band, ein Jahr mit Computerprogrammieren am College, ein Jahr Kunsthochschule – überall die gleiche Geschichte: viele gute Ideen, echtes Talent, aber keine Selbstdisziplin.« Er legte eine Pause ein. »Sie haben eines seiner Gemälde.« Nach einer Pause sagte er mit Widerwillen, als müsse er ein stinkendes Stück Fisch vom Deck aufheben: »Man kann es wohl eindrucksvoll nennen. In der Mitte ist ein Feuer, Gestalten mit Kapuzen kauern drum herum, und ein großer schwarzer Mann mit Hörnern beherrscht die Szene.«

Ich verzog das Gesicht. »Ein Hexensabbat.«

»Danach weigerte sich sein Vater, ihn weiter zu finanzieren, daher der Job am Fisheries College. Ab da herrschte bei ihnen zu Hause so eine Art Waffenstillstand. Seine Eltern hofften immer noch, dass ›er herausfinden würde, was er wirklich werden will‹, aber zumindest die Mutter wusste, dass sie sich nur etwas vormachten. Und sein Ruf außerhalb der Familie, na ja, der Chefkoch im College hat mit den Schultern gezuckt und gemeint, er hätte ganz ordentlich gearbeitet. Den Kirchenältesten konnte ich nichts entlocken. Nur ein müdes ›Na ja, jetzt ist er weg, der arme Kerl‹ von zweien von ihnen, und die anderen haben nur den Kopf geschüttelt und gemeint, es wäre für die Familie sehr schwer.«

Das schien mir eine recht jämmerliche Grabinschrift. »Hast du irgendwas gefunden, was ihn mit Annettes Tod in Verbindung bringt?«

Gavin nickte. »Du kennst das Haus, das weiße, das von der Spanish Closs bis zur New Street hinunterreicht. Nates Zimmer war ganz oben, man kam über eine Wendeltreppe hinauf. Wir haben dort eine Reihe von Büchern über Hexenkunst gefunden, dazu noch Mappen mit Recherchen über die Hexen hier in Scalloway.« Er verzog das Gesicht. »Das Zimmer sieht total krank aus, ist vollgestopft mit all solchem Zeug. Das Erste, was man sieht, ist ein großes Poster mit einem Ziegenschädel über einem Kaminsims mit schwarzen Kerzen, einem auf dem Kopf stehenden Kruzifix und einem rituellen Kelch.«

»Hatten seine Eltern dagegen nichts einzuwenden?«

»Seine Mutter ist schon einige Jahre nicht mehr in der Lage, die Treppe hochzusteigen. Und sein Vater kann sich nicht daran erinnern, wann er das letzte Mal da oben war. ›Wir wollten dem Jungen seine Privatsphäre lassen.‹ Wenn sie wollten, dass er zum Essen herunterkam, haben sie einfach am Fuß der Treppe nach ihm gerufen.« Gavins breiter, beweglicher Mund verzog sich nach unten. »Ich musste ihn bitten, nach oben zu kommen und sich das Zimmer anzuschauen. Leider musste ich ihm all seine Illusionen rauben.«

Nach einer mitfühlenden Pause sagte ich: »Es ist seltsam.« Ich versuchte, meine Gedanken zu ordnen. »Wenn er damit nur Leute beeindrucken wollte …« Blitzartig erschienen die drei Nebelkrähen vor meinem inneren Auge. »Mädchen, meine ich, dann passt das dazu, überall diese dämlichen Symbole hinzustellen. Aber wenn er es ernst gemeint hat …« Gavins meergraue Augen waren ruhig auf meine gerichtet, die Pupillen im Dämmerlicht geweitet. Er nickte mir aufmunternd zu. Ich schaute mich in der Kajüte der *Chalida* um: die hölzernen Halteleisten, die Reihen von Lotsenbüchern, das polierte Holz der Schotten, der zusammengeraffte Vorhang vor der Toilette.

Hier waren keine fröhlichen »Captain«-Sprüche auf den Henkeltassen, keine gerahmten Bilder von Signalflaggen nötig; jeder konnte sehen, dass das hier eine funktionierende Yacht war. Genauso wenig wollte ich mit dem »nautischen Schick« der Yachtklubs im Süden zu tun haben, mit den blau-weiß gestreiften Pullovern, weißen Jeans und Wildledermokassins. »Wenn er es ernst gemeint hat, dann hätte er es doch nicht nötig gehabt, auf diese Weise die Aufmerksamkeit auf sich zu ziehen. Er hätte all das auffällige Zeug nicht gebraucht.«

»Genau das habe ich mir auch gedacht.«

»Also … war er wohl nicht der Oberhexer? Er hat nur ein bisschen selbstgebastelten Hexenkult zelebriert, um anzugeben? Um wettzumachen, dass er sonst ein Versager war?« Ich erinnerte mich daran, wie die Mädchen sich im College um ihn geschart hatten.

»Wir haben das hier gefunden.« Er holte ein Döschen aus dem Body Shop aus seinem Sporran, *Rosenhandcreme*. »Das stammt wahrscheinlich aus dem Haushalt der Otways. Mrs Otway benutzt diese Handcreme, und sie hat erst kürzlich ein Döschen leer gemacht. Drinnen …« Er schraubte den Deckel auf und nahm ihn ab. Das runde Döschen war halb mit feiner roter Asche angefüllt.

»Die Asche aus dem Museum?«

Gavin nickte.

»Also war Nate derjenige, der bei Annette den Exorzismus durchführen wollte. Sie hatte die Asche für ihn besorgt … sie ihm gegeben, in Vorbereitung auf das Ritual. Nur haben sie es nicht geschafft, das Ritual zu Ende zu führen, weil sie gestorben ist.«

Gavin nickte. »Nate war auch derjenige, der die Krallenabdrücke auf ihrem Hals hinterlassen hat. Rachel ist gestern Abend auf dem Heimweg von der Party vorbeigekommen, um nachzuschauen, ob ihre Mutter schon im Bett war. Sie hat ihm seine Werwolfverkleidung zurückgebracht. Ein widerliches

Teil, in die Finger sind Nähnadeln eingearbeitet, so dass daraus Krallen werden, die kratzen können. Sie behauptet, er hätte ihr das Kostüm für die Party angeboten.«

»Um es aus dem Haus zu bekommen?«

»Die Forensik muss das noch genau untersuchen, aber ich bin mir sicher, dass die Kratzer an Annettes Hals von diesen Handschuhen stammen.«

Ich dachte darüber nach. »Annette ist Nate besuchen gegangen, weil sie meinte, er könne ihr helfen. Falls er im College Bilder von Dämonen gemalt hat, hätte jeder davon gewusst. Sein Ruf wäre bekannt gewesen. Er sagte ihr, dass er die Asche brauchte, und sie war nicht besonders scharf darauf, die zu stehlen.« Ich stellte mir vor, wie sie zusammen in Nates Zimmer saßen. Annette hatte Einwände gehabt, und da hatte er die Handschuhe herausgeholt und sich übergezogen und sie beim Hals gepackt. Wenn du die Hexe loswerden willst, die dich verfolgt, dann musst du tun, was ich dir sage, hatte er vielleicht verlangt. »Dass er sie mit den Kratzspuren am Hals gesehen hat, wie er das berichtet hat, das war nur Bluff. Ich habe mich ohnehin gefragt, ob er die Spuren wirklich aus dieser Entfernung hätte sehen können. Er wusste davon, weil er sie selbst verursacht hatte. Meinst du, dass er sie deshalb auch zu seinem Haus zurückgeschleppt hat, weil er meinte, dann würdet ihr ihn nicht verdächtigen?«

Gavin schüttelte den Kopf. »Sie ist gestorben, und er ist in Panik geraten? Da bin ich mir nicht sicher. Einige Dinge ergeben immer noch keinen Sinn. Warum wurden ihre Taschen durchsucht?«

»Vielleicht ist sie gestorben, ehe sie die Asche aus der Tasche genommen hat. Das hätte sie mit Nate in Verbindung gebracht – nein, nicht mit ihm, sondern mit den Hexen, also musste er die Asche finden.« Da kam mir eine Erleuchtung. »Nein, er hat ihre Schlüssel gesucht.« Ich erinnerte mich daran, wie Peter den Schlüsselbund mit verständnislosem Blick aus der Jackentasche gezogen hatte. »Peter hat sie in der falschen Jacke gefunden. Am nächsten Tag. Nate wollte nicht, dass Annettes Tod mit den Hexen in Verbindung gebracht würde, also hat er die Asche versteckt und die Schlüssel zurückgebracht. In einer Jackentasche kann man sie gut loswerden. Da verstaut sie jeder. Man muss irgendwas mit beiden Händen tragen, also steckt man die Schlüssel in die Jackentasche und vergisst dann, sie an den üblichen Haken zu hängen. Da schöpft keiner Verdacht.«

Ich hatte förmlich vor Augen, wie sich Nate in den dunklen Garten schleicht, sich am erhellten Küchenfenster vorbeidrückt, hinter dem gerade Kate und Peter von Polizeibeamten getröstet werden, dann zu der im Dunkeln liegenden Haustür. Er macht behutsam die Tür auf, steckt die Schlüssel in die Tasche der ersten Jacke, die da hängt, und schleicht wieder davon.

Gavins graue Augen trafen sich mit meinen; er nickte, stand dann auf, um seinen Becher abzuspülen, und sagte über die Schulter hinweg zu mir: »Also war er in Annettes Tod verwickelt. Er war der Werwolf, der die Krallenkratzer hinterlassen hat. Wenn noch jemand beteiligt war – dieser Dämon zum Beispiel, mit dem er sich gestern Abend getroffen hat –, so hätte er den auch gekannt. Deswegen wollte der ihn zum Schweigen bringen. Wir hatten die Krallen an dem Kostüm gesehen und würden ihn dazu befragen. Um den Kopf aus der Schlinge zu ziehen, würde er uns Namen nennen müssen.«

»Lawrence wusste, dass ich die Krallenhandschuhe gesehen habe«, sagte ich langsam, »und Rachel hat mir erklärt, das Kostüm gehöre Nate. Vielleicht hat sie ihm erzählt, dass ich gefragt habe.«

»Oder die Sache ist ganz anders«, erwiderte Gavin. »Wir haben ja nur Rachels Aussage dazu. Die Eltern wussten bestimmt nichts davon, und Nate ist tot. Vielleicht präsentiert man uns hier einen Sündenbock.«

Dann also Rachel oder Lawrence.

»Als Letztes«, sagte Gavin, »hat Mrs Halcrow gemeint, sie hätte gehört, wie Nate nach Hause gekommen ist. Nun, wenn die Geschichte stimmt, die deine Shaela erzählt hat, dann kann das nicht Nate gewesen sein. Vielleicht ist da der Mann, der als Dämon verkleidet war, zurückgekommen.« Er trocknete seinen Becher ab, stellte ihn an den richtigen Platz zurück und setzte sich wieder hin. »Wir haben natürlich in Nates Zimmer Fingerabdrücke genommen. Der Bericht ist noch nicht da, aber wir haben auch ein paar auf der Tür gefunden, die von Annette stammen könnten. Was nun das Hexenzeug angeht, na ja, das war alles sauber abgewischt. Alles – die Kerzenleuchter, der Kelch, die Bücher. Es sah aus, als hätte die Person, die sie abgewischt hat, Handschuhe getragen, um ganz sicherzugehen. Rings um die Ränder der Gegenstände waren Spuren, als hätte sie jemand mit Handschuhen zurückgestellt.«

»Also hat jemand dort etwas gesucht?«

»Vielleicht. Oder vielleicht – na ja, wie du gesagt hast, es war alles ein bisschen zu theatralisch. Entweder hat Nate versucht, bei seinen Besuchern Eindruck zu schinden – obwohl seine Mutter meint, dass kaum jemand zu Besuch kam –, oder jemand anderer hat versucht, *mich* zu beeindrucken. Vielleicht haben die Sachen sonst in einer Kiste im Schrank gestanden, und jemand hat das alles bewusst dort aufgebaut.«

»Würde Rachel wissen, wie dieses Zimmer normalerweise aussah?«

»Sie hat gesagt, sie wäre nie in Nates Zimmer gegangen.«

Fünf Knoten waren an der Schnur, die man in meine Koje gelegt hat: die drei Nebelkrähen, Rachel, Lawrence. Scalloways kleiner Hexenzirkel, ohne Nate. Er hatte mithalten wollen, indem er wie wild angab, und das hatte Annette zu ihm hingezogen. Rachel hatte guten Grund, Nate nicht zu mögen; falls Lawrence Shaelas Dämon war, dann hatte er bestimmt etwas dagegen, dass Nate versuchte, ihm den Rang als Anführer abzulaufen.

In den letzten paar Minuten hatte ich ein hartnäckiges fernes Geräusch im Ohr gehabt, das Tuckern eines Motorboots, das vom anderen Yachthafen herübergefahren kam, der jenseits der Burg lag. Dem Motorengeräusch nach zu urteilen war es ein leichtes Boot, vielleicht zwölf oder fünfzehn Fuß lang. Jetzt, als es auf hundert Meter an uns herangekommen war, gab jemand Vollgas, und das Brummen schwoll zu einem Jaulen an. Die *Chalida* schaukelte in der Bugwelle, während das andere Schiff um die Ecke kam. Plötzlich hörte man einen dumpfen Schlag in meinem Cockpit, als hätte jemand etwas Schweres hineingeworfen, dann einen zweiten, einen dritten. Jeden Schlag begleitete ein zischendes Geräusch, als würde man ein heißes Eisen in einen Eimer Wasser tauchen. Ich rannte den Mittelgang der *Chalida* entlang zur Vorpiek und warf die Vorderluke auf. Ich war schon draußen, als das Motorboot bereits wendete. Es war ein Glasfaser-Dingi mit einem kleinen Stauraum. Im Hafen war es zu dunkel, um das Gesicht der Person zu sehen, die am Steuer stand, aber er – oder sie – schien groß zu sein, und dunkle Haarsträhnen wehten ihm oder ihr wie Tentakel ums Gesicht. Zwei weitere Personen kauerten hinten. Eine Stimme schrie: »Hexe!«, und eine zweite rief: »Wir haben dich gewarnt!« Es waren Frauenstimmen.

Ich roch brennenden Torf. Eine Rauchwolke zog durchs Cockpit. Ich schwang mich zur Seite der *Chalida* herüber. Gavin hatte die Schotten hochgeschoben, stand auf den Stufen.

»Die Feuerlöschdecke, schnell!«, rief ich. »Über dem Herd.« Schon konnte ich den sauren Rauch von versengter Glasfaser riechen. Mein Glasfaserboot würde gleich wie eine Fackel in Flammen aufgehen. Gavin drehte sich um und griff hinter sich. O Gott … schnell, schnell. Drei dunkle rechteckige Brocken lagen in der Vertiefung, glühten orange in der Brise, waren zu heiß, als dass ich sie aufheben konnte, obwohl meine Finger sich instinktiv zu dem am nächsten liegenden hin krümmten, den Schmerz außer Acht ließen. Dann hörte ich Gavin hinter mir, streckte die Hand nach hinten, und er drückte mir die Metalldecke hinein. Ich stürzte mich auf den ersten Brocken. Er war zweimal so groß wie meine Hände, glühte, sprühte Funken. Ich warf ihn über Bord, wartete aber nicht ab, bis ich sah, ob er ins Wasser fiel. Ich rief bereits Gavin zu: »In der Toilette ist ein Eimer«, während ich den zweiten und dann den dritten packte und auch über Bord warf. Das Wasser zischte, und eine Dampfwolke stieg auf. Als ich mit dem dritten fertig war, hatte Gavin schon den Eimer über Bord heruntergelassen, um Wasser hochzuholen. Während ich mich noch mit bebendem Brustkorb und pochendem Herzen umwandte, kippte er schon Wasser über den Boden des Cockpits. Ich fuhr mit den Händen über die Stellen, wo die Torfbrocken gelegen hatten, und spürte die rauen Einkerbungen, wo die Glasfaser in der Hitze zu schmelzen begonnen hatte.

»Wenn ich die erwische«, knirschte ich zwischen den Zähnen hervor, »dann wird es ihnen leidtun, dass sie das versucht haben.«

»Du weißt, wer die sind?«, fragte Gavin leise.

»Die kleinen Jüngerinnen des Dämons. Die Nebelkrähen.« Meine linke Handfläche schmerzte da, wo ich sie nach dem brennenden Torf ausgestreckt hatte. »Scheiße!« Ich ging wieder nach unten und pumpte kaltes Wasser darüber, griff dann nach dem Lavendelöl. »Die wollten tatsächlich die *Chalida* in Brand stecken!«

Gavin verstaute den Eimer und setzte sich wieder. »Lavendel?«

»Wunderbar gegen Verbrennungen.« Ich war so wütend, dass meine Hände zitterten. »Wenn die auch nur in meine Nähe kommen …«

»Du wolltest den Torf mit der bloßen Hand aufheben?« Das fragte er ganz ruhig.

»Ein Glasfaserboot kann so schnell in Flammen aufgehen, das glaubst du gar nicht.« Ich wickelte mir Frischhaltefolie um die schmerzende Hand. »Ich habe das einmal gesehen, in einem Yachthafen. Ein Fehler in der Elektroanlage, haben sie später gesagt. Erst war da nur ein kleines bisschen Rauch, und dann stand plötzlich das ganze Boot lichterloh in Flammen. In weniger als zwei Minuten war es bis zur Wasserlinie heruntergebrannt. Es war nichts mehr zu machen.«

»Wenn du wegen schwerer Körperverletzung vor Gericht stehst«, sagte Gavin, »wird der Rechtsanwalt des Opfers behaupten, es sei nicht allgemein bekannt, wie schnell Glasfaserboote in Brand geraten.«

»Das Opfer«, sagte ich zwischen zusammengebissenen Zähnen hindurch, »wird von seinen Erben vertreten werden, wenn es mein Boot auch nur mit dem kleinen Finger anrührt.«

»Als Polizist«, fuhr Gavin fort, »werde ich mit Vergnügen aussagen, wie entsetzt ich war, als ich an Bord der *Chalida* Zeuge einer versuchten Brandstiftung, ja vielleicht sogar eines versuchten Totschlags wurde, und wie viel mehr es mich bestürzen würde, wenn dir weiterer Schaden zugefügt werden sollte.«

Ich hörte auf, böse zu schauen. »Ein reizvoller Gedanke.«

Er lehnte sich vor, die grauen Augen auf meine gerichtet. »Die Hexen haben sie auch mit Torf verbrannt.«

Ich reckte das Kinn hoch. »Ich bin keine Hexe. Das weißt du.«

»Aber die halten dich für eine, und das Kind hat es neulich abends auch gesagt. Wie kommen sie auf diese Idee?«

»In alten Zeiten reichte als Grund, dass man irgendwie anders war. Ich habe schwarzes Haar, ich habe eine Narbe, mein Kater folgt mir auf Schritt und Tritt. Die Pfarrer von Black Patie hätten mich schon allein dafür auf den Scheiterhaufen gebracht.«

Gavin schüttelte den Kopf. Das überzeugte ihn nicht. »Wir haben es hier nicht mit primitiven Dorfbewohnern zu tun. Da verbreitet jemand Gerüchte.«

»Aber wer? Und warum? Ich bin in Scalloway eine Fremde.«

Meine Hände zitterten nicht mehr. Ich begann, die Folie abzuwickeln. »Hör mal, les denen nicht die Leviten. Das macht alles nur noch schlimmer. Ich verspreche, dass ich nicht auf einen Rachefeldzug gehe, wenn dich das glücklich macht.«

Er runzelte die Stirn. Er malte ratlos mit den Händen eine Kurve in die Luft. »Cass ...« Seine weiche Stimme klang plötzlich abgerissen, wie flaches Wasser über scharfen Steinen. Ich konnte ihn nicht anschauen, spürte, wie die *Chalida* schaukelte, als er aufstand. »Cass, ich will dich nicht verändern, nicht mal ein kleines bisschen. Ich möchte nicht, dass du das Gefühl hast, *die Freundin des Polizisten* zu sein.« Er lachte, aber es war keine Fröhlichkeit darin. »Die Cass, die ich allmählich kennenlerne, würde sich wie eine Tigerin auf jeden stürzen, der auch nur einen Finger an ihr Boot legt. Ich kann dir das nicht verbieten. Ich habe nicht mal das Recht zu hoffen, dass du es meinetwegen nicht tun würdest.«

Da drehte ich mich um. »Ich hoffe, dass mein eigener Verstand und meine Prinzipien mich davon abhalten, mich auf diese Nebelkrähe zu stürzen.« Ich schaute ihm in die Augen. »Ich würde auch nicht erwarten, dass du mich nicht verhaftest, falls ich es täte.«

Nun streckte er seine Hand zu mir aus. Eine ganze Weile standen wir so im flackernden goldenen Licht da. Ich spürte, wie ich begann, mich schwankend auf ihn zuzubewegen. Es war so still in der Kajüte, dass ich das Zischen der tanzenden Flamme in der Messinglaterne hören konnte. Plötzlich von Panik ergriffen, machte ich einen Schritt zurück und brachte das Boot an seinem Liegeplatz zum Schaukeln. Das Herz klopfte mir bis in den Hals, und ich wollte gar nicht daran denken, was er in meinem Gesicht lesen konnte. Er zog die Hand wieder an den Körper zurück. Er drehte sich um und nahm seine Tragetüte auf. »Die restlichen Kekse lasse ich dir hier.«

Ich wollte sagen, dass ich sie für seinen nächsten Besuch aufheben wollte, aber das hätte plump geklungen, als wäre ich nur launisch. Ich wollte es ihm erklären, aber ich wusste nicht, wie ich anfangen sollte. »Danke.«

»Danke für die Schokolade.« Er winkte mich vor. Ich hob die Schotten hoch, schob sie in ihre Halterung und stieg dann vor ihm an Deck. Es regnete noch immer, ein trübseliges Nieseln fiel schräg in den orangen Kreisen der Straßenlaternen. »Werd nicht nass«, sagte er.

»Ich muss dich rauslassen.« Steife, dumme Worte. »Und so schlimm ist es nicht.«

Wir gingen schweigend über den Ponton. Am Tor sagte er: »Ruf mich an, wenn sie wiederkommen.« Und ich antwortete: »Heute kommen die nicht noch einmal, nehme ich an.« Und dann ließ ich ihn durchs Tor hinaus. Einen Augenblick lang stand er noch da, nachdem ich es wieder verschlossen hatte, hinter dem Maschendraht zwischen uns, nickte mir dann Gute Nacht zu, drehte sich um und ging mit großen Schritten fort.

Ich lief zur *Chalida* zurück und nahm am Tisch Platz. Ich muss wohl eine gute halbe Stunde dort gesessen und die Laterne angestarrt haben, die sanft an ihrem Haken schaukelte, ehe ich mich aufrappelte, um den Wasserkessel für meine Wärmflasche aufzusetzen. *Cass, ich will dich nicht verändern, nicht mal ein kleines bisschen.* Das Bett war jetzt wohl der beste Ort für mich … Aber es dauerte noch lange, bis ich endlich einschlief.

Auld Clootie, Auld Nick (n):
Shetland-Namen für den Teufel

KAPITEL 16

Montag, 31. Oktober

Niedrigwasser Scalloway	*02:19 GMT*	*0,6 m*
Hochwasser	*08:37*	*1,7 m*
Niedrigwasser	*14:34*	*0,6 m*
Hochwasser	*20:50*	*1,7 m*

Vollmond

Monduntergang	*07:02*	*292 Grad*
Sonnenaufgang	*07:22*	
Mondaufgang	*15:49*	*59 Grad*
Sonnenuntergang	*16:14*	

Einen Augenblick war ich mir nicht sicher, was mich aufgeweckt hatte. Das leise Trommeln des Regens auf das Kajütendach hatte aufgehört, und nun strömte wässriges Mondlicht durch die Fenster herein. Es war still, nur die Wellen, die am Rumpf der *Chalida* entlangschwappten, und das Surren eines Motors unterbrachen die Stille. Dann spürte ich, dass die *Chalida* im Kielwasser eines sich nähernden Boots tanzte, und war sofort in Alarmbereitschaft. Ich schlängelte mich aus dem Bett, zog mir meine warme Jacke und Hose und meine Stiefel über die Thermowäsche, in der ich schlief, und schob mich lautlos durch die Vorderluke, schattenstill, gerade weit genug, um hinaussehen zu können, aber nicht so weit, dass die anderen mich entdeckten.

Es dämmerte noch nicht, doch hinter den Bergen im Osten schimmerte bereits der erste Schein von Licht, und ich hatte das Gefühl, als hätte ich schon fast genug geschlafen. Fünf, halb sechs. Ich griff nach meiner dicken Überjacke und schlüpfte mit den Armen hinein. Ich schwang die Füße auf die Koje, bereit, jederzeit herauszuspringen.

Das Schiff bog langsam um die Ecke des Pontons. Es war ein recht großes Motorboot mit einer hohen Kajüte, ringsum eine feste Reling, ein Boot fürs Meeresfischen. Der verbreiterte Bug pflügte durch das dunkle Wasser, das gegen die Seiten der *Chalida* klatschte. Ich konnte die Person im Schatten des Ruderhauses nicht erkennen, aber es war auch noch jemand anderes auf dem Vordeck, hatte die Arme ausgestreckt, als hielte er etwas darin. Meine Hand umklammerte den langen Bootshaken.

Ganz langsam fuhr das Motorboot an meine Seite des Pontons heran. Die Gestalt vorn schien etwas zu suchen. Dann hob sie einen Arm und deutete auf die *Chalida.* Meine Finger krampften sich um den Bootshaken. Aber der Arm blieb ausgestreckt, als das Motorboot an mir vorüberglitt, und senkte sich, als es an einen der leeren Liegeplätze glitt. »Langsam – langsam«, rief eine Stimme auf Norwegisch. Elegant manövrierte sich das Boot in die richtige Position, und die Bugstrahlruder wirbelten das Wasser auf, das an den Bug der *Chalida* plätscherte.

Diese Stimme kannte ich. Ich schwang mich aus der Luke und ging zu dem Liegeplatz. Nun warf die Gestalt im Bug des Motorboots ihre Kapuze zurück, so dass man kurzes Haar sehen konnte, das im Lichtschein des Yachthafens silbern glänzte, dazu einen adretten Bart, der an einen Gentleman aus der Elisabethanischen Zeit erinnerte. Weiße Zähne blitzten auf, als der Mann mich angrinste.

»Anders!«, rief ich und streckte die Hand nach der Bugleine aus. »Willkommen in Scalloway.«

Anders sprang leichtfüßig auf den Ponton und legte einen Schlag Leine um den Klampen, ehe er mich umarmte. »Cass!

Ich habe Reidar versichert, du würdest garantiert in dem Augenblick aufwachen, in dem wir hier einlaufen.« Seine Arme umschlossen mich. Der vertraute Duft nach Maschinenöl und Zimt-Duschgel trieb mir die Tränen in die Augen. Einen Moment klammerte ich mich an ihn, trat dann einen Schritt zurück, und er ließ mich wieder los. »Ratte wird sich freuen, dich zu sehen. Komm an Bord.«

Wir machten das Motorboot fest, Leinen vorn und hinten und eine Vorspring, für alle Fälle, ehe ich zum Skipper ins Cockpit ging. »Willkommen«, sagte er mit brummendem Bass auf Dänisch. »Geht nach unten, Zeit fürs Frühstück.«

Kater hatte sich hinter mir vom Boot geschlichen, war nun ein grauer Schatten am Rand des Pontons. Ich pfiff ihm zu. »Komm schon, Kater, ein alter Freund ist da.« Er glitt vorsichtig näher ans Boot, und ich nahm ihn hoch und trug ihn nach unten.

Das Motorboot war um ein Drittel länger als die *Chalida* und zweimal so breit. Ein Zweisitzersofa und ein Tisch standen gegenüber der Kombüse. Alles in der Kajüte war seefest gemacht: Schlafsäcke waren in die ovalen Öffnungen der Backskisten gestopft, die Seekarte unter einem elastischen Netz gesichert, eine Thermoskanne mit einem Clip mit Gummizug befestigt. In der Spüle standen zwei Henkeltassen und zwei Teller. Anders hängte Schwimmweste und Ölzeug auf und rutschte hinter den Tisch, um die hängende Laterne erreichen zu können. Es war eine LED-Lampe, die die Kajüte in silbriges Licht tauchte, sein Haar und seine blonden Augenbrauen noch heller wirken ließ und scharfe Schatten auf seine hohlen Wangen warf. Von den Verletzungen war keine Spur mehr zu sehen. Mit sicheren Bewegungen reichten Anders' braune Hände zu der Laterne hinauf, eine hielt sie fest, die andere regelte sie, ohne eine Spur von Steifheit. »Was macht die Schulter?«, fragte ich.

Er wirbelte die Hände wild durch die Luft und lächelte mich

an. »So gut wie neu. Du bist eine Augenweide, *belle Cassandre*. Ratte, komm raus, schau mal, wer hier ist.«

»Du verziehst das Tier«, sagte der Skipper, der uns nach unten folgte. Er war ein großer struppiger Bär von einem Mann, so um die vierzig vielleicht, sah eher wie ein Norweger aus als wie ein Däne, mit seinem rötlichen Haarschopf über der eckigen Stirn, blauen Augen unter buschigen Brauen, einer gewaltigen Hakennase und einem Bart, der bei jedem Up Helly Aa Eindruck gemacht hätte. Er streckte mir eine Hand von der Größe eines Steuerruders entgegen. »Reidar. Hast du Hunger?«

»Cass hat immer Hunger«, antwortete Anders. Reidar nickte und griff nach dem Wasserkessel. Das Boot hatte eine Art Drucksystem für die Wasserhähne, stellte ich neidisch fest, für heißes und kaltes Wasser, und neben der rechteckigen Spüle war ein Abtropfbrett.

Dann hörte man aus der Vorkoje ein Rascheln. Ratte kam aus der Vorpiek gewuselt und gesellte sich zu uns, die Schnurrhaare neugierig nach vorn gestellt. Sie war immer noch größer als Kater, beinahe sechzig Zentimeter von der Nase bis zur Schwanzspitze, mit schwarz-weiß geflecktem, glänzendem Fell. Natürlich erkannte sie mich; Ratten sind sehr intelligente Tiere. Sie sprang mir zur Begrüßung auf die Schulter, schnüffelte an meinem Hals herum und rutschte dann wieder herunter, mit hochgestelltem Schwanz, um mit Kater Nasen zu reiben, der vorsichtig kurz erstarrt war, als erinnerte er sich nicht genau, dann aber auf den Boden sprang und Ratte spielerisch angriff. Innerhalb einer Minute jagten sie einander schon durch die Vorpiek, genauso wie sie das an Bord der *Chalida* gemacht hatten, am Bettrand entlang, hinter der Toilette herum, durch die Backskiste mit der Ankerkette und wieder hinauf in die Koje. Anders nickte zufrieden. »Ich wusste, dass Ratte sich erinnern würde. Kater ist gewachsen, der ist jetzt zweimal so groß.«

»Ratten an Bord eines Schiffs«, grummelte Reidar vor sich hin. Er gab eine halbe Packung Butter in eine Bratpfanne, deren Gewicht meine *Chalida* sicher nach Backbord hätte krängen lassen. Danach begann er so schnell Zwiebeln zu schneiden, dass das Messer nur verschwommen zu sehen war. »*Una tortilla.*« Er kippte die Zwiebeln in die Pfanne und machte sich an die Kartoffeln. »Und heiße Schokolade, Spezialrezept von Andreas Viestad. Die wird dir schmecken.«

»Bestimmt«, versicherte ich ihm. Die Hände, die da Kartoffeln schnitten und Ei verquirlten, bewegten sich so elegant wie Kater, wenn er sich zwischen den Pfützen hindurchschlängelte.

»Also«, sagte er, »du bist Anders' Jungfer in Nöten.«

Ich blitzte Anders wütend an.

»Es hörte sich an, als hättest du Probleme«, verteidigte sich Anders, »und meine Mutter trieb mich langsam in den Wahnsinn, und der junge Mann, der auf der Werft meinen Job übernommen hatte, machte sich gut. Also habe ich beschlossen, mal nachzusehen, was hier los ist. Das Leben in Norwegen war nach all der Aufregung, die wir hier in Shetland in den letzten Monaten hatten, wirklich sehr ruhig.«

Reidar drehte sich um und schaute mich lange an. »Nein, in Nöten ist sie nicht«, grummelte er, »aber sie macht sich Sorgen.« Er reichte mir einen großen Henkelbecher, der von einer hohen Sahnehaube mit zwei Klecksen gekrönt war, die wie Orangenmarmelade aussahen. »Das hier wird dir helfen.«

»Garantiert«, stimmte ich ihm zu. Meine Nasenspitze berührte die Sahne, als ich versuchte, aus dem Becher zu trinken. Ich gab auf und nahm mir einen Löffel. Das Getränk war köstlich: Schokolade mit einem scharfen Hauch Orange, zu einer geschmeidigen Creme aufgeschäumt. Ein Becher davon, und ich würde es im Alleingang mit einem Dutzend Hexenzirkeln aufnehmen. Reidar nahm angewärmte Teller aus dem Ofen und ließ dreieckige Stücken Tortilla daraufgleiten.

»Also«, sagte er und rutschte neben mich an den Tisch, »wir essen das erst mal, und dann erzählst du uns alles.«

Das war meine Welt, das waren meine Leute. Jetzt fühlte ich mich wieder zu Hause, hinter den Klapptisch gequetscht, flankiert von Männern in dicken Segelpullovern, bei einem Essen ohne höfliche Konversation oder Sorgen um Tischmanieren. Die Tortilla war dunkelgelb vom Dotter der frischen Freilandeier und innen noch köstlich flüssig. Reidar hackte sich ein Stück Brot ab und polierte damit seinen Teller, und ich tat es ihm gleich und nahm damit die letzten Reste der Eierflüssigkeit auf. Ich wusch die Teller in dem wunderbar heißen Wasser ab, das aus dem Hahn sprudelte, und Anders verstaute sie wieder. Erst als wir jeder noch zwei Ballerina-Kekse* und einen Brocken Schokolade gegessen hatten und Reidar eine Pfeife geholt, geputzt, gestopft und angezündet hatte, deren Rauch vermuten ließ, dass er seinen eigenen Tabak trocknete, war es Zeit für mich, mit dem Erzählen anzufangen.

Ich versuchte, alles so klar wie möglich zu erklären, aber dazu war es in meinem Kopf noch zu verworren. Annette, der Teufel, der sie getragen hatte, das Glas, das in der Kantine auf dem Boden zerschellt war, die Hexen, die Heidekraut für ihre Sabbat-Feuer sammelten, Nate, der, an Händen und Füßen gefesselt, im Hafen von Scalloway trieb, die brennenden Torfsoden, die jemand auf die *Chalida* geworfen hatte. Die beiden Männer hörten mir aufmerksam zu, und als ich fertig war, zog Reidar erneut an seiner Pfeife, stieß einen bernsteinfarbenen Rauchring aus und sagte: »Ich kenne nur dänische Geschichten. Hexen hätten beinahe das Schiff unserer Prinzessin Anne versenkt, als sie hierherkam, um euren König Jakob zu heiraten. Dazu haben sie kleine Teufel geschickt, die den Kiel hochgeklettert sind. Ich glaube, die haben auch die Pocken mitgebracht. Ich weiß nicht, was schottische Hexen so machen. Ich finde, du musst das irgendwie rauskriegen.«

So wie er das sagte, schien es mir die offensichtlichste Lö-

* Schwedische Mürbeteigplätzchen mit Nuss-Nugat-Füllung.

sung zu sein. »Ja«, antwortete ich langsam. »Ja, ich glaube, das muss ich wohl.«

»Weißt du, wo du da was finden kannst?«, erkundigte sich Anders.

Nate hatte einen Ordner über Hexenkünste gehabt, aber ich würde nicht noch einmal zu Gavin gehen. Ich nickte. »In Lerwick. Im Archiv. Ich schwänze den Unterricht und gehe heute Nachmittag hin.« Ich schaute auf den Haufen aus grauem Fell und schwarz-weißem Samt, der da einträchtig auf dem Kissen lag und schlief. »Könntet ihr vielleicht Kater hierbehalten? Ich möchte ihn nicht auf der *Chalida* allein lassen.«

»Er bleibt«, sagte Anders. »Du siehst doch, sie haben einander vermisst.«

Ich bedankte mich noch einmal bei Reidar für das wunderbare Frühstück, machte mich auf den Rückweg zur *Chalida* und ließ alle vier schlafen.

Es war sieben Uhr. Der Himmel war nun im Osten flammend orange, und die Wolken veränderten die Intensität der Farbe zu Schattierungen, die mich an die Schuppen an der Seite einer Rotbarbe erinnerten, wurden blasser, je weiter sie von der Sonne entfernt waren. Nun erhellte sich zusehends der ganze Himmel zu einem feurigen Orange, um sofort zu verblassen; innerhalb von fünf Minuten war alles verschwunden, und es waren nur noch milchig graue Wolken übrig.

Roter Himmel am Morgen. Sonst gab es aber keine Anzeichen von Unheil. Ein leichtes Muster aus hingetupften Wolken überzog den Himmel, nur im Nordwesten waren größere Ansammlungen zu sehen, lange Bänder, die Wind oder Regen androhten. Ab und zu malte ein Regentropfen ein Kreismuster in das spiegelglatte Wasser.

Jetzt konnte ich mir meine Decks anschauen. Ich untersuchte die drei Dellen, wo die brennenden Torfsoden gelandet waren, fuhr jede mit den Fingern nach. Die erste, von der ich den Torf am schnellsten weggenommen hatte, war die flachste, die zweite war tiefer, und an der dritten hatte sich der Soden bis fast auf die Glasfaser durchgebrannt. Diese Stelle musste ich flicken. Wir hatten Glück gehabt, die *Chalida* und ich, Glück, dass die Decks noch regennass gewesen waren, Glück, dass ich so schnell gehandelt hatte, Glück, dass sich Gavin mit der Feuerdecke beeilt hatte. Mein zähes kleines Boot war nur Sekunden von einem flammenden Inferno entfernt gewesen. Das würden die drei Krähen bereuen, und auch ihr schattenhafter Anführer, der sie hergeschickt hatte.

Hexen. Zum einen gab es hier im Museum von Scalloway die Ausstellung dazu. Peter hatte gesagt, dass die Organisatoren, nachdem sie ihre Nachforschungen beendet hatten, von allen Ergebnissen Kopien aufbewahrt hatten, damit auch andere sich an einen Tisch in der Ecke des Cafés mit den großen Glasscheiben setzen und die Quellen studieren konnten. Bestimmt gab es einen Ordner zum Thema Hexen, mit Fotokopien der Dinge im Museum von Lerwick. Aber ich hatte keine Lust, hier mitten in Scalloway einen Ordner zu Hexenwerk durchzusehen, auch noch gut sichtbar hinter Glas, so dass jeder, der vorüberging, mitbekam, dass ich irgendwas recherchierte, möglichst noch an der Farbe des Ordners erkannte, was ich mir da anschaute. Nein, ich würde nach dem Gärtnern am Morgen später in Richtung Lerwick aufbrechen.

Peters Auto fuhr an mir vorbei, aus dem oberen Grundstückstor heraus, als ich gerade die Gartenpforte aufmachte. Kate stand neben dem Haus und schaute auf die Einfahrt. Es hatte Streit gegeben, das konnte ich spüren. Aber ob es darum gegangen war, dass er schon wieder zur Arbeit ging, oder ob er zur Arbeit fuhr, um dem allen zu entkommen, konnte ich nicht sagen. Kate wandte sich mir mit ihrem üblichen Lächeln zu, als sie hörte, wie die Gartenpforte mit einem Klicken zufiel. »Guten Morgen, Cass. Du bist aber sehr pünktlich. Ich hatte schon ein schlechtes Gewissen, weil ich dich gebeten habe, so früh zu kommen.«

»Ich war sowieso wach«, sagte ich. »Eine Überraschung im Morgengrauen: Mein Freund Anders, der früher bei mir Mannschaft war, ist mit einem Motorboot aus Bergen angekommen, also haben wir zusammen gefrühstückt. Kater ist bei ihm an Bord geblieben.«

»Peter ist zur Arbeit gefahren«, sagte Kate. »Ich finde ja, dass es zu früh ist, dass heute noch niemand mit ihm rechnet, aber es ist Montag, und er wollte zum normalen Leben zurückkehren.« Ihre Stimme drückte schmerzlich deutlich aus, dass es nie wieder ein normales Leben geben würde. Die Ringe unter ihren Augen waren so blau wie Blutergüsse. »Na ja! Vom Reden räumt sich ein Garten nicht auf.«

Sie stürzte sich in die Arbeit, zerrte die letzten Schösslinge aus der Erde, riss ganze Hände voll silbern gestreifter Nesselblätter und rostroter Geranienstiele aus, bis wir plötzlich darunter Steinplatten entdeckten. Wir kratzten und zerrten und legten einen Weg frei, der zwischen zwei Staudenbeeten verlief, die es hier wohl einmal unter den hängenden Zweigen des Bergahorns an der dem Meer zugewandten Seite des Gartens gegeben hatte. Endlich begriff ich, was Kate gemeint hatte, als sie vom Knochengerüst des Gartens gesprochen hatte; nachdem die Pflanzen weggeräumt waren, die ihn verborgen hatten, sah man den elegant geschwungenen Pfad, auf dem das Auge ruhen konnte.

»Das ist einmal wunderschön gewesen«, sagte Kate mit strahlenden Augen und rosigen Wangen und sah einen Augenblick lang wieder wie sie selbst aus. »Hier kann ich Pfingstrosen und alte Rosen und Lilien hinpflanzen … und Duftnelken, die über die Kante der Steinplatten wuchern. Ich könnte Lampions in die Zweige hängen, wie in dem Gemälde von Sargent. Wir müssen diese Ahornbäume zurückschneiden, um Licht und Luft hereinzulassen. Bring du das Zeug auf der Schubkarre zum Wagen, ich gehe die Säge holen.«

Die nächste Stunde verbrachten wir damit, knorrige Äste

von den Bäumen zu sägen, von denen jeder den Wagen beinahe zur Hälfte füllte. Kate musste ein Dutzend Fahrten zum Feuerplatz machen. Doch um halb elf war aus dem Gewirr eine Anordnung von zwei langen Beeten geworden, die nur darauf warteten, gründlich umgestochen zu werden. Das klare Morgenlicht strömte wie ein Segen auf die aufgewühlte Erde.

»Tee«, sagte Kate und klopfte sich Sägemehl und Borke von den Händen. »Und einen Schokoladenkeks haben wir uns auch verdient.«

In der Küche war es wunderbar warm. Weil wir so kräftig gearbeitet hatten, hatte ich die Kälte nicht gespürt, aber schon bald prickelten meine Hände in der glühenden Hitze des Rayburn-Ofens. Kate brachte ein Päckchen Club-Kekse mit Orangenaroma zum Vorschein. Wir sackten auf unsere Stühle und tranken schweigend Tee.

»Wir haben es gestern Abend erfahren«, sagte Kate plötzlich. Ich schaute zu ihr herüber und konnte in ihren Augen Nates Gesicht sehen. »Wie verderbt das hier alles geworden ist«, sagte sie leidenschaftlich. »Genau wie dieser Garten. Alles muss ausgerottet werden, mit Stumpf und Stiel, alles, damit neue Dinge wachsen können. Ganz niedergehackt …« Ihre Stimme versagte. Sie schluckte und schaute mich geradewegs an. »Meinst du, dein Polizist schafft das?«

»Ich bin mir nicht sicher«, erwiderte ich. »Aber jemand muss es tun.«

»Hilf du ihm«, sagte sie heftig. »Wenn du dich wirklich anstrengst, dann klappt es. Mach dir keine Gedanken, was dabei zu Bruch geht.« Sie vollführte eine fahrige Geste, als stieße sie nach etwas. »Es hat Annette umgebracht. Die ist da hineingezogen worden, und es hat sie umgebracht. Was du auch immer tun musst, tu es um ihretwillen.«

Den ganzen restlichen Vormittag verbrachten wir mit Umgraben. Die Beete waren von einem Kraut mit frischen grünen Blättern überwuchert, das Kate Giersch nannte. Die erste

Handvoll konnte ich leicht herausziehen, dann holte ich mit der Grabegabel ein ganzes Gewirr bitter riechender Wurzeln hervor. Die Erde war überall durchzogen davon, und nach einem Meter Beet war die Schubkarre übervoll.

»Ausreißen«, sagte Kate. »Alles ausreißen. Und im Frühjahr gieße ich auf das, was noch überlebt hat, Gift drauf.« Ihre Hände zitterten am Spaten. »Ausreißen ...« Tränen standen ihr in den Augen. Sie wischte sie mit einer Hand weg und hinterließ dabei schmierige Erde auf ihrer Wange. »Ich glaube, ich habe jetzt genug. Möchtest du noch Suppe, ehe du gehst?«

Ich schüttelte den Kopf. »Ich schwänze das College und mache mich auf den Weg in die Stadt.«

»Dann gebe ich dir ein Sandwich mit – nein, ich bestehe darauf. Das ist überhaupt keine Mühe.« Sie füllte eine Eiscremedose mit Butterbroten und Scheiben vom Lammbraten und reichte mir noch eine Flasche Wasser. »Da.«

Auf der Türschwelle legte sie mir eine Hand auf den Arm. »Nicht vergessen. Tu, was immer nötig ist.«

»Ich werde es nicht vergessen«, versprach ich und machte mich auf den Weg.

KAPITEL 17

Es war ein wunderschöner sonniger Tag geworden. Es hätte Sommer sein können, wenn man von den langen Schatten absah, die jede Mulde vergrößerten und an den Hängen die Umgrenzungen der längst verschwundenen Bauernhäuser wieder sichtbar machten. Die Heidekrauthänge waren gescheckt wie das Fell einer Schildpattkatze, mit Wirbeln in Rehbraun, Schokolade, Rotbraun. Die Bäche sprudelten in einem Streifen helleren Grüns bergab. Wolkenschatten jagten einander über die Berge, und das Meer glänzte wie poliertes Silber.

Ich verließ Scalloway mit schnellen Schritten, ging an der Schule vorbei, die nur noch halb belegt war, deren andere Hälfte leider verlassen dalag, dann am Bach entlang und am Steinbruch vorbei. Ich blieb beim Aussichtspunkt stehen, um auf Scalloway zu schauen und einen Schluck Wasser zu trinken. Von hier konnte ich beinahe dreißig Meilen weit sehen: bis hoch in den Norden zu der silbrig roten Masse von Ronas Hill; an der langen Küste nach Süden zu den Inseln Trondra, Burra und dem verlassenen South Havera; in den Westen hinaus, wo Foula am Horizont schwebte wie Tir nan Og, die Insel der Toten, von der meine Oma Bridget immer erzählt hatte. Ich fragte mich, an was für einen Himmel Nate wohl geglaubt hatte.

Ich spürte ein schmerzliches Stechen hinter dem linken Auge und wurde mir erst jetzt bewusst, dass da schon seit gestern Abend ein dumpfer Schmerz lauerte. Stress … Es war zu viel geschehen. Nach diesem Spaziergang würde ich wieder einen klaren Kopf haben. Unter mir beherrschte die Burg von Earl Patrick die Stadt, ragte höher auf als die modernen Würfel der Eisanlage und der Fabrik, schien durch die Spiegelung doppelt so hoch. Die Herbstsonne ließ den Sandstein in einem warmen Rot aufleuchten. Von hier aus konnte ich auch die Spanish Closs ausmachen, den Innenhof, wo Annette gelegen hatte, aber die Bucht, in der wir Nate gefunden hatten, war von Häusern verdeckt. Die *Chalida* schien an ihrem Liegeplatz zu schweben, genau wie Reidars Motorboot mit der hohen Brücke nur zwei Liegeplätze weiter unten. Ich schraubte den Verschluss auf meine Wasserflasche, zog ein Sandwich hervor und ging weiter.

Dies hier war eine der schmalsten Stellen der Insel. Kaum zweihundert Meter weiter verbarg sich hinter der Biegung der Straße der Atlantik, von dort hatte ich einen Blick das Dales Voe hinauf zur Nordsee mit den Out Skerries am Horizont: Das war die Seeroute der Wikinger, über die Anders und Reidar in der vergangenen Nacht gekommen waren. Ich blieb auf der Straße nach Norden, anstatt nach Osten abzubiegen. Hier waren die Heidekrauthänge dunkler, als schiene in diesem Tal keine Sonne, die sie zu Rostrot ausbleichen konnte. Als ich am Zaun einer Weide mit Shetlandponys vorbeiging, kamen sie mit stampfenden Hufen auf mich zugaloppiert, wirbelten erst im letzten Augenblick mit wehenden Mähnen und Schwänzen herum und blieben stehen, als wäre das nun für heute genug sportliche Aktivität gewesen. Ein paar erste Golfer waren auf dem Platz, als ich die Brig of Fitch überquerte und am letzten Hügel vor Lerwick entlangwanderte. Einige Raben zogen über ihnen ihre Kreise, warteten wohl auf die Gelegenheit, sich einen Golfball zu schnappen. Ein Golfer mit Kappe wedelte mit dem Schläger herum, aber die Raben schwebten unbeirrt näher, waren keineswegs eingeschüchtert. Ich stapfte mit stetigen Schritten den Berg hinauf, umrundete die letzte Biegung und erreichte die letzte Teilstrecke, die mich bergab nach Lerwick führte.

Am besten nähert man sich Lerwick vom Meer kommend, fährt direkt in den Hafen im Herzen der Altstadt ein, wo Häuser aus grauem Stein noch auf ihren starken Fundamenten stehen, die Giebel dem Meer zugewandt, die Holztüren zum Entladen der Schiffe jetzt gegen die steigende Flut geschlossen. Zwischen ihnen verlaufen unter der Straße die Tunnel der Schmuggler, in denen früher die Kaufleute von Lerwick den Gin und Schnaps versteckten, den die holländischen Fischerboote mitbrachten. Der älteste Teil der Stadt stammt aus den 1660er Jahren, aus der Zeit kurz nach dem Sturz von Black Patie. Cromwells Truppen benutzten seine Burg eine Weile als Hauptquartier und errichteten während der Holländischen Kriege* hier eine neue Festung. Natürlich trieben die Einwohner von Shetland im Hafen unterhalb der Kanonen weiter Handel mit den Heringsfischern. Damals baute man hier die Mautstelle und das Stadthaus, und Lerwick wurde zum Verwaltungszentrum von Shetland. Im Heringsboom des späten 19. Jahrhunderts nahm die Stadt einen großen Aufschwung, und die unternehmungslustigen viktorianischen Kaufleute erweiterten die Pier und leisteten sich das Rathaus mit seinem vierkantigen Turm, das die Silhouette der Stadt genauso beherrschte wie einst die Burg von Earl Patrick. Und sie legten zwischen ihren mächtigen Villen die breiten Straßen und Parks mit ihren vielen Blumen an. Heute werden am anderen Ende der Stadt die Makrelen in der Fabrik abgeliefert, und die Villen hat man größtenteils in Wohnungen aufgeteilt oder zu Frühstückspensionen umfunktioniert, aber die Rathausuhr entscheidet immer noch jeden Streit um die korrekte Uhrzeit, und die Parks sind vom ersten Krokus bis zur letzten Rose stets voller prächtiger Farben.

Ich erreichte, von Norden kommend, zunächst das Industriegebiet der Stadt. Ich ging an zwei Autowerkstätten und As-

* Im 17. und 18. Jh. wurden mehrere Seekriege zwischen dem Vereinigten Königreich und den Niederlanden geführt, in denen es um die Beherrschung der Handelswege und Kolonien ging.

phaltplätzen voller chromglänzender Autos vorbei und kam zum Abzweig nach Germista, dem Gebiet zu meiner Linken: Hier sind die Druckerei der *Shetland Times*, das Shetland College und das hinter einem Haufen aus Reifen verborgene Zentrum für Reifen und Auspuffanlagen angesiedelt. Das Bod*, das Geburtshaus des Gründers der Reederei P & O**, Arthur Anderson, im 19. Jahrhundert aus Stein erbaut, steht zwischen einer Ansammlung moderner Kästen, unter anderem von McNab's Fischfabrik und dem Shetland Heat Exchange, wo der in ganz Shetland eingesammelte Müll verbrannt und Fernwärme für Lerwick erzeugt wird. Der Yachthafen befindet sich dahinter: vier doppelte Reihen von Booten, die geschützt hinter den ausladenden Armen der Felssteinmauer vor Anker liegen. Das blaue Gebäude hinter dem Yachthafen ist Shetland Catch, eine der größten Fisch verarbeitenden Fabriken Europas.

Langsam wurden meine Füße müde. Ich dachte kurz mit Bedauern an den kleinen weißen Citroën, den ich mir für die Zeit der Dreharbeiten auf dem Wikingerschiff gekauft hatte. Aber im College brauchte ich ihn nicht, und ich hatte ohnehin keinen Führerschein, hatte den Wagen also verkauft, ehe ich nach Scalloway ging. Auf dem Land war ich ungestraft davongekommen, wenn ich damit herumfuhr, aber es schien mir das Risiko nicht wert, in Lerwick illegal Auto zu fahren, nur um einmal in der Woche bequem zur Messe zu kommen. Ich stapfte am Kraftwerk von Lerwick vorbei, einem riesigen braunen Gebäude mit hoch aufragendem Schornstein, und war endlich in den Außenbezirken der Stadt angelangt. Rechter Hand lagen die ersten Siedlungen mit städtischen Wohnungen, linker Hand die Anlegestelle für die Fähre. Das blau-weiße North-Fährboot war auf See unterwegs, und so ragte der Landesteg

* (Shetland) Eigentlich Böd: Fischerhütte.

** Peninsular and Oriental Steam Navigation Company – Britisches Schifffahrts- und Logistikunternehmen, gegründet im frühen 19. Jahrhundert.

für die Passagiere ins Leere. Frachtschiffe, eine Ansammlung von Gittercontainern, der Coop. Ich war beinahe angekommen. Ich nahm die Abkürzung am Peerie Dock entlang, wo Ruderboote am Kiesstrand lagen, ging dann über das Gelände der Sägemühle von Hay and Co. und kam beim Weg um das Hay's Dock heraus.

Das neue Museum (es würde mindestens noch dreißig Jahre das »neue« bleiben) hatte man dort errichtet, wo Hay and Co., die dreihundert Jahre lang die wichtigsten Fischhändler der Insel gewesen waren, ihre Schuppen für den Bootsbau hatten. Drei dieser Schuppen hatte man in das Museum integriert. In einem wurden noch immer Boote instand gesetzt. Das neue Gebäude war eindrucksvoll hoch, und seine Giebel hatten die gleiche Form wie die rotbraunen Segel der Heringsschmacken, die sich hier einmal im Sund gedrängelt hatten. Es ragte direkt am Wasser auf, mit einem kleinen von einer Mauer umgebenen Hafen davor und einem Kiesstrand, auf den man die Bootsflotte des Museums hochgezogen hatte. An der Pier lagen Fischerboote, die aussahen wie die, die ich in meiner Kinderzeit gerade noch in Irland mitbekommen hatte: Boote mit dunklem Rumpf und einem kleinen weißen Ruderhaus und Namen wie *Pilot Us* und *Nil Desperandum*. Ein paar Seehunde paddelten im Hafen umher, streckten die Nase in die Luft, rollten sich dann herum und zeigten ihre hellen Bäuche. Ich kam an den murmelnden Lautsprechern der modernen Kunstinstallation vorbei (einem Durcheinander verschiedener aufgezeichneter Shetland-Geräusche, die je nach Windgeschwindigkeit lauter oder leiser wurden) und betrat das Museum.

Ich war noch nie dort gewesen und vermutete, dass ein Besuch der Ausstellung wohl mehr als die halbe Stunde in Anspruch nehmen würde, die ich gerade eben noch von meiner Recherche in Sachen Hexen abzweigen wollte. Doch ich konnte der Versuchung nicht widerstehen, einen Blick in die Bootshalle zu werfen, von der ich so viel gehört hatte. Ich ging über die Steinplatten zum Eingang der Ausstellung und stellte fest, dass ich hier nicht so bald wieder wegkommen würde. Es gab zu viel zu sehen: Steine, über die man mit dem Finger streichen konnte, glatte Axtköpfe, die sich in die Hand schmiegten, das Modell eines Brochs*, eine Vitrine mit piktischem Silber, nordischen Kämmen und einer gekratzten Zeichnung eines jungen Mannes mit einem Kopf voller kleiner Locken und mit Anders' gerader Nase. Darauf folgte der enge Raum eines Kleinbauernhauses, wo ein Wildschwein ans Sofa gebunden war, ein Bannockbrot im Feuer** backte und eine Frau ihrem Baby, das in der Kammer in der Wiege lag, ein Schlaflied sang. Dahinter folgte eine ausgestopfte Shetland-Kuh, schwarz-weiß gefleckt mit langen Hörnern, dann eine Abteilung über das Fischen, in der eine vor Unst gefangene Schildkröte über mir von der Decke hing – und endlich war ich in der Bootshalle und starr vor Staunen. Auf dem Boden befand sich ein »flit-boat«***, schwarz geteert, beinahe so lang wie die *Chalida*, das früher zum Transport von Torf oder Schafen benutzt wurde. Darüber hingen in dem drei Stockwerke hohen Raum die eleganten Rümpfe der Shetland Models, unserer eigenen Klasse von Renn-Dingis: schmal und mit zwei spitzen Enden, wie Miniatur-Wikinger-Kriegsgaleeren. Ich bewunderte die Rümpfe von unten, ging dann die Treppe hinauf, um mich über das Geländer zu lehnen und mir mit großem Vergnügen den Mann anzuschauen, der in seinem Motorboot zu Mittag aß, und die eleganten Linien und gesetzten Segel der Renn-Maids zu bewundern. Die waren an der Westseite der Insel schon beinahe aus der Mode gekommen, als ich heranwuchs, also war ich nie auf einem dieser 3-Mann-Flitzer gesegelt, aber ich war wild

* Runder, fensterloser Turm aus der Eisenzeit.

** Fladenbrot, zumeist aus Hafer- und Gerstenmehl, das auf einem Backblech oder in der Pfanne von beiden Seiten gebacken wird. Ursprünglich wurde das Brot zunächst in glühender Asche gebacken.

*** (engl.) Umzugsboot.

entschlossen, einmal als Mannschaft auf einem mitzufahren, falls ich im nächsten Sommer noch hier war.

Aber jetzt war keine Zeit für Träume vom nächsten Sommer. Ich musste mich über Hexen schlaumachen. Ich schlängelte mich zwischen Vitrinen mit Gegenständen aus der Viktorianischen Zeit, mit Kostümen von Up-Helly-Aa-Feiern und mit Stricksachen hindurch, streifte an einer runden Ausstellungsfläche zur Öl-Ära vorüber und kam im oberen Flur heraus.

An der Eingangstür zum Archiv warnte ein Schild streng: keine Speisen oder Getränke, keine Handys. Ich überprüfte, ob meines abgeschaltet war, nahm einen letzten Schluck aus der Wasserflasche und drückte die schwere Tür auf. Sofort umfing mich Stille – es war die gleiche arbeitsame Stille, wie man sie im Kontrollraum eines Schiffs auf See hat, wenn der Navigator sich über die Seekarte beugt und der Steuermann nach vorn blickt. Ein halbes Dutzend Leute saßen hier in einigem Abstand voneinander an den langen Tischen in der Mitte, die Köpfe über die Arbeit gesenkt. Hinten im Raum standen Computerbildschirme, und Bücherregale nahmen die mir näher liegende Seite ein. Am Empfangstisch schaute ein Mann zu mir auf. »Kann ich Ihnen helfen?«

Ich setzte mich auf den angebotenen Stuhl. »Ich suche nach Informationen über Hexen.«

Er schob mir ein Buch hin, in das ich mich einschrieb. »Sie sollten mit Marion Perdone anfangen. Das ist im Hibbert.« Er erhob sich von seinem Stuhl, ging geradewegs zu einem der Regale, holte ein großes schwarzes Buch heraus und brachte es her. Er schaute im Inhaltsverzeichnis nach und blätterte die Seite auf, ehe er mir das Buch gab. »Bitte sehr.«

»Danke«, erwiderte ich und nahm das Buch mit zu den Tischen. In Kästchen hatte man gespitzte Bleistifte und selbst gebastelte Schreibblöcke bereitgelegt. Ich suchte mir je einen aus, ließ mich auf einem mit schwarzem Netzstoff bespannten Stuhl nieder und beugte den Kopf über das Buch.

Es stellte sich heraus, dass »der Hibbert« ein Buch von Samuel Hibbert mit dem Titel *A Description of the Shetland Islands, 1822** war. Das Papier war so braun wie schwacher Tee, und die Ränder sahen aus, als wären sie von Mäusen angenagt worden. Der Autor hatte Marion Peebles *alias Perdone, Gattin des Swene in Hildiswick, A. D. 1644*, einen ganzen eigenen Abschnitt gewidmet. Der Text schien eine Art Anklage zu sein, denn er sprach jemanden mit »du« an: *dass du eine Krankheit auf Janet Robertson herabgerufen hast, gesagt hast, sie würde bereuen, was sie deiner Tochter und deinem Schwiegersohn angetan hat* – und so weiter und so fort, eine vierseitige Liste voller Boshaftigkeit. Im ersten Punkt wurde behauptet, Marion hätte eine Krankheit auf Janet Robertson »herabgerufen«, aber dann, als Janets Mann sie bedrohte, diese Krankheit auf eine Kuh übertragen, die starb, während Janet sich erholte. Im nächsten wurde etwas Ähnliches behauptet; die folgende Anklage lautete, sie hätte Bier verderben lassen, und laut der vierten hatte sie angeblich den Wahnsinn auf Madda Scuddasdoughter gehext, *bis sie dich zum Bluten brachte, indem sie dir in zwei Finger biss, woraufhin sie wieder zu klarem Verstand zurückkehrte.* Weiteres Unheil war Tieren zugefügt worden – zwei Kühe gaben seltsame Milch, eine Herde von Pferden sollte von ihr angeblich mit einem Zauber belegt worden sein, ein Kalb wurde wild und starb. Am Ende dieses ersten Berichts fragte ich mich, warum die Leute am Ort die Frau nicht längst ins Moor hinausgejagt hatten, wenn sie wirklich so bösartig war. Dann folgte eine zweite Liste von Anklagen, datiert auf den 15. März 1645 in Scalloway. Die erste betraf einen gewissen Andro Brown; sie hatte ihm eine Krankheit angehext *vom Scheitel bis zur Sohle,* und erst als die Nachbarn vorbeikamen und *in Gottes Namen* beteten, sie solle ihn heilen, erklärte sie sich bereit, das zu tun. Das überraschte mich. Wenn sie eine Hexe war, handelte sie doch bestimmt im

* (engl.) Eine Beschreibung der Shetland-Inseln, 1822.

Namen des Teufels? Sie entblößte sein Bein, legte ihren Finger darauf und berührte dann mit dem Finger dreimal den Boden, *woraufhin sich sein Schmerz unverzüglich auflöste.* Er hatte aber seine Beschuldigungen gegen sie zu öffentlich geäußert, denn sie erzählte den Nachbarn, sie hätte gehört, was er überall verbreitete, und sprach *einen Fluch auf die, die sie Hexe genannt hatten,* woraufhin Andro erneut von der Krankheit befallen wurde. Schließlich schickte ihm Marion ein Bannockbrot, das er aß, und er erholte sich, während die Krankheit auf eine Kuh überging und die umbrachte.

Die zweite Erzählung war seltsamer und handelte von einem Streit zwischen Marion, ihrem Mann Swene und Edmund Halcrow, in dem es darum ging, dass ein »Knot« in Andro Browns Torfstich verschoben worden war. Auf Anraten ihres Ehemanns verwandelte sich Marion in einen *Schweinswal* und brachte Edmunds Boot zum Kentern, als er zum Fischen auf See war. Er und vier andere ertranken, und als man die Leichen fand, ließ man Marion und Swene holen. Marion legte ihre Hand auf die Leiche, und Blut strömte aus deren Händen und Fingern – anscheinend ein sicheres Zeichen dafür, dass sie Edmunds Tod verursacht hatte.

»Wirklich wie bei Shakespeare«, meinte der Archivar, der herübergekommen war, um zu sehen, wie ich vorankam. »Romeo sagt ungefähr dasselbe, als er mit Tybalt, den er umgebracht hat, im Grabgewölbe ist.«

Meine Schulbildung hatte mir Shakespeare vorenthalten. »Meinen Sie, die Leute haben wirklich geglaubt, dass sie all das gemacht hat? Krankheiten von Menschen auf Kühe und zurück übertragen – sich in einen Wal verwandelt?«

»Einen Tümmler«, korrigierte er. »Einen Schweinswal. Sie waren so sehr davon überzeugt, dass sie sie dafür auf dem Scheiterhaufen verbrannt haben. Sie und ihr Mann wurden 1645 auf dem Hill of Berry in Scalloway hingerichtet.«

Ich schaute zu der Stelle zurück, wo stand, dass sie Andro verflucht hatte, weil er sie als Hexe bezeichnet hatte. »Es scheint hier nichts darüber zu stehen, dass sie den Teufel zu Hilfe gerufen oder sich mit anderen Hexen getroffen hat.«

»Lesen Sie weiter.« Er deutete auf den letzten Absatz. »Man hat sie gesehen, wie sie von Breckon nach Hildeswick gegangen ist, begleitet vom Teufel in Gestalt zweier Corbies.«

»Corbies? Krähen?«

»Raben. Die Nebelkrähen heißen hier einfach ›Craas‹.« Er schaute im Katalog nach, ging dann zu den Regalen und kam mit einem dottergelben Buch zurück. Es hieß *A Source Book of Scottish Witches**, und darin hatte jemand freundlicherweise vorn eine Liste aller Hexen aus Shetland zusammengestellt. Es waren nicht viele, passenderweise dreizehn, aber das Buch selbst enthielt keine Informationen über sie, nur einen Verweis, wo man mehr herausfinden konnte. »Dal.«, erklärte der hilfreiche Archivar. »Das ist Dalyell, den gibt's online.« Er fuhr einen Computer hoch und fand eine eingescannte Version eines uralten Buchs, in einer Schrift, bei der die kleinen Buchstaben kunstvoll mit den großen verschlungen waren, und mit einem Wust von höchst gebildeten Fußnoten auf jeder Seite. »Im Quellenverzeichnis stehen die Seitenzahlen.«

Ich machte mich an die Arbeit. Zu jeder Hexe gab es darin mehrere Verweise auf Seiten im Text, und dann beschrieb man noch die verschiedenen Sitten und Gebräuche. Ich fand die Knotenschnur, die »wresting thread« hieß, gegen die es aber ein Heilmittel zu geben schien, man musste nämlich »im Namen des Vaters, des Sohnes und des Heiligen Geistes die Worte ›Bein zu Bein, Sehne zu Sehne, Fleisch zu Fleisch und Blut zu Blut‹ sprechen, was Mensch und Vieh heil machen würde«. Ein weiterer Bericht war jedoch der Meinung, man könne mit dem »Schlagen von Knoten« angeblich die Elemente bändigen. Nach dem, was die Nebelkrähen gesagt hatten, war meine ge-

* (engl.) Eine Quellensammlung zu schottischen Hexen.

knotete Schnur eine Warnung gewesen. Eine gewisse Katherine Jonesdochter hatte gewünscht, die Gebrechen ihre Mannes sollten auf einen Fremden übergehen, hatte dann die Hand des dazu Ausgewählten ergriffen, der tatsächlich krank wurde, während ihr Mann genas … Wieder diese Sache mit der Übertragung von Krankheiten. Ich erinnerte mich daran, dass Annette die Hand ausgestreckt hatte, um Kater zu berühren. *Sie ist eine schöne, gesunde kleine Katze …*, hatte sie gesagt. Jetzt verstand ich auch den seltsamen Blick, den sie mir zugeworfen hatte, teils trotzig, teils entschuldigend. Ihr Hund Dan war krank, und die drei Hexen hatten behauptet, das sei ihr Werk gewesen. Jetzt wollte sie diese Krankheit auf Kater übertragen, nur ließ der sich nicht gefallen, dass sie ihn anfasste … Und also, überlegte ich weiter, hat sie sich entschlossen, den dreien die geforderte Summe zu zahlen. Die 100 Pfund, die sie an diesem Tag von der Bank geholt hatte und für die Sergeant Peterson keine Einkäufe in Lerwick nachweisen konnte, waren wohl für die drei bestimmt gewesen. Waren sie ihnen auch übergeben worden? Allerdings war ich sicher, dass »er« das Ritual ohne die drei durchgeführt hatte und dass Annette den ganzen Abend zu Hause gewesen war. Das sollte Gavin aber vielleicht näher untersuchen. *Was immer nötig ist …* Ich musste meinen Stolz vergessen und ihn anrufen.

Krankheiten, Flüche, nichts davon schien in meiner Situation hilfreich zu sein. Die einzigen Doppelprozesse wurden gegen Marion und ihren Ehemann geführt und gegen eine Mutter und ihre Tochter fünfzig Jahre später. In keiner dieser Aufzeichnungen war von Pakten mit dem Teufel oder von Hexenzirkeln die Rede oder von mitternächtlichen Treffen am Hexensabbat. Welche Quellen der geheimnisvolle Anführer der modernen Hexen auch immer befragt hatte, diese hier waren es nicht. Ich packte die Bücher zusammen und ging zurück zum Tisch des Archivars.

»Wo könnte ich etwas über Hexenzirkel finden?«

Er warf mir einen misstrauischen Blick zu. »Ich hoffe, Sie haben nicht vor, einen zu gründen.« Das war nicht sonderlich witzig. Ich schüttelte den Kopf und schaute mich um. Es hörte niemand mit.

»Ich will einen stoppen«, sagte ich leise. »Ich muss wissen, was die so machen. Nein, ich muss wissen, was die nach der Meinung anderer Leute so machen, was jemand glauben könnte, der ein bisschen darüber nachgelesen hat.«

»Sie könnten es mit Isobel Gowdie versuchen.« Seine Finger klapperten über die Tasten. »Hier, ja, 1662 wegen Hexerei vor Gericht gestellt ... In der Bücherei gibt es ein Buch über sie.« Er nahm einen Bleistift und kritzelte den Titel und den Autor auf einen Zettel. »Es sieht ganz so aus, als könnten darin auch ihre Geständnisse stehen. Die verschlagen einem wirklich die Sprache. Hier, ich rufe mal dort für Sie an.« Er kannte die Nummer auswendig und fand mit einem halben Dutzend Worten heraus, dass sie das Buch hatten und dass es nicht ausgeliehen war. Ich könnte gleich hingehen, und das Buch würde für mich am Empfangstisch bereitliegen.

»Danke.«

Er wünschte mir viel Glück, und ich machte mich auf den Weg zur Shetland Library, die King Harald Street hinauf und am Spielplatz vorbei, wo jedes Jahr beim Up Helly Aa das nachgebaute Wikingerschiff verbrannt wurde. Heute waren hier nur jede Menge lärmende Kinder, und Eltern schubsten ihre Kleinkinder auf der Schaukel an. Gegenüber im Blumenpark mischten sich die letzten korallenroten Wedel der Prachtspieren mit violettem Mohn und farbenprächtigen Dahlien. Der Duft von Kletterrosen wehte mir über die Mauer entgegen. Ich ging die King Erik Street hinauf zum Kriegerdenkmal und dem Rathaus, wo ich auf den Fenstern aus buntem Glas verschiedene Persönlichkeiten aus Shetlands Vergangenheit bewundern konnte: Jakob III. und seine widerwillige Braut, die in verschiedene Richtungen blickten (der Volksmund behauptete, man hätte die beiden Fenster falsch herum eingebaut), die Maid aus Norwegen*, die Heiligen Magnus und Olaf, der Wikinger Floki mit seinem Raben auf den Schulter. Gegenüber lag die alte Bücherei, ein würfelförmiger Bau aus den sechziger Jahren, in dem heute die Verwaltung untergebracht war. Die Bücher befanden sich jetzt in der St Ringan's Church, die man umgebaut und mit einer Rampe für Rollstühle versehen hatte. Drinnen herrschte nicht die gleiche ehrfürchtige Stille wie im Archiv, da ein ganzer Kindergarten voller Kleinkinder sich zur Geschichtenzeit um eine der Bibliothekarinnen versammelt hatte und eine Gruppe von Teenagern um einen Computer stand. Ich füllte ein Formular aus, bekam meinen Leihschein und nahm das Buch mit ins Obergeschoss, wo eine Buntglasmadonna über einige kuschelige Sofas wachte. Ich mochte dieses Fenster, weil die Madonna ein so unverwechselbares Gesicht hatte; ich war mir sicher, dass auf dem Fenster die Frau des Künstlers mit ihrem ersten Kind im Arm dargestellt war. Ich belegte ein Ecksofa mit Beschlag und betrachtete mein schweres Schicksal. Das Buch hieß *The Visions of Isobel Gowdie***, war von Emma Wilby verfasst. Das dicke Taschenbuch war schwer genug, um einen ordentlichen Anker abzugeben. Auf dem Titel waren Sturmwolken abgebildet. Ein kurzer Blick ins Buch zeigte mir, dass es in sehr akademischem Stil geschrieben war. Ich straffte die Schultern und machte mich ans Werk.

Wenn ich Gehässigkeit und Bosheit suchte, hier war jede Menge zu finden. Es gab vier Geständnisse, abgelegt in Abständen von jeweils ungefähr vierzehn Tagen, bezeugt von verschiedenen örtlichen Würdenträgern – eine lange Liste von ihnen

* Margarete, eine norwegische Prinzessin, 1286 als Dreijährige zur schottischen Königin proklamiert, bereits vier Jahre später auf der Überfahrt von Norwegen nach Schottland verstorben.

** (engl.) Die Visionen der Isobel Gowdie.

folgte, angeführt vom Pfarrer, dem Schultheiß, den Lairds. Die Liste endete mit der Aussage, das Geständnis sei »ohne peinliche Befragung« abgelegt worden. Diese Behauptung wollte ich lieber nicht auf die Goldwaage legen. Isobels Worte wurden wiedergegeben, wie sie sie gesagt hatte. Ich hätte große Probleme gehabt, sie zu verstehen, wäre nicht mein Schulfreund Dodie gewesen, der inzwischen auf der Fähre nach Yell arbeitete und genauso sprach wie sie. Ich stellte mir vor, dass er mir das alles vorlas, und pflügte mich durch die Geständnisse, machte Notizen, legte dann eine Pause ein, um alles zu überdenken.

Es war eine seltsame Mischung. Die Vorstellung, wie all diese hochgestellten und vermutlich intelligenten Menschen sich mit ernster Miene diesen Mist anhörten, zeugte davon, dass sie tatsächlich an den Teufel glaubten. Hätten sie sonst all dies niemals ernst nehmen können? Ausflüge ins Elfenland, Treffen mit dem Elfenkönig und seiner Königin, ein Flug auf einem Bündel Ampferstroh … und dazwischen schossen die Hexen mit finsterer Boshaftigkeit Elfenpfeile auf die Kinder des Laird of Parkis und ließen ein tönernes Abbild des Lairds im Feuer braten. Isobel behauptete, sie hätte mehrere Menschen getötet, bereute aber nach eigenen Worten nur einen dieser Morde. Im Gegensatz zu Marion Perdone hatte sie aber wohl Tiere in Ruhe gelassen. Isobel und ihr Hexenzirkel hatten es auf Menschen abgesehen.

Der Bericht von dem Hexenzirkel hatte mich nachdenklich gemacht. Isobel hatte sich mit dem Teufel auf der Straße zwischen »der Stadt Drumdearin und dem Berggipfel« getroffen und dort mit ihm einen Pakt geschlossen. Sie hatten sich erneut in der Kirche getroffen, und da hatte sie eine Hand auf den Kopf gelegt, die andere auf ihre Fußsohle und alles dazwischen dem Dienst des Teufels verschrieben. Er hatte sie in die Schulter gebissen, dann hatte er die Wunde mit der Hand so lange gequetscht, »bis das Blut herausquoll«, und das hatte er in einer Teufelstaufe über sie gesprengt. Anschließend war eine

Orgie gefolgt, bei der der Teufel sich »wie ein Hengst unter Stuten« gebärdete. Der Hexenzirkel hatte dreizehn Mitglieder gehabt, wobei die »Maid« an der Seite des Teufels saß.

Es hätte natürlich der Teufel sein können. Aber während ich das alles las, kam mir der Gedanke, dass ein geistesgegenwärtiger Mensch von eindrucksvoller Gestalt, vielleicht jemand, der etwas über Hypnose wusste, ein Zauberkünstler, ein Scharlatan, wohl ziemlich viel boshaftes Vergnügen gehabt hätte, wenn er so eine Gruppe schlichter Dorffrauen hinters Licht führte. Heute waren natürlich die Leute viel aufgeklärter, aber sie hatten auch mehr Zeit, denn sie arbeiteten nicht mehr jede Minute ihres Lebens, nur um Essen für den Bauch und Kleider für den Leib zu bekommen. Sie hatten Zeit, sich zu langweilen, und die Rastlosigkeit, nach immer Neuem zu suchen. Einer Gruppe alberner Teenager könnte man nur so zum Spaß wahrscheinlich einen solchen Hexenzirkel leicht aufschwatzen, das wäre doch etwas für einen öden Sonntagabend … Und dann konnte man selbst mitten unter ihnen auftauchen, sehr eindrucksvoll im Teufelskostüm, ganz gleich, ob sie nun glaubten, man wäre wirklich der Teufel, oder ob sie einen einfach so als den Hohepriester für ihre Hexenstreiche akzeptierten, in jedem Fall konnte man sich einen Spaß draus machen, sie zu manipulieren, wenn einen so was anmachte. Posthypnotische Suggestion könnte erklären, wieso von wilden Ritten durch die Lande die Rede war oder davon, dass man sich in die Häuser von Menschen geschlichen hatte, während sie schliefen.

Ich blätterte im Buch weiter und rieb mir die pochenden Schläfen. Die Autorin schien diese Geständnisse als Beweise für eine schottische Schamanentradition zu nehmen, in der Frauen (meist Frauen, wenn auch einige Männer erwähnt wurden) Träume als Botschaften aus einer anderen Welt verstanden und miteinander teilten, was sie zu dem Glauben führte, sie hätten in einem Trancezustand, körperlos im Raum schwebend, an einem Hexenzirkel teilgenommen. Doch ich konnte mir nicht vorstellen, dass die drei Nebelkrähen das ganze Buch gelesen hatten. Sie hatten sich vielleicht durch die Geständnisse gewühlt und darin Anleitungen für ihre Hexenkunst zu finden gemeint: mit einem nassen Lappen schlagen, um einen Wind aufzurühren, Knoten in Schnüre machen, ein Tonabbild von einem Feind anfertigen und es in einem Feuer rösten. Ich konnte mir gut vorstellen, wie die drei nebeneinander knieten, wie ihnen die Haare lose ums Gesicht fielen und sie im Chor Isobels Zaubersprüche »im Namen des Teufels« aufsagten und sich an ihren theatralischen Übeltaten berauschten.

Ich klappte das Buch zu, brachte es an den Ausgabetisch zurück und trat hinaus ins Sonnenlicht. Die Rathausuhr zeigte beinahe fünf Uhr. Ich wollte zur *Chalida* zurück, in die Sicherheit. Hier in Lerwick fühlte ich mich ungeschützt, als könnte es jeden Augenblick geschehen, dass die alte Frau, die sich auf ihren Stock stützte, oder die beiden jungen Mädchen, die am Spielplatz vorbeigingen, die Handys wie ans Ohr geklebt, einen Fluch murmelten, der mich vor ihnen auf dem Gehweg in die Knie zwingen würde. Abergläubischer Unsinn, sonst nichts. Ich lief am Park vorbei und betrat die Kirche. Ich setzte mich still in die hinterste Bank. Das Grün und Blau unseres »Ölfensters« leuchtete auf meine Schulter, und ich schaute den geschnitzten Hochaltar in seiner vergoldeten Nische an. Wenn Gott Wirklichkeit war, dann war der Teufel das auch, aber ich glaubte nicht, dass er auf den Straßen von Scalloway sein Unwesen trieb. Genau wie Gott nur unsere Hände hatte, um Gutes zu tun, so hatte auch der Teufel nur unsere Hände, um Unheil zu stiften. Es waren Menschenhände gewesen, die Nate mit der blauen Nylonschnur gefesselt und über die Kaimauer geworfen und dem Tod überlassen hatten. Flüche hingegen … Wenn Gebete, die sich an Gott richteten, Gutes bewirken konnten – folgte dann daraus nicht, dass Gebete, die an den Teufel gerichtet waren, auch Unheil anrichten konnten? Ich war mir nicht sicher, ob ich bereit war, diese logische Schlussfolgerung zu akzeptieren.

Ich warf meine Tasche wieder über die Schulter und machte mich auf den Weg zur Straße nach Norden. Ich musste ohnehin zwischen Häusern hindurchlaufen, aber über die nördliche Route gelangte ich schneller in die offene Landschaft. Sonst hätte ich die lange Strecke am Sund entlanggehen müssen, mit den Reihen städtischer Siedlungshäuser auf der einen und Nob Hill auf der anderen Seite. Ich war gerade von der alten auf die neue Straße nach Norden abgebogen, als ein Polizeiauto an mir vorbeifuhr, blinkte und anhielt. Gavin stieg aus. Er war heute Nachmittag sehr feierlich gekleidet, trug seinen roten Kilt, und die Claymore-Nadel glitzerte aus den Stofffalten hervor. Seine Stimme war so förmlich wie seine Kleidung. »Können wir dich nach Scalloway mitnehmen?«

Verdammt, ich würde mich jetzt nicht entschuldigen oder Erklärungen abgeben, schon gar nicht in Anwesenheit von Sergeant Peterson, die da, gleichgültig wie eine Seejungfrau, auf dem Fahrersitz saß und die Hände locker auf das Lenkrad gelegt hatte. »Ja, danke«, antwortete ich. Gavin machte die Beifahrertür für mich auf, bat mich mit einer Geste, mich hineinzusetzen, und stieg dann selbst hinten ein. »Hi«, sagte ich über den Vordersitz hinweg. Der Wagen war makellos sauber. Nicht einmal auf dem Armaturenbrett war ein Stäubchen zu sehen. Das war bestimmt Sergeant Peterson zuzuschreiben, das würde ich wetten.

Sie nickte mir zu. »Ms Lynch.«

»Ein Nachmittag in der Stadt?«, erkundigte sich Gavin und beugte sich vor zu meiner Schulter.

Meine Sinne erfassten ihn, seinen sauberen Geruch, Imperial-Leather-Seife, kein Rasierwasser. Man musste kein Detective Inspector sein, um zu sehen, dass ich nicht meinen wöchentlichen Einkauf erledigt hatte, und er wusste auch, dass ich für Schaufensterbummel nichts übrighatte. *Was immer nötig ist* … Ich bot ihm einen Ölzweig an. »Ich habe mich über Hexen schlaugemacht.« Sergeant Peterson prustete los. »Zwei Dumme, ein Gedanke?«, erkundigte ich mich.

»Ich habe den größten Teil des Morgens mit Wikipedia verbracht«, stimmte sie mir zu, »und habe Nates Unterlagen durchgearbeitet.«

»Haben Sie da Isobel Gowdie gefunden?«

»Ja, und außerdem Margaret Aiken und Janet Wishart und ein paar Hundert andere. Da sieht man mal, wie dumm die Leute früher waren, dass sie solchen Mist geglaubt haben.« Sie warf einen raschen Blick nach hinten zu Gavin, blinkte vor dem Abzweig nach Scalloway und nahm die Pauschalverurteilung zurück. »Aber ich vermute, auch heute gibt's noch Leute, die an so was glauben.«

»Ich weiß nicht, ob die wirklich dran glauben«, sagte ich. »Muss man nicht an Gott glauben, um sich überhaupt so über den Teufel aufzuregen? Oder machen die sich nur einen Spaß, streuen Gerüchte aus und genießen ein bisschen Nervenkitzel, so als schauten sie sich einen Gruselfilm an?«

»Ich denke, die haben das nicht geglaubt«, meinte Sergeant Peterson, »und jetzt haben sie Angst, dass es vielleicht stimmt. Bei allen Menschen liegt doch der Höhlenbewohner ganz dicht unter der Oberfläche, der sich vor dem Dunkeln fürchtet und alle bösen Geister beschwichtigen will.«

»Wenn Menschen an nichts mehr glauben«, ließ sich Gavin einen halben Meter von meinem Ohr entfernt hören, »dann glauben sie an alles Mögliche.« Das klang nach einem Zitat.

»Oscar Wilde?«, vermutete ich.

»G. K. Chesterton.« Seine Stimme war ein wenig wärmer geworden. »Genau genommen, sagt sein Pfarrer Brown: ›Als erste Folge davon, dass ihr nicht mehr an Gott glaubt, verliert ihr euren gesunden Menschenverstand und seht die Dinge nicht mehr, wie sie sind.‹«

Ich dachte eine Weile darüber nach. »Das geht aber gegen jedes moderne Denken«, sagte ich schließlich.

»Ganz klar«, stimmte mir Gavin zu. »Komm schon, erzähl uns von Isobel Gowdie.«

»Nate hatte ziemlich viel über sie zusammengetragen. Ihr wurde 1662 in Auldearn der Prozess als Hexe gemacht«, antwortete Sergeant Peterson rasch. Ich warf ihr einen Blick von der Seite zu. Gavin hatte mit mir geredet, aber sie hatte nur diese kurze Fahrt, um ihn zu beeindrucken. An Bord eines Schiffs sah man so etwas häufiger: Gäste, die nur für eine Woche kamen, sich einen Urlaubsflirt aussuchten und schnell zu Werke gingen. Das gehörte zum Berufsrisiko, wenn man Teil der Mannschaft war, vor allem, wenn man ein wenig Goldlitze auf der Schulter hatte. Selbst ich hatte dran glauben müssen, trotz meiner vernarbten Wange. »Sie hat ein detailliertes Geständnis über ihre Hexenkünste abgelegt, auch über die Machenschaften ihres Hexenzirkels, über Hexensprüche, darüber, dass sie die Kinder des Lairds verhext und nächtliche Ausritte mit dem Teufel gemacht hat. Es gibt keine Aufzeichnungen darüber, ob sie schließlich hingerichtet wurde.«

»Genau die habe ich gemeint«, stimmte ich ihr zu. Der Wagen fuhr die Kurve nach Scalloway hinunter. Das Wasser unterhalb der Burg war noch sommerlich blau, die Spiegelung zu einem braunen Rechteck gekräuselt. Als man die Burg erbaute, hatte sie direkt am Wasser gestanden. In den 1850er Jahren hatten die Fischer von Scalloway mit den Steinen von den Ruinen zweier Brochs die Pier gebaut, auf der nun die Eisanlage und die Lachsverarbeitungsfabrik standen. Heute wie damals hing Shetlands Wohlstand vom Fisch ab. Die Hexe mit dem seltsamen Namen Jonka, deren Mann war beim Fischen verschollen …

Wir umrundeten den Kreisverkehr und fuhren die Straße am Wasser entlang. Die Leute, die ihre Einkäufe für das montägliche Abendessen machten, drehten sich zu uns um. Ich sah, dass sie mich erkannten, und konnte sie schon beinahe flüstern hören: »Meint ihr, sie ist verhaftet worden?« – »Nö, die ist nur ganz dick mit dem Polizisten im Kilt. Die sagt ihm alles, was sie am Ort so hört.« Morgen würde ich im College ziemlich unbeliebt sein.

»Und?«, sagte Gavin und ignorierte die Leute. Ich warf ihm über die Schulter einen ausdruckslosen Blick zu. Er lächelte, hatte die Lippen rätselhaft verzogen. »Was hast du rausgefunden?«

Ich schaltete auf Fünfjährigen-Modus zurück. »Genau dasselbe wie Sergeant Peterson.«

»Du hattest die gleichen Quellen«, stimmte er mir zu. Seine Stimme hatte sich so verhärtet, wie ich das seit dem Mord auf dem Wikingerschiff nicht mehr gehört hatte. »Und wie sehen Sie die Sache, Ms Lynch?«

Die Kriegserklärung. Das Auto verlangsamte das Tempo und hielt am Yachthafen an. Gavins Hand lag auf dem Verriegelungsknopf der Tür. Ich würde Sergeant Peterson nicht mit würdelosem Gerangel erfreuen. »Ich denke, dass es nicht schwer wäre, bei einem Treffen des Hexenzirkels den Teufel zu geben, besonders, wenn einem moderne Theatereffekte zur Verfügung stehen. Ich denke, irgendein skrupelloser Mensch könnte sich mit naiven Frauen, denen der Sinn nach einem Nervenkitzel steht, seinen Spaß gemacht haben.«

»Das stimmt«, meinte Gavin. »Und hast du eine Ahnung, wer diese skrupellose Person sein könnte?«

Ich drehte den Kopf zu ihm und schaute ihm geradewegs in die Augen. »Nate schien mir ganz offensichtlich der Kandidat dafür zu sein.« Mein Blick wanderte zu seiner Hand. »Wenn ihr mich jetzt bitte entschuldigt.« Er zog seine Hand mit einem feierlichen Schnörkel zurück. »Vielen Dank fürs Mitnehmen.«

Er stieg aus, um mir die Tür zu öffnen. »Danke für die Informationen.« Er deutete mit dem Kinn auf den Yachthafen. Wie es das Glück wollte, war Anders gerade ins Cockpit des Motorboots hinaufgekommen. »Du hast gar nicht erwähnt, dass Anders zurück ist.«

»Er ist letzte Nacht herübergekommen«, erwiderte ich. Daher also diese Kälte. Na ja, sie sollten mir gestohlen bleiben, alle miteinander. Ich nahm meine Tasche auf die Schulter und ging auf das Tor zu, ohne mich noch einmal umzuschauen. Anders kam gerade heraus, und ich war in Versuchung, ihn sehr viel begeisterter zu begrüßen, als ich das sonst gemacht hätte. Ich wusste, das wäre nicht fair. Dann ließ er mir aber zu meiner Überraschung nur ein lässiges Nicken zukommen, als wäre ich eine bloße Pontonbekanntschaft. »Schöner Tag«, sagte er mit ausdrucksloser Miene und ging ohne ein weiteres Wort weiter.

Ich hörte das leise Surren des Motors im Polizeiauto, dann das Knirschen von Kies unter den Rädern, als es losfuhr. Sollte doch Gavin von dieser kleinen Begegnung halten, was er wollte. Ich hoffte, sie würde ihn genauso verwirren wie mich.

Es musste einen Grund dafür geben. Da schaute ich die Strandstraße hinunter und sah, wie die drei Nebelkrähen davonspazierten; ihre graue Kleidung verschwand beinahe im Grau der im Dämmer liegenden Häuser. So war das also: Anders war die Straße entlanggegangen, hatte mit ihnen Verbindung aufgenommen – wenn ich es mir recht überlegte, hatte ich ihm gesagt, dass sie normalerweise, in Rauch gehüllt, um das Denkmal für den Shetland Bus herumlungerten – und geglaubt, er könnte so weiterkommen. Ich würde ihm später eine SMS schicken.

Ich wollte jetzt allein sein. Ich hätte am liebsten laut aufgestöhnt, als eine Shetland-Stimme meinen Namen rief. Ein Mann in einer dunklen Jacke, der zusammengesunken in der Tür zum Yachtklub gestanden hatte, richtete sich auf und kam auf mich zu, schaute immer wieder ruckartig über die Schulter zurück, als fürchtete er, es würde ihn jemand verfolgen. James Leask. Er tat mir leid, weil er Annette verloren hatte, wirklich, aber ich hatte nicht das Gefühl, jetzt Mitgefühl aufbringen zu können.

James kam direkt auf mich zu. »Cass, ich hatte gehofft, dass ich dich noch erwischen würde. Hör mal, ich kann jetzt nicht reden, aber ich muss dringend mit dir sprechen. Es geht um Annette.« Er schaute über die Schulter zurück zum College. Seine Augen bohrten sich in meine. »Ich *weiß es.*«

»Du weißt, wer sie getötet hat?«

Er hob ein wenig die Hand, als wolle er mir den Mund zuhalten, merkte aber, wie offensichtlich diese Geste war, und ließ den Arm wieder fallen. »Psst. Sag nicht so was. Können wir uns später treffen? Wenn es dunkel ist.« Er schaute gehetzt auf den schon dunkler werdenden Himmel. »Um halb sieben. Nein, um sieben. Um sieben … in Mary Ruislands Garten, in dem kleinen Schuppen am hinteren Ende. Da sieht uns niemand. Komm allein. Du kommst doch?«

»Wozu die Geheimnistuerei?«, fragte ich.

Wieder ruckte sein Kopf über die Schulter zurück. »Um sieben, in dem Gartenschuppen. Ich muss jetzt los.« Er eilte zum College zurück.

So ein theatralischer Idiot! Es war der Klassiker aus jedem Krimi. Der Mann, der den Mörder entdeckt hat, will es dem Inspektor nicht erzählen, und ehe man sich's versieht, findet man seine Leiche. Die junge Frau wird zu einem geheimnisvollen Treffen gebeten und entführt. Ich schnaufte angewidert und kickte wütend einen Kieselstein über die Straße bis in den Rinnstein auf der anderen Seite. Über mir war der Himmel von marmorierten Wolken überzogen. Der Mond war noch nicht über den Bergen im Nordosten aufgegangen, aber sein silbernes Licht erhellte bereits den Himmel hinter den Wache stehenden Windrädern.

Ich ging über den schwankenden Ponton, kletterte die Kajütenleiter hinunter und schob die Schotten hoch. Es hing noch ein wenig von der Wärme der Sonne in der Kajüte, und es war so hell, dass ich die Laterne nicht brauchte. Der Wasserkessel hatte gerade gekocht, als Kater hereinkam, dicht gefolgt von Ratte. Ich machte Tee und setzte mich, klopfte auf meinen Schoß, damit Kater hochsprang. Ratte kletterte auf das Brett vor dem Bücherregal und schnupperte mit zitterndem Schnurrbart in meine Richtung. Sie hatte die *Chalida* nicht vergessen. Ich streichelte Kater, während ich meinen Tee trank, und versuchte, meine Neugier darüber zu unterdrücken, was Anders gerade anstellte, und den kalten Schmerz in meinem Herzen zu verdrängen. Ich konnte es Gavin nicht verdenken. Schließlich hatte ich einen Schritt zurück gemacht, als es so aussah, als dächte er daran, mich zu küssen. Und jetzt war Anders hier, ohne dass ich erwähnt hatte, dass er kommen würde. Vielleicht wäre es doch am einfachsten, sich für das bekannte Übel zu entscheiden und die Freundin eines Norwegers zu werden. »Mit einer feindseligen Schwiegermutter«, flüsterte mir meine innere Stimme ein, »und nichts als einem kleinen Boot, auf dem wir unser gemeinsames Leben beginnen könnten. Noch dazu dein Boot, aus dem dann unser Boot werden würde.« Meine *Chalida*. Wir hatten einen Sommer lang in ziemlicher Harmonie an Bord gelebt, aber für länger war die *Chalida* zu klein. Wir würden sie verkaufen und ein größeres Boot erwerben müssen. Außerdem war Anders einer von den streng schwarz gekleideten Lutheranern. Das würde zunächst keine Schwierigkeiten machen, aber später, das wusste ich, würde uns das verfolgen. Die Kluft zwischen dieser Religion und meinem Katholizismus war zu groß.

Doch wie konnte ich das alles Gavin erklären, ohne dass es aussah, als änderte ich ständig meine Einstellung? Oh, ich konnte erzählen, dass Anders und Reidar gestern frühmorgens völlig überraschend aufgetaucht waren, aber das hatte ja nichts zu bedeuten. Was ich erklären musste, war, dass zwar theoretisch Anders genau der Richtige für mich war und Gavin nicht, dass es sich aber ganz richtig anfühlte, wenn Gavin vor mir stand, und dass es bei Anders nicht so war. Warum hatte ich dann gekniffen? Wegen der Theorie; weil ich Angst hatte, es würde nicht funktionieren und unserer beider Gefühle würden verletzt. Ich hatte keine Ahnung, wie ich so etwas auch nur annährend erklären könnte. Ich wusste, wenn ich einen Schritt auf eine Beziehung mit DI Gavin Macrae zumachen wollte, musste ich es einfach versuchen. Ansonsten würde diese Mauer zwischen uns bleiben, denn ich hatte ihn ja zurückgewiesen. Die Leute aus dem Hochland waren ein stolzer Menschenschlag. Das hatte ich verstanden.

Ich döste gerade vor mich hin, als ich Schritte auf dem Ponton neben mir hörte, dann neben der *Chalida*. Ein dunkler Schatten versperrte das Fenster der Kajütentreppe. Kater sprang auf den Boden. Jemand klopfte an das Schott, und ein Bass grummelte: »Cass, bist du zu Hause?«

Reidar. Ich stand auf und ließ ihn ein. Er hatte zwei Tassen Trinkschokolade in einem dieser aus Pappe gepressten Tassenhalter, dazu ein paar Kekse von der krümeligen Sorte, die nach Orangenschale dufteten. Der Mann war ein Genie. Wir saßen zehn Minuten in geselligem Schweigen da und nippten an unserer Schokolade, ehe Reidar zum Thema kam.

»Anders hat mit deiner Haupthexe gesprochen«, sagte er schließlich, als beide Tassen leer waren und sich Kater den Klecks Sahne, den ich ihm auf dem Finger gegeben hatte, von der Nase geleckt hatte. »Er ist zum Laden gegangen und hat sie da rumhängen sehen, also hat er seinen ganzen Charme spielen lassen. Er hat ihr erzählt, er wäre auf einem Boot am Ponton hier, und dann ist er einfach so in der Gegend geblieben, weißt du, saß eine Stunde lang mit der Angelrute am Ponton in der Sonne, und sie kam, um mit ihm zu reden. Jetzt trifft er sich nach der Arbeit mit ihr. Er meinte, sie sei ziemlich aufgeregt gewesen. Sie hat nichts Genaues gesagt, aber er meinte, sie hätte förmlich gestrahlt, total aufgedreht gewirkt.«

»Es ist Halloween«, sagte ich.

»Ich kenne dieses Wort nicht.«

»Es ist der Abend vor All Hallows, das ist der alte Name für Allerheiligen.« In Frankreich würden jetzt meine Vettern und Cousinen Chrysanthemen für die Gräber kaufen. »Ich habe auch Neuigkeiten«, fuhr ich fort. »Ich habe einiges über schottische Hexen herausgefunden.« Ich erzählte ihm die Geschichte von Isobel Gowdie. Er nickte und grummelte in seinen Bart. »Dann ist heute Abend vielleicht ein Treffen des Hexenzirkels?«

»Vielleicht … ich weiß es nicht. Es hängt davon ab, ob Nate ihr Teufel war.«

»Meinst du, er war es?«

»Ich denke schon.« Wieder wurde mir unbehaglich zumute. »Falls das Werwolfkostüm seins war, dann hat er Annette die Krallenkratzer beigebracht. Aber danach hat jemand anders das Teufelskostüm getragen, um ihn umzubringen.«

»Dieser Jemand müsste aber sehr blöd sein, wenn er heute Nacht so ein Treffen veranstaltet, wo es hier vor Polizei nur so wimmelt.«

»Ich bin mir nicht sicher, ob er noch die Wahl hat. Nach dieser Art von Macht kann man regelrecht süchtig werden.« Skipper kennen sich mit Macht aus. Die Sicherheit des Schiffs und das Leben der Mannschaft hängen von deiner Fähigkeit ab, die Isobaren zu interpretieren, die auf gutes oder schlechtes Wetter hindeuten, davon, ob du das Schiff durch eine freie Passage oder an ein felsiges Ufer steuerst. Macht ist eine einsame Sache. Ganz gleich, wie oft du dich mit deinen Offizieren besprichst, am Ende zählen deine Befehle. Es fällt Skippern oft schwer, sich ans Leben an Land zu gewöhnen, wo jede kleinste Bewegung tausendfach überprüft wird. »Ohne seinen Hexenzirkel wäre er doch nur wieder ein ganz gewöhnlicher Mensch. Außerdem weiß er nicht, dass Shaela ihn gesehen hat und man ihn mit Nates Tod in Verbindung bringt.«

»Wenn es also nicht dieser Nate ist«, meinte Reidar, »dann

sucht ihr jemanden, der sich übergangen fühlt, der glaubt, er wäre was Besonderes, wenn auch die Welt das nicht erkennt.«

»Oder jemanden, der früher Macht hatte und sie verloren hat«, sagte ich langsam. Ein Gedanke bahnte sich mühsam seinen Weg an die Oberfläche. Krallen … Packen … Festhalten. Rachel hatte erzählt, Lawrence sähe es nicht gern, wenn sie ausgeht. Sie war unabhängig gewesen, dann Teil eines Paars geworden, man hatte ihr die Flügel gestutzt. Nate war von schmaler Statur gewesen; ein Kostüm, in dem Rachel massiger wirken würde, hätte sie leicht in seinem Zimmer zurücklassen können. Es hätte so ausgesehen, als passte es Nate – und wer konnte leichter in diesem Haus ein und aus gehen als die Tochter, die einmal hier gewohnt hatte?

Ich mochte Rachel. Ich wollte nicht glauben, dass sie verrückt war. »Es hat mich jemand um ein Treffen gebeten«, sagte ich unvermittelt. »James Leask. Er behauptet, zu wissen, wer Annette getötet hat.« James hatte immer wieder über die Schulter zum College geschaut, als hätte er Angst, dass jemand von dort ihn sähe. Rachel? Lawrence?

»Wo sollst du dich mit ihm treffen?«

»In Mary Ruislands Garten.« Ich schaute aus dem Backbordfenster der *Chalida* in die Dämmerung. »Das ist da drüben, der Garten mit den Blumen, gleich oberhalb von dem kleinen Kreisverkehr.« Oberhalb von dem Strand, an dem Nate gestorben war. »Da steht in einer Ecke ein Schuppen. Da soll ich ihn treffen.«

Reidar sprach meine eigenen Gedanken aus. »Die klassische Wendung im Krimi. Die Heldin wird an einen einsamen Ort gelockt und dann da ermordet.«

»Ich bin keine Heldin«, sagte ich, »und werde auch nicht umgebracht, wenn ich es irgendwie verhindern kann. Aber ich muss mit ihm reden. Er hat gesagt, ich soll allein kommen.«

»Dann gehe ich vor dir da hin«, antwortete Reidar. »Wann sollst du ihn treffen?«

»Um sieben.« Ich schaute auf die kleine Uhr, die ich mit Klettband gleich neben meiner Koje angebracht hatte. Es war Viertel vor fünf.

»Also gut. Ich gehe um viertel nach sechs hin, irgendwohin, von wo aus ich ihn kommen sehe und dich auch. Dann kannst du in Sicherheit herausfinden, was er dir zu sagen hat.«

KAPITEL 18

Der Mond stand bereits über den Bergen im Osten, als ich mich auf den Weg zu Mary Ruislands Garten machte, wie ein silberner Penny mit einem schiefen Lächeln bestäubte er die Wolken mit Licht. Vollmond brachte die höchsten Gezeiten, aber nicht gleich; es waren zwei Stunden bis zum Hochwasser, drei Zwölftel fehlten noch, das Wasser würde in alle Buchten und Fjorde und Felsspalten auf dieser Seite Shetlands laufen, dann herumwirbeln und jeden Meeresarm auch auf der anderen Seite füllen. Die See schimmerte unterhalb des Pflasters wie flüssiges Quecksilber, das über den Strand spülte. Jeder kleine Kiesel hatte einen hellen Rücken, einen vergrößerten Schatten. Dunkel und Licht … Ich hatte vermutet, dass Kater bei Ratte bleiben wollte, aber er kam mit mir die Kajütenstufen hinauf und trottete vor mir den Ponton entlang, und der Mond glänzte auf der silbrigen Unterseite seines aufgeplusterten Schwanzes. Sobald er meinte, dass er weit genug gegangen war, würde er anhalten und nach Hause zurückgehen oder er würde in einem Graben außer Sichtweite warten, bis ich wiederkam.

Halloween. Vermummte Gestalten waren unterwegs. Eine Gruppe stand vor den Schuppen zusammen, wo die Männer des Shetland Bus ihre Boote repariert hatten. Sie steckten in einer bizarren Sammlung von Kostümen, die vom Up Helly Aa übrig geblieben waren: ein Sittich aus Plüschstoff, eine spanische Tänzerin mit hoher Mantilla, ein aufgeblasener Sumoringer, eine langnasige Hexe, ein Elvis in silbernem Poncho, dessen Maske eine hohe Gummitolle krönte. Die Leute waren im Schatten der Schuppen stehen geblieben, um ihre Flaschen zu erheben. Der Elvis war bereits betrunken, taumelte zwischen zwei seiner Kumpels hin und her. Wäre ich auf dem schottischen Festland gewesen, wäre ich in einer Seitenstraße verschwunden, bis die Gruppe vorbeigezogen war, aber hier gab es keine Seitenstraßen, nur die lange Promenade, und ich war in Shetland, also hatte ich von Gruppen junger Leute, die einen Zug durch die Gemeinde machten, nichts zu befürchten. Kater heftete sich dichter an meine Fersen.

Ich trat auf die Straße hinaus, um an den Kostümierten vorbeizugehen. Plötzlich hatten sie mich umzingelt. Die spanische Tänzerin warf mir ihren Schal über den Kopf, und der Sittich packte mich bei den Armen. Ehe ich schreien oder mich wehren konnte, waren meine Hände mit dünner Schnur gefesselt. Der Schal wurde wieder weggezogen. Die Hexe stopfte mir ein Taschentuch in den Mund und hielt es mit ihren Krallenfingern fest, während die Tänzerin mir eine Gummimaske über das Gesicht streifte. Zu allem Überfluss warfen sie mir noch einen Poncho über. Ein Frauenlachen war zu hören. Dann ein Knurren und ein Fauchen von Kater, gefolgt von einem menschlichen Schmerzensschrei und einer Stimme, die von einem jungen Mann oder einer Frau stammen konnte: »Das Scheißvieh hat mich gebissen.«

Braver Kater! Ich bebte vor Wut. Wer immer diese Leute waren, was für einen blöden Streich sie auch mit mir vorhatten, es würde ihnen noch leidtun. Sobald meine Hände wieder frei waren, würden sie nicht nur von Kater gebissen und gekratzt werden.

»Da kommt sie so schnell nicht wieder raus«, sagte eine zufriedene Stimme. Es war das Mädchen, das sich das Hundehalsband umgelegt hatte. Als ich ihre gedehnte, ausdruckslose Stimme erkannte, war mir, als hätte man mir einen Eimer eiskaltes Wasser über den Kopf geschüttet. Das waren nicht meine Kumpel aus dem College, die sich albern benahmen, sondern die Nebelkrähen, die Hexen. Fünf Gestalten hatten auf der Straße gewartet. In der Schnur, die ich unter dem Kopfkissen gefunden hatte, waren fünf Knoten gewesen. Der

Hexenzirkel … und sein Meister? Hinter alldem steckte eine kühle Intelligenz. Wie sie mich erwischt hatten, das war genau durchdacht gewesen, sehr effizient. Ich konnte mir nicht vorstellen, dass das Hirn der Obernebelkrähe so gut funktionierte. Sie war viel zu emotional. Nein, das war alles auf Befehl des Meisters geschehen. James Leask, schäumte es wütend in mir, hatte dafür gesorgt, dass ich zur richtigen Zeit auf der Straße unterwegs war. Das war eine schöne schauspielerische Leistung gewesen, diese betont ängstlichen Blicke über die Schulter zum College zurück. Verdammt noch mal, dass ich mich so hatte täuschen lassen! Reidar hatte sich Sorgen gemacht, dass man mich am Treffpunkt überwältigen würde, aber beide hatten wir nicht daran gedacht, dass auch auf dem Weg dorthin Gefahren lauern konnten. Mach dir Sorgen um mich, Reidar, wenn ich nicht auftauche. Ruf die Polizei an.

Auf jeder Seite hakte mich ein Arm unter. Ich wurde vorwärtsgezerrt und hin und her geschubst, damit es so aussah, als wäre ich betrunken und sie stützten mich. Kein Passant würde da zweimal hinschauen, genauso wenig, wie ich mir den betrunkenen Elvis gründlicher angeschaut hatte. Wenn ich hinfiel, würden sie mich weiterschleifen müssen, aber es waren so viele, dass sie auch das schaffen würden, und rücksichtsvoll würden sie dabei bestimmt nicht mit mir umgehen. Meine Hände und Knie würden vom Splitt der Straße aufgescheuert werden. Ich hielt mich also besser aufrecht und sparte mir meine Kräfte für später. Wenn das, was mir da wie Schmirgelpapier an den Handgelenken scheuerte, Erntegarn war, könnte ich es mit dem kleinen Klappmesser in meiner Tasche innerhalb von Sekunden durchtrennen, sobald ich mit den Fingern drankam. Das Tuch in meinem Mund schmeckte nach Weichspüler von einer Sorte, die wohl »Sommerwiese« oder so ähnlich hieß. Das aufdringliche Blumenaroma ließ mich würgen. Die Maske, die sie mir darübergezogen hatten, war eines von den Plastikdingern, und sie hatte viel breitere Wangen als ich.

Vielleicht schaffte ich es, das Tuch irgendwie aus dem Mund zu bekommen und in den Zwischenraum zu manövrieren. Die Maske würde meine Schreie dämpfen, aber ich könnte immer noch genug Krach schlagen, um Aufmerksamkeit zu erregen. Wenn wir weiter geradeaus gingen, müssten wir bald die Straße erreicht haben.

Ich warf einen Blick zu jeder Seite. Es war, als schaute man durch einen Briefkastenschlitz. Ich drehte den Kopf nach links, dann nach rechts. Der Sittich und der Sumoringer hielten mich fest. Hinter mir hörte ich Schritte: die spanische Tänzerin, die Hexe, Elvis. Ich konzentrierte mich auf das Tuch in meinem Mund, schob es mit der Zunge und den Lippen nach vorn. In fünfzig Schritten würden wir am Norway House sein, dem Anfang der Fußgängerzone.

Kater hatten sie nicht mehr erwähnt. Hoffentlich bedeutete das, dass er zugebissen hatte und dann in die Sicherheit des Grabens geflitzt war, wo sein graues Fell mit den Schatten verschmelzen würde und von wo er sich unbemerkt nach Hause auf die *Chalida* schleichen konnte. Ich hoffte, dass er uns nicht folgte, dass er nicht mit einer Art Hundeinstinkt bei seinem Frauchen bleiben wollte. So etwas machte er gewöhnlich nicht; sobald wir jemandem begegneten, der ihn streicheln wollte, begab er sich regelmäßig auf den Heimweg. Streicheln, das ist nur was für Mädels …

Meine Kidnapper bogen nach links ab und zerrten mich mit. Jetzt standen wir an dem Bach, der vom Berg herunterfloss, vor dem Weg, auf dem man früher die Hexen zum Galgen oben auf dem Berg geführt hatte. Kate hatte mir einmal erzählt, sie hätte eines Tages in einer dunklen, mondlosen Nacht später als gewöhnlich noch in ihrem Atelier gearbeitet, und da hätte sie gehört, wie Ketten klirrten und eine Menschenmenge laut jubelte. Sie war vor Angst, den Pinsel in der Hand, wie zur Salzsäule erstarrt, während die Menschen murmelnd vorübergingen. Erst als es wieder still war, hatte sie sich aus der Tür gewagt und war ängstlich ins Haus gerannt. Sie hatte den Kopf unter die Kissen gesteckt, erzählte sie, hätte aber nicht einschlafen können. Kate hätte es jetzt gehört, wenn ich ihren Namen gerufen hätte, aber es war noch zu früh, sie würde noch nicht wieder im Atelier sein. Sie würde jetzt bestimmt mit Peter im Esszimmer auf der anderen Seite des Hauses sitzen, mit Silberbesteck Lammbraten essen und sich über das weiße Tischtuch hinweg unterhalten. Meine Kidnapper stießen mich an der Gartenmauer entlang, als hätten sie auch das in ihren Plan einbezogen. Ich spürte den Teer des Ladysmith Drive unter den Füßen, dann einen Kiesweg zwischen den letzten beiden Gärten und schließlich Gras. Wir waren unten am Gallow Hill angekommen.

Hier würde mich niemand mehr schreien hören. Auf jeder Seite hielt mich jemand unsanft am Arm gepackt und stieß mich vorwärts. Das Klappmesser in meiner Tasche schlug mir gegen den Oberschenkel wie ein Talisman. Wenn die brutalen Hände meine Arme nur dreißig Sekunden losließen, hätte ich das Erntegarn schnell durchgeschnitten, und meine Hände wären frei. Wegen der Maske konnte ich nicht ausmachen, was unter meinen Füßen war, aber ich hatte das alles schon bei Tag gesehen: Es war ein festgetretener Weg, etwa dreißig Zentimeter vom Bachufer entfernt. Ich stolperte zwischen meinen beiden Kidnappern bergauf, rutschte mit den Schuhen auf dem unebenen Gelände aus. Die beiden waren nicht so fit wie ich; der Sittich schnaufte schon schwer, als wir kaum auf halber Höhe waren, und auch die Schritte des Ringers wurden langsamer. Sobald ich rennen könnte, würde ich ihnen entkommen. Da schubste mich jemand von hinten unsanft an: »Los, schneller.« Es war die Stimme der obersten Nebelkrähe. Ich schaute hinter mich. Sie war die Hexe. Sie waren zu fünft … die drei Krähen und zwei Unbekannte. Ich war mir ziemlich sicher, dass die Krähe mit dem Hundehalsband in dem Sittich-Kostüm steckte, und es hätte mich nicht gewundert, wenn der

Sumoringer die dritte Krähe war, die damals das meergrüne Korsett getragen hatte. Ich versuchte, mir Rachels Größe und Figur vorzustellen. Ja, sie könnte die spanische Tänzerin oder Elvis hinter mir sein.

»Wir gehen so schnell wir können«, erwiderte der Ringer japsend. Ich erkannte die Stimme: die Krähe mit dem meergrünen Korsett. Diesen beiden könnte ich locker davonlaufen, sogar auf einem so unebenen Pfad wie diesem. Sobald ich mich aus ihrer Umklammerung befreit hatte, würde ich lossprinten. Ich ließ mich mit einem Ruck nach vorn fallen, als wäre ich gestolpert. Der Sittich lockerte seinen Griff, packte mich allerdings gleich wieder beim Arm, doch der Sumoringer kam aus dem Tritt, fiel auf alle viere und zog mich mit. Mit einem schmerzlichen Krachen prallte mein Knie auf einen Stein, so dass ich einen Schmerzensschrei in das Tuch in meinem Mund spuckte. Ich war froh, dass die ihn nicht hörten. Der Sittich fasste meinen Arm mit beiden Händen, während der Sumoringer sich aufrappelte und mich auf die Beine zerrte. Wieder stieß mich jemand in den Rücken. »Weiter, komm schon.«

Diese Wanderung schien nicht enden zu wollen. Mein Gesicht war unter der stickigen Maske schweißnass. Aufwärts, am Bach entlang. Jetzt kamen wir endlich auf freies Gelände, wo der Mond wie Silber auf das Heidekraut strömte. Ich stolperte über knöchelhohe Büschel Heidekraut, tastete mich vorsichtig mit dem Fuß vor, um mir nicht in einem Kaninchenbau ein Bein zu brechen. Wie weit war es zum Galgenhügel gewesen, als wir von der *Chalida* aus zu ihm hochgeschaut hatten? Etwa eine Stunde zu Fuß, aber da hätte man in raschem Tempo und mit schwingenden Armen laufen müssen, nicht vor sich hin stolpern. Linker Fuß, rechter Fuß, links, rechts. Die Schinderei, einen Fuß vor den anderen zu setzen, hielt mich vom Denken ab, aber denken musste ich, meinen Kopf wach halten. Wie spät war es? Das konnte ich mir ausrechnen. Ich wandte den Kopf, bis ich durch meinen Briefschlitz in der Maske den

Mond sah, dann schaute ich hinunter auf die schwarzen Inseln auf der schimmernden See. Der silberne Penny stand nun über den Bergen von Quarff, segelte wie ein voll aufgetakeltes Schiff durch die Wolken. Sobald ich das alles hinter mir hatte, würde ich auch auf einem Schiff davonfahren und nichts mehr mit Landratten zu tun haben. Direkt im Süden lag die Insel Trondra. In Gedanken stellte ich mir die Seekarte vor und legte eine Kompassrose darüber. Der Mond stand etwa bei 120 Grad. Er war gegen 16 Uhr aufgegangen, im Nordosten, bei, sagen wir mal, 60 Grad, und um 7 Uhr morgens würde er im Nordwesten bei vielleicht 290 Grad untergehen. 230 Grad geteilt durch 15 Stunden, fünfzehn Grad pro Stunde. Wenn der Mond jetzt bei 120 Grad stand, dann hatte er 60 Grad zurückgelegt, 60 geteilt durch 15, also vier. Vier Stunden waren vergangen … Also war es ungefähr acht Uhr. Eine Stunde, in der Reidar gemerkt haben musste, dass etwas nicht stimmte, und in der die Polizei mit ihrer Suche angefangen haben konnte. Ich hatte Gavin nichts vom Hexensabbat heute Abend erzählt, nur vom Kohlwerfen der Kinder. Doch die Kinder, die neulich abends verkleidet aufs Schiff gekommen waren, hatten Treffen auf dem Gallow Hill erwähnt. Zudem wusste Gavin ja bestimmt, dass Halloween die Nacht der Toten war. Es sollte also schon bald Hilfe kommen, egal wie wütend er auf mich war. Anders hatte mit der Anführerin der Nebelkrähen gesprochen. Die hatte ihm vielleicht erzählt, wohin sie heute Abend gehen wollten.

Die ganze Sache hier war viel zu mühsam, der Hexenzirkel wollte sich nicht nur ruhig mit mir unterhalten. Am Samstag hatten sie bereits ihre Heidekrautwurzeln und Beeren gesammelt, hatten ihre große Feier, den Hexensabbat zu Halloween, vorbereitet. Und ich sollte irgendwie ein Teil davon werden. Entweder wollten sie mich durch Drohungen dazu bringen, mich ihnen anzuschließen, oder sie wollten mich ausschalten. Ich erinnerte mich an Nate, wie er gefesselt im Hafenbecken trieb. Schön und gut, dass in Wikipedia stand, die modernen Hexen seien harmlos und opferten nur Beeren und andere Früchte. Diese hier hatten sich wohl die boshafte Isobel Gowdie zum Vorbild genommen, Isobel, die während ihrer wilden nächtlichen Ritte mit dem Teufel Elfenpfeile abschoss, um die Kinder ihres Nachbarn zu töten. Meine gebundenen Hände baumelten mir auf dem Rücken, quälend nah an der hinteren Hosentasche, in der mein Taschenmesser steckte, aber jedes Mal, wenn ich versuchte, sie weiter nach unten zu strecken, rissen meine Peiniger mich wieder hoch. Sobald meine Hände frei waren, konnte ich mir die Maske vom Kopf ziehen und losrennen.

Jetzt war es sicher nicht mehr weit bis zum Feuerplatz. Das Tuch lag nass in meinem Mund, aber ich würde mich jetzt nicht daran abarbeiten. Sicher würden die meine Fesseln überprüfen, ehe sie mit ihren Sprechgesängen anfingen. Dann würden sie mich hoffentlich in Ruhe lassen, so dass ich mich um meine Flucht kümmern konnte. Erst ein Fuß, dann der andere rutschte über das unebene Heidekraut, bis ich auf den weichen Torf darunter trat. Allmählich lehnten sich meine Kidnapper schwer auf meine Arme, und der Ringer schnaubte wie der Schweinswal, in den sich Marion Perdone verwandelt hatte. Meine Beine schmerzten, meine nackten Knöchel waren von den zähen Heidekrautstängeln zerkratzt, in meinen Schultern stach der Schmerz, aber ich würde der Sumoringerin immer noch mit Leichtigkeit davonlaufen. Dann waren nur noch vier übrig, dachte ich finster. Die Nacht half mir nicht, dieses wunderschöne Silberlicht würde mich so deutlich sichtbar machen, als wäre es heller Tag. Nördlich und südlich entlang der Flanke des Berges verliefen kleine Mauern bis hinunter zum Strand. Wenn ich es schaffte, auf die Schattenseite einer dieser Mauern zu gelangen, konnte ich zum Strand und so zur *Chalida* zurückkehren. Mein Zuhause, meine Zuflucht.

Endlich erreichten wir ebenes Gelände mit weichem Gras. Ich erinnerte mich daran, was Dorothy neulich in der Kajüte der *Chalida* gesagt hatte: *Jim o'Shalders' Ayre hat da drübergepflügt. Er hat gesagt, das wäre ein Aberglaube und eine Schande …* Die Sumoringerin blieb stehen. Ich spürte, wie die Hand, die meinen Arm umklammert hielt, zuckte, während der Brustkasten der Nebelkrähe sich keuchend hob und senkte. Der Griff des Sittichs an meinem Oberarm war schlaff geworden, und ich war schon versucht, jetzt gleich abzuhauen, solange ich noch den Vorteil hatte, den meine Fitness mir brachte. Aber meine Arme waren nach wie vor auf dem Rücken gefesselt, und wegen der Maske konnte ich nicht besonders viel sehen. Bestimmt, ganz bestimmt würden die mich irgendwo eine Weile abladen, während sie ihr Freudenfeuer oder ihren Hexenkessel oder was auch immer vorbereiteten. Dreißig Sekunden, vielleicht nur zwanzig, um mein Messer herauszuziehen und zu benutzen.

Die dunklen Gestalten umringten mich. Ich wurde an eine bestimmte Stelle gezerrt und geschoben. Jetzt rissen sie mir die Arme nach oben, bis meine gebundenen Hände auf der Höhe meiner Schulterblätter waren und anschließend über raues Holz herunterschrammten, das vom Frost ganz kalt war. Ein letzter, heftiger Ruck ließ meine Schultern noch einmal schmerzen, dann spürte ich, wie man mir ein Seil um die Taille und Unterarme legte, einmal, zweimal, dreimal. Die dritte Schlaufe wurde straff, als eine der Hexen sie an meinen Handgelenken verknotete. Dann machten sie einen Schritt zurück und betrachteten mich. Ich ließ mich in das Seil sacken, atmete betont schwer, als wäre ich völlig erschöpft.

»Die ist erledigt«, sagte die mit dem Hundehalsband. Ihre Stimme verströmte boshafte Zufriedenheit. »Die Lektion vergisst die so schnell nicht.«

»Zündet das Feuer noch nicht an«, sagte die Anführerin. »Wir wollen keine Aufmerksamkeit auf uns lenken, ehe es nicht für jede Rettung zu spät ist.«

Sie wandten sich von mir ab und gingen zum anderen Ende

des ebenen silbernen Feldes. Holz schrammte über Holz, und ich sah ein dunkles Tuch flattern. Sie bereiteten wohl ihren Abendmahlstisch vor. Jetzt! Ich verdrehte die Finger in den Fesseln und spürte den Pfahl, der meine Arme nach hinten drückte. Es war ein Zaunpfosten, etwa 20 Zentimeter im Durchmesser, er reichte mir gerade bis unter die Schulter. Er war mindestens sechzig Zentimeter im Erdreich eingegraben, schlimmstenfalls – ich kratzte mit dem Schuh ein wenig seitlich im Boden und spürte harten Beton. Den würde ich so schnell nicht ausreißen können. Positiv gesehen würde etwas, das so gut im Boden verankert war, auch nicht knarzen, wenn ich mich befreite.

Zuerst das Seil. Ich trieb mich nun schon jahrelang auf Booten herum, da gab es keinen Knoten, den ich nicht mit verbundenen Augen lösen konnte, und hier waren blutige Amateure am Werk gewesen. Ich drehte die Hände nach oben und tastete das Seil mit den Fingern ab. Ja, ein wunderhübscher Altweiberknoten, und noch dazu hatten sie beinahe die ganze Länge des Seils um mich gewickelt, so dass die Enden schön kurz waren. Innerhalb von zwanzig Sekunden hatte ich sämtliche Knoten bis auf den letzten aufgedröselt und beugte erleichtert die Unterarme.

Jetzt noch die Hände befreien. Ohne das Seil konnte ich die Finger so weit verdrehen, dass ich in die Hosentasche greifen konnte … ein wenig weiter hinein … Die ersten zwei Finger schlängelten sich nach unten und bogen sich um die Kordel, an der das Messer hing. Vorsichtig zog ich es daran aus der Tasche. Ich fing es mit der anderen Hand auf, benutzte dann beide Hände, um die Klinge herauszuklappen. Nun konnte ich an dem Erntegarn zwischen meinen Handgelenken herumsägen. Das Schrammen der Klinge an der Schnur hallte in meinem Kopf laut wie das Kratzen einer Säge wider, aber die anderen hatten drüben an ihrem Tisch zu tun, deckten Geschirr auf, das im Mondlicht schimmerte. Sofort wurde die Fessel lockerer. Noch ein Schnitt, und meine Hände waren frei. Ich steckte das Taschenmesser wieder in die Hosentasche und legte die Hand, die die Hexen sehen konnten, so hin, dass sie noch gefesselt wirkte. Ich hielt die Augen auf die düstere Gruppe gerichtet, zog vorsichtig die Maske von meinem Kinn hoch und zerrte mir das giftig schmeckende Tuch aus dem Mund. Herrliche frische Luft strömte mir in die Lungen.

Die Mauer war weniger als fünfzig Meter von mir entfernt, bis dahin nur glattes Gras. Die Hexen warfen einen kurzen Blick zu mir herüber, während sie zu ihrer Pyramide aus Feuerholz gingen. Ich zog mir die Maske ganz vom Gesicht und bewegte mich langsam von dem Pfahl weg. Kein Kopf drehte sich zu mir um. Ich schlich mich weiter voran, die Augen stets auf die Gruppe am Feuer gerichtet. Inzwischen wallte orangefarbener Rauch rings um sie auf. Schon bald würde loderndes Feuer mit dem Mondlicht wetteifern. Ich war erst fünf Meter von dem Pfahl entfernt, als ein Geräusch ertönte, das wie ein jämmerliches Waldhorn klang, ein schauerliches Jaulen, und eine große schwarze Gestalt über dem silbrigen Heidekraut auftauchte. Die mir am nächsten stehende Hexe japste und erstarrte einen Augenblick lang, fuhr sich mit der Hand an die Kehle und drehte sich dann zu der Gestalt um. Hinter ihr richteten sich die anderen auf. Panisches Murmeln machte die Runde: Er ist's, er ist's. Dann fielen sie alle auf die Knie.

Ich hatte ihn nicht kommen sehen, obwohl ich so gut aufgepasst hatte. Er war auf einmal einfach da, überragte die Hexen um einen Kopf, mit Hörnern, die der hinter ihm leuchtende Mond noch hervorhob, genau wie Shaela ihn beschrieben hatte, mit einem dünnen peitschenden Schwanz, der an der Spitze einen Pfeil hatte, und mit schrägen mandelförmigen Augen, die rot wie Feuer glühten.

Nichts wie weg von hier! Ich rannte auf die Mauer zu, legte eine Hand auf die obere Steinreihe, schwang mich mit einem Sprung darüber und landete mit einem Purzelbaum auf der anderen Seite. Ich wusste nicht, ob sie meine Bewegung wahrgenommen hatten, aber sie würden ja sicher mit ihrer Gefangenen angeben wollen, also musste ich mich beeilen. Bergab, in Richtung Strand, da wartete die Sicherheit. Ich rannte, rannte, vornübergebeugt im Schatten der Mauer, stolperte über Heidekrautbüschel, ehe mir klar wurde, dass sie auf der anderen Seite, mit glattem Gras unter den Füßen, viel schneller als ich laufen konnten. Ich blieb stehen, hörte hinter mir einen Schrei, ein wütendes Aufbrüllen, danach verwirrtes Bellen, wie von Hunden, die einer Spur folgten. Sie wussten, dass ich in diese Richtung geflohen war, und sie waren hinter mir her.

Hier im silbrigen Moor gab es keine Torfstiche, in deren Dunkelheit ich mich verbergen konnte, aber das Moor selbst war uneben, hatte natürliche Heidekrautböschungen über Bereichen mit weicherem Torf. Unweit von mir konnte ich eine sehen. Ich stürzte darauf zu und rollte in die wunderbare Dunkelheit. Meine scharlachrote Segeljacke hatte weithin sichtbare Reflektorstreifen, aber der Poncho, den die Krähen mir übergeworfen hatten, verhüllte sie. Nur eine Bewegung konnte mich jetzt verraten.

Sie suchten weiter unten am Hang nach mir, also würde ich wieder bergauf gehen. Ich würde im Schatten der Mauer erneut an ihrem Freudenfeuer vorüberschleichen und mich dahinter halten, bis ich an die Stelle kam, wo zwei Mauern im rechten Winkel aufeinandertrafen. Dann würde ich an der anderen Mauer entlang bis Scalloway hinunterrennen. Es klang, als trampelten die Füße eine Kabellänge* unter mir am Hang. Vorsichtig hob ich den Kopf und sah die dunklen Gestalten, die sich jenseits der Mauer bewegten. Ich schlich mich langsam bergauf, von einem Schatten zum anderen. Da türmte sich auf einmal ein Schatten vor mir auf, eine dunkle Gestalt erhob sich, eine Hand zu mir ausgestreckt.

* Nautische Längeneinheit, 1/10 nautische Meile.

Ich kam schlitternd zum Stehen und wollte gerade umkehren, als die Gestalt mich packte. Eine Hand legte sich auf meinen Mund, und ehe ich zubeißen konnte, zischte eine vertraute Stimme: »Cass!« Das Mondlicht schien auf silbrig weißes Haar.

»Anders?« Mein Herz raste wie ein Maschinenkolben.

Er zerrte mich in den Schatten zurück. Wir sackten zusammen auf das Heidekraut. »Kater ist zum Schiff zurückgekehrt, als ich gerade ankam«, flüsterte er mir ins Ohr. »Er kam gerannt, hatte die Ohren nach hinten gelegt, als hätte ihn etwas erschreckt. Ich fand das seltsam, also habe ich nachgeschaut. Ich habe gerade noch gesehen, wie die euch den Berg hochzerrten. Ich konnte unter dem Poncho deine Segeljacke ausmachen.« Er klopfte auf das Fernglas, das an seiner Brust hing. »Nachtsicht, ganz hervorragend. Also bin ich hinterher und habe auf eine Gelegenheit gewartet, euch zu befreien.«

Jeg ventet på en sjanse til å frigjøre dere. Zum zweiten Mal benutzte er im Norwegischen den Plural »dere«, also »euch«. »Uns?«, fragte ich.

Er deutete mit dem Kinn auf das ebene Gelände auf der anderen Seite der Mauer. »Die haben noch eine Gefangene.«

Ich hob vorsichtig den Kopf über die Mauer, um dort hinzuschauen. Jenseits des knisternden Feuers war eine andere Gestalt an einen Zaunpfosten gebunden, genau wie ich mit einem Poncho über dem Kopf.

Wer immer sie gefesselt hatte, war wohl effizienter zu Werke gegangen als meine Kidnapper. Die dunkle Gestalt stand wie ich mit dem Rücken zum Pfahl, hatte aber die Hände vorn, und das Seil um die Taille war hinter dem Pfosten verknotet. Zusammengebunden wie ein Huhn, ofenfertig. Sie würden schon bald zurückkommen. Ich warf einen raschen Blick bergab und sah, dass die erste Hexe nur noch eine halbe Kabellänge entfernt war. Sie kamen als kleine Gruppe bergauf, während der Teufel ihnen langsam folgte, den Kopf von einer Seite zur anderen drehend. Ich sah die roten Augen aufblitzen. Es würde uns nicht gelingen, die andere Gefangene ungesehen zu befreien. Und doch konnten wir uns nicht einfach in Sicherheit bringen und sie hier allein lassen.

Ich duckte mich wieder hinter die Mauer und hockte mich Schulter an Schulter neben Anders. Ich drehte ihm den Kopf zu, und wir schauten uns im Mondlicht in die Augen. Wir brauchten nicht zu reden. Wir hatten auf der *Chalida* einige heikle Augenblicke überstanden, und er war Segler wie ich. Er wusste um Verantwortung, darum, ob man sofort handeln oder Anweisungen abwarten sollte.

Hier, im Herzen des Hexenzirkels, war der letzte Ort, an dem sie nach uns suchen würden. Wir würden eine günstige Gelegenheit abwarten und die andere Gefangene befreien. Oder sollte nur einer von uns ihr zu Hilfe eilen, während der andere wartete? Dann erinnerte ich mich an mein Handy. Ich konnte Hilfe herbeirufen, falls ich hier ein Netz hatte, und das sollte ich eigentlich, denn rechts sah ich das rote Licht des Funkmasts auf dem Weisdale Hill leuchten. Ich zog langsam das Handy aus der Tasche und betete, dass ich es nur auf lautlos geschaltet hatte. Ich würde es nicht darauf ankommen lassen, die kleine Melodie beim Neueinschalten erschallen zu lassen, genauso wenig wie das Piepen einer eintreffenden SMS. Ich machte eine Geste zu Anders. »Hast du bei der Polizei angerufen?«, hauchte ich ihm ins Ohr.

Er schüttelte den Kopf und schob trotzig die Unterlippe vor. *Männer* … Wir spielten doch hier nicht »Rette die Heldin«. Wir brauchten Scharen von Polizisten in einem Auto mit Licht und Sirene, und zwar so schnell wie möglich. Ich tippte auf »Neue Nachricht« und schrieb dann: »Hexen auf Gallow Hill.« Es war egal, wie wütend Gavin auf mich war oder wie ungern ich ihn um Hilfe bat. Ich wusste nicht, was sie mit der anderen Gefangenen machen wollten; wir mussten sie unbedingt aufhalten. Da erinnerte ich mich daran, wie oft ich eine SMS erst Stunden später bekommen hatte, obwohl mein

Handy angeschaltet war und ich Netz hatte. Das hier war zu dringend, um so etwas zu riskieren. Ich schaute rasch auf die Hexe, die uns am nächsten war und mit stetigen Schritten auf das Feuer zuging, suchte Gavins Nummer und drückte die grüne Taste. Der Klingelton schien mir in der Stille furchtbar laut. Ich drückte mir das Telefon noch fester ans Ohr. Geh ran, Gavin …

Drei Klingelzeichen, dann hörte ich seine Stimme, knapp und neutral. »Cass.«

Die Hexe war nur dreißig Meter von mir entfernt. »Ich bin auf dem Gallow Hill«, hauchte ich ins Telefon. »Der Hexenzirkel – hier oben. Sie haben eine Gefangene.« Ich versuchte, so leise wie möglich und ohne Zischen zu flüstern. »Hilfe schicken.«

Er diskutierte nicht herum, zögerte nicht. »Wie viele?«

»Fünf. Ruf nicht zurück, das hören sie. Wir bleiben bei ihnen. Macht schnell«, murmelte ich, dann beendete ich das Gespräch. Einen Augenblick überlegte ich, ob ich das Handy ganz ausschalten sollte, aber es dauerte immer ewig, bis es wieder hochgefahren war, und vielleicht würde ich es noch einmal brauchen. Ich schob es in die Tasche zurück und kauerte mich wieder ins Gras, um abzuwarten und zu beobachten.

Durch die Mauer hindurch konnte ich etwa zwanzig Meter vor mir einen orangeroten Schimmer sehen. Ich machte eine Geste in Richtung Anders. »Ich schau mir das mal an«, flüsterte ich. Ich robbte vorwärts und fand eine Stelle, wo die Steine ein wenig zusammengesackt waren und eine Lücke hinterlassen hatten, die groß genug war, um hindurchzuschauen. Rechts von mir kam die erste Hexe ins Blickfeld. In der Mitte leuchtete das Feuer. Die Gestalt mit der Kapuze war linker Hand an den Pfahl gebunden, hing im Seil, als wäre sie erschöpft oder verzweifelt. Wie schnell konnte Gavin seine Truppen zusammentrommeln? Wenn er in Lerwick war, würde die Fahrt bis Scalloway 10 Minuten dauern, und dann mussten sie noch den Berg hinauflaufen, obwohl es da, wo ein Traktor entlangfahren konnte, wahrscheinlich auch ein Polizeiauto schaffte. Außerdem wusste ich nicht, ob Gavin den Hexenzirkel erst mit Polizisten umstellen wollte, ehe er zuschlug, oder ob er einfach nur die Autos mit Blaulicht und Sirene losschicken würde, um die Hexen zu vertreiben.

»Die kommt bestimmt zurück«, sagte die oberste Nebelkrähe. Sie hatte ihre Hexenmaske bis über die Stirn hochgezogen, so dass sie aussah wie ein Monster mit zwei Köpfen. Ihre Stimme bebte. »Sobald sie unten am Berg ist, kommt sie mit der Polizei zurück.«

Anders war neben mich geschlichen. Schulter an Schulter schauten wir durch den Spalt in der Mauer.

Der Teufel lachte. Theater, rief ich mir in Erinnerung, nur Theater. Maman in ihrem Göttinnenkostüm, mit Plateausohlen unter der verlängerten griechischen Robe, dazu noch ein Spot, der in den Strassjuwelen in ihrer aufgetürmten Frisur verborgen war und ihr Gesicht in göttlichem Schimmer leuchten ließ. Ich sah den Feuerschein auf den Hörnern des Teufels glänzen, als er den Kopf in den Nacken warf. Die roten Augen blitzten. LED-Lämpchen, dachte ich, in die Augenhöhlen einer mit irgendwas gepolsterten Maske eingenäht. Die richtigen Augen sind weiter unten, mit schwarzem Netzstoff verhüllt, so dass er uns alle durch einen schwarzen Schleier betrachten konnte. Der Schwanz bewegte sich wie die holzgeschnitzten Schlangen, die es in Indien zu kaufen gibt, die man am Schwanz halten kann und bei denen jede Bewegung der Hand den Kopf nach vorn und hinten schießen lässt. Es war auch eine Vorrichtung ins Kostüm eingenäht, die die Stimme des Teufels verzerrte, denn sein Lachen hallte weit über den Berg hinweg, und die Sprechstimme grummelte und dröhnte. »Glaubt ihr, ich muss die Polizei fürchten?«

Zu meiner Überraschung zog sich daraufhin die oberste Krähe von ihm zurück, machte einen Knicks. »Nein, Majestät.«

Der Mann im Teufelskostüm lachte verächtlich. »Wir werden unsere Sache hier zu Ende bringen, ehe die Gesetzeshüter auftauchen.« Er richtete sich hoch auf. Ein Büschel trockenes Gras flammte auf, erlaubte mir einen Blick auf seine mächtigen gespaltenen Hufe. Wer immer diese Verkleidung gemacht hatte, billig war sie nicht gewesen. Das schimmernde Horn der Hufe war eine Plattform, die Zehen des echten Fußes steckten in dem Fell oberhalb des Hufs, die Ferse im Fesselgelenk. Kein Wunder, dass er damit auf diesem unebenen Gelände nur kleine Trippelschritte machte. Er ging zu der Gefangenen, zerrte ihr die Elvismaske vom Kopf und warf sie ins Feuer. Die Flammen zischten und loderten auf. Der Teufel warf den Kopf in der Karikatur eines Lachens nach hinten, wandte sich dann wieder den Hexen zu. »Du, die du die geflohene Gefangene gefesselt hast, komm her.«

Die Hand mit den Krallen hob sich, und jetzt sah ich, dass das, was ich für einen Stock gehalten hatte, eine lange Peitsche war. Er ließ sie über seinem Kopf kreisen, und es knallte wie ein Pistolenschuss. Alles nur Hokuspokus, rief ich mir in Erinnerung, während ich zusammenzuckte. Ein Schauspieler in einem Kostüm.

Die mit dem Hundehalsband und die mit dem meergrünen Korsett schlurften mit hängenden Köpfen vor. Ich wandte den Blick ab, biss die Zähne zusammen. Ich hatte das alles schon bei Isobel Gowdie gelesen: *Manchmal, wenn der Teufel nicht mit uns zufrieden war, peitschte er uns aus und knuffte uns herum.* Die Peitsche knallte, ein Schmerzenswimmern war von einer der Hexen zu hören, dazu geknurrte Beleidigungen von dem als Teufel verkleideten Mann. Mich überkam eine solche Wut, dass ich zitterte. Ich wollte aufspringen und sie alle anschreien, sie wären ein Haufen von Närrinnen, dass sie sich von diesem Mann auf seinem Egotrip misshandeln ließen. Ich wollte seine Maske packen und wegschleudern, ihnen allen enthüllen, wer er war. Meine Hände waren so fest zu Fäusten geballt, dass ich spürte, wie sich meine Nägel in die Handfläche bohrten, und der Schmerz hielt mich ruhig. Sie konnten doch unmöglich glauben, dass er der Teufel war, diese mit allen Wassern gewaschenen Mädchen in ihren Steampunk-Klamotten. Sie hatten bestimmt ihre ureigenen Gründe dafür, dass sie bei seinen Fantasien mitspielten. Wieder biss ich die Zähne zusammen, als die Peitsche erneut auf ihre Rücken klatschte, und schaute von ihnen weg. Wann würde endlich die Polizei kommen?

Ein letztes Mal knallte die Peitsche. Ich blickte wieder durch den Spalt. Die mit dem Hundehalsband und die mit dem meergrünen Korsett schluchzten in schrecklicher, lustvoller Erregung. Ihre Gesichter waren im Feuerschein gerötet. Wenn das alles gewesen wäre, nichts als Närrinnen, die Theater spielten, dann würde ich mich jetzt davonstehlen und sie in Ruhe lassen, aber Annette war gestorben und Nate auch, und die reglose Gestalt, die an einen Pfosten gefesselt war, lauschte und beobachtete alles und wartete. Der als Teufel verkleidete Mann fing die Peitschenschnur mit einer einzigen eleganten Bewegung ein und steckte sich die Peitsche in den Gürtel. »Und was die Seglerin betrifft…« Seine Stimme schien jede Silbe zu genießen. »Wohin sollte die schon gehen als zu ihrem Boot. Die kann ich jederzeit erwischen, wenn mir der Sinn danach steht.«

Die Drohung hing in der Luft. Anders' Hand stahl sich auf meinen Arm, drückte ihn warnend. Nein, sagte ich tonlos in ihre Richtung, ein zweites Mal erwischt ihr mich nicht. Ich habe keine Angst vor euch. Das stimmte. Ich hatte keine Angst vor diesem Theater mit Dämonen und Jüngerinnen. Ich hatte Angst vor einem Mörder. Wer, wer steckte unter dieser Maske?

»Nun, du Maid«, rumpelte die Stimme, »hast du keinen Becher für deinen Herrn und Meister?«

Die Oberkrähe machte wieder ihren dämlichen Knicks und huschte zum Tisch. Sie hob einen silbernen Becher hoch, der die Form eines Altarkelches hatte, dazu eine Flasche Wein. Ich prustete innerlich, als ich mir vorstellte, wie sie im Coop an den Weinregalen entlangging. »Nein, der hier ist ein bisschen leicht, ich brauche etwas mit mehr Körper.« Da hatte aber jemand ganz schön zu tun gehabt heute, um all diese Requisiten den Berg hinaufzuschleppen. Das Tuch war schwarz, mit verschlungenen Symbolen bestickt, die im Mondlicht glänzten. Die mit dem Hundehalsband legte einen orientalischen Dolch mit geschwungener Klinge neben den Kelch. Wenn die Polizei nicht bald kam, müssten wir handeln.

Der Mann im Teufelskostüm trat hinter den Tisch, die oberste Nebelkrähe an seiner Seite, und die anderen knieten sich davor. Die oberste Krähe schenkte den Kelch voll, dann hob ihn der Mann in einer schrecklichen Parodie der Messe in die Höhe. In seinen Worten klangen die Worte an, die ich jeden Sonntag bei der Wandlung hörte. Es war Gotteslästerung, und als krönenden Höhepunkt nahm der als Teufel verkleidete Mann den Dolch, ritzte sich damit die Handfläche auf und ließ das Blut in den Wein tropfen. Dann wurde der Kelch feierlich reihum gereicht.

Unten in Scalloway waren immer noch keine Anzeichen von Blaulicht zu sehen, keine Sirenen zu hören. Ich wandte Anders den Kopf zu, beugte mich zu ihm, bis mein Mund ganz nah an seinem Ohr war. »Jetzt könnte unsere beste Gelegenheit sein«, flüsterte ich. »Du lenkst sie ab, und ich befreie die Gefangene.«

Er dachte darüber nach und nickte, die Augen auf das geschwungene Messer gerichtet. »Ich gehe da hin.« Seine Hand deutete über den Berg. »Geh du so nah heran, wie du kannst. Ich mache dann ein Geräusch, als wäre jemand gefallen.« Sein Atem war warm an meinem Gesicht. »Wenn zu viele von denen hierbleiben, geh bloß kein Risiko ein. Sieh mal, da unten im Dorf kommen jetzt Autos.«

Zwei Autos, drei, aber kein Blaulicht. Gavin wollte den Mörder fangen, nicht verjagen. Anders hielt meine Hand mit seiner umfangen, warm und stark. »Viel Glück.«

Er begann sich über den Berg zu schleichen, von einem Schatten zum anderen. Ich bewegte mich vorsichtig hinter der Mauer mit, bis das Feuer zwischen mir und dem Hexenzirkel war. Neben der Mauer war auch noch ein Drahtzaun, um das Gelände gegen Schafe zu sichern. Ich setzte einen Fuß auf den Draht, belastete ihn, schwang mich hinüber. Die Hexen standen immer noch an ihrem gotteslästerlichen Tisch und reichten den Kelch herum. Dann hörte ich zweihundert Meter entfernt ein Scharren, das Rutschen von Füßen, einen unterdrückten Schmerzensschrei. Gut gespielt, Anders. Die Köpfe rings um den Tisch drehten sich zu ihm hin. »Das ist sie«, blaffte die mit dem Hundehalsband. »Da drüben.«

Im Mondlicht bewegte sich ein dunkler Schatten, humpelte fort, verzweifelte Angst in jedem Schritt. Die Hexen stießen ein unmenschliches Gejohle aus und rannten wie ein dunkler Strom auf ihn zu. Der als Teufel verkleidete Mann blieb beim Tisch stehen und sah zu, hatte den Kopf der Jagdszene zugewandt. Sein Schwanz bewegte sich hin und her, als suche er mich, ein ganz gemeiner, finsterer Trick. *Ich hab gedacht, der wäre wie eine Antenne, die alles Mögliche mitkriegt,* hatte Shaela gesagt. Die roten Augen waren auf den Berg gerichtet, weg von mir. Ich schlich zu der Gefangenen, drückte mich ganz flach an den Pfosten. »Leise«, flüsterte ich und klappte mein kleines Messer auf. Aus der Nähe konnte ich spüren, dass es eine Frau war, größer als ich. Ich langte vorsichtig mit dem Arm um sie nach vorn, die Klinge meines Messers ausgeklappt, tastete mich an ihrem Arm entlang zu ihren Handgelenken, dann zur Schnur. »Keine Bewegung.« Ein Schnitt befreite beide Hände. Ich ließ das Messer wieder in die Tasche gleiten und machte mich am Seil an die Arbeit. Ein Kreuzknoten, halleluja.

Der als Teufel verkleidete Mann musste mich gespürt haben, denn er wandte uns den Kopf zu. Er schrie auf und kam auf uns zugehinkt, mit kleinen Schritten, die ihn trotzdem schneller näher brachten, als mir lieb war. Meine Finger zogen eben das letzte Stück Seil durch und ließen es fallen. »Lauf!«, rief ich.

Sie zögerte nicht. Schneller, als ich gedacht hätte, flitzte sie über das in silbernes Licht getauchte Gras auf die Mauer zu, die bergab in Richtung Scalloway verlief. Ich warf dem Teufel das Seil ins Gesicht und rannte in die andere Richtung, vom Bach weg. Teile und herrsche. Dann zerrissen Motorengeräusche und strahlendes Licht die Nacht; einer der Landrover mit Blaulicht auf dem Dach kam über den Berg gerumpelt und spuckte dunkle Gestalten aus. Die Hilfstruppen waren eingetroffen.

Ich machte kehrt und rannte auf die schreienden Menschen und den Bach zu, wohin die Frau verschwunden war. Ich sah sie in den tiefen Schatten nicht, aber sie konnte nicht mehr als zwanzig Meter Vorsprung vor mir haben. »Warte!«, rief ich. »Ich bin's, Cass.«

Nach einer langen Pause hörte ich hinter mir ein Geräusch. Ich fuhr herum. Als eine dunkle Gestalt sich aus dem Graben erhob, war ich sofort bereit, zu rennen und zu schreien.

»Ich wusste, dass du das bist«, sagte sie. Es war Rachels Stimme. »Danke, dass du mich befreit hast. Ich habe gesehen, wie du geflohen bist, und habe gehofft, dass du die Polizei holst, aber ich hatte Angst, dass dieses Monster mit dem Messer vielleicht schneller sein würde.«

»Ich hatte auch Angst«, gab ich zu.

Ihre Augen glitzerten im Feuerschein. »Wer ist das, der mit der Maske?«

»Ich konnte es nicht sehen.«

Sie atmete stockend ein. »Es tut mir leid, dass ich die nicht davon abgehalten habe, dich zu fangen. Ich wusste, was die vorhatten, aber ich konnte nicht rufen, um dich zu warnen. Ich hatte eine Maske auf und dann noch ein Taschentuch im Mund. Ich hab mit denen gekämpft, aber es sah wohl so aus, als hätte ich zu viel getrunken.« Sie schlang sich die Arme um den Leib. »Mir ist so kalt.«

Abseits von Feuer und Rauch konnte ich nun den Frost in der Luft geradezu riechen und die ersten Kristalle auf dem Heidekraut glitzern sehen.

»Überlassen wir es der Polizei, die alle zusammenzutrommeln, und bringen dich erst mal ins Warme«, sagte ich.

Sie schaute den Berg hinauf. Die überall ausgeschwärmten Polizisten hatten sich nun an einer Stelle versammelt und umringten die Hexen. Ich konnte im Mondlicht die Falten von Gavins Kilt wirbeln und die Kiltnadel blitzen sehen. Er hatte den Kopf erhoben und schaute sich in der Gruppe um, sprach langsam, als belehrte er sie über ihre Rechte. »Ich vermute, du hast bei denen angerufen.« Nun war sie wieder die Collegedozentin, hatte alles im Griff, wirkte sogar leicht belustigt. »Du bist ganz schön findig.«

»Ich bin nur eine Seglerin, die immer ein Taschenmesser bei sich hat«, meinte ich. Ich deutete mit dem Kinn zum Freudenfeuer hinüber. »Ich muss der Polizei noch sagen, dass wir in Sicherheit sind. Wenn ich das gemacht habe, dann kenne ich da jemanden unten am Yachthafen, der eine unglaublich gute heiße Schokolade macht.«

»Klingt gut.«

Wir gingen zurück über den Berg zu der Gruppe von Polizisten. Gavin drehte sich um, als wir näher kamen. Das Mondlicht betonte seine Wangenknochen, beschattete seine Augen. »Danke für die Hilfstruppen«, sagte ich.

»Du bist unverletzt?« Das hörte sich ganz so an, als bereite er eine Anklageschrift vor.

»Ich hab ein paar blaue Flecken«, gestand ich ihm zu, »weil die mich mit gefesselten Armen da den Berg raufgeschleift haben, und wegen der Maske habe ich teils auch nichts gesehen. Du kannst sie wegen Landfriedensbruch und Ruhestörung rankriegen, mindestens.« Ich machte eine Handbewegung. »Rachel war meine Mitgefangene. Darf ich sie zum Aufwärmen mit nach unten auf die *Chalida* nehmen?«

Er nickte. »Ich komme dazu, sobald ich mit denen hier fertig bin.« Er schaute zu den zusammengetriebenen Hexen, die von stämmigen Polizisten umstellt waren. »Das wird vielleicht eine Weile dauern.« Daraufhin sagte er das so leichthin, dass es beinahe wie eine Anklage klang: »Ich habe den anderen erklärt, dass Anders bei dir war.«

»Ich habe nicht Detektiv gespielt«, erwiderte ich. »Die haben mich gekidnappt. Anders hat gesehen, wie die mich weggeschleppt haben, und ist uns gefolgt. Und dann, nachdem ich mich befreit hatte …«

Sein Mund verzog sich. »Als Heldin bist du schrecklich entmutigend. Muss man dich denn wirklich nie retten?«

»Dafür solltest du dankbar sein«, erwiderte ich. »Auf dem Tisch da drüben liegt ein verdammt großes Tranchiermesser, und es hat ganz danach ausgesehen, als wollten die das bei Rachel und mir zum Einsatz bringen.« Ich schaute zu den Gefangenen hinüber. Da waren die vier Hexen, jede hatte einen Polizisten neben sich, und der Mond schien auf Anders' blonden Schopf. »Und der Teufel? Habt ihr den nicht erwischt?«

Gavins Kopf ruckte nach oben. »Den Anführer des Hexenzirkels? War der auch hier?«

»Ja, ein Mann in einem Teufelskostüm.« Mir stockte der Atem. »Und der ist entkommen?«

Gavin machte auf dem Absatz kehrt und ging zu den Polizisten hinüber. »Es fehlt noch einer. Ausschwärmen. Er trägt ein Teufelskostüm. Das könnte er aber durchaus abgeworfen haben. Haltet jeden an, den ihr auf dem Berg findet.«

Innerhalb von Sekunden durchschnitten die Strahlen von Taschenlampen in bester *X-Files*-Manier kreuz und quer die Nacht über dem Berg. Neben mir bibberte Rachel. Ich schaute zu Anders hinüber. »Ich glaube, wir sollten Rachel nach Hause bringen.« Gavin wusste ja, wo er mich finden konnte. *Wohin sollte die schon gehen als zu ihrem Boot?* Der Gedanke, dass der Teufel noch frei herumlief, gefiel mir gar nicht.

Anders zog seine Jacke aus und legte sie Rachel um die Schultern. »Du bist unverletzt?«

Ihre Stimme war zittrig, aber entschlossen. »Morgen früh hab ich bestimmt einen ordentlichen Muskelkater.«

»Wir machen uns auf den Weg zur *Chalida*«, sagte ich. Zu meinem Zuhause, meiner Zuflucht. »Wir stehen beide unter Schock. Meinst du, Reidar würde uns eine Kanne von seiner heißen Schokolade machen?«

»Er wartet auf uns, hat die Heizung angestellt«, antwortete Anders. »Ich habe ihn angerufen, sobald ich gesehen habe, dass ihr bergab geht.«

»Wonne!«, sagte ich und ging voraus zum Bach. Unsere Füße rutschten und stolperten in der Dunkelheit. Über uns bewegten sich die Suchlichter kreuz und quer über den Hang, aber wir hörten keinen Schrei, der uns mitteilte, dass man den Teufel endlich gefunden hatte. Ich biss mir auf die Lippe. *Die kann ich jederzeit erwischen, wenn mir der Sinn danach steht …*

Schließlich erreichten wir die Straße. Die Lichter auf Reidars Motorboot brannten, und ich hätte schwören können, dass ich den Duft frisch gebackener Kekse in der Luft roch. Der Mann war ein echter Schatz.

Er erschien an Deck, sobald er das Klappern des Tors zum Yachthafen hörte. »Kommt rein«, rief er dröhnend. »Es ist alles für euch bereit.« Er umarmte mich herzlich. Sein Pullover roch nach Essen und Wärme und Trost. »Als du hinter dem Schuppen verschwunden warst, aber an der Ecke beim Mahnmal nicht wieder aufgetaucht bist, habe ich mir alle möglichen schrecklichen Dinge ausgemalt. Ich dachte, da hätte wohl jemand auf der Lauer gelegen, und dann hat Anders angerufen, und der Mann, mit dem du dich treffen solltest, ist auch gekommen.«

»James Leask – der ist gekommen?«

Reidar nickte. »Fünf, sieben Minuten vor sieben. Er hat gewartet und ist dann wieder weggegangen. Jetzt ist er hier aufgetaucht, er hat nach dir gesucht. Er ist unten.« Eine Pranke deutete auf die Kajüte des Motorboots.

Es war also nicht James Leask, der mich in die Falle gelockt hatte. Jemand hatte uns belauscht. Die mussten dann nur darauf warten, dass ich die *Chalida* verließ. Das war für sie eine sichere Sache, sogar mit Rachel als Gefangener in ihrer Mitte. Niemand würde zu Halloween eine Gruppe von vermummten Gestalten beachten. Ich bat Rachel mit einer Geste, vor mir in die Kajüte zu gehen, und folgte ihr nach unten.

Drinnen war es wunderbar warm und duftete nach Zimt. James saß in der Ecke hinter dem Tisch und schaute ängstlich und erleichtert zugleich. Er erhob sich halb, als wir eintraten. Seine Augen blieben an Rachels Gesicht hängen, und seine Wangen färbten sich scharlachrot. Er winkte Rachel an sich vorbei in die Ecke. »Ich kann nicht bleiben. Ich wollte mich nur vergewissern, dass ihr in Sicherheit seid. Ich hatte das Gefühl, es wäre alles meine Schuld gewesen, dass du denen da in die Falle gegangen bist.«

»Genau das habe ich auch gedacht«, sagte ich. »Wenn Gedanken wirklich so etwas bewirken können, dann hätten deine Ohren gegen zehn vor sieben mächtig klingeln müssen.«

»Setzt euch«, sagte Reidar hinter mir. Er holte ein Blech mit Keksen aus dem Ofen, goldbraun und krümelig an den Rändern, und stellte es mitten auf den Tisch. »Esst.« Ich setzte mich. Kater kam unter dem Regal hervorgeglitten und ließ sich auf meinem Schoß nieder. Reidar stellte uns Henkelbecher hin, schenkte schaumige Schokolade ein, setzte je ein Sahnehäubchen darauf, streute Zimt darüber und fügte noch zwei Kringel Orangenschale hinzu. »Da. Kein Wort, ehe nicht alles verputzt ist, sonst bin ich beleidigt.«

Ich wollte auf keinen Fall jemanden beleidigen, der solche Dinge auftischte. Ich stürzte mich darauf, und nach kurzem Zögern setzte sich James neben mich. Seine Bewegungen hatten etwas merkwürdig Unentschlossenes, als wollte er eigentlich gehen, hätte aber das Gefühl, er müsste bleiben bis – ja, bis was? Bis er mir erzählt hatte, weswegen er sich mit mir hatte treffen wollen?

Die Kekse schmeckten so gut, wie sie rochen, hatten einen satten buttrigen Biss, wie das allerbeste Shortbread. Eines Tages, gelobte ich mir, würde ich einen Backofen für die *Chalida* kaufen. Die Trinkschokolade floss heiß durch die kühle Sahne. Reidar war ein Genie, und sollte er eines Tages für den Posten des dänischen Premierministers kandidieren, ich würde ihn wählen. Ich nahm eine Fingerspitze voll Sahne von meiner Tasse und ließ Kater lecken. Noch zwei winzige Pfoten wuselten auf meinen Schoß, gefolgt von zwei weiteren und einem Schwanz: Ratte wollte auch ihren Anteil haben.

»So«, sagte Reidar, als der Teller leer war, »jetzt erzählt mir, was passiert ist.«

Ich deutete mit einer »Du-zuerst«-Geste auf Rachel. Sie schüttelte den Kopf und warf James einen unbehaglichen Blick zu. »Cass zuerst.«

Meine Geschichte war schnell erzählt. Reidar schnalzte mit der Zunge, als ich den Teufel beschrieb. »Schottische Hexen.«

»Es war furchtbar«, stimmte mir Rachel zu. »Sie haben mich genauso geschnappt wie dich, Cass. Ich war Milch kaufen und habe vorn an der Gasse die vermummten Gestalten gesehen, und da hatten sie mich schon umzingelt. Und danach haben sie dir aufgelauert, und ich konnte dich nicht warnen. Und dieser schreckliche Teufel …!«

»Ein Kostüm!«, rief ich heftig. »Schuhe mit einem gespaltenen Huf, gepolsterte Schultern, LED-Augen.«

Rachel schauderte.

»Sie haben nicht mit ihm gerechnet«, sagte Anders. Wir starrten ihn an. »Die Hexen«, erklärte er. »Es war ihre Idee gewesen, dich zu schnappen. Sie haben nicht erwartet, dass er dazukommen würde. Ich habe ihre Gesichter gesehen, als er aufgetaucht ist. Sie waren schockiert.«

Ich ging die Szene in Gedanken noch einmal durch. »Ja«, stimmte ich ihm zu. »Sie hatten alles für ihre Zeremonie bereit, und dann ist er einfach in ihrer Mitte aufgetaucht. Dieser jämmerliche Hornton – sie haben alle wie erstarrt dagestanden und einander angeschaut, als könnten sie es nicht glauben.«

»Sie hatten Angst vor ihm«, sagte Rachel.

Ich erinnerte mich an den Knicks der obersten Krähe, an das Zittern in ihrer Stimme. »Aber sie kannten ihn. Er war schon vorher zu ihnen gekommen. Das Ritual des Hexenzirkels, mit der Maid und all dem, das hatten sie schon mal gemacht.«

»Wenn es wirklich der Teufel war«, sagte Reidar, »dann hätte ich auch Angst vor ihm gehabt.«

»Das war nicht der Teufel«, beharrte ich. »Das war ein Mensch in einem Kostüm. Hokuspokus.«

»Kommt darauf an, was die geglaubt haben«, meinte Reidar, »und die haben geglaubt, dass es der Teufel war.«

»Wenn sie das geglaubt haben, wieso haben sie ihn dann nicht erwartet?«, wandte ich ein.

James schob seinen Henkelbecher in die Mitte des Tisches und stand auf. »Ich muss los. Rachel, ich muss in deine Richtung. Möchtest du mitkommen? Du willst doch nach der Erfahrung von heute Abend bestimmt nicht allein nach Hause gehen.«

»Nett von dir«, sagte sie. Sie lächelte Reidar an. »Das war wunderbar. Vielen Dank.«

James deutete die Stufen hinauf ins Cockpit, um sie vorzulassen, und beugte sich über mich, um seine Jacke zu nehmen. Er flüsterte mir ins Ohr: »Trau ihr nicht. Rachel. Ich habe neulich in jener Nacht Lawrence gesehen.« Er zog sich die Jacke an. »Danke, Reidar. Jetzt bin ich gestärkt.« Seine blauen Augen schauten mich ernst an. »Trau ihr nicht!«, sagte er noch einmal tonlos, drehte sich um und kletterte die Stufen hinauf. »Bis bald.«

»Ruf mich an«, sagte ich.

Er nickte und schob das Schott hinter sich zu. Reidar, Anders und ich schauten einander an. »Rachel nicht trauen?«, fragte ich. »Aber die hatten sie doch auch als Gefangene genommen …«

»Bist du dir da sicher?«, fragte Anders.

Ich starrte ihn an.

»Ich habe das Gesicht der anderen Gefangenen nicht gesehen«, meinte er. »Nicht so, dass ich sie wiedererkennen würde. Zuerst hatte sie die Maske drüber, und als der Teufel die runtergezogen und weggeworfen hat, ist das Feuer aufgelodert, und das Licht hat mich geblendet. Ich kann nicht mit Sicherheit sagen, dass es Rachel war.«

»Du meinst, sie war eine der Hexen?«

Er schüttelte den Kopf. »Die Hexen hat die Polizei geschnappt. Ich habe sie gesehen … Die haben mich verfolgt, erinnere dich. Die haben sie alle erwischt.«

»Moment«, sagte ich. Alles in meinem Kopf krachte zusammen. »Sie haben den Teufel nicht erwartet, weil sie zu wissen glaubten, wer das war. Die Hexen glaubten, sie wüssten, wer den Teufel spielte. Sie dachten, es wäre Nate gewesen.«

»Nate ist der junge Mann, der gestorben ist?«, vergewisserte sich Reidar.

»Ja«, erwiderte ich. »Ja. Das erklärt, warum sie so schockiert waren – denn schockiert waren sie, als der Teufel auftauchte. Sie dachten, ihr Teufel wäre Nate. Sie wollten ihre eigene Zeremonie abhalten, vielleicht sogar wie eine Art Gedenkfeier. Das erklärt, warum sie mich mitgenommen haben. Sie haben mir die Schuld an Nates Tod gegeben. Neulich haben sie mich in eine Ecke gedrängt und mir gesagt, ich solle die Finger von ihm lassen. Sie dachten, ich wäre auch eine Hexe, aber eine von einer anderen Sorte als sie. Sie waren auf Rache aus.«

»Außer dass sie sich geirrt hatten«, meinte Anders. »Denn Nate war nicht ihr Teufel.«

»Vielleicht war er das früher einmal«, vermutete ich. »Aber heute Abend nicht.«

Rachel war aus der falschen Richtung gekommen. Die befreite Gefangene war auf den Bach zugerannt, hatte den Teufel auf den Fersen gehabt.

Als die Hexen hinter Anders hergelaufen waren, war der Teufel zurückgeblieben. Es würde sicher weniger als eine Minute dauern, sich die Überschuhe mit den gespaltenen Hufen von den Füßen zu kicken, die Hose mit dem Schwanz auszuziehen und die Maske mit den LED-Augen abzulegen. Wenn der Teufel unter dem Kostüm normale Kleidung getragen hatte, dann hätte er – oder sie – sich einfach unter uns andere mischen können. Die Verkleidung hätte Rachel im Schatten eines Felsbrockens ablegen können, danach hätte sie auf meinen Ruf reagieren und in normalem Aufzug und normaler Größe so tun können, als wäre sie die Gefangene, die ich befreit hatte.

Vielleicht war Nate früher einmal der Teufel gewesen, aber heute Abend zumindest würde ich jede Wette eingehen, dass die schwarze Gestalt mit den roten Augen, die die Peitsche geschwungen hatte, Rachel gewesen war.

at faat (n): im Unrecht, schuldig

KAPITEL 19

Dienstag, 1. November, Allerheiligen

Niedrigwasser Scalloway	*03:51 GMT*	*0,6 m*
Hochwasser	*10:11*	*1,7 m*
Niedrigwasser	*16:14*	*0,6 m*
Hochwasser	*22:31*	*1,6 m*

Mond abnehmend, erstes Viertel

Sonnenaufgang	*07:30*	
Monduntergang	*10:26*	*315 Grad*
Sonnenuntergang	*16:06*	
Mondaufgang	*17:14*	*45 Grad*

Es war ein kalter Morgen. Die Fenster waren mit einem Spitzenmuster aus Eisblumen überzogen, und der Holzboden war eisig unter meinen nackten Füßen. Mein Atem stand als Wolke in der Luft, als ich meinen Pullover und die Jeans packte, um nach draußen zu gehen und das Gas anzuschalten. Die geschwungenen Glasfaserlinien der *Chalida* waren mit einem weißen Frostpelz bedeckt, und die Wasserlache im Heck hatte eine Eisschicht. Meine Finger waren taub, ehe ich die Luke aufgedrückt, das Bilgenwasser ausgepumpt und den Gashebel umgelegt hatte.

Jetzt, um neun Uhr, strömte blendendes Sonnenlicht durch die Backbordfenster schräg auf das goldene Holz der Halteleisten über meinem Kopf. Der Himmel war klar und blau, ein wenig milchig am Horizont, die Berge in der Nähe hellgelb, die in der Ferne mit morgendlichem Licht überstäubt. Die See war so blau wie im Sommer, tanzende Kräuselwellen glitzerten im Licht. Durch das Steuerbordfenster konnte ich sehen, wie der silbrig bleiche Mond im großen Bogen auf den Berg im Westen hinunterglitt und seine Vorderkante mit dem blauen Himmel verschmolz.

Anders und Reidar hatten einmütig darauf bestanden, entweder solle ich um meiner Sicherheit willen an Bord von Reidars Motorboot schlafen oder Anders müsse in seine Koje in der Vorpiek auf der *Chalida* zurückkehren. Ich entschied mich für das kleinere Übel: Anders an Bord. Ratte war natürlich mitgekommen, und sie und Kater hatten in der mittleren Koje geschlafen, ein verschlungener Ballen aus schwarzem, weißem und grauem Pelz. Mir war recht kühl am Hals gewesen, weil mein kleiner Freund sich nicht an mich gekuschelt hatte. Jetzt hatte sich Anders wieder in seiner alten Ecke heimisch eingerichtet. Sein Haar schimmerte silbrig vor dem Mahagonischott, er hatte eine Tasse Kaffee in der sonnenbraunen Hand, sein marineblaues Hemd war am Hals aufgeknöpft. Wir hörten Schritte auf dem Ponton, ein Klopfen auf dem Kajütendach und dann Gavins Stimme, die rief: »Dürfen wir an Bord kommen?«

Ich stand vom Tisch auf und schob das Schott zurück. Gavin hatte dunkle Schatten unter den Augen, als hätte er nicht viel Schlaf gefunden. Sein Haar war noch feucht von der Dusche zum Aufwachen. »Guten Morgen.« Plötzlich wurde mir klar, dass ich ihn noch nie mit Gavin angesprochen hatte. Ich wollte nicht ausgerechnet jetzt damit anfangen, da Sergeant Peterson, die Füße in Ballettpose nach außen gestellt, hinter ihm stand. Ich hob die Schotten heraus und verstaute sie in ihrer Nut. »Kommt an Bord.«

»Nur ein paar Fragen zu gestern Abend«, sagte Gavin und schwang sich in einem Wirbel grüner Falten über die Reling. Ich bat ihn mit einer Handbewegung die Treppe hinunter. Sergeant Peterson folgte, das Notizbuch in der Hand. Ihre grünen

Augen wanderten zu Anders hinüber. »Es ist gut, dass Sie wieder auf den Beinen sind, Mr Johansson.«

Er schaute sie verständnislos an.

»Ich war dabei«, erklärte sie, »als der Stier Sie angegriffen hat, im Sommer.«

Eine zarte Röte flutete über seinen Nacken und färbte seine Wangen. Vielleicht konnte ich ihn an die Meerjungfrau vermitteln? Sie würden ein sehr hübsches Paar abgeben, sagte ich mir und verdrängte den kleinen Stich von Eifersucht in meinem Bauch. Allerdings war sie keine Seglerin – aber das konnte sie ja lernen. Frauen hatten doch ein gewisses Geschick darin, die Hobbys ihrer Männer zu übernehmen, und das Leben einer Polizistin mit dem seltsamen Schichtdienst passte vielleicht gut zu dem eines Spielers, der ab und zu für mehrere Tage verschwand, um interplanetare Schlachten zu schlagen.

Gavin schaute auf Anders in seiner Ecke, und er setzte die ausdruckslose Miene eines Menschen auf, der sich jeden Kommentar verkneift. Jetzt war eindeutig Angriff besser als Schweigen.

»Anders fand, dass ich nicht allein an Bord sein sollte«, erklärte ich. Ich deutete mit dem Kopf auf den zerknautschten Schlafsack in der Vorpiek. »Er und Ratte sind in ihre alte Koje zurückgekommen. Habt ihr schon gefrühstückt?«

»Ja, aber eine schöne Tasse Tee geht immer«, sagte Gavin. Er setzte sich Anders gegenüber hin. Sergeant Peterson entschied sich für den unbequemen Platz neben dem Kartentisch. »Wann sind Sie von Norwegen herübergekommen, Mr Johansson?«

»Vorgestern«, antwortete Anders. Er runzelte die Stirn und überlegte noch einmal genau. »Nein, es war gestern, kurz vor Morgengrauen.« Er warf Gavin ein Verschwörerlächeln unter Männern zu. »Das Leben mit Cass ist immer so aufregend, dass die Tage einem länger erscheinen.«

»Es ist mir rätselhaft«, sagte ich eisig, »wie du mich dafür verantwortlich machen kannst, was ein Haufen Idiotinnen nachts im Mondschein auf einem Berg anstellen.«

Anders grinste und wedelte vage mit der Hand. Ich warf ihm einen finsteren Blick zu und machte mich geschäftig daran, den Wasserkessel aufzusetzen, Henkeltassen herauszustellen und die Milch von unterhalb der Wasserlinie hochzufischen.

»Samhain«, sagte Sergeant Peterson und klappte ihr Notizbuch auf. »Die Nacht der Toten und der wichtigste Feiertag im Hexenjahr.«

»Erzählt mir erst eure Sicht der Geschichte«, forderte Gavin uns auf. »Bisher haben wir noch keine Anzeige gegen sie erstattet. Sie sind alle erwachsen und haben nicht unter Zwang gehandelt.«

»Ich nehme an, ihr könntet es mit Landfriedensbruch versuchen«, meinte ich. »Aber ich bin ihnen ja entkommen, ehe sie mir etwas antun konnten; es wird also schwierig werden, denen nachzuweisen, dass sie überhaupt was vorhatten. Dieses schauerlich aussehende Messer hätte ja zum Brotschneiden da liegen können.« Ich erzählte ihm die ganze Geschichte, fing mit James Leasks Anruf an, berichtete davon, wie sie mich überrumpelt hatten, von unserem Weg den Berg hinauf, von der Ankunft des Teufels, von der gruseligen Zeremonie. Ich wählte meine Worte so neutral, wie ich nur konnte, machte mittendrin eine Pause, um eine Kanne Tee aufzugießen, als der Wasserkessel endlich pfiff. »Und dann seid ihr gekommen«, schloss ich, »und ich habe Rachel hierhergebracht.«

»Sie haben alle völlig dichtgemacht, sobald ich dich erwähnt habe«, sagte Gavin. »Dann meinte die Anführerin, sie hätte keine Ahnung, wovon ich spräche, sie wären zu viert allein auf dem Berg gewesen, sonst niemand. Keine Gefangenen, kein Teufel, und wenn jemand was anderes behauptete, dann versuchte der oder die nur zu vertuschen, dass er herumgeschlichen wäre und sie beobachtet hätte, in der Hoffnung, dass sie sich ausziehen würden.« Ich konnte förmlich hören, wie sie das sagte.

»Wer war die vierte?«

Sergeant Peterson musste dazu nicht in ihre Notizen schauen. »Sarah Cheyne, 23 Ladysmith Road, arbeitet mit Nate im College-Café.«

Ich nickte. »Auf die hätte ich auch kommen können. Ich habe sie vor ein paar Tagen mit Nate und den anderen dreien gesehen.«

»Vor etwa einem halben Jahr haben sie mit diesen Ritualen angefangen, nachdem Nate ihnen erzählt hatte, was Hexen früher gemacht haben. Sie fanden, das klänge echt cool.«

»Wir haben uns schon gedacht, dass Nate dahintersteckte«, erwiderte ich und erklärte unseren Gedanken, dass sie wohl geglaubt hatten, Nate wäre der Teufel, und also sehr schockiert waren, als jemand anderer im Teufelskostüm auftauchte. Gavin nickte und überlegte.

»Was Ihre Vermutung wegen der 100 Pfund angeht«, sagte Sergeant Peterson, »so haben sie behauptet, nie von Annette Geld bekommen zu haben. Die mit der Spinne auf der Wange hat zugegeben, sie hätten dem Hund etwas gefüttert, das ihn krank machte, ›nur ein Brechmittel, nichts Gefährliches‹, und sie hätten Annette gesagt, sie hätten einen Fluch auf ihn gehext, um ihr Angst einzujagen. Der Tierschutz vom Ort wird mit ihnen noch ein paar Wörtchen darüber zu reden haben. Sie haben aber abgestritten, von Annette Geld gefordert zu haben, und sie haben alle beteuert, sie hätte ihnen auch keins gegeben.«

»Wo ist das Geld dann aber hingekommen?« Mein Schädel begann wieder zu brummen. Ich rieb mir die Schläfen. Sobald Gavin fort war, würde ich ein Aspirin nehmen.

»Die vier hatten eine Wahnsinnsangst vor dem Teufel«, sagte Anders. »Die Peitschenhiebe haben sie genossen, ansonsten sind sie nach seiner Pfeife getanzt.«

»Ja«, stimmte ihm Gavin zu. »Ich habe bei ihnen echte Furcht gespürt, bin mir aber nicht sicher, ob sie ihn wirklich für einen richtigen Teufel hielten. Was für eine Beschreibung könnt ihr mir von der Person in dem Kostüm geben?«

Ich schüttelte den Kopf. »Keine. Größe, Gang, Körperbau, Stimme, alles war verzerrt.«

Gavin schaute zu Anders hinüber. »Mr Johansson?«

»Auch keine. Man konnte nur das Kostüm sehen.«

»Dann müssen wir versuchen, dem auf die Spur zu kommen«, sagte Gavin. »Wenn wir es auf dem Berg nicht finden, schicke ich Sergeant Peterson noch mal her, damit ihr eine möglichst genaue Beschreibung geben könnt.«

»Ihr habt es gestern Nacht nicht gefunden?«

Gavin schüttelte den Kopf. »Wir konnten im Mondlicht nicht jeden Schatten durchsuchen. Ich habe jemanden über Nacht dort postiert und heute Morgen eine Gruppe hochgeschickt. Große Hoffnungen mache ich mir allerdings nicht. Anscheinend ist das Kostüm zu auffällig, als dass es jemand an einer Stelle ablegen würde, wo wir es finden könnten.«

»Und es ist auch zu teuer«, sagte ich. »Es sei denn, jemand hat es selbst gebastelt – und wenn, dann sucht ihr jemanden, der sehr viel Phantasie hat, hervorragend mit einer Nähmaschine umgehen kann und sich auch mit Elektronik auskennt.«

»Nach allem, was du gesagt hast, würde ich auf einen Kostümbildner beim Theater tippen.« Er sah zu Sergeant Peterson hin. »Wenn wir es nicht auf dem Berg finden, Freya, dann telefonieren Sie vielleicht heute Nachmittag mal mit so vielen Kostümverleihen, wie Sie ausfindig machen können.«

Das war eine echte Entwicklung vom früheren knappen »Sergeant«. Freya, die Königin der nordischen Göttinnen. Ich achtete sorgfältig darauf, nicht wie ein schmollendes Kleinkind die Unterlippe vorzuschieben, und gab meinen Senf dazu. »Wenn etwas so teuer in der Herstellung war, musste man vielleicht den Empfang quittieren. Suchen wir jemanden, der keine neugierige Familie hat, die fragt: ›Was war eigentlich in dem großen Paket, Schatz?‹«

Natürlich hätte man das Kostüm auch ins College liefern lassen können, zusammen mit einem Dutzend anderer Pakete, die dort täglich eintrafen: Bücher, Chemikalien fürs Labor, Hummereier für das Zuchtprogramm, irgendwelche Schiffsausrüstung. Vielleicht hatte die oberste Nebelkrähe einen kurzen Blick auf ein schwarzes Gewand in einem braunen Paket geworfen oder den Namen eines Kostümverleihs in großen Buchstaben über der Adresse gelesen und daraus geschlossen, dass Nate ihr Teufel war.

»Mit diesen Hufen kann er unmöglich den Berg hinaufgegangen sein«, wandte Anders ein. »Er muss in seiner gewöhnlichen Kleidung den Berg hochgewandert sein, das Kostüm im Rucksack. Er hat sich an die Hexen herangeschlichen, in sein Horn geblasen und ist in ihre Mitte getreten, als wäre er aus dem Nichts erschienen.«

Gavin nickte. »Ja. Und als wir kamen, hätte er es genau umgekehrt machen können: die Verkleidung in den Rucksack stopfen, andere Schuhe anziehen und wegspazieren, sich frech unter die Polizisten mischen. Es waren viele Männer dort oben, nicht alle in Uniform, und wir haben uns ja auf die konzentriert, die weggelaufen sind.«

»Wir hatten da eine Idee«, sagte ich zaghaft. Sergeant Peterson richtete sich auf ihrem Platz auf. Gavin verengte die meergrünen Augen. »Wir dachten, es könnte vielleicht Rachel gewesen sein. Ich habe zwar die Gefangene befreit, aber ihr Gesicht nicht gesehen. Sie hätte aus dem Feuerschein weglaufen, das Kostüm ablegen und hinter mir wieder auftauchen können.«

»Interessant«, meinte Gavin. »Sarah Cheyne hat bestritten, eine der Hexen gewesen zu sein. Sie hat ausgesagt, die hätten sie gekidnappt und mit dir zusammen am Bach entlang auf den Berg getrieben, und sie hätten sie dann an einen Pfosten gebunden – bis du sie befreit hast.«

Ich starrte ihn an. »Das hat Sarah gesagt? Wenn Sarah die Gefangene war, dann suchen wir noch nach einer weiteren geflohenen Hexe? Rachel …?«

»Die anderen haben behauptet, dass sie lügt«, antwortete Sergeant Peterson. »Sarah meinte, die hätten sie auf dem Kieker gehabt, weil sie mal gesagt hat, ihre Spielereien seien ›ein Haufen Bockmist‹.«

»Wenn Nate vorher der Teufel war«, sagte ich, »dann war es für Rachel leicht, an sein Kostüm zu kommen.«

»Aber für den, der ihn umgebracht hat, war es genauso leicht«, warf Gavin ein. »Vielleicht hat er aus diesem Grund Nate besucht – um sich das Kostüm zu leihen. Vielleicht hat er herumgeblödelt, dass er damit gern mal draußen herumlaufen würde, und Nate ist mit ihm mitgegangen – in seinen Tod.«

»Du glaubst nicht, dass Rachel der Teufel gewesen sein könnte?«

Gavin schüttelte den Kopf. »Ihr habt gesagt, der Teufel letzte Nacht schien das Ritual der Hexen zu kennen?«

»Er hat so was gesagt wie, dass die Maid ihm jetzt den Becher reichen soll … Er schien mit allem sehr vertraut zu sein.« Ich schaute zu Anders hinüber, der nickte.

»Ich hatte nicht den Eindruck, dass er sich da vorsichtig herantastete«, meinte er.

»Dann kann es Rachel auf keinen Fall gewesen sein.« Gavin schaute mich nicht mehr an, konzentrierte sich darauf, den letzten Rest Tee in seinem Henkelbecher hin und her zu schwenken. Unter der Sonnenbräune waren seine Wangen gerötet. »Für das Ritual haben sie sich auf die Geständnisse einer Frau namens Isobel Gowdie bezogen, die die bekannteste schottische Hexe war.« Seine Stimme klang neutral. Sergeant Peterson schaute auf ihre robusten Schuhe, aber ich meinte, eine Spur von einem Lächeln um ihren Mund spielen zu sehen. »Demzufolge kommt nach der gotteslästerlichen Parodie einer Messe stets eine Orgie.«

Jetzt stieg auch mir das Blut heiß in die Wangen. Wie dämlich, wie dämlich! Ich hatte es doch selbst gelesen. Natürlich musste der Teufel männlich sein, und es hörte sich ganz so an, als hätte er vorher eine ordentliche Dosis Viagra einwerfen müssen.

»Trotzdem«, meinte Gavin nun in viel ungezwungenerem Ton, »ist es eine interessante Idee, dass sie den Teufel nicht erwartet haben, weil sie glaubten, er wäre Nate gewesen.« Er blickte zu Sergeant Peterson hinüber. »Und als er dann doch auftauchte, haben sie den Schreck ihres Lebens bekommen. Das würde ihre Reaktion erklären, meinen Sie nicht?«

Sie nickte. »Es ist möglich, Sir.«

»Noch mal einen Schritt zurück«, sagte Gavin. »Glaubst du, James Leask hat dir eine Falle gestellt?«

Ich schüttelte den Kopf. »Er hat hier gewartet, als wir zum Boot zurückkamen. Er hat sich wirklich große Sorgen gemacht.«

Sergeant Peterson warf mir den freundlichen Blick zu, den man Schwachköpfen zudenkt. »War er die ganze Zeit über mit Ihrem Freund Reidar zusammen?«

»Nein«, antwortete Anders. Er runzelte die Stirn über den blonden Brauen. »Er ist um sieben zum Treffpunkt gekommen, hat ein bisschen gewartet und ist dann weggegangen. Er hätte genug Zeit gehabt, auf den Berg zu steigen und dort als Teufel zu erscheinen. Als du dann entkommen bist, ja, da hätte er genug Zeit gehabt, vor uns hinunterzugehen und vor uns am Yachthafen zu sein. Es ist schon komisch, dass er dich gebeten hat, dich da mit ihm zu treffen. Wenn er wirklich in der Nacht, in der Nate gestorben ist, Lawrence gesehen hat, warum sollte er dir das erzählen wollen? Was hat das mit dir zu tun? Der Polizei hätte er es erzählen sollen.« Dann fügte er zu allem Überfluss auch noch hinzu: »Ich wünschte, du hättest mich gefragt, ehe du dich zu einem solchen Treffen mit ihm aufgemacht hast.«

»Oder die Polizei«, meinte Sergeant Peterson.

Ich setzte mich auf meiner Kiste aufrecht hin. »Ich bin es gewohnt, meine Entscheidungen selbst zu treffen«, sagte ich. »Reidar war zu meinem Schutz am Treffpunkt. Man erwartet doch nicht, dass man mitten in Scalloway gekidnappt wird. Besonders«, fügte ich bedeutungsvoll hinzu, »wenn der Ort nur so vor Polizeiautos wimmelt.«

Darüber musste Gavin laut loslachen und sah plötzlich viel jünger aus. Er lächelte mich mit warmen Augen an, war wieder mein Segelgefährte vom Törn nach Aith, mein Jury-Kollege und Mittänzer im Grand Old Duke of York. Wir waren wieder Freunde. Den Glücksschwall, der mein Herz erfüllte, wollte ich lieber nicht analysieren, jedenfalls nicht jetzt gleich. »Aber wenn er die Wahrheit gesagt und Lawrence tatsächlich in der Nacht gesehen hat, als Nate gestorben ist …«

»Lawrence war auf der Halloween Party«, wandte Gavin ein.

Meine Erinnerung kam zurück. Ja, er war auf der Halloween Party gewesen, hatte das Pelzkostüm mit genau den Krallen getragen, die jene tiefen Kratzspuren an Annettes Hals hinterlassen hatten, die ich gesehen hatte.

»Aber um halb zehn waren er und Rachel schon wieder in Scalloway«, fuhr Gavin fort. »Nate wurde gegen elf überfallen.« Er stand auf, nahm Sergeant Petersons Henkeltasse und spülte seine und ihre mit dem letzten heißen Wasser aus dem Kessel aus. Ich beobachtete, wie sie seine Vertrautheit mit dem Boot und den Sitten an Bord registrierte, wie er nach dem Geschirrhandtuch griff, ohne hinzuschauen, und die abgetrockneten Henkeltassen an ihren Platz über dem Herd stellte. In Gedanken sank ich kurz wieder auf das Niveau einer Dreijährigen zurück und streckte im Geist meiner Gegenspielerin die Zunge heraus. Und als Lohn für meine trotzige Haltung sagte Gavin: »Ich wollte in die Messe um viertel nach eins gehen. Kann ich dich mitnehmen?«

Ich schaute ihn ausdruckslos an.

»Allerheiligen«, sagte er.

Natürlich, das war ja ein gebotener Feiertag. Ich hatte es vollkommen vergessen. Ich sollte also um viertel nach eins oder halb acht abends in Lerwick zur Messe gehen. »Ja, bitte. Ich treffe dich am alten Museum.«

»Um eins?«

»Das wäre prima.« Ich schaute auf die kleine Uhr der *Chalida*, die ich mit Klettband so befestigt hatte, dass ich sie von der Koje aus sehen konnte. Es war schon halb zehn. »Du liebe Güte, ich bin spät dran.« Ich packte meine Jacke. »Komm schon, Kater, wir haben noch einen Garten zu roden.«

Draußen war alles strahlend hell: das blaue Wasser, die bunten Häuser, der rotbraune Stein von Scalloway Castle. Die großen Windräder auf dem Berg blitzten weiß im Licht, wenn die Sonne die sich langsam drehenden Rotorblätter traf. Am Boden war jeder Grashalm wie eine dünne reifüberzogene Klinge, jedes welke Blatt war mit fedrigem Weiß gesäumt. In Kates Garten hatte ein Silberschimmer die frisch umgegrabene Erde überzogen. Kate wartete an der Türschwelle auf mich, eine Henkeltasse mit Tee in den Händen, die Schubkarre schon neben sich gestellt. Die Grabegabel und der Spaten lagen darin, dazu noch zwei Paar dicke Handschuhe.

»Guten Morgen, Cass. Kalt, was? Ich habe mir bereits Sorgen gemacht, ob es dir gut geht. Doch dann habe ich das Polizeiauto am Yachthafen gesehen.«

»Es waren noch ein paar Fragen zu beantworten«, sagte ich.

»Sie haben sie doch erwischt, nicht? Die Hexen? Gestern Abend auf dem Berg. Man kann die Flammen von hier aus nicht sehen, aber ich habe den Schimmer des Feuers am Himmel bemerkt, und dann sind ja all die Polizeiautos hier vorbei- und den Berg hinaufgefahren.« Mit ernstem Gesicht stellte sie ihre Tasse ab. »Sie haben sie doch erwischt? Dem Ganzen wird jetzt ein Ende gemacht?«

Das konnte ich ihr nicht beantworten. »Die Mädels haben

sie. Es waren die grau und schwarz angezogenen, die immer beim Laden rumhängen und rauchen und cool sein wollen.«

Kates Augen füllten sich mit Tränen. »Spielchen mit Hexenkunst machen … Ihre dummen Spielchen haben mein Kind umgebracht. Kann man sie dafür zur Verantwortung ziehen?«

»Vielleicht«, antwortete ich. »Wenn das, was sie gemacht haben, Annettes Tod verursacht hat.«

Kate richtete sich auf, bewegte sich langsam wie eine alte Frau. »Peter will aus Scalloway weg. Er hat einen Antrag auf Versetzung gestellt.« Langsam wanderten ihre Augen über den gerodeten Garten. »Aber das wird einige Zeit dauern. Vielleicht bekomme ich diesen Garten ja im Frühjahr noch in all seiner Schönheit zu sehen.«

»Willst du denn hier weg?«, fragte ich.

Sie schüttelte den Kopf, und Tränen rollten ihr über die Wangen. »Annettes Grab wird doch hier sein.«

Mein Herz verkrampfte sich vor Mitleid. Darauf konnte ich nichts erwidern. Ich war froh, als sie die Griffe der Schubkarre packte und sich auf den Weg zu dem breiten Beet machte.

Wir arbeiteten schweigend, gruben Gabel um Gabel die ineinander verschlungenen, bitter riechenden Wurzeln aus, klopften die Erde ab und warfen sie in die Schubkarre. Die Erde war kalt wie der Tod. Rings um uns fielen spröde braune Ahornblätter zu Boden.

Ich versuchte immer noch, das Ganze zu begreifen. Mein Gehirn kreiste um die Todesfälle hier in Scalloway. Alles hatte damit angefangen, dass Annette geträumt hatte, sie sei eine Hexe. Sie war zu Nate gegangen und hatte ihn um Hilfe gebeten, um einen Exorzismus, und er hatte geantwortet, er würde ihr helfen, wenn sie Peters Schlüssel nahm und die Asche der verbrannten Hexen für ihn aus dem Museum stahl. Am Mittwochabend hatte sie sich auf den Weg gemacht zu dieser Hexenaustreibung. Annette hatte gewartet, bis Peter mit den Hunden das Haus verließ, dann hatte sie aus dem Museum die Asche und die Schlüssel für die Burg geholt. Sie hatte sich mit Nate in der Burg getroffen – nein. Nein, Nate war nicht der Werwolf gewesen, dessen krallenbewehrte Pfoten an ihrem Hals Annette in solche Panik versetzt hatten, dass sie den Anfall bekommen hatte, der sie umbrachte. Jemand anders war der Werwolf gewesen, und dann war da ja noch der Teufel, den Kevins Uroma gesehen hatte und der Annette in den Innenhof geschleppt hatte.

Ich fing noch mal von vorn an. Nate war bei den Treffen des Hexenzirkels auf dem Berg der Teufel gewesen. Er war stark genug, um Annette tragen zu können; ich hatte gesehen, wie er im College die oberste Nebelkrähe in die Höhe gehoben hatte, und er hatte Annette in dem Theaterstück, das sie aufgeführt hatten, wohl auch davongetragen. Jemand anders hatte den Exorzismus durchgeführt, und der war hinter Annette aufgetaucht – nein, so stimmte das auch nicht, denn sie hatte die Krallenspuren vom Werwolf ja bereits am Hals. Die hatte er ihr früher beigebracht, als sie sich zunächst geweigert hatte, die Asche der Hexen zu besorgen. Da hatte er seine Hand mit dem Krallenhandschuh ausgestreckt, sie am Hals gepackt und zu ihr gesagt: »Du holst die Asche für mich, oder du wirst von dem Hexenspuk niemals befreit.« Das konnte ich direkt vor mir sehen. Es passte zu dem, was sie James erzählt hatte. Sie wollte es nicht tun, aber sie musste.

Moment! Wir wussten ja nicht mit Sicherheit, dass das Kostüm Nate gehörte. Rachel hatte gesagt, sie hätte es für Lawrence von Nate ausgeliehen; aber angenommen, es war immer schon Lawrences Verkleidung gewesen? Ich probierte diese Idee aus. Annette ging zu Rachel und bat sie um einen Exorzismus, und Rachel antwortete, sie würde das machen, falls sie ihr die Asche besorgte. Lawrence war auch dabei, und er hinterließ die tiefen Kratzspuren an Annettes Hals. Am Abend in der Burg, als sich Rachel über ihren Hexenkessel beugte, erschien plötzlich Lawrence von hinten und versetzte sie derart in Angst und

Schrecken, dass sie starb. Und dann … Nein, ich wollte nicht glauben, dass sie danach davongelaufen waren und der echte Teufel in einer Schwefelwolke erschienen war, die Höllenhunde auf den Fersen, und den Leichnam in die Spanish Closs getragen hatte, um die Mörder anzuklagen.

»Kate?«, fragte ich. Sie wandte sich zu mir um und wischte sich mit der Hand über die Stirn, hinterließ dort eine erdige Spur. »Kate, am letzten Tag von Annettes Leben, als ich gerade gehen wollte, hat Peter gesagt, er hätte herausgefunden, mit wem sich Annette eingelassen hat.«

Kate nickte. »Es war Nate. John Ratter, einer der Mitarbeiter der Bank, hatte gesehen, wie Annette in Nates Haus ging. Er wusste, welchen Ruf der Junge hatte, also hat er mit Peter geredet, damit der vielleicht versuchte, diese Freundschaft zu unterbinden.«

»Er hat gesehen, wie sie in Nates Haus ging, aber er hat sie nicht mit Nate zusammen gesehen?« Da war Rachel also immer noch nicht aus dem Schneider.

»Das ist doch jetzt egal«, murmelte Kate. Sie warf eine weitere Handvoll Wurzeln in die Schubkarre. »Er ist auch tot.«

Mir kam eine Zeile von Agatha Christie in den Kopf. *Mrs McGinty ist tot, warum ist sie gestorben?* Ich schaute mit leerem Blick zu Kate, die die Schubkarre nahm und durch den Garten fuhr. Warum war Nate gestorben?

Weil er den Mörder gesehen hatte. Er hatte nicht am Exorzismus teilgenommen. Er hatte am Fenster gestanden und alles beobachtet. Er war der Schatten gewesen, den ich gesehen hatte. Und er hatte gesehen, wie der Mörder Annettes Leiche vor seiner Tür ablud. Und dann … Dann war Nate mit seiner Krallenhand auf den Hof hinausgegangen und hatte frische Kratzer an ihrem Hals gemacht. Ich hörte, was er an Annettes Todestag zu mir gesagt hatte: … *wenn der Teufel in Scalloway ungehindert herumläuft.* Nate hatte die drei Nebelkrähen auf die Idee mit dem Hexenzauber gebracht, und daraus hatten sich die satanischen Rituale auf dem Gallow Hill entwickelt. Er hatte seinen Spaß daran gehabt, solche Gedanken zu verbreiten. War es Boshaftigkeit oder nur Freude am Unfugtreiben, jedenfalls war er aus dem Haus gegangen und hatte der toten Annette den Hals noch einmal zerkratzt. Als er mich kommen hörte, hatte er sich ins Haus zurückgeschlichen. Ich erinnerte mich genau an das Geräusch der sich schließenden Tür.

Das unwahrscheinliche Dreiergespann Nate, Rachel und Lawrence war also hinfällig – denn ich hatte die drei nie zusammen gesehen und glaubte daher nicht, dass sie Verschwörer waren. Da waren jetzt nur noch zwei, Lawrence und Rachel. Rachel, die Hexe, und Lawrence, der Teufel. Sie beide hatten den Exorzismus durchgeführt, und Annette war dabei gestorben. Dann hatte Lawrence die Leiche in die Spanish Closs getragen, um den Verdacht auf Nate zu lenken. Rachel war ins Haus gegangen, um zu beobachten, was nun geschehen würde. Lawrence hatte Peters Schlüssel zurückgebracht. Lawrence war auch der Teufel gewesen, der Nate zu einem abendlichen Spaziergang aus dem Haus gelockt hatte, der frustrierte Schriftsteller, der den ganzen Tag lang seinem netten, sicheren Job nachging, Hummer vermaß, der Kirchgänger, der so vehement gegen Halloween wetterte und sich viermal im Jahr in den Teufel verwandelte und so Macht über eine Gruppe dummer Mädchen bekam. Gavin hatte nur drei Mädchen erwischt, aber es waren vier gewesen, zwei bei jeder Gefangenen. In meinem neuen Szenario war die von mir befreite Gefangene Sarah aus der Kantine, die dafür bestraft wurde, dass sie die Hexen nicht ernst genommen hatte. Rachel war die vierte Hexe, hatte es genossen, dass man ihr schon immer unheimliche Kräfte zuschrieb, und sie war die Einzige, die wusste, wer der Teufel wirklich war. Die anderen Mädchen dachten, es wäre Nate, und Rachel hatte sie darin bestärkt, um Lawrences Geheimnis zu wahren. Sie hatten mich auf den Berg geschleppt, um Rache für Nates Tod zu nehmen, und

Rachel hatte dieses Wissen bewusst für sich behalten und auf den Schreck der anderen gewartet, als sie entdecken mussten, dass ihr Teufel noch am Leben war.

Gegen Mittag waren wir mit dem Beet fertig. Kate richtete sich auf und schaute auf die schwarze Erde, dann durch die gelichteten Sträucher zum Haus hinauf. »Arbeit getan. Das haben wir gut gemacht.« Sie lächelte mich an. »Eine letzte gemeinsame Tasse Tee, Cass, zur Feier des Tages.«

Meine Hände rochen nach den bitteren Wurzeln. Ich hatte sie zweimal geschrubbt, aber das erdig-würzige Aroma hing noch daran, als ich die Henkeltasse zum Mund führte, und machte, dass der Tee bitter schmeckte. Ich hatte gehofft, dass es noch mehr Arbeit für mich geben würde, zum Beispiel beim Stecken von Zwiebeln und Pflanzen von Stauden. Aber wenn Peter und Kate wegziehen wollten, hatte das wenig Sinn. Als ich mich verabschiedete, reichte mir Kate den üblichen Umschlag. »Es ist ein bisschen was extra drin.« Sie machte eine Bewegung, als wollte sie meine Hand ergreifen, doch dann beugte sie sich plötzlich unbeholfen vor und umarmte mich kurz. »Du warst mir diese Woche eine sehr große Hilfe.«

»Gern geschehen«, murmelte ich. Kate trat einen Schritt zurück, ihre Wangen waren gerötet.

»Vergiss nicht, du kannst jederzeit auf eine Tasse Tee vorbeikommen.«

Ich wusste, dass sie das nicht ernst meinte. Ich hatte sie in ihrem verletzlichsten Zustand gesehen, und daran wollte sie sicherlich nicht erinnert werden. Ich dankte ihr noch mal, tätschelte zum Abschied die Hunde, machte mich auf den Weg und schämte mich, dass ich erleichtert war, Kates Qual entkommen zu sein.

Ich hatte mich mit Gavin um ein Uhr verabredet. Ich ging zur *Chalida* zurück, um Kater dorthin zu begleiten und mich ein bisschen frisch zu machen. Anschließend lief ich die lange Uferstraße entlang. Ich hatte noch Lamm zum Abendessen, aber vielleicht konnte ich mich mit Anders und Reidar zusammentun. Bleib bei deinen eigenen Leuten, Cass. Ich würde ein paar Zwiebeln holen und ein Stew kochen. Im Laden war viel los, Mütter und Kinderwagen blockierten die Gänge mit den Fertiggerichten, ältere Leute beäugten die würzigen Würste in der Fleischtheke, und eine Gruppe von Grundschulkindern machte in Begleitung ihrer Lehrerin und mehrerer Assistentinnen eine Art Umfrage bei den Süßigkeiten. Ich hatte mich gerade durchgequetscht, um einen Liter Milch und eine Tüte Bannockbrot zu holen, als ich Rachel gegenüberstand. Sie lächelte und winkte mir mit einer Milchtüte zu. »Das ist die Milch, die ich eigentlich gestern Abend kaufen wollte.«

Ihre dunklen Augen waren klar, schauten mich geradewegs an. Sie trug wieder ihren Schulmädchenpullover, hatte den runden Blusenkragen adrett über das Strickbündchen gelegt. Ich versuchte, sie mir mit wirrem Haar und über einen Hexenkessel gebeugt vorzustellen. Ihre Haar- und Hautfarbe passte, ebenso die hohe knochige Nase, aber ihre Augen zerstörten das Bild. Es waren gute Augen, ehrliche Augen, und meine Theorie, dass Lawrence und sie gemeinsam Übeltaten begingen, löste sich in Luft auf.

»Wie geht's dir heute Morgen?«, fragte ich.

Sie verzog das Gesicht. »Mir tut alles weh.«

»Mir auch.« Ich schaute mich rasch um, um sicher zu sein, dass die Lehrassistentinnen tatsächlich damit beschäftigt waren, ihren Schülern zu helfen. »Meine Beine sind es zwar gewohnt, auf Windjammern durch die Takelage zu klettern, aber nicht, mitten in der Nacht an Bachläufen entlang bergauf zu wandern, noch dazu mit gebundenen Händen.«

»Es war schrecklich.« Sie schauderte. »Ich hatte solche Angst. Ich habe mich noch gar nicht richtig bei dir bedankt.«

»Doch, hast du.« Wir schlängelten uns gemeinsam zur Kasse durch. Kate war besonders großzügig gewesen, merkte ich, als ich den Packen 20-Pfund-Scheine in dem Umschlag sah, glatt und frisch aus dem Bankautomaten. Ich würde ihr eine kleine Dankeschön-Karte schreiben. Wir bezahlten und brachen auf in den hellen Tag.

»Wir hatten heute Morgen die Polizei zu Besuch«, erzählte ich. Sie nickte.

»Bei uns waren sie auch. Ich weiß nicht, was ich denen sagen, wie ich das erklären soll. Der Inspektor, der mit den netten grauen Augen, hat mich gefragt, warum die mich wohl geschnappt haben, warum die mir was antun wollten.« Sie unterbrach sich, ging zur Ufermauer. Wir standen auf dem verbreiterten Teil des Gehsteigs, wo das Denkmal für die Männer des Shetland Bus die geparkten Autoreihen in zwei teilte. Rachel lehnte sich an die taillenhohe Mauer und nahm einen tiefen Zug Meeresluft. Ich trat zu ihr. Der kräftige Duft des Seetangs hing in der Luft, denn die Flut hatte gerade eine frische Ernte angespült, und die Wellen zogen sich allmählich davon zurück. Zweihundert Meter von hier entfernt war Kater zu sehen, ein kleiner grauer Punkt auf dem Dach der *Chalida*. Reidar schrubbte die Glasfaserdecks seines Boots. Das Wisch-Wasch seines Besens war bis zu uns herüber zu hören. Eine Strähne von Rachels dunklem Haar löste sich aus ihrem Knoten und flatterte frei im Wind wie eine Schiffsflagge.

»Als ich klein war ...«, hob Rachel an. Sie schüttelte den Kopf und fing noch einmal an. »Hast du Geschwister?«

Den kleinen Patrick, der nicht lange genug gelebt hatte, um geboren zu werden. Ich wäre eine gute große Schwester geworden. Ich hätte ihn zum Rodeln mitgenommen, hätte ihm geholfen, Borkenboote den Bach hinunterschwimmen zu lassen. Ich hätte ihn vor den Rüpeln auf dem Spielplatz beschützt, mir von ihm vorlesen lassen und ihm beim Rechnen geholfen. »Nein, ich bin ein Einzelkind.« Auf einmal wurde mir klar, dass ich keine Eingeständnisse bekommen würde, wenn ich nicht auch bereit war, etwas von mir zu verraten. Die coole Cass, die außerhalb der Welt stand und beobachtete. Ich beugte mich vor, lehnte die Unterarme auf die Mauer, schaute auf die sandige Biegung der Bucht hinaus und stellte fest, dass ich jemandem davon erzählen wollte. »Aber ich habe einen Halbbruder oder eine Halbschwester. Drüben in Amerika. Das Kind kommt bald zur Welt, glaube ich. Mein Dad hatte eine Affäre, und ich wusste, dass die junge Frau schwanger war, aber sie haben sich zerstritten. Und das war wohl auch gut, sie war so alt wie ich. Und Dad und Maman, ich glaube, die kommen wieder gut miteinander aus. Dad weiß nichts von dem Baby. Aber ich möchte den Kontakt halten. Ich könnte eine richtig aufregende große Schwester sein, die einfach irgendwann in den Hafen einläuft, mit dem Kind das größte Eis der Welt essen geht, Geschichten von Walen erzählt und dann wieder verschwindet.«

»Man kann sich seine Brüder und Schwestern nicht aussuchen«, sagte Rachel. Ihre Mundwinkel verzogen sich nach unten. »Ich hab immer zu Nate aufgeblickt, schon als ich noch ganz klein war. Er war mein großer Bruder, und unsere Eltern waren mächtig stolz auf ihn. Er war schlau, gut in der Schule, also habe ich mich ganz schön anstrengen müssen, um mit ihm Schritt zu halten. Und dann, in einem Jahr – du bist doch in die Schule in Brae gegangen, nicht? Hattet ihr solche Belobigungsschreiben?«

Das Wort ließ Erinnerungen in mir hochsteigen. »O ja, blauer Karton, und darauf war alles aufgelistet, was man im vergangenen Jahr gut gemacht hatte.« Ich hatte immer Lob für Englisch, Mathe und Sport bekommen und natürlich für Französisch und Geographie.

Sie nickte. »Na ja, ich war da in der dritten Klasse, Nate in der fünften. Und da habe ich in einem Fach mehr als er ein Lob bekommen. Er war so was von wütend. Er ist nach Hause zurückgestürmt, und als ich dann auch heimkam und Mam beide Zeugnisse auf das Kaminsims stellte, da hat er abgewartet, bis sie wieder in die Küche zurückgegangen war, und hat mein Belobigungsschreiben zerrissen und in den Ofen geschmissen. Ich habe geheult und es Mam erzählt, und die hat mir nur gut zugeredet, um mich zu beruhigen, ihn aber nicht ausgeschimpft. Beim Abendessen hat Dad dann immer wieder gesagt, was für ein schlaues Mädchen ich wäre.« Sie holte tief Luft. »Und danach hat es angefangen.«

Sie machte eine lange Pause, schaute über die plätschernden Wellen ins Weite. Ich drängte sie nicht. »Ich wurde irgendwie unbeholfen. Gegenstände fielen zu Boden, kaum dass ich vorbeigegangen war. Ich zerdepperte Mams beste Vase, und sie war ganz schön wütend. Es war schon fast ein Witz in unserer Familie. Mam ließ mich nichts Wertvolles mehr in die Hand nehmen. Nate hielt gegen alle zu mir und sagte, es wäre nicht meine Schuld. Selbst in der Schule ist so was immer wieder passiert, denn ich hatte den Glauben an mich verloren und rechnete praktisch damit, dass mir alles Mögliche runterfallen würde, und das war dann auch so. Ich wurde deswegen ziemlich aufgezogen. Eines Tages war ich dann im Wohnzimmer und habe im Spiegel gesehen, wie Nate eine Tasse so hinstellte, dass ich sie mit dem Ellbogen erwischen musste, wenn ich mich wieder umdrehte.« Selbst jetzt, all die Jahre später, schwang noch Schmerz in ihrer Stimme mit. »Mein großer Bruder, den ich immer für so schlau gehalten hatte. Der steckte hinter alldem. Er hat dafür gesorgt, dass ich mir ungeschickt und dumm vorkam. Er hat mir diese eine Belobigung mehr nie verziehen, weißt du. Ich hatte die Stirn gehabt, schlauer zu sein als er.«

Sie richtete sich auf. »Na ja, da habe ich beschlossen, es allen zu zeigen. Ich habe mir in der Schule sehr viel Mühe gegeben, und je besser meine Noten waren, desto mehr wandte er sich gegen mich. Es passierten alle möglichen Unfälle, und immer gab man mir die Schuld dafür. Als ich in die Sekundarschule kam, das war damals die Scalloway School, habe ich beschlossen, dass ich von hier wegwollte. Und ich bin weggegangen –

erst aufs College, und dann hatte ich einen Job im Süden. Das waren sechs wunderbare Jahre. Ich hatte meine eigene Wohnung, und weißt du, nicht ein einziges Stück Porzellan ist zu Bruch gegangen, kein einziges in den ganzen sechs Jahren. Ich gewann langsam mein Selbstvertrauen zurück.« Ihre Stimme versank wieder in der Niederlage. »Dann wurde Mam krank, und ich musste nach Hause zurück, zurück hierher, wo ich hergekommen war. Nur dass es jetzt noch schlimmer wurde. Nun machte dieses Gerücht die Runde, ich wäre eine Hexe. Dahinter steckte Nate, da habe ich kaum Zweifel. Und dann – na ja, du hast es gesehen, neulich in der Kantine. Ich war nicht mal in der Nähe von diesem Glas. Ich hätte es von da, wo ich stand, nicht mal anschubsen können. Und du hast mitbekommen, wie er reagiert hat. Ich dachte, ich kann das alles nicht schon wieder ertragen. An dem Abend bin ich zu ihm gegangen – ich bin nicht hin, um nach Mam zu schauen, wie ich es dir erzählt habe, obwohl ich ihr geholfen habe, während ich da war. Ich hatte einen Wahnsinnsstreit mit Nate, habe ihm gesagt, wenn er je wieder so etwas tun würde, würde ich gehen und ihn mit Mam allein lassen. Dann solle er doch weiter sein Leben und sein Talent verschwenden. Ich würde ihn seinem Schicksal überlassen. Ich habe ihm das alles an den Kopf geworfen, und es hat mir so sehr wehgetan, denn er ist doch mein Bruder. Aber ich hatte wirklich alles versucht, um den Frieden zu wahren, und jetzt konnte ich nicht mehr.«

»Und deswegen haben sie dich auf den Berg geschleift«, sagte ich. »Mich haben sie sich gegriffen, weil sie glaubten, ich hätte ihn verhext, und dich, weil sie von dem Streit erfahren und vielleicht gedacht haben, du hättest ihn getötet – ihren Teufel getötet, den Anführer ihrer satanischen Zeremonien. Bloß dass er es dann doch nicht war, denn der Teufel war ja noch da.«

Rachel schaute rasch nach rechts und links, beugte dann ihren Kopf ganz nah zu mir. »Wer war das in dem Teufelskostüm? Wer war das?«

Ich schaute ihr geradewegs in die Augen. Rachel oder Lawrence. »Weißt du das nicht?«, fragte ich.

»Nein«, antwortete sie. Ihr Atem flatterte. Ihr Brustkorb hob und senkte sich, Panik trat in ihre Augen. »Nein! Ich weiß es nicht, wirklich nicht!« Sie wandte sich von mir ab und rannte beinahe die Straße entlang fort.

KAPITEL 20

Während des gesamten Wegs zu dem improvisierten Polizeihauptquartier im alten Museum musste ich über dieses Gespräch nachdenken. Wenn Rachel unschuldig war, wenn Nate ihr angehängt hatte, sie wäre eine Hexe – und ich tendierte dazu, ihr Glauben zu schenken –, stimmte mein ganzes Szenario von Annettes Tod hinten und vorn nicht. Da hatte ich plötzlich eine Eingebung. Ich brauchte Rachel dabei gar nicht. Wenn Nate der Hexer gewesen war, den Annette angesprochen hatte – und alles, was wir wussten, machte das sehr wahrscheinlich –, dann hatte der richtige Teufel wohl herausgefunden, dass jemand seinen Namen missbrauchte. Nate hielt mit Annette seinen Exorzismus ab, und als alle am wenigsten damit rechneten, tauchte der Teufel in seinem furchterregenden Kostüm auf. Nate rannte weg, und der Teufel legte ihm die Leiche vor die Tür und schob ihm so die Schuld in die Schuhe. Einfach, plausibel. Jetzt musste ich nur noch wissen, wer herausgefunden haben konnte, dass sich Nate als Teufel ausgab. Wem könnte Nate davon erzählt haben? Nicht den Nebelkrähen, seinen engsten Vertrauten; gewiss nicht Rachel. Und Annette? Ich wusste, wem sie es erzählt hatte: James Leask. James, dem Bauernsohn, der Schiffskapitän werden wollte. Jemandem, der in seinem Leben keine Macht hatte … Ich dachte gerade über die Folgerungen aus dieser Annahme nach, als Gavin aus dem Gebäude trat.

»Bist du so weit?« Er hielt mir die Beifahrertür auf, ging dann zu seiner Seite herüber. Er trug jetzt seinen scharlachroten Kilt, war für die Kirche angezogen. »Wie geht das Roden im Garten voran?«

»Fertig«, sagte ich. Ich streckte die Hände aus, die trotz eines dritten gründlichen Waschens an Bord der *Chalida* noch nicht ganz von aller Erde befreit waren. »Ich hatte gehofft, es würde noch ein bisschen mehr Arbeit für mich geben, aber Peter hat um seine Versetzung gebeten, also hat es keinen Sinn, jetzt viel zu pflanzen, wie Kate es geplant hatte. Jemand anders kommt in den Genuss des von uns vorbereiteten Bodens. Kate meint, die würden trotzdem noch in zehn Jahren mit dem Giersch zu kämpfen haben.«

»Scheußliches Zeug«, stimmte mir Gavin zu. Wir fuhren elegant um die Kurve, kamen oberhalb von Scalloway heraus und ließen den Ort hinter den Bergen zurück, als wir nach Norden abbogen. In einer Haltebucht stand ein Polizeiauto, und eine Reihe von schwarz gekleideten Gestalten war über den unteren Teil des Hangs ausgeschwärmt. Gavin gab keinen Kommentar dazu ab, also fragte ich nicht. »Meine Mutter hat sich den Giersch mit einer einzigen Pflanze, die sie mal irgendwo gekauft hat, in ihren Blumengarten geholt. Schließlich musste sie das ganze Beet ein Jahr lang mit einem alten Teppich abdecken.«

»Auf See gibt es kein Unkraut«, sagte ich fröhlich. »Na ja, außer dem Zeug, das am Rumpf des Schiffes wächst.« Weltumsegler mussten immer mehrere Male anhalten, um ihre Boote kielzuholen und den Rumpf abzukratzen, oder wenn sie nonstop segelten, mussten sie an einem ruhigen Tag rings um ihr Boot schwimmen und es schrubben.

»Wenn du deinen Kurs hier am College abgeschlossen hast, bist du wieder frei und kannst lossegeln.«

»Falls ich ihn abschließe«, erwiderte ich. Wenn wir so Seite an Seite saßen und er die Augen konzentriert auf die Straße richtete, war es irgendwie einfacher, wieder zu der Freundschaft zurückzukehren, die wir am Telefon entwickelt hatten. »Es macht mich wahnsinnig, immer im Klassenzimmer zu hocken. Ich werde das Gärtnern vermissen. Da war ich zumindest an der frischen Luft. Ich muss wohl lange Spaziergänge einplanen oder vielleicht anfangen, an den Klippen zu klettern.«

Er lächelte. »Du machst den Kurs zu Ende.«

»Ja«, stimmte ich ihm zu, »aber mögen muss ich das nicht.«

»Ich habe da was für dich.« Seine Stimme klang gepresst. »Es ist einer der Gegenstände, die wir auf dem Berg gefunden haben. Er liegt im Handschuhfach.«

Ich öffnete das Fach und fand ein kleines Päckchen, eingeschlagen in ein Taschentuch. Es war so groß wie meine Hand und ziemlich schwer. Ich wickelte das Tuch ab und entdeckte ein kleines Püppchen. Es war aus Ton, grob gemacht, Blue Jeans und ein marineblauer Pullover waren daraufgemalt. Die Haare des Püppchens waren schwarz, sogar mit ein paar echten Haaren, und auf einer Wange hatte jemand mit dem Fingernagel eine Rille gezogen. Eine dicke Nähnadel ragte aus der Stirn. Ich hielt das Püppchen in den Händen, und mir wurde übel.

»Es tut mir leid, dass du das sehen musst«, sagte Gavin, »aber ich dachte, du solltest entscheiden, wie wir das Ding entsorgen. Wir brauchen es nicht als Beweismittel. Heutzutage wird kein Gericht mehr jemanden wegen Hexerei verurteilen.«

Ich schaute auf die Nadel, die da aus dem Schädel ragte, und erinnerte mich an die stechenden Kopfschmerzen, unter denen ich in den letzten paar Tagen gelitten hatte. Mein gesunder Menschenverstand sagte mir, dass dieses gemeine Püppchen mir nicht schaden konnte, und doch verstand ich, warum Gavin es nicht einfach nur wegwerfen wollte. Ich wickelte das Taschentuch wieder darum und steckte das scheußliche Ding in die Tasche.

Gavin parkte gleich bei der Kirche, und wir gingen schweigend hinein. Es waren schon ziemlich viele Leute drinnen. Gavin bedeutete mir mit einer Handbewegung, ich solle vorgehen, und ich ließ mich in eine der mittleren Bankreihen gleiten. Die Sonne malte durch das Fenster grüne und weiße Rauten auf unsere Schultern, so dass wir in einem Rechteck aus Licht nebeneinanderknieten. Gavin brachte seine stille Konzentration auch hierher mit, hatte die gefalteten Hände auf die Holzbank gelegt, den roten Haarschopf darübergebeugt. Ich schaute weg und konzentrierte mich auf meine eigenen Gebete, aber die Worte wollten mir nicht einfallen. Zu schwer wog das Figürchen in meiner Tasche. Schließlich betete ich nur leise das Vaterunser und nahm dann das Püppchen hervor. Ich zog vorsichtig die Nadel aus seinem Kopf und wickelte das Püppchen wieder ein.

Pfarrer Michail rauschte in seinem besten scharlachroten Messgewand herein. Wir murmelten die Eingangsworte und das Gloria miteinander, dann trat eine Pause ein. Der Plan für die Leute, die die Lesungen übernahmen, deckte nur die Sonntage ab. Gavin schaute sich um und trat vor. Ich holte tief Luft und folgte ihm. Wir halfen nur bei der Lesung aus, aber trotzdem kam es mir wie eine öffentliche Verkündigung vor, als wir nun gemeinsam durch den Mittelgang schritten und uns vor dem Altar verneigten, ehe wir ans Lesepult traten. Gavin winkte mich vor, und so bekam ich einen Abschnitt aus der Offenbarung und einen Psalm zu lesen: von der großen Schar, angetan mit weißen Gewändern, und den Psalm, der mit den Worten »Die Erde ist des Herrn« anfängt. »Wer wird stehen an seiner heiligen Stätte?«, hörte ich mich laut lesen, und dann die Antwort: »… der nicht Lust hat zu loser Lehre und schwöret nicht fälschlich.« Die Nebelkrähen und die vierte Frau, die zusammen oben auf dem Gallow Hill den Teufel angebetet hatten.

Gavin las eine Passage aus einem Johannesbrief, dass wir alle Gottes Kinder sind. »Die Sünde ist die Gesetzlosigkeit«, las seine knorrige Stimme, und ich fragte mich, ob das auch seine Sichtweise als Polizist war. Es war eine Sünde, das Gesetz zu brechen. Nein, bei Johannes war es genau andersherum: die Sünde, die war die Gesetzlosigkeit. »Kinder, niemand verführe euch!« Auch zu biblischen Zeiten hatte es Scharlatane und Betrüger gegeben, Menschen, die Götzen anbeteten.

Im Evangelium ging es um die Seligpreisungen. »Selig sind, die Frieden stiften; selig sind, die da hungert und dürstet nach der Gerechtigkeit; selig sind die Barmherzigen …«

Als die Zeit gekommen war, zur Kommunion nach vorn zu gehen, trat Gavin zurück und winkte mich vor. Ich versuchte zu vergessen, dass er hinter mir stand, mich nur auf den gesegneten Leib Christi zu konzentrieren, den ich nun empfangen sollte. Vor mir stand eine kleine Gruppe von Kindern mit ihrer Mutter. Das erste war alt genug, um die Kommunion entgegenzunehmen, die anderen wurden nur gesegnet. Die Mutter hatte alle Hände voll zu tun, sie hin und her zu schieben, so dass nur ich bemerkte, dass dem kleinen Jungen, der zuerst vorgetreten war, seine Hostie auf den Boden fiel. Sein Hals und seine Ohren wurden flammend rot. Er beugte sich schnell herunter, um sie aufzuheben und in den Mund zu stecken, drehte sich dann um, um sicher zu sein, dass seine Mutter das nicht gesehen hatte. Unsere Augen trafen sich. Ich schaute weg, erhaschte aber vorher noch einen Blick auf das Schuldbewusstsein und die Scham, die ihm im Gesicht standen. Ich wollte zu ihm sagen: »Das ist in Ordnung, das war nur ein Unfall«, aber er huschte bereits in seine Bank zurück, ohne mich noch einmal anzuschauen.

Ich hatte jetzt keine Zeit, darüber nachzudenken, wo oder wann ich so einen schuldbewussten Blick schon einmal gesehen hatte, dieses Bewusstsein, im Unrecht zu sein: Du hast mich erwischt.

Nach dem Ende der Messe gab ich Pfarrer Michail das in ein Taschentuch eingewickelte Püppchen. »Es ist eine Hexenfigur. Vielleicht … vielleicht fällt Ihnen etwas ein, wie man sie zerstören kann, damit sie kein weiteres Unheil anrichtet.«

»Cass«, sagte er kopfschüttelnd. »Ich hab ja schon allerlei Geschichten aus Scalloway gehört, aber dass du, die pragmatische Seglerin, solchen Unsinn glaubst!« Er wickelte das Figürchen aus und ließ es auf den Betonboden fallen. Der schwarze

Kopf bekam einen Riss und hing schräg am Körper. »Springst du zuerst drauf, oder soll ich anfangen?«

Ich merkte, wie sein gesunder Menschenverstand die Atmosphäre völlig wegblies, die sich wie ein dunkler Nebel um mich gelegt hatte. »Ich zuerst«, antwortete ich und landete mittendrauf. Ich hatte leichte Turnschuhe an, also tat ich mir mehr weh als dem Püppchen, aber die Erleichterung war ungeheuerlich. Pfarrer Michails schwarze Schuhe stampften es dann in tausend Stücke. Hinter mir lachte Gavin.

»Da«, sagte Pfarrer Michail. »Und schöne Grüße an deine liebe Mutter.«

»Ich würde deine Mutter gern kennenlernen«, sagte Gavin, als wir zum Auto gingen und die Lehmstückchen dem Wind überließen, der sie wegwehte, und dem Regen, der sie auflösen würde. »Im Sommer habe ich mir eine von ihren CDs gekauft.«

Ich hatte vergessen, dass er sie bei dem Mord auf dem Wikingerschiff nicht verhört hatte. Ein anderer Polizist war mit seinen blank geputzten Schuhen durch das heikle Wiedersehen zwischen ihr und Dad getrampelt, als sie in Frankreich alles stehen und liegen gelassen hatte, um uns zu helfen. Ich versuchte, mir vorzustellen, wie sie miteinander auskommen würden, Gavin, der robuste Landmann, und Maman mit ihrer Callas-Eleganz. »Ich glaube, ihr würdet euch mögen«, sagte ich schließlich. »Du bist wie meine französische Familie. Die sind sehr stolz darauf, dass sie Bauern, Landleute sind. Sie sind fest mit der Erde verwurzelt. Maman auch, obwohl sie ganz anders aussieht. Wann immer ich eine gute Dosis französische Vernunft brauche, rufe ich bei ihr an.«

»Und sie hat eine herrliche Stimme.«

»Als ich klein war«, gestand ich ihm, »habe ich gedacht, dass die Engel so wie Maman singen müssten.«

Ich setzte mich neben ihn ins Auto, und wir fuhren los. »Direkt zurück nach Scalloway«, sagte Gavin. »Ich habe ja immer noch einen Mord aufzuklären.«

Ich beobachtete, wie die Häuser von Lerwick an uns vorüberglitten, die grauen Fischerhäuser mit den Schuppen für die Netze dahinter. »Die Stelle, die du vorhin vorgelesen hast«, sagte ich. »Sünde ist Gesetzlosigkeit. Es ist doch sicher andersherum richtig?«

Seine grauen Augen strahlten. »Das habe ich auch gedacht, als ich es zum ersten Mal gelesen habe – das muss vor ungefähr neun Jahren gewesen sein. Ich hatte gerade sieben Jahre Dienst hinter mir.«

»Genau wie Jakob.«

»Bei der Polizei. Dann begriff ich, dass es so richtig herum ist. Erinnerst du dich noch an die sieben Todsünden aus dem Katechismus?«

Ich hätte sie nicht mehr aufzählen können, wären nicht in der Marienkirche in Bergen rings um die Kanzel ihre Gegenspielerinnen, die sieben Tugenden, geschnitzt gewesen. In dieser Kirche gab es auch Orgelkonzerte, und ich habe mir in mancher Mittagspause dort wunderbare Musik angehört und darüber nachgedacht, welche Tugenden abgebildet waren: Mäßigung, Mildtätigkeit, Geduld, Wohlwollen, Fleiß mit der Spindel. »Völlerei, Habgier, Zorn, Neid, Trägheit.«

Gavin nickte, während ich noch versuchte, mich an die letzten zwei zu erinnern. »Nehmen wir zunächst die Völlerei. Man weiß nicht, wann man mit dem Trinken aufhören sollte. Das hat neunzig Prozent unserer Einsätze am Wochenende zur Folge. Im weiteren Sinn geht es darum, die eigenen Begierden auf Kosten anderer zu befriedigen, das umfasst dann noch den Rest unserer Polizeiarbeit. Habgier bedeutet, dass man nicht mit anderen teilen, alles für sich haben will. Es gibt Bände voller Gesetze gegen Diebstahl, von den Finanzleuten, die noch eine weitere Million wollen, bis hin zum kleinen Dieb, der ein neueres iPad will. Der Zorn beschert uns Prügeleien in Kneipen und häusliche Gewalt. Was war deine nächste Todsünde? Trägheit? Die schafft alle möglichen Probleme, wenn jemand erwartet, dass ein anderer oder der Staat für ihn sorgt, anstatt dass er sich selbst kümmert. Da hätten wir zum Beispiel Sozialhilfebetrug.«

So hatte ich das noch gar nicht gesehen. Ich stellte mir die Welt vor, Gavins Welt, in der gegen die Folgen gekämpft wurde, die sich aus dem sündhaften Leben der Menschen ergaben. Er schaute zu mir. »Und die letzten beiden?«

Ich ging noch einmal die durch, die ich genannt hatte. »Hoffnungslosigkeit?«

Sein Mund verzog sich zu einem Lächeln. »Das fällt unter Trägheit. Damit hast du bestimmt kein Problem.« Seine Augen überschatteten sich. »Wie viele Kriminelle ich verhaftet habe, denen einfach alles egal war. Die sind mit dem Mindesteinkommen in einem zerbrochenen Zuhause aufgewachsen.« Seine Stimme wurde wütend. »Die erwarten nichts mehr vom Leben, warum sollten sie sich also an die Gesetze halten?«

Ich hatte solche Menschen auch auf einem Windjammer erlebt, beim Tall Ships Youth Trust, der Seereisen zur Rehabilitation von jungen Straffälligen veranstaltete. »Schickt die auf einen Windjammer«, sagte ich. »Oh, einige lassen sich nicht drauf ein, aber vielen hilft das. Sie haben eine Aufgabe, die ihnen Spaß macht, der Sinn der Regeln an Bord ist offenkundig, und sie müssen Selbstdisziplin entwickeln. Und ihre Energie können sie dabei verausgaben, auf den Mast zu klettern.« Wir hatten damals gehofft, dass von unserer Mannschaft von dreißig Jugendlichen zwanzig danach im Leben gut vorankommen würden. Ich stellte mir jetzt die letzten beiden Tugenden vor. Die Keuschheit mit dem verschleierten Gesicht und die Bescheidenheit. »Wollust und Hochmut.«

»Wollust ist einfach. All die Gesetze gegen Vergewaltigung und Kindesmissbrauch. Und die letzte.« Sein Profil schien vor den grünen Bergen, die vorbeisausten, beinahe fern. »Hochmut. Diese Sünde hat sogar Engel zu Fall gebracht. Der Glaube, dass man wichtiger ist als alle anderen. Die Sünde der Mörder.«

Plötzlich erinnerte ich mich wieder an den Gesichtsausdruck des Jungen, dem die Hostie heruntergefallen war. »Das war Annettes Gesichtsausdruck«, platzte ich heraus. »Es war Schuldbewusstsein. ›Ihr habt mich erwischt.‹« Gavin wandte mir ruckartig den Kopf zu, schaute dann rasch wieder nach vorn. »Du weißt, wer es ist«, sagte ich.

»Ich warte noch auf Beweise«, antwortete er, nun wieder ganz Polizist. »Wenn man einmal sicher ist, wer es war, lassen die sich allerdings finden.«

Wenn er mir nichts sagen durfte, würde ich ihn nicht zwingen, mir etwas zu verraten. Ich saß da und dachte nach, während wir am Golfplatz vorbeifuhren, zwischen den Bergen hindurch und dann um die Kurve, nach der sich Scalloway unter uns ausbreitete, bis wir endlich auf dem Parkplatz ankamen, auf dem man Nate überfallen hatte. Gavin kam zu meiner Seite herüber, um mir die Tür zu öffnen.

»Danke«, sagte er. Weil ich nicht weiter gefragt hatte, meinte er wohl. Ich legte eine Hand auf den rauen Tweed seines Arms.

»Du rufst mich an, wenn du kannst? Um mir zu sagen …«

Er nickte, und ich ließ die Hand sinken. Ich war jetzt nicht mehr Teil dieser Morduntersuchung.

Aber ich wollte wissen, was die Lösung des Falls war. Es war noch nicht ganz halb drei. Anstatt zum College zu gehen (Sicherheit auf See, Teil II), spazierte ich zwischen den bunten Häusern die New Street hinauf und blieb kurz vor der Gasse stehen, die zum Museum und zur Burg führte. Das war auch die Gasse, durch die man zur Spanish Closs gelangt, wo ich Annette gefunden hatte. Hier hatte ich gestanden, als ich jemanden schreien hörte. Ich hatte vermutet, es wäre ein Betrunkener im chinesischen Imbiss, aber die Polizei hatte niemanden ausfindig gemacht, der um diese Zeit dort war.

Ich bog in die Gasse ein und ging langsam weiter. Diesen Weg musste der Mörder genommen haben, mit Annette auf der Schulter, eine bucklige, unförmige Gestalt mit Hörnern auf dem Kopf und einem hin und her peitschenden Schwanz. Ich wandte mich von dem rot gestrichenen Holz des Museums ab und ging bergauf zur Burg. Die schwere, mit schwarzen Nägeln beschlagene Tür stand offen. Ich stieg die neu betonierten Stufen der breiten Treppe hinauf und kam in den großen Saal.

Ich stand mitten im Raum, drehte mich langsam, schaute mich um. Der große Saal war ein Rechteck von etwa dreißig mal zehn Meter, auf der einen Seite lag die Haupttreppe, und am anderen Ende befand sich eine kleine Wendeltreppe, die wohl einmal ins Schlafzimmer des Lairds geführt hatte. Oben an der Haupttreppe lagen zwei kleine Zimmer, ein weiteres gegenüber. Ein Plakat an der hinteren Mauer zeigte ein Bild vom großen Saal, wie er früher einmal ausgesehen hat, holzgetäfelt und ausgemalt, mit bunten Wandteppichen und einem lodernden Feuer im breiten Kamin. Hier hatte wohl Black Patie auf seinem geschnitzten Stuhl gesessen und das Urteil über die elenden Frauen verhängt, die eine johlende Menge vor ihn gezerrt hatte.

Jetzt waren von dem Saal nur noch ein paar Wände ohne Dach übrig. Der rötlich braune Stein war von treibenden Schneeflocken verschleiert. Zwei Fensterreihen waren zu sehen, eine für dieses Geschoss und eine für das fehlende Geschoss darüber, ohne Fensterläden oder Vorhänge. Die Steinplatten lagen hart unter meinen Füßen, an den Stellen, wo sie ausgetreten waren, glänzten Wasserlachen. Ich ging zur Wendeltreppe, die mit einem Gitter versperrt war. Im Kamin erblickte ich die schwarzen Überreste eines Feuers: Asche, vom Wasser dunkelbraun, und Reste von verkohltem Torf. Hatte sich Nate hier über ein Feuer gebeugt, während Annette auf Befreiung von ihren Dämonen hoffte?

Ich hatte die Burg für mich allein. Ich ging zu einem der Fenster, schaute über Scalloway und dachte nach. Die pragmatische Cass. Vergiss diesen Sumpf aus Hexenwerk und Teufeln und denke darüber nach, wie Annette gestorben sein könnte. Annette hatte Nate um Hilfe gebeten, und im Gegenzug hatte er von ihr die Asche der Hexen verlangt. Sie hatte den Schlüssel ihres Vater stibitzt, während der die Hunde ausführte, und war ins Museum unterhalb der Burg gegangen, um die Asche zu stehlen. Das Döschen mit der Asche und die Asche an ihren Händen bewiesen das. Dann waren Nate und sie hierher in die Burg gekommen, um den Exorzismus vorzunehmen. Ich runzelte die Stirn. Peters Spaziergang mit den Hunden, den Berg hinauf, durch die Felder und am Schwimmbad vorbei nach Scalloway zurück, dauerte etwa eine Stunde. Das schien mir nicht besonders viel Zeit für eine Hexenaustreibung zu sein. Annette wusste bestimmt genau, wie lange ihr Vater immer mit den Hunden unterwegs war. Vielleicht hatte sie sich darauf verlassen, dass Peter seinen Schlüssel erst am folgenden Morgen wieder benötigen würde.

Doch das war wohl jetzt nicht so wichtig. Der Dämon hatte sich gezeigt, und Annette war zusammengebrochen. Ich hatte gehört, wie ein Mann schrie – entweder Nate oder der Dämon. Ich schaute zweifelnd auf die dicken Mauern, die Fenster mit den Rautenscheiben. Hätte ich wirklich einen Schrei, der aus dem Inneren der Burg kam, von so weit weg hören können?

Annette war zusammengebrochen, und Nate war abgehauen. Der Dämon hatte Annette aufgehoben und war ihm gefolgt. Ich schaute auf den Pfad, der sich um die Burg schlängelte und zum Museum führte. Das stand gegenüber von dem Haus, in dem Kevins Uroma wohnte. So konnte sich der Dämon ein wenig länger von der Straße fernhalten und kam erst unmittelbar gegenüber der New Smiddy Closs heraus. Aber dieser Weg schien mir viel weiter zu sein. Und er trug ja das tote Mädchen. Und doch hatte er diesen Weg gewählt, denn Kevins Uroma hatte gesehen, wie er die Straße überquerte. Das war die dritte unwahrscheinliche Sache, und obwohl man ja nie sagen konnte, wie Leute reagieren, passte das alles nicht zusammen.

Denk noch mal nach, Cass. Wenn Nate nicht der Teufel war, der schon einen Termin für den Vorabend von Allerheiligen in seinem Kalender stehen hatte, warum hatte er diesen überaus wichtigen Exorzismus dann ausgerechnet letzten Mittwoch durchgeführt? Halloween war doch die große Nacht, die Nacht für allen möglichen Hokuspokus, die perfekte Nacht dafür, längst tote Hexen wieder heraufzubeschwören. Und in dem Fall …

Mein Herz stockte einen Augenblick. Auf einmal ergab alles einen Sinn. Annette hatte am Mittwoch lediglich die Asche gestohlen. Während Peter die Hunde ausführte, hatte sie dazu reichlich Zeit. Sie hatte Nate vorher angerufen, um es ihm zu sagen, und er hatte darauf gewartet, dass sie ihm die Asche brachte, in Vorbereitung auf den großen Exorzismus am Montagabend. Sie war ins Museum gegangen, hatte die Asche genommen, war wieder herausgekommen – und erwischt worden, erwischt, als sie das Museum abschloss, wo sie so spät am Abend ja nichts verloren hatte. Die Person war hinter ihr aufgetaucht, hatte wütend geschrien und ihr die Hände auf die Schultern gelegt. Der Wind hatte den Schall bis zu mir getragen. Annette war wie ein Stein zu Boden gesackt, und die Person, die sie erwischt hatte, stand da vor dem Museum, zu ihren Füßen ein totes Mädchen. Sie wusste, was Annette getan hatte und für wen. Die Person steckte die Schlüssel in die Tasche, um sie bei nächster Gelegenheit an ihren Platz zurückzumogeln. Ich erinnerte mich an Peters überraschten Gesichtsausdruck, als er sie in seiner alten Jacke fand, die er nur bei den Spaziergängen mit den Hunden trug, niemals beim Autofahren oder auf dem Weg zum Museum. Dann hatte die Person, die Annette erwischt hatte, sie sich auf den Rücken geladen und vor Nates Tür getragen. Nate war herausgekommen und hatte Annettes Taschen nach dem durchsucht, was ihn mit der Sache in Verbindung bringen würde – nach der Asche der Hexen. Aus Boshaftigkeit oder Mutwillen hatte er ihr die Krallenkratzer versetzt und war dann wieder durch die Haustür geschlüpft, als sich mein Schatten auf der Gasse näherte und den Hof erreichte. Und dann, als die Polizei verlauten ließ, dass Annette eines natürlichen Todes gestorben war, hatte die Person, die Annette umgebracht hatte, das Gesetz in die eigenen Hände genommen. Nate war moralisch für Annettes Tod verantwortlich. Er musste sterben.

Nun war ich am bitteren Ende der Geschichte angelangt. Jetzt musste ich das Gesicht sehen. Das Gesicht der Person, die wusste, was Annette tat und für wen sie es tat; die Person, die Annette so sehr liebte, dass sie für sie töten würde. Ich schaute aus dem Fenster und sah diese Person, genau wie Kevins Uroma sie beschrieben hatte, mit Worten, die ich für Produkte einer übereifrigen Fantasie gehalten hatte: *»Groß war er«,* hatte sie gesagt, *»und schwarz wie die Innenseite eines Kamins, mit Hörnern und einem Schwanz und einem grässlichen Buckel, und um ihn war eine Wolke des Bösen, und die Höllenhunde folgten ihm auf den Fersen.«* Jetzt endlich wusste ich, wen sie gesehen hatte.

Er kam mit großen Schritten den Weg zur Burg hinauf, ein glatter Kopf zwischen den beiden spitzen Hörnern seiner Ohrklappenmütze, und der Schwanz, das war die Hundeleine, die ihm um die Beine schwang. Er schaute auf und sah mich da oben am Fenster. Er schien einen unendlich langen Augenblick da zu stehen und zu mir hinaufzustarren. An seinem Gesicht konnte ich ablesen, dass er die Erkenntnis auf meiner Miene gesehen hatte. Dann lief er wieder los, beschleunigte seine Schritte und kam auf das Burgtor zu. Er würde die Tür vor mir erreichen, und ich war allein in der Burg und konnte mich nirgendwo verstecken.

Ich hatte zwei Möglichkeiten: mich unten zu verbergen und zu hoffen, dass er zuerst nach oben gehen würde, oder mich oben zu verstecken und wegzurennen, während er unten nach mir suchte. Ich begann, auf die Treppe zuzugehen, und blieb dann wie angewurzelt stehen. Unter mir wurde vorsichtig die

Tür aufgedrückt. Leise Schritte waren aus dem Vorraum zu vernehmen, wo man früher die Hexen festgehalten hatte. Ich hörte, wie jemand meinen Namen die Treppe hinaufhauchte: »Cass! Wo bist du?«

Auf keinen Fall würde ich hier bleiben und mich wie eine Ratte in der Falle fangen lassen. Der Widerhall des »ss« in meinem Namen war noch nicht verklungen, da hatte ich mich schon vorsichtig rückwärts von der Haupttreppe zum entfernten Ende des Saals bewegt, wo die kleine Wendeltreppe nach oben führte. Sie war mit einem Gitter versperrt, aber die Steine zu beiden Seiten waren verwittert genug, um reichlich Halt für meine Zehen zu bieten. Ich setzte einen Fuß so hoch, wie ich konnte, und warf mich mit Schwung nach oben, hing wie eine Eidechse an der Steinmauer. Unmittelbar über meinem Kopf befand sich ein Türbogen zum Treppenhaus, ein Ausgang aus dem längst verschwundenen Geschoss mit den Schlafzimmern. Ich schaffte es, die Unterarme über die Türschwelle zu bekommen, und wuchtete mich auf den ebenen Fußboden.

Nach vielen Jahren des Mastkletterns war ich schwindelfrei. Ich schaute auf die Steinplatten des großen Saals fast zehn Meter unter mir, drückte mich flach hinter den Türbogen, um zu lauschen. Jetzt kam mein Verfolger die Haupttreppe hinauf; ich hörte das Tappen von Füßen auf Stein, das Echo von Atemzügen. Ich duckte mich auf die Wendeltreppe und begann nach oben zu steigen. Die Treppe war solide gebaut, aber an der nächsten Biegung fehlten ein paar Stufen, und ich musste mich mühselig hocharbeiten, indem ich die Handfläche meiner Linken fest an die kalte, raue Mauer presste, den letzten Stein der mittleren Spindel mit der Rechten umklammerte und die Zehen auf den Überrest der Stufe setzte. Meine Hände würden später schmerzen; die scharfen Steinkanten krallten sich mir in die Haut. *Krallen …*

Ich erreichte das Ende der Wendeltreppe, hielt inne und schaute nach oben. Die letzte Stufe war ein flacher Abschlussstein neben einer Öffnung, die früher wohl die Tür zu einem Speichergeschoss gewesen war. Der Anfang des umgedrehten V des Giebels lag nur etwa einen Meter über der letzten Treppenstufe. Ich konnte auf den Giebel hinaustreten, vier Stockwerke über dem Boden, zwanzig Meter hoch, weniger als die Höhe der zweiten Plattform am Mast der *Sørlandet.* Von hier aus konnte ich die doppelwandige Konstruktion des Giebels erkennen, die mit Schutt und Erde aufgefüllt war. Ich würde über die Spitze des Giebels steigen und mich auf der anderen Seite zwischen die beiden Mauern quetschen. Wenn dieser Teufel entschlossen genug war, mich bis dorthin zu verfolgen, dann wäre er in einer angreifbaren Position. Ich würde sicher daliegen, bereit, ihn bei den Fußgelenken zu packen, wenn er mir zu nahe kam.

»Cass! Cass!« Das Flüstern war nun unmittelbar unter mir. Ich konnte mich noch nicht bewegen. Ich schickte ein Stoßgebet empor, das Mauerwerk über meinem Kopf möge solide und die Steine und die Erde zwischen den beiden Mauern mögen fest gepackt sein.

Schritte näherten sich durch den Saal. Ich konnte abgerissene Atemzüge hören und lauschte auf meine eigenen, sog die Luft so ruhig wie möglich durch die Nase ein und stieß sie leise aus. Die Schritte kamen an der Wendeltreppe zum Stillstand; das hatte ich gewusst. Mein Verfolger machte einen Schritt zurück, um nach oben zu schauen. Da war die Stimme wieder, nun ungeduldig: »Cass, bist du da oben? Komm runter.«

Ganz gewiss würde ich nicht in ein leeres Gebäude hinunterklettern, wo dicke Mauern uns von der freundlichen Außenwelt trennten. Unter mir hörte ich die Person einen Fuß gegen die Wand stemmen, dann auf demselben Weg wie ich nach oben kommen, mit Schwung und Festklammern an der Kalksteinmauer. Jetzt!

Ich packte beide Seiten des Giebels. Die Steinblöcke fühlten sich recht massiv an. Ich schob mich mit den Beinen nach oben und kletterte auf den Giebel. Vom Sims zwischen den beiden

Mauern war ein Scharren und Rascheln zu hören, und dann flogen drei Stare zwischen den Steinen auf; ihre Flügel klatschten wie ein ungesichertes Segel. Instinktiv warf ich die Arme vor die Augen und schreckte zurück. Vögel, die einem ums Gesicht flogen, das war eines der vielen Dinge, die ich am Landleben überhaupt nicht mochte. Außerdem hatten die nun der Person unter mir verraten, dass ich hier oben war. Ich musste mich in Sicherheit bringen, und zwar schnell.

Jetzt brauchte ich nicht mehr darauf zu achten, dass ich keinen Krach machte. Die verblendeten Stufengiebel unter meiner linken Hand fühlten sich nicht so sicher an wie die Innenseite des Giebels. Ich verlagerte mein Gewicht etwas mehr zur Saalseite hin und ging dann auf alle viere, während meine scharlachrote Jacke (hoffte ich) wie ein Alarmsignal leuchtete, und kraxelte rasch hinauf zu der abgeflachten Spitze. Die Steine waren eisglatt, das Gras im Burghof glitzerte silbern.

Ich hörte, wie die Schritte schneller treppauf kamen, dann innehielten. Mein Verfolger hatte nun die abgebrochenen Stufen erreicht. Die Stimme erschallte erneut: »Cass, mach keine Dummheiten!«

Oben auf dem Giebel angekommen, ließ ich mich in den Zwischenraum zwischen den Mauern hinunter. Zu meiner Erleichterung klatschten keine weiteren Flügel. Die Füllung aus Steinen und Erde bewegte sich, als ich einen Fuß darauf setzte, aber vier Jahrhunderte Wind und Wetter hatten sie verdichtet, und sie gab nicht weiter nach. Ich kauerte mich in den sicheren Raum zwischen den Mauern und wartete, die Arme auf die Steinblöcke rechts und links gelegt, den Kopf hoch erhoben. Die Aussicht war spektakulär: der dunkle Steinkreis, der das Althing, das Wikingerparlament, bezeichnete, war im Schnee deutlich zu erkennen, darüber das graue Pfarrhaus. Die Berge zu meiner Rechten hatten die Farbe dunkler Schokolade, waren mit Schnee bestäubt wie ein Weihnachtsbaumstamm mit Puderzucker.

Links von mir hatte man das Terrain am Berg wieder urbar gemacht und Weidegras gesät, kurzes grünes Gras, auf dem der Schnee wie ein glatter Zuckerguss lag. Die fünf Windräder ragten stolz über ihrem Königreich auf.

Wieder rief die Stimme: »Cass!« Dann waren plötzlich von unten laute Geräusche zu hören: Ein Auto hielt an, das Tor wurde aufgerissen, Leute rannten. Als ich über die Schulter schaute, schwärmte unter mir ein Trupp Polizisten aus wie die Stare. Ehe ich mich bemerkbar machen konnte, waren drei schon auf dem Weg die Treppe hinauf, das Trampeln ihrer Schuhe hallte im breiten Treppenhaus wider, während zwei zum Giebelende direkt unter mir kamen und die Tür unbewacht ließen.

Mein Verfolger hatte das auch gehört. Füße rutschten und jagten die Wendeltreppe hinunter, ein Rasseln der Gittertür, dann rannte er schon quer durch den großen Saal und verschwand aus meinem Gesichtsfeld. Er hatte es gerade noch bis in den Vorraum geschafft, ehe die Polizisten auf der Treppe erschienen, und dann, als sie in den Saal stürmten, bemerkte ich, wie er sich hinter ihnen hinaus auf die Treppe stahl.

Der erste Polizist blieb auf halbem Weg durch den Saal stehen, legte den Kopf in den Nacken und rief freundlich und voller Vernunft zu mir hoch: »Also Junge, das ist aber gar nicht sicher da oben. Wie wär's, wenn du wieder runterkommst?«

Ich erkannte sein Gesicht. Ich hatte ihn nach dem Mord auf meinem Wikingerschiff, der *Stormfugl*, gesehen, als sich eine Woche lang der größte Teil der Polizeitruppe von Shetland bei uns rumgetrieben hatte. Er war der Mann, der mich nicht an Bord meines eigenen Schiffs lassen wollte. Ich lächelte nett zu ihm hinunter. »Die Aussicht von hier oben ist fantastisch. Kommen Sie und sehen Sie sich das an.«

Er schaute verdutzt. »Miss?« Dann erkannte er mich. »Ms Lynch, nicht?« Jetzt schaltete seine Stimme von freundlicher Ermutigung auf Skepsis um. »Was machen Sie denn da oben?«

Ich sah über meine andere Schulter auf vier schwarz gekleidete Gestalten, die von allen Seiten auf eine Person in Marineblau zuliefen, scharf gezeichnete Umrisse auf dem Gras vier Stockwerke unter mir. Gavin hatte die Hilfstruppen hergebracht.

»Oh, ich wollte nur die Ereignisse da unten gut im Blick behalten«, erklärte ich dem Beamten. Inzwischen waren es unten sechs Gestalten, denn Gavin hatte sich zu ihnen gesellt. Sein scharlachroter Kilt zeichnete sich klar vor dem grünen Gras ab. Ich schaute zu, wie Gavin die übliche Rechtsbelehrung vornahm, und dann führten er und seine Leute Peter Otway ab.

KAPITEL 21

Es dämmerte schon, als ich vom College nach Hause ging, und die ersten eisblauen Sterne strahlten bereits über der dunklen Silhouette des Scord*. Ich blieb kurz am Eingang zum Yachthafen stehen, schaute dahin, wo drei Rechtecke orangefarbenen Lichts aus Kates Küche schimmerten. Ich hatte nicht erwartet, sie so bald wieder zu besuchen, aber jetzt war alles anders. Wenn sie nach Annettes Tod allein gewesen war, so war sie es jetzt noch mehr. Ich wendete mich vom Hafentor ab und ging auf die erleuchteten Fenster zu. Ich war keine große Hilfe, aber besser als gar niemand. Wenn sie mich nicht sehen wollte, würde ich wieder gehen. Meine Schritte verlangsamten sich, als ich mich dem Gartentor näherte. Ich wäre umgekehrt, wären nicht die Hunde zu meiner Begrüßung angerannt gekommen und hätten mich zum Haus begleitet.

Kate saß am Küchentisch, die Hand um eine Henkeltasse geschmiegt. Ich setzte mich leise auf die andere Seite, saß da und wartete. Die Ölflamme im Rayburn zischte, und Dan trommelte mit dem Schwanz an die Seite seines Korbs.

»Ich wusste es«, sagte sie endlich. Sie hob den Kopf, und ich sah, dass sie jetzt wieder mehr sie selbst war, als sie es seit Annettes Tod gewesen war. Die Sorgenfalten, die graue Haut, all das war weg. Sie war nicht mehr zwischen Ahnungen und Loyalität hin- und hergerissen, jetzt da endlich die Wahrheit ans Licht gekommen war. *Die Wahrheit erlöst dich …* »O nein, nicht dass er Annette getötet hat! So etwas hätte ich nie im Leben von ihm gedacht. Nein, ich wusste von dem Hexenzirkel. Ich glaube, das hat den Nervenkitzel für ihn noch erhöht, dass

* Scord of Bouster, steinzeitliche Siedlung.

er wusste, dass ich es wusste. Er hat es mir nicht selbst gesagt, aber er hat mich an den Abenden, wenn er da hinging, angeschaut und gesagt: »Ich mache noch einen langen Spaziergang. Die Hunde lasse ich zu Hause.« Dann wusste ich, dass er sich mit *denen* getroffen hat. Mit diesen Teenagern, diesen Mädels, denen diese blödsinnigen Zeremonien einen Riesenspaß machten. Und Peter, der in dem idiotischen Kostüm rumstolzierte.«

Sie seufzte und drehte die Henkeltasse in den Händen. »Ich kann dir genau sagen, wann es angefangen hat. Es war während der Finanzkrise, als Banker plötzlich nicht mehr ›jemand‹ waren in der Stadt, Leute, die man in Ausschüsse einlud, von denen man sich Garantien für Anleihen geben ließ und all das. Auf einmal betrachteten alle sie als die Leute, die das Land in den Ruin getrieben hatten. Das war für ihn unerträglich. Er war gern wichtig. Damals in Gloucestershire hatte meine Familie sozusagen zur Oberschicht auf dem Land gehört, da war er nur der Schwiegersohn der Dunetons.« Sie machte sich mit ihrem Akzent über sich selbst lustig. »Du weißt schon, eine Familie mit einem netten kleinen Landsitz gleich bei Cirencester, entfernte Verwandte der Spencers. Hier in Shetland hatte er seinen eigenen Status: Mr Otway, der Geschäftsführer der größten Bank in Shetland. Und dann kam der Crash, und er hatte diesen Status verloren. Oh, er war immer noch in der Freimaurerloge und bei den Rotariern, aber die Leute haben ihn nicht mehr mit Respekt behandelt, sie haben ihm vorgehalten, was die Banken dem Land angetan hatten.«

Sie nahm ihre Henkeltasse, trank einen Schluck kalten Tee, verzog das Gesicht und stellte sie wieder hin. »Es geschah alles genau zur verkehrten Zeit. Annette war gerade nicht mehr Daddys Prinzessin, sondern hatte sich zu einem rebellischen Teenager entwickelt, und wenn die Schule aus war, wollte sie ihr eigenes Leben führen. Und ich, na ja, ich war immer schon die ältere Frau gewesen, und das hatte ihm eigentlich gefallen.

Ihm gefiel, dass ich im Haus das Zepter führte. Jetzt konnte er es auf einmal nicht mehr ertragen. Er duldete keinen Widerspruch von mir, egal in welcher Frage. Er wollte, dass ich ihm den Respekt entgegenbrachte, den er anderswo nicht mehr genoss, und ich habe das einfach nicht geschafft. Seine Welt zerfiel in tausend Stücke, und unsere Ehe gleich mit.

Dann ist er eines Abends auf den Hexenzirkel gestoßen. Er war mit den Hunden am Berg spazieren und hat ihr Feuer bemerkt. Er ist hingegangen und hat sich das angeschaut und mir davon erzählt, als er nach Hause kam: ›Alberne Mädels, die Hexe spielen!‹ Plötzlich hat er nicht mehr weitergeredet, und ich habe gesehen, wie er über etwas nachgedacht hat. Nicht lange danach war er in London, und wenig später ist hier dieses Paket mit dem Absender eines Kostümschneiders geliefert worden.« Es schauderte sie. »Als es ankam, zeigte er diebische Freude, war aber auch nervös und hatte so einen schrecklichen Blick, der sagte: Ich weiß, ich sollte das nicht tun, mach's aber trotzdem. Ich habe ihn gefragt, was in dem Paket war, aber er hat es mir nicht verraten.« Sie errötete. »Also habe ich natürlich nachgeschaut, als er das nächste Mal aus dem Haus war. Das lag durchaus in seiner Absicht. Beim nächsten Vollmond ist er losgezogen, und als er nach Hause kam, habe ich es an ihm gerochen, den Rauch, das Adrenalin und den Sex. Ich habe es ihm auf den Kopf zugesagt, dass er den Teufel gespielt hat, und er hat nur gelacht und gesagt, das wäre eine tolle Geschichte für den Scheidungsrichter, wenn ich mein Zuhause und mein Atelier und mein Einkommen verlieren wollte. Wie wollte ich mich denn über Wasser halten, fragte er noch hämisch, als Frau mittleren Alters ohne Ausbildung, wenn selbst junge Leute mit Universitätsreife wie zum Beispiel Annette keinen Job bekamen? Und ich habe an dieses Haus und den Garten gedacht, den ich gerade wieder zu neuem Leben erwecken wollte, und an mein Atelier, und ich wollte das, verdammt noch mal, nicht einfach alles so mir nichts, dir nichts wegwerfen. Ich beschloss zu bleiben. Auch daran hatte er wieder seine diebische Freude, dass wir den Leuten das liebende Ehepaar vorspielten.«

»Und dann setzte sich Annette die Idee in den Kopf, sie wäre die Reinkarnation einer Hexe«, sagte ich.

Sie schob den Henkelbecher von sich, bedeckte mit einer Hand die Augen. »Wenn sie nur mit mir darüber geredet hätte. Ich hätte es ihr erklären sollen, aber ich wollte Peter nicht verraten. Als sie klein war, weißt du, da hatten wir diesen alten Spaniel, Hector. Er mochte sie nicht besonders, betrachtete sie als Eindringling, aber sie liebte ihn, sie versuchte immer wieder, ihn hochzunehmen und zu streicheln. Und dann hatte er eine Entzündung an einer Pfote, und Peter hatte Angst, der Hund würde sie beißen. Also hat er ihr gesagt, sie solle sich von Hector fernhalten, aber sie wollte einfach nicht hören, und eines Tages hat Peter die Geduld verloren und sie an den Schultern und am Hals gepackt und geschüttelt. Sie wäre beinahe in Ohnmacht gefallen. Ich war so wütend. Ich sagte ihm, wenn er je wieder so etwas machte, wenn er sie je wieder so anpackte, würde ich ihn verlassen und Annette mitnehmen, und er würde sie nie wiedersehen. Damals hat es angefangen, dass Annette Angst bekam, wenn sie etwas um den Hals hatte. Sie wachte manchmal nachts auf und sagte, sie wäre fast erstickt. Ich denke, als wir dann hierherkamen und sie in der Schule die Hexen durchgenommen haben, da hat sie in Gedanken eine Parallele gezogen, und so hat die Idee mit der Reinkarnation bei ihr angefangen.« Sie hielt inne, schauderte.

»Ich kann dir das nächste Stück erzählen«, sagte ich. Ich sprach bewusst leise, als versuchte ich, ein Kind in den Schlaf zu lullen. »Sie hat mit Nate in dem Theaterstück über Halloween gespielt und ihm von dieser Idee mit der Reinkarnation erzählt. Ihm ging es wie deinem Mann: Auch er hatte seinen Status verloren. Als er klein war, war er der Goldjunge seiner Eltern gewesen, aber nun war nichts aus ihm geworden. Er hatte jede Menge großartige, ehrgeizige Ideen, aber nicht das Durchhaltevermögen, etwas daraus zu machen. Er sah, dass andere da Erfolg hatten, wo er versagte. Als Kind hatte er sich groß gefühlt, weil er seine schlaue kleine Schwester piesackte, aber schließlich musste er ausgerechnet ihr dankbar sein, weil sie ihm einen Job verschafft hatte, bei dem er kellnern und hinter einem launischen Chefkoch herrennen musste. Teenager, Mädels, die da herumlungerten und ihn nach okkulten Sachen fragten, waren losgezogen und feierten ihre eigenen Orgien, ohne ihn. Sie wussten nicht, dass Peter ihr Teufel war; sie glaubten, es wäre Nate. Sie redeten nicht mehr mit ihm über okkulte Dinge, weil sie sich den Spaß nicht verderben wollten, indem sie zugaben, dass sie ihn als Teufel erkannt hatten. Das mit Annette war seine Chance, auch wieder seinen Spaß zu haben.

Aber den Hexen hat das nicht gefallen. Sie dachten, Annette wollte ihnen ihren Teufel wegnehmen. Also fingen sie an, sie zu drangsalieren, sagten ihr, sie hätten ihren Hund verhext, damit er krank würde und stürbe, falls sie Nate nicht in Ruhe ließ; und Nate redete ihr ein, er wäre der Einzige, der ihr helfen könne.

Nate hat Annette gesagt, sie würden sich im Scalloway Castle treffen, wo man die Hexen verurteilt hatte, und dort den Geist der Hexe heraufbeschwören, die sie in ihrem früheren Leben gewesen war. Aber er wollte eine Handhabe gegen sie haben. Deswegen verlangte er von ihr, die Asche der Hexen aus dem Museum zu stehlen. Es war ein blödes kleines Zeichen, nichts Wertvolles, nur ein Symbol. Sie würde dazu Peters Schlüssel stibitzen müssen, dabei seinen Ruf aufs Spiel setzen. Peter hatte für Nate nur ein hämisches Grinsen übrig gehabt und sich lautstark gegen das Halloween-Stück ausgesprochen. Das war Nates Rache.«

»Die Schlüssel waren an Peters Schlüsselbund«, sagte Kate. »Das habe ich mir überlegt. Am Tag konnte Annette nicht an sie ran, denn da trug er die Schlüssel stets bei sich, also musste sie sie stehlen, wenn er mit den Hunden draußen war.«

Und da war alles schiefgegangen. Dan war krank gewesen, also konnte Peter am Dienstagabend nicht mit den Hunden spazieren gehen. Am Mittwoch war er wie immer mit ihnen rausgegangen, und Annette hatte die Gelegenheit genutzt. Sie hatte Nate angerufen und ihm versprochen, sie würde ihm an diesem Abend die Asche bringen … Nur dass Dan immer noch ein bisschen wacklig auf den Beinen war und Peter mit den Hunden nicht die große Runde drehte, sondern nur durch die Stadt ging, hinter dem Fraser Park vorbei, um den Kreisverkehr und dann bergab in Richtung Burg. Er war am Museum angekommen, die Hunde hinter ihm her, gerade rechtzeitig, um zu sehen, wie Annette aus der Tür trat und mit seinen Schlüsseln hinter sich abschloss. Er hatte sie bei der Schulter gepackt, genauso wie damals, als sie klein war, und sie hatte einen Schock erlitten und war gestorben. Ich wollte lieber nicht dran denken, wie er sich da gefühlt haben muss, wollte auch nicht mit Kate darüber reden, die mit bleichem Gesicht und Geister sehenden Augen vor mir saß.

»Sie hatte die Schlüssel in der Hand, und er steckte sie einfach in seine Tasche. Da hat er sie später gefunden – an dem Tag, als ich bei euch vorbeikam und er gerade aus dem Haus wollte.« Ich erinnerte mich an seine überraschte Miene. Einen Augenblick lang hatte er vergessen, wie die Schlüssel dorthin gekommen waren. Er hatte jedoch nicht gewusst, was Annette im Museum gemacht hatte. Er traute Nate nicht. Ich glaube, er hatte Angst, dass sie etwas im Museum gestohlen hatte – Geld, meine ich. Er hat ihre Tasche durchsucht und 100 Pfund in ihrer Börse gefunden. Das war das Geld, mit dem sie die Hexen beschwichtigen wollte, aber das wusste er ja nicht. Also nahm er es an sich und ging, sobald er konnte, ins Museum, um nachzuschauen, ob etwas in der Kasse oder beim Wechselgeld oder beim Geld, das noch bei der Bank eingezahlt werden sollte, fehlte.

Er hat so getan, als brauchte er etwas, um nach Annettes Tod auf andere Gedanken zu kommen, und das Personal war wohl zu mitfühlend, um dazu etwas anzumerken. Er überprüfte die Kasse und das Wechselgeld, aber da stimmte alles. Es war einfach Geld gewesen, das Annette abgehoben hatte.«

»Er hat es in unser Glas für das Kleingeld gesteckt«, sagte Kate. »Ich dachte einfach, es wäre nützlich für kleine Beträge, und habe dich damit bezahlt. Das habe ich auch der Polizei erzählt.« Sie runzelte die Stirn. »Du hast doch deswegen keine Schwierigkeiten bekommen? Die Polizei hat nicht etwa geglaubt, du hättest Annette das Geld gestohlen, oder?«

Ich schüttelte den Kopf. »Die wussten gar nicht, dass ich es habe.« Sie würden es nun wahrscheinlich als Beweismittel haben wollen, dachte ich mit Bedauern. »Hast du schon gegessen?«, fragte ich Kate.

»Ich habe keinen Hunger.«

Ich stand auf und suchte im Schrank nach Tomatensuppe, Trostessen, kippte etwas davon in eine Schale und erhitzte es in der Mikrowelle. Da war auch noch ein Päckchen Cheddar-Kekse. Das alles stellte ich ihr hin, nahm einen Suppenlöffel, gab ihr den in die Hand und setzte mich wieder an meinen Platz. Sie aß ohne großes Interesse ein halbes Dutzend Löffel Suppe, dann meldete sich der Hunger, und sie machte die Schale leer. Die warme Würzigkeit brachte wieder ein wenig Farbe auf ihre Wangen. Sie legte den Löffel in die Schale zurück und holte tief Luft. »Jetzt, da ich weiß, dass er es war, kann ich mir vorstellen, wie es geschehen ist. Das Museum war das Letzte, was ihm noch geblieben war, sein letztes bisschen Prestige. Es hatte ihm so viel Spaß gemacht, den Lenkungsausschuss anzuführen, bei der Eröffnung Königin Sonja von Norwegen die Hand zu schütteln – so war es früher immer gewesen. Dann sah er Annette da. Und da ist einfach die Wut über ihn gekommen wie ein roter Schleier, und er hat das getan, was er damals auch getan hatte, als sie noch klein war: Er ist hingegangen und hat sie geschüttelt.« Ich erinnerte mich an Annettes Gesichtsausdruck. Schuldig, wie jemand, der erwischt worden ist. »Er hatte nicht vor, sie zu töten, aber sie war trotzdem tot, und nichts konnte sie wieder zum Leben erwecken. Er war außer sich vor Schmerz und Wut, und an allem war Nate schuld. Also beschloss er, sie vor Nates Haus zu tragen und da liegen zu lassen, wo sie mit der Hand auf den Schuldigen zeigen konnte. Er hat keinen Gedanken darauf verschwendet, wie sehr mich das alles treffen würde …« Ein Zucken ging über ihr Gesicht. Sie kämpfte einen Moment mit den Tränen, fuhr dann mit stetiger Stimme fort: »Die Polizei würde Nate bestrafen, meinte Peter. Er hob sich Annette auf die Schulter, wie er es bei der Feuerwehr gelernt hatte, und trug sie den kurzen Weg vom Museum zur Spanish Closs.«

»Dabei hat ihn Kevins Uroma gesehen«, sagte ich. »Wir hätten ihr besser zuhören sollen.« Der Teufel, *mit Hörnern und einem Schwanz und einem grässlichen Buckel, und um ihn war eine Wolke des Bösen, und die Höllenhunde folgten ihm auf den Fersen.* Ich hatte ihn selbst so erblickt, mit den Ohrenklappen an der Mütze, die wie zwei Hörner aussahen, und der Hundeleine, die ihm wie ein Schwanz um die Beine peitschte, und Dan und Candy immer hinter ihm her. Ein Mann, der seine Hunde spazieren führt.

Doch Nate hatte ihn gesehen. Er hatte gewusst, dass Annette versuchen würde, die Asche zu stehlen – sie hatte bei ihm angerufen, ehe sie das Haus verließ –, und er wartete schon auf sie. Er sah, wie Peter sie im Hof ablegte. Er wusste nicht, ob sie es ins Museum geschafft hatte, aber wenn ja, hatte er Angst, dass die Hexenasche auf seine Spur führen würde. Also rannte er auf den Hof und durchsuchte ihre Taschen, und da war es, ein kleines Döschen mit Asche. Nun hörte er jemanden auf der Gasse näher kommen und ging gerade rechtzeitig wieder ins Haus, um hinter dem Vorhang im Schatten zu lauern und zuzuschauen, wie ich die Leiche fand.

Kate stand auf, um ihre Schale zum Spülbecken zu bringen. Jetzt, da sie das Schlimmste ausgesprochen hatte, konnte sie sich wieder bewegen. »Nate. Der arme Nate. Diese Anrufe, die Leute, die behauptet haben, unser Computer störe den Zentralcomputer von Microsoft. Das war immer Nate, hat die Polizei gesagt, der Kontakt zu Peter aufnehmen wollte. Das hat mir dein Polizist erklärt. Erpressung. Peter ist zu Nate nach Hause gegangen, und Nate ist mit ihm mitgekommen, und – oh, natürlich haben sie es nicht so formuliert, nur gesagt, sie ›hätten Grund zu der Annahme‹, dass er vielleicht in den Mord verwickelt gewesen sein könnte.« Sie wandte sich von mir ab. Ihre Stimme schien aus weiter, weiter Ferne zu kommen. »Sobald ich von Nates Tod erfahren habe, wusste ich Bescheid. Ich wollte es nicht glauben, aber tief drinnen …« Die Schale rutschte ihr klirrend in die Spüle. Sie nahm sie wieder in die Hand, spülte sie aus und trocknete sie ab, rieb mit dem Geschirrtuch immer wieder in einem Kreis, als wäre es das Wichtigste auf der Welt. Sie hatte die Schale gerade in den Schrank gestellt, als es an der Vordertür klingelte. Kates Kopf fuhr herum. In ihren Augen stand Angst. »Die *Shetland Times* hat schon angerufen.«

»Ich mach auf«, sagte ich und ging durch den holzgetäfelten Flur, wo Peters Jacke immer noch gleich neben der Tür mit den Glasscheiben hing, so dass er nur die Hand ausstrecken und sie vom Haken nehmen musste. Schon jetzt wirkte sie wie ein Relikt aus einer anderen Zeit. Der Umriss, den ich durch die Tür sehen konnte, war der einer Frau. Sie streckte mir die Hand hin, als ich öffnete.

»Mrs Otway?«

Ich schüttelte den Kopf. »Eine Nachbarin.« Mit ihrem Kostüm und der Aktentasche sah sie eher wie eine Rechtsanwältin als wie eine Journalistin aus. »Und Sie sind?«

Sie hatte eine Visitenkarte zur Hand. *Kerr and Newby*, las ich, *Anwälte.* »Ich bin Peters Rechtsanwältin.«

Ich trat zurück und winkte sie ins Haus. »Kate ist in der Küche, die Tür rechts.« Ich führte sie hin. »Kate … wenn du möchtest, komme ich später noch mal vorbei.« Wir könnten etwas zusammen trinken, kurz vor dem Schlafengehen. Wenn je eine Frau einen Schlummertrunk gebraucht hat, dann war das heute Abend Kate, wenn ich auch nicht erwartete, dass er ihr das Einschlafen erleichtern würde.

Sie nickte, und ich nickte zurück und überließ die beiden ihrem Gespräch.

Der Himmel war von Sternen überstrahlt. Die Luft, die mein Gesicht traf, war knackig kalt, klar wie Brunnenwasser bei jedem Atemzug. Das Polizeiauto stand vor dem Yachthafen, also war ich nicht überrascht, Gavin unten in Reidars warmer Kajüte sitzen zu sehen, eine Tasse Trinkschokolade vor sich. Anders hatte sich in die gegenüberliegende Ecke gekuschelt, hatte Ratte auf der Schulter und Kater auf dem Schoß. Es lagen verschiedene tödlich spitze Angelhaken auf dem Tisch, jeder mit einer Fliege in Juwelenfarben versehen, als hätten Gavin und Reidar Lieblingsköder verglichen. Der himmlische Duft eines Stews lag in der Luft. Da erinnerte ich mich, dass ich das Mittagessen ausgelassen hatte.

»Da bist du ja«, sagte Reidar. Er schenkte die letzte Portion Schokolade aus einem kleinen Stieltopf in eine Henkeltasse, fügte Schlagsahne hinzu und stellte die Tasse genau mitten auf den Tisch. Plötzlich begriff ich, wie schwierig die einfache Handlung des Hinsetzens sein konnte. Die Sitzbank um den Tisch war U-förmig, Gavin saß auf der einen, Anders auf der anderen Seite. Reidar stand still mitten im Durchgang und gab nicht zu erkennen, wo er gesessen hatte. Gavin saß näher, aber neben Anders war ein bisschen mehr Platz, und auf dieser Seite war auch Kater. Ich konnte mich also neben jedem der beiden niederlassen, und immer würde es einer als Bekenntnis zu ihm und der andere als Ablehnung interpretieren. Ich sehnte mich nach der neutralen Treppe und Motorabdeckung auf der *Chalida* … Da rutschte Gavin so selbstverständlich in den mittleren Teil, als hätte er mein kleines Zögern gar nicht bemerkt, und überließ mir damit die ganze Seite, auf der er gesessen hatte. »Setz dich.«

Ich stellte meine Henkeltasse vor mich und nahm Platz. Gavins Kissen war warm. »Ich bin auf dem Heimweg noch bei Kate vorbeigegangen. Gerade ist Peters Anwältin bei ihr, aber ich habe gesagt, ich käme noch mal zurück.«

Reidar deutete auf den Ofen. »Ich habe ein Stew in Arbeit. Vielleicht nimmst du ihr was davon mit.«

Sie waren offensichtlich alle bestens informiert. »Ich bin in den Laden gegangen«, erklärte Anders, »und die Leute in der Schlange hatten jede Menge Neuigkeiten weiterzutratschen. Sie haben dich auf dem Dach der Burg oben gesehen und beobachtet, wie Peter abgeführt wurde.«

Ich schaute zu Gavin. »Du wusstest es, nicht?«

Er nickte. »Beinahe von Anfang an. Wenn man von dem ganzen Hexenzeug absieht, dann musste man erst mal die Familie des Opfers unter die Lupe nehmen, also war er gleich unter den Verdächtigen, und er war ja auch am richtigen Ort. Die alte Dame hat Hunde erwähnt, und da war er, ging mit den Hunden spazieren. Als wir herausgefunden hatten, dass Annettes Tod ein Unfall gewesen sein musste, war ich mir sicher, und die Verbindung mit der Asche aus dem Museum hat die Sache dann entschieden. Er hatte sie erwischt, wie sie herauskam, seinen Schlüssel benutzte, und da hat er sie gepackt, mit tragischen Folgen. Wir hätten es dabei belassen können, wenn Nate nicht gewesen wäre.«

*Least said, shunest mended**, lautet ein altes Sprichwort in Shetland. *Reden ist Silber, Schweigen ist Gold.* Er hatte es mir natürlich nicht sagen dürfen. Das verstand ich. Ich war zu nah an allem dran gewesen, weil ich jeden Tag mit Kate im Garten arbeitete. Ich wäre nicht in der Lage gewesen, normal mit Peter umzugehen, und das hätte mich in Gefahr gebracht.

* (engl.) Je weniger geredet wird, desto schneller heilen die Wunden.

»Bekommt ihr die Beweise, die ihr braucht?«

»Für das mit Annette nicht. Er hatte Handschuhe an, also gab es keine Fingerabdrücke und jetzt auch keinen Augenzeugen mehr. Aber wir haben eine einfache Kette von mutmaßlichen Ereignissen, die plausibel zusammenhängen, also sollten die Geschworenen das durchaus in Erwägung ziehen.« Er warf mir einen entschuldigenden Blick zu. »Hast du viel von den 100 Pfund ausgegeben, mit denen Kate dich bezahlt hat?«

Ich schüttelte den Kopf und fischte in meiner Tasche danach. »Beweismittel?«

»Belastungsmaterial.« Mein Umschlag verschwand in seinem Sporran. »Komm morgen vorbei, dann gibt dir Sergeant Peterson eine Quittung dafür. Die Bank arbeitet daran, die Nummern der Scheine nachzuverfolgen, und man kann auch Fingerabdrücke abnehmen. Das ist die engste Verbindung, die wir zu Annette haben.«

»Was ist mit Nate?«

»Wir haben Unterlagen über eine Reihe von Anrufen von Nates Mobiltelefon bei den Otways, die waren alle kurz und stimmen ungefähr mit den Zeiten überein, von denen Mrs Otway uns sagte, es hätten Leute angerufen, die sich als Microsoft-Mitarbeiter ausgaben. Nates Freunde aus der Theatergruppe bestätigen, dass er einen überzeugenden indischen Akzent hinbekommen konnte. Und dann gibt es zwei Anrufe zu einer Zeit, als sie draußen in ihrem Atelier und nur Otway im Haus war.«

Der Status, an dem Peter so viel gelegen hatte, war nun völlig futsch. Gavin benutzte nur noch seinen Nachnamen. »Otway hat zugegeben, dass er zwei anonyme Anrufe entgegengenommen hat, bei denen jemand sagte: ›Ich hab dich gesehen‹, behauptet aber, er wisse nicht, worum es da gegangen sei. Er hat bestimmt erkannt, dass es Nate war – wer sonst hätte es sein sollen? Also ist er ihn besuchen gegangen, als er das nächste

Mal mit den Hunden unterwegs war. Er wusste, dass Nates Mutter krank ist, er wusste, dass der Vater nicht zu Hause war. Wenn er spät genug hinging, würde Nate an die Tür kommen. Otway hat einen Waffenschein und ein Kaliber .22-Gewehr. Ich tippe mal, dass er dieses Gewehr bei sich hatte, es Nate in die Seite rammte und sagte, er würde ihn erschießen, wenn er nicht mitkäme.«

Ich hatte vergessen, dass Peter Kaninchen jagte. »Und Nate hat nicht gewagt, sich ihm zu widersetzen.«

»Otway ist mit ihm zum Container runtergegangen. Kugeln kann man identifizieren, das wusste Otway. Er hat ihm also mit irgendeinem improvisierten Sandsack auf den Kopf geschlagen, zum Beispiel mit einer Socke voller Sand. Wir haben in seiner Jackentasche Sandkörner gefunden – Otways Rechtsanwältin wird mehr Schwierigkeiten haben, die zu erklären, als den Sand in Nates Haaren, denn der könnte ja vom Strand stammen.« Gavins Mund verzog sich zu einem finsteren Lächeln. »Wir haben bei Ebbe auch eine Socke gefunden, ungefähr in Wurfweite vom Parkplatz. Es war Bausand drin, mit einem Knoten gesichert, und sie lag noch nicht lange da. Sie ist von Marks & Spencer, schwarz, wird zu Tausenden verkauft, ist aber zufällig genau die Art Socke, die Otway immer trägt. Die hat er Nate auf den Schädel gehauen, und dann hat er sie so weit weggeworfen, wie er konnte. Er hat Nate mit der blauen Nylonschnur aus dem Container gefesselt, an die jeder hier rankonnte, hat ihn über die Mauer auf den Strand gehievt und liegen lassen, damit er ertrank.«

Nates Gesicht schwebte mir wieder vor Augen, wie er im Wasser trieb, mit den von den winzigen Fischen geknabberten Narben auf den Wangen.

»Otway ist eine Landratte. So wie er es sieht, ist das Meer immer da, also rechnete er auch an dem Abend damit. Ich glaube nicht, dass er Schuldgefühle hat. Nate war für Annettes Tod verantwortlich, und er hat in seinen Augen genau die Strafe bekommen, die er verdiente. Dass er vorgab, Zauberkräfte zu haben, hatte Annette umgebracht, also starb er folgerichtig einen Hexentod.«

»Aber ihr denkt nur, dass Otway das so gemacht hat«, meinte Anders. »Ihr könnt es nicht beweisen.«

»Noch nicht«, gab Gavin zu. »Die Anrufe, die Socke und der Sand, mehr haben wir bisher nicht, und wir können ihn anhand dieser Beweise nicht festhalten. Seine Anwältin hat darauf hingewiesen, dass er zugegeben hat, in jener Nacht in der Gegend gewesen zu sein, und dass er die Hunde bei sich hatte, dass er also wohl kaum einen Mord begehen würde.«

»Die Hunde sind sehr gut erzogen«, sagte ich. »Wenn er ›Sitz‹ oder ›Platz‹ gesagt hätte, hätten sie seine Anweisungen befolgt. Shaela hat ein Schnüffeln gehört, wie von einem Hund. Gibt es eine Möglichkeit, dass sie den Teufel identifiziert, den sie mit Nate reden sah?«

»Sie würde auch das Kostüm erkennen, wenn wir es erst gefunden haben. Otway leugnet alles, und so selbstbewusst, wie er auftritt, denke ich, dass das Kostüm sich nicht in seinem Haus befindet. Ich vermute, er hat es weggeworfen, nachdem wir ihn neulich abends beinahe geschnappt hätten. Aber wir werden es finden. Zusammengerollt in einer schwarzen Mülltüte und unter einen Stein oder einen Torfbrocken geschoben, irgendwo auf der Straße zwischen Scalloway und Lerwick, vermute ich mal.«

Ich erinnerte mich an die Polizisten am Hang, die wir auf dem Weg zur Messe gesehen hatten. »Danach haben die also gesucht?«

Gavin nickte. »Alle Beamten, die wir haben. Das Kostüm ist unverwechselbar, maßgeschneidert, wurde ihm nach Hause geliefert. Wenn wir es finden und wenn Shaela es identifizieren kann, dann ist das ein schlagkräftiger Beweis. Wenn nicht, können wir es vom Hersteller aus weiterverfolgen und Shaela ein Foto zeigen. Natürlich wird seine Anwältin behaupten, er hätte es nur versteckt, um sich nicht dem Spott der Leute auszusetzen, weil er sich als Satanist verkleidet hatte.«

»Dann ist also Peter zu Nate nach Hause gegangen, und er war es, den Nates Mutter hereinkommen hörte?«

»Natürlich leugnet Otway das. Ich glaube, er wollte das Hexermotiv noch unterstreichen. Wie du schon gesagt hast: Nate hatte es nicht nötig, all diesen Hexenkram so auszustellen. Bei ihm unten im Schrank haben wir eine leere Pappschachtel gefunden. Ich glaube, darin hat Nate gewöhnlich den Kelch und die schwarzen Kerzen und den ganzen Rest aufbewahrt. Der Letzte, der das alles angefasst hat, trug Handschuhe, und Nate hätte ja keinen Grund gehabt, in seinem eigenen Zuhause Handschuhe zu tragen.« Gavin stand auf, ich ebenfalls, um ihn an mir vorbeizulassen. »Jetzt haben wir nur noch den Schreibkram zu erledigen. Dazu müssen sie nicht mein Bed & Breakfast hier in Shetland bezahlen.« Er nahm eine Pappröhre vom Regal und schaute Reidar an. »Danke für die Trinkschokolade. Wenn ich das nächste Mal bei hellem Licht nach Meeresforellen angele, versuche ich es mal mit deiner Fliege.«

»Die lockt sie unter einem Meter Algen hervor«, versprach Reidar.

Ich ging vor Gavin die Treppe hinauf, und wir spazierten zusammen den Ponton entlang. Gavin hatte sich die Pappröhre unter den Arm geklemmt. Ich überlegte, was wohl darin war, wollte aber nicht fragen.

»Ich glaube nicht, dass du noch mehr Probleme mit deinen Hexen hier kriegen wirst«, sagte Gavin. »Das sind nur gelangweilte Mädels mit einer überhitzten Fantasie, die nicht genug zu tun haben. Wir haben sie ziemlich scharf zu ihrem Hokuspokus auf dem Berg befragt. Jetzt behält der Polizist vom Ort sie im Auge, und der wird ihnen deutlich zu verstehen geben, dass sie besser sauber bleiben.«

»Ich werde wohl das Stück Deck neu laminieren müssen, wo der glühende Torf am längsten gelegen hat«, sagte ich. »Da kann ich testen, ob ich mich noch an die Glasfasertechnik erinnern kann – aber die sollen bloß nicht denken, dass ich das alles lustig finde.«

»Das tun sie nicht«, antwortete Gavin. »Ich habe ihnen gesagt, dass ich zu dem Zeitpunkt an Bord war und sie erkannt habe. Da sind sie ganz kleinlaut geworden. Du wirst dafür eine Entschädigung bekommen, und es würde mich nicht überraschen, wenn du sie im Frühjahr siehst, wie sie ihre Sozialstunden ableisten und den Ponton schrubben.«

»Trotzdem mache ich einen Bogen um dunkle Gassen.«

»Das solltest du.«

»Und die vierte Hexe war Sarah aus der Kantine?«

»Sie wusste, dass Rachel weggelaufen war, und dachte, es wäre einen Versuch wert, sich als die andere Gefangene auszugeben. So hätte ihre Mutter vielleicht nicht herausgefunden, was sie angestellt hat, als sie angeblich bei ihrer Freundin war, um Teenie-Filme anzuschauen.« Er lächelte im Mondschein. »Die anderen haben das gleich zurechtgerückt, mit allem Nachdruck. Sie sollte eine Weile besser nicht versuchen, Kontakt mit ihnen aufzunehmen, das kann nur gut für sie sein.«

»Also hatte Rachel mit dem Ganzen gar nichts zu tun?«

»Überhaupt nichts. Die Anführerin der Hexen hat uns schließlich alles erzählt, nachdem die Polizei in Lerwick ihr gesagt hat, sie käme erst wieder aus ihrer Zelle frei, wenn sie eine glaubwürdige Aussage von ihr hätten. Nate hat das Gerücht in die Welt gesetzt, du und Rachel machtet einander als Hexen Konkurrenz. Die drei dachten, sie hätten ihren Teufel verloren. Sie haben den Schock ihres Lebens bekommen, als er dann trotzdem aufgetaucht ist. Die Anführerin sagte, sie hätten nicht vorgehabt, euch mit diesem furchterregend aussehenden Messer zu verletzen, sondern sie hätten euch nur ein wenig Angst machen wollen.«

»Ja klar.« Ich schloss ihm das schwere Tor auf und zog es schwungvoll auf. »Wann fährst du nach Inverness zurück?«

»Morgen. Wie gesagt, jetzt bleibt nur noch der Papierkram. Dann übernehmen die Leute aus Lerwick die Sache.«

Er ging fort, und ich wollte das nicht. Doch ich wusste nicht, was ich sagen sollte, um ihn aufzuhalten. Ich ließ das Tor offen und ging mit ihm hindurch. »Danke, dass du letzten Samstag meine Mannschaft warst.«

»Danke, dass du mich mitgenommen hast. Es hat mir Spaß gemacht. Einer von den anderen Beamten in Inverness hat ein Boot in Fortrose und sagt immer wieder, ich könnte als Mannschaft mitsegeln. Vielleicht versuche ich das mal.«

»Das könnte sich aber mit deinen Angeltagen überschneiden.«

»Für die Fische sind die windstillen Tage am besten.«

»Die taugen nicht zum Segeln«, stimmte ich ihm zu.

»Was macht dein Kopfweh, jetzt da du das Figürchen zerstört hast?«

Ich rieb mir die Schläfe. »Immer noch da. Ich glaube, mir macht wahrscheinlich eher die Zentralheizung im College zu schaffen.«

Mein Herz wummerte wie ein Einzylindermotor. Mein Hals war so zugeschnürt, als würde er jedes Wort ersticken, das ich hervorzuwürgen versuchte. »Gavin«, sagte ich zögerlich. Der Name hing zwischen uns in der Luft. Gavin drehte den Kopf nicht zu mir, aber ich wusste, dass er mir zuhörte. »Sag mal, steht dein Angebot mit Weihnachten noch?«

Er wandte sich zu mir. Der Mond goss Silber auf den Schwung seiner Brauen, auf seine Wangenknochen und die lange, ziemlich hölzerne Linie seines Mundes. Einen Augenblick lang dachte ich, er würde mich vielleicht jetzt zu küssen versuchen, und bereitete mich darauf vor, diesmal nicht in Panik zu geraten. Aber das machte er nicht. Stattdessen holte er die Papprӧhre unter seinem Arm hervor und reichte sie mir. Ich schaute ihn fragend an, aber immer noch sagte er kein Wort, nickte nur und stieg in das Polizeiauto ein. Ich stand da, die Papprröhre in den Händen, und starrte dämlich hinter ihm her, als er wendete und wegfuhr.

Ich schaute den beiden weißen Lichtkegeln nach, wie sie ruhig über die Straße nach Port Arthur schwebten und dann hinter dem Schuppen verschwanden, den die Männer des Shetland Bus benutzt hatten. Ihre Frauen hatten zu Hause warten müssen und nicht gewusst, ob sie sie je wiedersehen würden. So war das Leben, wenn man die Frau eines Seemanns war. Da war es mit einem Polizisten vielleicht einfacher, falls der bereit war, der Mann einer Seefahrerin zu sein. Das Polizeiauto tauchte beim Denkmal wieder auf, verschwand hinter den Geschäften, und nun beleuchteten die Scheinwerfer die rosa Fassade des Old Haa, die welken Pflanzen in Mary Ruislands Garten und verwandelten sich dann in zwei rote Rücklichter, als der Wagen den Berg hinauffuhr. Ich drehte mich ein wenig und wartete, beobachtete die Straße beim Scord, bis ich die Lichter wieder erblickte, die sich aufwärts und um die Kurve bewegten und schließlich in der Dunkelheit verglühten.

Die Papprröhre lag federleicht in meiner Hand. Ein Plakat für den Weihnachtsball der Polizei? Ich würde die Röhre nicht vor Anders' Augen öffnen. Ich nahm sie mit an Bord der *Chalida*, zündete die Hängelaterne an und zog das Papier vorsichtig mit zwei Fingern heraus. Es war viel größer als ein Plakat, sehr steifes Papier, wie eine Seekarte. Ich rollte es unter dem flackernden goldenen Licht auf und stellte fest, dass es genau das war: eine richtige seemännische Karte, von Hand mit schwarzer Tusche gezeichnet. Jeder Fels und jede Landspitze waren markiert, und die Tiefe jeder Bucht angegeben.

Ich legte Gewichte auf alle vier Ecken und beugte mich darüber. Die Karte begann auf halbem Weg von Gavins Fjord mit den drei Inseln und der Meerenge von Barrisdale. Ein Kind hatte bei der Landspitze mit der Bezeichnung Caolas Mor ein einsames Haus hinzugefügt und ein kleines Bild von einem Mann und einer Frau danebengezeichnet. Der Mann trug eine

Deerstalker-Mütze* und hatte ein Fernglas um den Hals hängen, und die Frau hielt eine Angelrute in Händen. Nach einer schmalen Stelle kam das obere Ende des Fjords und noch eine kleine Zeichnung: ein Gebäude mit der Beschriftung »Bauernhof« und ein Vater mit einem Heuballen, eine Mutter mit Schürze, die Hühner fütterte, und zwei kleine Jungen, beide im Kilt. Der kleinere hatte rote Locken.

Vor dem Bauernhof lag eine breitere Bucht mit ebenmäßigen Höhenlinien ringsum. Es war eine Pier verzeichnet, die aber bei Ebbe trocken liegen würde. In der Bucht war die Wassertiefe in der Mitte zehn Meter, an den Rändern bis zu drei Metern.

Die Hand eines Erwachsenen hatte mitten in die Bucht ein kleines Ankersymbol gemalt: »Guter Ankerplatz«.

* In Großbritannien verbreitete Jagdmütze mit Augen- und Nackenschirm sowie Ohrenklappen, auch als Sherlock-Holmes-Mütze bekannt.